U0104304

第四屆辭章章法學學術研討會
論　　　　文　　　　集

章法論叢

【第四輯】

中華章法學會◎主編

序

陳滿銘

辭章章法學的研究團隊，為了持續發展之實際需要，早於 2005 年成立「辭章章法學會籌備會」，作為擴大研究、服務之據點。接著於 2006 年 5 月 7 日，由臺灣師大國文系與國文天地雜誌社之協辦下，在臺灣師大教育大樓國際會議廳舉行「第一屆辭章章法學學術研討會」，向學術界與教育界，尤其是中小學教師推介「章法」，以提升影響力。會中發表論文的有十人。而「第二屆辭章章法學術研討會」，則於 2007 年 5 月 5 日舉辦，會中共有十二篇論文發表。就在如此積極之籌備下，終於 2008 年 3 月由內政部核准正式成立「中華民國章法學會」，入會的專家學者與中小學教師在 160 人以上。經第一次理監事會議決，定於 2008 年 10 月 18 日（星期六）在臺灣師大教育大樓二樓國際會議廳舉行「第三屆辭章章法學術研討會」，會中計有 16 篇論文發表，與會者相當踴躍，達一百二十人以上。

而「第四屆辭章章法學學術研討會」則於 2009 年 10 月 17 日（星期六）假臺灣師大綜合大樓五樓「國際會議廳」與「503」室分兩場同時舉行。會中共發表了 22 篇論文，與會的學者專家、博碩士研究生與中小學教師，極為踴躍，超過了一百五十人。而發表於這次研討會的論文，所涉及的領域也十分廣泛，共有詞彙學、修辭學、文（語）法學、章法學、主題學、文體學、風格學與作文教學等。其中比較特別的，是戴維揚（玄奘大學英語系主任）的〈結構論述的典範轉移〉一文，特就西方結構理論之演進加以論述，這對臺灣的章法學研究而言，自有莫大之借鏡價值。

此外，又值得一提的，首先是：研究章法現象，並配合教學，開始時往往以古典散文與詩、詞為例作說明，後來則旁及現代詩、散文或小說。雖然所用語料，已逐漸拓寬，但還是有所局限。就拿這次所舉行的研討會來看，直接與「辭章章法」相關的論文有：鄭宇辰〈自章法角度建立科技論文摘要的寫作訓練〉、李靜雯〈東坡詞篇章結構探析〉、顏智英〈從章法變化律看連雅堂詩的時空設計〉、許文獻〈從章法角度試論出土文獻復原上之幾項標準〉、蒲基維〈論臺灣華語流行情歌的編唱結構〉、魏式岑〈《佛說阿彌陀經》章法結構研析〉、陳佳君〈部落格書寫之章法現象觀察〉、仇小屏〈論科技論文的綱目架構邏輯〉、邱燮友〈白居易〈長恨歌〉的章法結構〉，這些論文所用之語料顯然視前為廣，這是好現象，希望日後能繼續拓展，儘量與大眾生活相結合。並且將此特色擴大到辭章學之研究與教學。

其次是：本次研討會，首次有大陸的學者江蘇教育出版社的教授王許林、南京金陵科技學院的副教授徐林英夫婦和香港教育學院的梁敏兒副教授三位學者親自來參加，王、林兩位合發表〈劉勰之「附會」說及其對章法學之歷史貢獻〉，而梁敏兒則發表〈從風格學角度分析杜甫＜登高＞一詩〉，都受到與會學者之重視與贊許。以前大陸學者只是寄來論文參與，而這次卻能親自前來共襄盛舉，實在令人感動。

然後是：在本次研討會所發表之論文中，有謝慈的〈連詞「所以」的詞彙化與語法化〉、吳智雄的〈試論漢代文學中的海洋書寫〉、王基倫的〈「草蛇灰線」初論〉與解昆樺的〈雛構新詩文體語言：賴和新詩手稿中的意象經營與修辭意識〉等四篇，因作者另有考量，擬刊載於其他專書或學報，所以未列入，這對本專輯而言，雖不無缺憾，但對作者來說，卻是值得賀喜之事。

本次研討會得以圓滿成功、《章法論叢》第四輯繼一、二、三輯之後得以順利出書，首先要感謝章法學會全體會員之努力及眾多與會人士之鼓勵，其次要感謝國內外專家學者之蒞臨指導，最後要感謝蒲基維博士之編排設計與萬卷樓梁錦興總經理之協助出版。眾所週知，辭章學是研究「語言藝術」的國學，這種研究既已有如此基礎，就殷切地盼望兩岸三地的專家學者，能持續積極參與研究，並擴大交流，不斷透過學術研討會之舉行與叢書之編纂，共同灌溉這片園地，以開創辭章學燦爛的明天。

值此出版前夕，特綴數語如此，以表達深摯的申謝、慶賀與期盼之忱。

陳滿銘 序於章法學會理事長室

2010 年 7 月 22 日

第四屆辭章章法學學術研討會
議程

一、會議時間：民國 98 年 10 月 17 日（星期六）

二、會議地點：臺北市和平東路一段 129 號

國立臺灣師範大學綜合大樓 5 樓國際會議廳、503 室

三、辦理單位：

（一）主辦：國立臺灣師範大學文學院

國立臺灣師範大學國文學系

中華民國章法學會

（二）協辦：國文天地雜誌社

四、會議主題：

（一）章法學研究

（二）辭章學與相關研究

（三）辭章學與國語文教學

（四）辭章學與華語文教學

五、會議議程：

時間	地點	10 月 17 日（星期六）			
08:30-08:50	師大綜合大樓 5 樓	報到			
場次	地點	主持人	主講人	論文題目	特約討論

08:50 -09:50	國際 會議廳	顏瑞芳 臺灣師大 國文系主任	陳滿銘 章法學會 第一屆理事長	開　幕　式 專題演講：論篇章邏輯與內容義旨	
09:50 -10:10	綜合大樓5樓	茶　敘			
第一場 10:10 -11:50	國際 會議廳 （甲場）	賴明德 中原大學 應華系主任	鄭宇辰 成大中文系 碩士生	自章法角度建立科技論文摘要的寫作訓練	顏智英 臺灣海洋大學 助理教授
			李靜雯 桃園內壢國中教師	東坡詞篇章結構探析——以徐州五首農村詞〈浣溪沙〉為考察對象	黃文吉 彰化師大 教授
			顏智英 臺灣海洋大學 助理教授	從章法變化律看連雅堂詩的時空設計	許俊雅 臺灣師大 教授
			梁敏兒 香港教育學院 副教授	從風格學角度分析杜甫〈登高〉一詩	莊雅州 元智大學 客座教授
	503室 （乙場）	邱燮友 東吳大學 兼任教授	許文獻 臺東大學 助理教授	從章法角度試論出土文獻復原上之幾項標準	黃麗娟 臺灣師大 助理教授
			吳瑾瑋 臺灣師大 副教授	從篇章語言學與節律編制分析杜甫古詩樂府聲情之美	邱燮友 東吳大學 兼任教授
			謝　慈 成大中文系 碩士生	連詞「所以」的詞彙化與語法化	王錦慧 臺灣師大 教授

			蒲基維 中原大學兼任助理教授	論臺灣華語流行情歌的編唱結構	戴維揚 玄奘大學英語系主任
11:50-13:00	綜合大樓5樓	午　　餐			
第二場 13:00-14:40	國際會議廳（甲場）	李威熊 逢甲大學講座教授	曾香綾 北市五常國中教師	從偏離理論看成語修辭與作文教學——以余光中幽默散文為研討對象	蒲基維 中原大學兼任助理教授
			謝奇懿 文藻外語學院助理教授	國中基本學力測驗國文科寫作能力指標與評分規準關係管窺	黃淑貞 慈濟大學助理教授
			王許林 江蘇教育出版社教授 徐林英 南京金陵科技學院副教授	劉勰之「附會」說及其對章法學之歷史貢獻	王基倫 臺灣師大國際漢學研究所所長
			戴維揚 玄奘大學英語系主任	結構學在西方的演進歷程	許長謨 成大副教授
	503室（乙場）	蔡信發 銘傳大學教授	魏式岑 嘉義大學在職專班碩士生	《佛說阿彌陀經》章法結構及修辭技巧研析	陳佳君 國北教大助理教授
			謝玉玲 海洋大學助理教授	宋濂之《浦陽人物記》探析	呂武志 清雲科大教授
			陳佳君 國北教大助理教授	部落格書寫之章法現象觀察	仇小屏 成大副教授

<table>
<tr><td></td><td></td><td></td><td>孟建安
肇慶學院
教授</td><td>修辭轉化的語境策略意識</td><td>仇小屏
宣讀</td></tr>
<tr><td>14:40
-15:00</td><td>綜合大樓 5 樓</td><td colspan="4">茶　　　　敘</td></tr>
<tr><td rowspan="6">第三場
15:00
-16:15</td><td rowspan="3">國際
會議廳
（甲場）</td><td rowspan="3">張高評
成功大學
特聘教授</td><td>仇小屏
成大副教授</td><td>論科技論文的綱目架構邏輯──兼探其寫作思維</td><td>張春榮
國北教大
教授</td></tr>
<tr><td>吳智雄
臺灣海洋大學
副教授</td><td>試論漢代文學中的海洋書寫</td><td>張高評
成功大學
特聘教授</td></tr>
<tr><td>王基倫
臺灣師大國際漢學研究所所長</td><td>「草蛇灰線」初論</td><td>張春榮
國北教大
教授</td></tr>
<tr><td rowspan="3">503 室
（乙場）</td><td rowspan="3">林文寶
臺東大學
榮譽教授</td><td>解昆樺
中興大學中文系
專案助理教授</td><td>雛構新詩文體語言：賴和新詩手稿中的意象經營與修辭意識</td><td>胡其德
清雲科大
教授</td></tr>
<tr><td>邱燮友
東吳大學
兼任教授</td><td>白居易〈長恨歌〉的章法結構</td><td>陳滿銘
臺灣師大
退休教授</td></tr>
<tr><td>張娣明
開南大學
助理教授</td><td>陶淵明與日本大伴旅人詩歌中的酒象徵</td><td>余崇生
北市教大中語系主任</td></tr>
<tr><td>16:15
-16:40</td><td>國際
會議廳</td><td colspan="2">陳麗桂
臺灣師大
文學院長　　蔡宗陽
臺灣師大國文系
兼任教授</td><td colspan="2">閉　幕　式</td></tr>
</table>

章法論叢（第四輯）

目　次

論篇章邏輯與內容義旨

陳滿銘
中華民國章法學會理事長

摘　要

自古以來，大家都認為一篇辭章，首重其「內容」，而其「形式」是次要的；這雖是正確的看法，卻隱藏有相當大的後遺症，即只重「內容」，而忽略了對「形式」之重視與研究。本文有鑑於此，便特別鎖定辭章中的「篇章邏輯」與「內容義旨」二者，兼顧理論與實際，進行探討，辨明它們是「內容的形式」與「內容的內容」的關係，以見兩者是彼此依存，不可分割的。

關鍵詞

篇章邏輯、內容的形式、內容義旨、內容的內容

一、 前言

辭章是離不開內容與形式的，而以此為研究對象的，便稱之為「辭章學」。雖然張志公以為它「可以說是一門富有民族特點的探討語言藝術的學問」（〈談「辭章之學」〉）[1]，看來似乎只限於探討辭章的藝術形式，而把它的內容撇開了，但是內容必須靠形式來呈現，而形式又得依賴內容來支撐，因此就一篇辭章來說，內容與形式是交互依存，不能分開的。本文即著眼於此，探討「篇章邏輯」與「內容義旨」，試著辨明兩者是「內容的形式」與「內容的內容」之關係，是交互依存的。

二、 篇章邏輯與內容義旨之相關理論

整體來看，辭章是結合「形象思維」、「邏輯思維」[2] 與「綜合思維」而形成的。這三種思維，各有所主。如果是將一篇辭章所要表達之「情」或「理」（意），訴諸各種偏於主觀之聯想、想像，和所選取之「景（物）」或「事」（象）接合在一起 [3]，或者是專就

[1] 參見鄭頤壽〈辭章學研究的回顧與前瞻〉（澳門：《澳門語言學刊》22、23 期，2003 年 10 月），頁 50。

[2] 見吳應天《文章結構學》（北京：中國人民大學出版社，1989 年 8 月一版三刷），頁 345。

[3] 見彭漪漣《古典詩詞邏輯趣談》（上海：上海人民出版社，2001 年 9 月

個別之「情」、「理」（意）、「景（物）」、「事」（象）等材料本身設計其表現技巧的，皆屬「形象思維」（運用典型的藝術形象來顯示各種事物的特質）；這涉及了「取材」與「措詞」等「意象形成、表現」的問題，而主要以此為研究對象的，就是意象學、詞彙學與修辭學等。如果是專就「景（物）」或「事」（象）等各種材料，對應於自然規律，結合「情」與「理」（意），訴諸偏於客觀之聯想、想像，按秩序、變化、聯貫與統一之原則，前後加以安排、佈置，以成條理的，皆屬「邏輯思維」（用抽象概念來顯示各種事物的組織）；這涉及了「布局」與「構詞」等「意象組織」的問題，而主要以此為研究對象的，就字句言，即文（語）法學；就篇章言，就是章法學。至於合「形象思維」與「邏輯思維」而為一，探討其整個體性[4]的，則為「綜合思維」，這涉及了「立意」、「確立體性」等「意象統合」的問題，而主要以此為研究對象的，為主題學、風格學等。而以此整體或個別為對象加以研究的，則統稱為辭章學或文章學[5]。其關係可呈現如次頁圖：

一版一刷），頁 13。

[4] 陳望道：「語文的體式很多，……表現上的分類，就是《文心雕龍》所謂的『體性』的分類，如分為簡約、繁豐、剛健、柔婉、平淡、絢爛、謹嚴、疏放之類。」見《修辭學發凡》（香港：大光出版社，1961 年 2 月版），頁 250。

[5] 見陳滿銘〈意象「多」、「二」、「一（0）」螺旋結構論 -- 以哲學、文學、美學作對應考察〉（濟南：《濟南大學學報．社會科學版》17 卷 3 期，2007 年 5 月），頁 47-53。

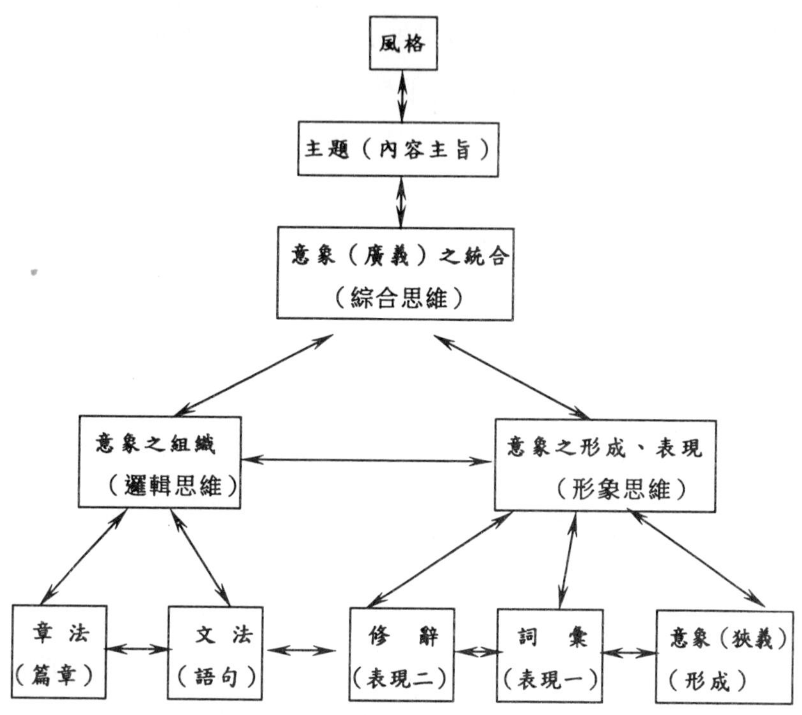

這些內涵，如就逆向之邏輯結構來說，首先是由「個別意象」、「詞彙」、「修辭」、「文（語）法」、與「章法」等所呈現之藝術形式（善）；其間藉「形象思維」（陰柔）與「邏輯思維」（陽剛），來產生徹下徹上之中介作用；然後是藉「綜合思維」所凸顯出來的「整體意象」（含主題、主旨）與「風格」等，這涉及了「修辭立其誠」《易・乾》之「誠」（真）與篇章有機整體之「美」，乃辭

章之核心所在。[6]而這些都是辭章研究之成果，是不宜輕忽的。

就在此系統中，「篇章邏輯」與「內容義旨」居於相當重要之地位。其中「篇章邏輯」涉及「章法」、「內容義旨」涉及「主題」[7]。

以「內容義旨」而言，指的是辭章中的情、理、事、景（物），其中情與理為「意」，屬核心成分；事與景（物）乃「象」，為外圍成分。而此情、理與事、景（物）之辭章內容成分，就其情、理而言，是「意」；就其事、景（物）而言，是「象」。由於核心成分之「情」或「理」，是一篇之主旨所在，亦即作者所要表達的思想情意，乃合形象思維與邏輯思維為一而成，涉及整體意象。而所謂外圍成分，是以事語或景（物）語來表出的。也就是說，形成外圍結構的，不外「物」材與「事」材而已。先就「物」之材來說，凡是存於天地宇宙之間的實物或東西都可以成為文章的材料。以較大的物類而言，如天（空）、地、人、日、月、星、山（陸）、水（川、江、河）、雲、風、雨、煙、嵐、花、草、竹、木（樹）、泉、石……等就是；以個別的物件而言，如桃、杏、梅、

[6] 見陳滿銘〈論「真」、「善」、「美」的螺旋結構 — 以章法「多」、「二」、「一（0）」結構作對應考察〉（臺北：臺灣師大《中國學術年刊》27 期〔春季號〕，2005 年 3 月），頁 151-188。

[7] 陳鵬翔：「主題學是比較文學中的一部門（a field of study），而普通一般主題研究（thematic studies）則是任何文學作品許多層面中一個層面的研究；主題學探索的是相同主題（包套語、意象和母題等）在不同時代以及不同作家手中的處理，據以瞭解時代的特徵和作家的『用意意圖』（intention），而一般的主題研究探討的是個別主題的呈現。」見《主題學理論與實踐》（臺北：萬卷樓圖書公司，2001 年 5 月初版），頁 238。據此，「主題」包含了「套語」、「意象」和「母題」等，如果單就一篇辭章，亦即「個別主題的呈現」來說，指的主要是「情」,「理」、「景（物）」、「事」等，亦即「內容義旨」。

柳、菊、蘭、蓮、茶、鶴、雁、鶯、蟬、馬、猿、笛、笙、琴、瑟、琵琶、船、旗、轎……等就是。這些「物」材可說無奇不有，不可勝數。再就「事」材來說，凡是發生在天地宇宙之間的事情都可以成為文章的材料。以抽象的事類而言，如出入、聚散、逢別、迎送、仕隱、悲喜、苦樂、歌舞、來往、醒醉，甚至入夢、弔古、傷今、閒居、出遊、感時、恨別……等就是；以具體的事件而言，如乘船、折荷、讀書、醉酒、離鄉、還家、遊山、落淚、彈箏、倚杖、聽蟬……等就是。這些事材，可說俯拾皆是，多得數也數不清。作者通常都用具體的事件來寫，卻在無形中可由抽象的事類予以統括。以上所舉的「物材」，主要用於寫「景（物）」；而「事材」則主要用於敘「事」。所敘寫的無論是「景（物）」或「事」，皆各自有其表現之「意象」（個別）。這樣由個別（章）而整體（篇），便使核心成分與外圍成分融成一體，而形成篇章之「內容義旨」了。

以「篇章邏輯」而言，指的就是章法，這所謂的「章法」建立在「二元對待」之基礎上[8]，探討的是篇章「內容義旨」的邏輯結構，也就是聯句成節（句群）、聯節成段、聯段成篇的關於內容義旨之一種組織。對它的注意，雖然極早，但集樹而成林，確定它的範圍、內容及原則，形成體系，而成為一個學門，則是晚近之事[9]。到了現在，可以掌握得相當清楚的章法類型，約有四十種，

---

[8] 見陳滿銘〈論章法結構之方法論系統〉（肇慶：《肇慶學院學報》總 95 期，2009 年 1 月），頁 33-37。

[9] 鄭頤壽：「臺灣建立了「辭章章法學」的新學科，成果豐碩，代表作是

如今昔法、久暫法、遠近法、內外法、左右法、高低法、大小法、視角變換法、時空交錯法、狀態變換法、知覺轉換法、本末法、淺深法、因果法、眾寡法、並列法、情景法、論敘法、泛具法、空間的虛實法、時間的虛實法、假設與事實法、凡目法、詳略法、賓主法、正反法、立破法、抑揚法、問答法、平側法、縱收法、張弛法、插敘法、補敘法、偏全法、點染法、天人法、圖底法、敲擊法等[10]。這些章法，全出自於人類共通的理則，由邏輯思維形成，都具有形成秩序、變化、聯貫，以更進一層達於統一的功能。而這所謂的「秩序」、「變化」、「聯貫」、「統一」，便是章法的四大規律。其中「秩序」、「變化」與「聯貫」三者，主要是就材料之運用來說的，重在分析；而「統一」，則主要是就情意之表出來說的，重在通貫。這樣兼顧局部的分析與整體的通貫，來牢籠

臺灣師大博士生導師陳滿銘教授的《章法學新裁》及其高足仇小屏、陳佳君等的一系列著作。……臺灣的辭章章法學體系完整、科學，已經具備成『學』的資格。」見〈中華文化沃土，辭章學圃奇葩─讀陳滿銘《章法學新裁》及其相關著作〉，《海峽兩岸中華傳統文化與現代化研討會文集》（蘇州：「海峽兩岸中華傳統文化與現代化研討會」，2002年5月），頁131-139。又王希杰：「章法學是一門實用性很強的學問，也有極高的學術價值。它同文章學、修辭學、語用學、文藝學、美學、邏輯學等都具有密切關係。章法學已經初步形成了一門科學。陳滿銘教授初步建立了科學的章法學體系。」見〈章法學門外閒談〉（平頂山：《平頂山師專學報》18卷3期，2003年6月），頁53-54。

[10] 詳見陳滿銘〈談辭章章法的主要內容〉，《章法學新裁》（臺北：萬卷樓圖書公司，2001年1月初版），頁319-360。又見〈論幾種特殊的章法〉（臺北：臺灣師大《國文學報》31期，2002年6月），頁193-222。另見仇小屏《文章章法論》（臺北：萬卷樓圖書公司，1998年11月初版）頁1-510。

各種章法，是十分周全的[11]。

經此探討，可看出「篇章邏輯」與「內容義旨」兩者關係之密切與它們在辭章中的重要地位。

三、 篇章邏輯與內容義旨之互動

在此分「角度轉換」與「潛顯呼應」兩層面加以探討：

（一） 角度轉換

分析一篇辭章的篇章結構，就現階段來說，由於沒有絕對的是非可言，而必須從不同角度切入，看看那一種角度最足以呈現它內容與形式的特色，所以掌握角度之轉換，便成為分析篇章結構成敗的關鍵所在[12]。如劉禹錫的〈陋室銘〉：

> 山不在高，有仙則名；水不在深，有龍則靈；斯是陋室，惟吾德馨。苔痕上階綠，草色入簾青。談笑有鴻儒，往來無白丁。可以調素琴，閱金經。無絲竹之亂耳，無案牘之勞形。南陽諸葛廬，西蜀子雲亭。孔子云：「何陋之有？」

此文若從「敘論」的角度切入，則篇首至「無案牘之勞形」

[11] 見陳滿銘《章法學綜論》（臺北：萬卷樓圖書公司，2003 年 6 月初版），頁 17-58。

[12] 見陳滿銘〈談篇章結構分析的切入角度〉（臺北：《國文天地》15 卷 8 期，2000 年 1 月），頁 89-94。

止，為「敘」的部分；「南陽諸葛廬」四句，是「論」的部分。其結構分析表為：

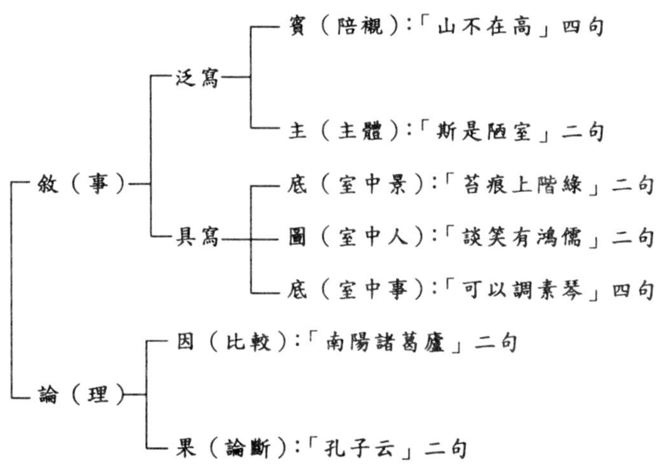

這樣切入，確實可以凸顯「何陋之有」的意思，卻埋沒了「惟吾德馨」的一篇主旨；因此從這個角度切入，是仍有它不足之處的。而如果從「凡目」切入，則剛好可彌補這個缺陷。其中「山不在高」六句，屬頭一個「凡」，乃用「先賓後主」、「先反後正」的結構，由「山」、「水」說到「室」，十分技巧地引用《左傳》中〈宮之奇諫假道於虞以伐虢〉一文所謂「惟德是馨」句，扣到自己身上，凸顯一個「德」字來貫穿全文。而「苔痕上階綠」八句，則屬「目」的部分，依次以「苔痕」二句寫室中景、「談笑」二句寫室中人、「可以調」四句寫室中事，將自己在「陋室」中安然自適之樂充分地表達出來。至於「南陽諸葛廬」四句，乃屬後一個「凡」，以「先因後果」之結構，透過事典與語典之使用，作一番頌揚，暗含「君子居之」的意思，回報頭「凡」之「德」字收結。其結構分析表為：

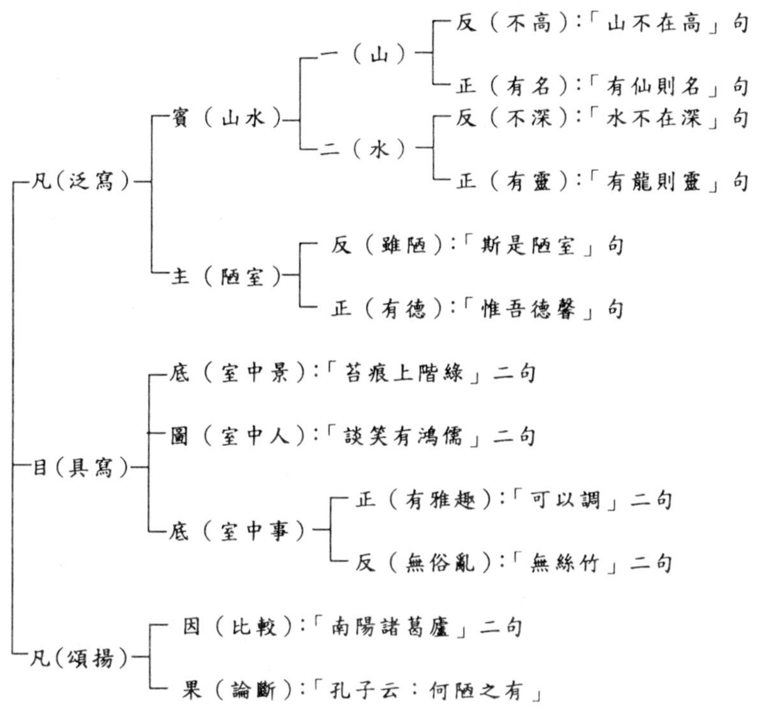

如此使前一個「凡」（總括）的「惟吾德馨」與後一個「凡」所含「君子居之」的意思作了完密的照應[13]，當然會比以「敘論」切入的好得多。

[13] 詳見陳滿銘《文章結構分析》（臺北：萬卷樓圖書公司，1999 年 5 月初版），頁 65。

可見「篇章邏輯」之呈現，可因分析時切入角度之轉換，而影響「內容義旨」的重心所在。兩者之互動，由此可見一斑。

（二） 潛顯呼應

宇宙人生之萬事萬物，都脫不開「陰陽二元」互動系統之牢籠，自然其中就

存在著「潛性」（陰）與「顯性」（陽）之「二元互動」這一環。大體而言，同一種或同一類事物，如著眼於其「陽」面，將比較趨於表層而顯著，這就形成「顯性」；如著眼於「陰」面，則會比較趨於內層而潛伏，這就形成「潛性」[14]。而此兩者之彼此呼應，對「篇章邏輯」與「內容義旨」兩者而言，也會造成互動之結果。如辛棄疾的〈賀新郎〉詞：

> 綠樹聽鵜鴂，更那堪、鷓鴣聲住，杜鵑聲切！啼到春歸無尋處，苦恨芳菲都歇。算未抵人間離別：馬上琵琶關塞黑，更長門翠輦辭金闕。看燕燕，送歸妾。　　將軍百戰身名裂，向河梁回頭萬里，故人長絕。易水蕭蕭西風冷，滿座衣冠似雪。正壯士、悲歌未徹。啼鳥還知如許恨，料不啼清淚長啼血。誰共我，醉明月。

這闋詞是用「先賓後主」（此對題目而言，若就主旨而言，則

[14] 見陳滿銘〈論潛性與顯性之互動類型 － 以辭章義旨為例作觀察〉（江陰：《江陰職業技術學院學報》19 卷 2 期，2008 年 6 月）頁 25-29。又見陳滿銘 2〈論潛性與顯性之互動類型 － 以辭章章法為例作觀察〉(畢節：《畢節學院學報》27 卷 1 期，2009 年 1 月)，頁 1-7。

是「先主後賓」）的順序寫成的。其中的「賓」，採「先敲後擊」[15]之結構寫成。作者先以「綠樹」句起至「苦恨」句止，從側面切入，用鵜鴂、鷓鴣、杜鵑等春鳥之依序啼春，啼到春歸，以寫「苦恨」；這是頭一個「敲」的部分。再以「算未抵」句起至「正壯士」句止，由「鳥」過渡到「人」，採「先平提（正反）、後側（正）收」[16]的技巧，舉古代之二女〔昭君、歸妾〕二男〔李陵、荊軻〕為例，用「先反後正」的形式，來寫人間離別的「苦恨」，暗涉慶元黨禍，將朝臣之通敵與志士之犧牲，構成強烈的對比，以抒發家國之恨[17]；這是「擊」的部分，也是本詞的主結構所在。末以「啼鳥」二句，又應起回到側面，用虛寫（假設）方式，推深一層寫啼鳥的「苦恨」；這是後一個「敲」的部分。而「主」，則正式用

---

[15] 「敲擊」一詞，一般用作同義的合義複詞，都指「打」的意思。但嚴格說來，「敲」與「擊」兩個字的意義，卻有些微的不同，《說文》說：「敲，横擿也。」徐鍇《繫傳》:「横擿，從旁横擊也。」而《廣韻・錫韻》則說：「擊，打也。」可見「擊」是通指一般的「打」，而「敲」則專指從旁而來的「打」。也就是說，以用力之方向而言，前者可指正〔前後〕面，也可指側面，而後者卻僅可指側面。依據此異同，移用於章法，用「敲」專指側寫，用「擊」專指正寫，以區隔這種篇章條理與「正反」、「平側」（平提側注）、賓主等章法的界線，希望在分析辭章時，能因而更擴大其適應的廣度與貼切度。見陳滿銘〈論幾種特殊的章法〉，同注 10，頁 196-202。

[16] 見陳滿銘〈談「平提側收」的篇章結構〉，同注 10，頁 435-459。

[17] 鞏本棟：「鄧小軍先生所撰〈辛棄疾〈賀新郎・別茂嘉弟〉詞的古典與今典〉一文……認為辛棄疾〈賀新郎〉詞的主要結構，『乃是古典字面，今典實指。即借用古典，以指靖康之恥、岳飛之死之當代史。從而亦寄託了稼軒自己遭受南宋政權排斥之悲憤，及對南宋政權對金妥協投降政策之判斷。』」見《辛棄疾評傳》（南京：南京大學出版社，1998 年 12 月一版一刷），頁 400-401。另見陳滿銘〈唐宋詞拾玉〔四〕－ 辛棄疾的〈賀新郎〉〉（臺北：《國文天地》12 卷 1 期，1996 年 6 月），頁 66-69。

「誰共我」二句，表出惜別「茂嘉十二弟」之意，以收拾全篇。所謂「有恨無人省」（蘇軾〈卜算子〉），作者之恨在其弟離開後，將要變得更綿綿不盡了。附結構分析表如下：

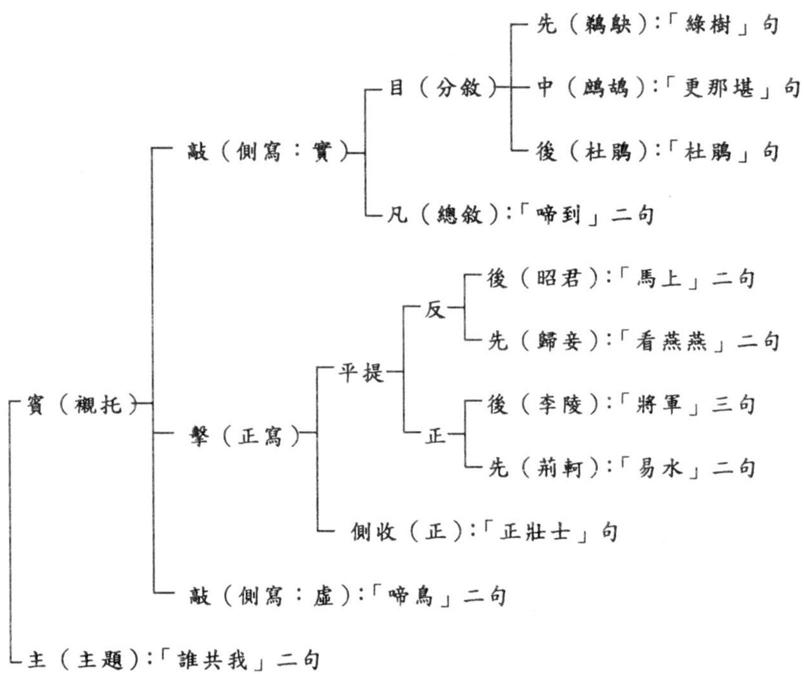

如此，既以「賓」和「主」、「敲」和「擊」、「虛」和「實」、「凡」和「目」、「平提」和「側收」、「先」（昔）和「後」（今）等結構，形成「調和」，又以「正」和「反」形成「對比」、「敲」和「擊」形成「變化」；也就是說，在「調和」中含有「對比」，在「順敘」中含有「變化」。而這「變化」的部分，既佔了差不多整個篇幅，其中「對比」又出現在篇幅正中央，形成主結構，且用「擊」加

以呈現，這樣在「變化」的牢籠之下，特用「對比」結構來凸顯其核心內容，使得其他「調和」的部分，也全為此而服務，所以這種安排，對此詞風格之趨於「沉鬱蒼涼，跳躍動盪」[18]，是大有作用的。

其中最值得注意的是：在第三層的「先平提（正反）、後側（正）收」此一章法結構，表面上雖在「側收」部份，就其「顯性」（正），只收正面「悲歌」（李陵與荊軻）的部分，但所謂「未徹」（至今猶未結束），卻兼顧其「潛性」（反），將反面之內容（昭君與歸妾）也包含其中，使得其「篇章邏輯」形成「潛、顯對比」之聯繫，也因而帶動了「內容義旨」的「潛、顯呼應」，造成蘊義於無窮之效果。

由此可見「篇章邏輯」與「內容義旨」都可由其「潛、顯呼應」而造成互動的結果。

四、　篇章邏輯與內容義旨之疊合

辭章的篇章結構，含縱、橫兩向。其中縱向的結構，由內容義旨，也就是情、理、景、事等組成；而橫向的結構，則由內容之形式，也就是篇章邏輯，亦即各種章法，如今昔、遠近、大小、本末、賓主、正反、虛實、凡目、因果、抑揚、平側……等組成。

---

[18] 見陳廷綽《白雨齋詞話》卷一，《詞話叢編》4（臺北：新文豐出版公司，1988 年 2 月臺一版），頁 3791。

因此捨縱向而取橫向，或捨橫向而取縱向，是無法分析好文章的篇章結構的。唯有疊合縱、橫向而為一，用「表」為輔，加以呈現，才能真實地凸顯一篇文章在內容與形式結構上的特色[19]。茲分如下兩層，舉例說明如次：

（一）內容義旨為主、篇章邏輯為副

這主要在凸顯篇章的內容結構，一般說來，著眼於內容義旨，如果忽略了潛藏於它們之間的邏輯關係，則形不成其嚴密結構，很容易只流於段落大意式的呈現而已，因此用篇章邏輯來支撐，求其疊合，是有其必要的。如王安石的〈讀孟嘗君傳〉一文：

> 世皆稱孟嘗君能得士，士以故歸之，而卒賴其力，以脫於虎豹之秦。嗟呼！孟嘗君特雞鳴狗盜之雄耳，豈足以言得士！不然，擅齊之強，得一士焉，宜可以南面而制秦，尚何取雞鳴狗盜之力哉！雞鳴狗盜之出其門，此士之所以不至也。

這篇文章，一開頭就直接以「世皆稱」四句，先立一個案，採「先因後果」的條理，藉世人之口，對孟嘗君之「能得士」，作一讚美，並從中拈出「卒賴其力，以脫於虎豹之秦」，隱含「雞鳴狗盜」之意，以作為「質的」，以引出下文之「弓矢」。再以「嗟呼」句起至末，在此用「實、虛、實」的條理，針對「立」的部

19 見陳滿銘〈談縱橫向疊合的篇章結構〉（臺北：《國文天地》16 卷 7 期，2000 年 12 月），頁 100-106。

分，以「雞鳴狗盜」扣緊「卒賴其力，以脫於虎豹之秦」，予以攻破。所謂「質的張而弓矢至」，真是一箭而貫紅心，雖文不滿百字，卻有極強的說服力。對此，林西仲指出：「《史記》稱孟嘗君招致任俠姦人入薛，其所得本不是士，即第一等市義之馮驩，亦不過代鑿三窟，效雞鳴狗盜之力，何嘗有謀國制敵之慮！『龍門好客自喜』一語，早已斷煞，而世人不知，動稱『能得士』，故荊公作此以破其說。篇首喝起『世皆稱』三字，是與『龍門』贊語相表裡，非翻案也。百餘字中，有起、承、轉、合在內，警策奇筆，不可多得。」[20]將此文特色交代得十分清楚。附結構分析表如下：

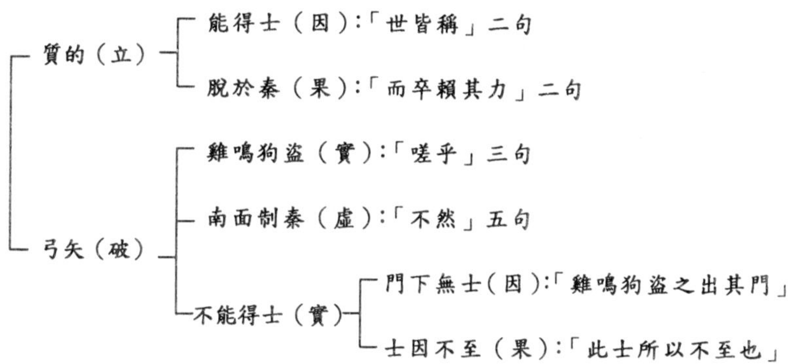

可見此文是以「孟嘗君不能得士」之意來統一所有結構，呈現其「統一邏輯」，使「內容義旨」（主）與「篇章邏輯」（副）疊合在一起，讓人一目了然。

[20] 見《古文析義合編》上冊（臺北：廣文書局，1965 年 10 月再版），頁 326。

（二）篇章邏輯為主、內容義旨為副

這主要在凸顯篇章的邏輯結構，通常篇章之內容義旨，無論在情、理、景（物）、事之間，都潛藏著其邏輯關係，因此用篇章邏輯來梳理內容義旨，求其疊合，同樣是有其必要的。如沈佺期〈雜詩．三首之一〉：

> 聞道黃龍戍，頻年不解兵。可憐閨裡月，長在漢家營。少婦今春意；良人昨夜情。誰能將旗鼓，一為取龍城？

此詩旨在寫閨怨，從而反映出作者對戰事結束的無限渴望，採「先平提後側收」的結構寫成。在「平提」的部分裡，先以「先因後果」的順序，平提兩個重點，即「久不解兵」（因）和「望月相思」（果）。其中首聯為「因」，頷、頸兩聯為「果」；而「果」的部分，則以頷聯寫望月、頸聯寫相思。值得注意的是，在此無論是寫望月（即景）或是相思（抒情），都兼顧了思婦之「實」與征夫之「虛」，也就是說，寫思婦在「閨裡」望月相思，是「實」；而寫征夫在「漢家營」（黃龍）望月相思，是「虛」。如此虛實相映，更增添了作品的感染力量。接著以尾聯，採側收的方式，針對著起聯之「不解兵」，從反面表達出「解兵」的強烈願望。這種願望如能實現，那麼思婦與征夫就不必再望月相思了。附結構分析表如下：

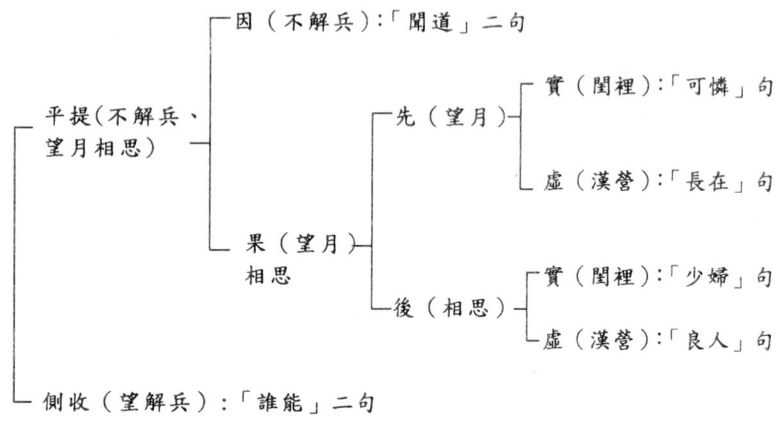

從上表可知，首層的「平提」與「不解兵、望月相思」、「側收」與「望解兵」，二層的「因」與「不解兵」、「果」與「望月相思」，三層的「先」與「望月」、「後」與「相思」……，是縱橫疊合在一起的。

如此以「篇章邏輯」為主、「內容義旨」為副來呈現，也一樣令人一目了然。

五、　篇章邏輯與內容義之綜合探討

大體說來，就辭章內涵而言，主要含綜合思維的「風格」、「主題」、邏輯思維的「章法」、「文法」與形象思維的「修辭」、「詞彙」、「個別意象」。若按《文心雕龍・章句》篇所分「篇法」、「章法」、

「句法」與「字法」來看，則其中的「個別意象」、「詞彙」與「文法」，主要屬於「字句」範疇；而「章法」、「主題」（含義旨與材料）與「風格」，主要屬於「篇章」範疇。如此「內容」與「形式」可概分為「字句」與「篇章」兩大部分，用如下系統簡圖來表示它們的關係：

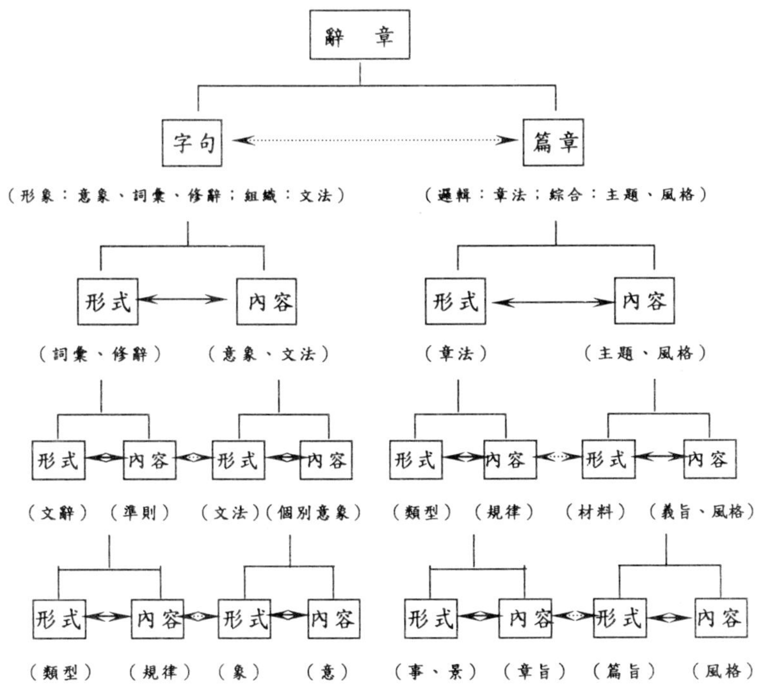

可見「章法」所呈現的是「篇章邏輯」，乃「內容的形式」，亦即「內容義旨」之「組織形式」。對此，王希杰就指出：

> 文章是由內容和形式兩個方面所構成的。其內容是信息和思想，其形式是語言文字和表達方式。兩個方面也都有內容和形式的區別——我閱讀了陳滿銘教授及其弟子的精彩著作之後所得到的印象是，章法學的對象主要是文章的內容，陳滿銘教授說的「材料」就是內容，但是不研究「材料」本身，只研究材料的形式，就是材料同材料之間的關係，所以是（文章的）「內容的形式」——文章內容的「組織形式」。當然文章內容的「組織形式」需要響應的形式來表現它。文章是內容和形式的統一體。[21]

他把「章法」視為文章「內容的形式」，並且指出「文章是內容和形式的統一體」，十分有見地。

其實，這一問題，在我國早就注意到了，劉勰《文心雕龍．情采》說：

> 情者文之經，辭者理之緯，經正而後緯成，理定而後辭暢，此立文之本源也。[22]

關於此，王更生詮釋說：

> 歸根究柢，固可說是內容與形式的關係問題，但他能就此問題，突破六朝形式主義的文風，落實到情采並重方面

[21] 見王希杰〈章法學門外閒談〉，同注 9。

[22] 見黃叔琳注、李詳補注《增訂文心雕龍校注》卷七（北京：中華書局，2000 年 8 月一版一刷），頁 415。

來，這不能不說是正本清源之論。[23]

所謂「情采並重」就是「內容和形式」之並重，這果然是「正本清源之論」。

而鄭頤壽則進一步將縱、橫向扣上「情經辭緯」加以說明：

> 陳教授把「情」、「理」、「景」、「物」、「事」為「縱向」，「章法」為「橫向」，這與劉勰的「情經辭緯」說是一脈相承的，即把「章法」定位在「辭」──「（內容之）形式」上。[24]

凡此可見「篇章邏輯」與「內容義旨」，是橫向、縱向與「內容的形式」、「內容的內容」間的關係，是並重的，是一體的。

如就「意象系統」來看，「篇章邏輯」涉及「意象之組織」，凸顯的是意、象之間的邏輯關係；而「內容義旨」則涉及「意象之統合」，凸顯的是意、象本身的形、質[25]。其中「意象之組織」問題，雖一直有人注意，卻無法獲得圓滿解決。如陳慶輝在《中國詩學》中即說道：

> 應該說意象的組合方式是多種多樣的，上述所舉只怕是掛

[23] 見王更生《文心雕龍選讀》（臺北：巨流圖書公司，1994 年 10 月一版一刷），頁 240。

[24] 見鄭頤壽〈臺灣辭章學研究述評及其與大陸的異同比較〉（福州：《福建省社會主義學院學報》總 43 期，2002 年 4 月），頁 29。

[25] 見陳滿銘〈層次邏輯與意象（思維）系統 － 以「多」、「二」、「一（0）」螺旋結構作對綜合考察〉（臺北：臺灣師大《中國學術年刊》30 期〔春季號〕，2008 年 3 月），頁 255-276。

> 一漏萬；而且複合意象的構成，作為一種審美創造，是一個複雜的心理過程，用所謂並列、對比、敘述、述議等結構形式加以說明，似乎是粗糙的、膚淺的，其深層的因素和邏輯還有待我們去挖掘和探索[26]。

意象之組織，確乎是一種複雜的心理過程，其中動用了精密的層次邏輯之思維能力，原本就是不易掌握、捕捉的，而且在古典詩詞中，可以幫助確認意象組織的邏輯關係之連接詞常常被省略，因此更加重了探索、挖掘的困難度。而王長俊等的《詩歌意象學》也認為：

> 中國古典詩歌的意象雖然可以直接拼接，意象之間似乎沒有關聯，其實在深層上卻互相勾連著，只是那些起連接作用的紐帶隱蔽著，並不顯露出來，這就是前人所謂的「斷峰雲連」、「辭斷意屬」。[27]

他所謂的「斷峰雲連」、「辭斷意屬」，指的就是意象組織的問題。由此看來，意象與意象間之隱蔽「紐帶」或「深層的因素和邏輯」，一直未被好好地「挖掘」、「探索」而「顯露」出來過，是公認的事實。而這個難題，似乎可由「內容的形式」（篇章邏輯）、「內容的內容」（內容義旨）之互動予以解決；這顯然就涉及了「章法學」。

---

[26] 見陳慶輝《中國詩學》（臺北：文史哲出版社，1994 年 12 月初版），頁 74。

[27] 見王長俊等《詩歌意象學》（合肥：安徽文藝出版社，2000 年 8 月一版一刷），頁 215。

王希杰說：

> 章法學不是關於文章內容本身的學問，而是內容材料的關係的學問。文章表現形式是多種多樣的，千變萬化的，但是其內在邏輯結構，卻是很有限的，不過是有限的幾種關係模式。而且這種內在的關係是潛在的。[28]

他所謂的「這種內在的關係是潛在的」，不就是指意、象（內容材料）間的「隱蔽紐帶」或「深層的因素和邏輯」嗎？可見探究「篇章邏輯」是可以挖掘出「內容義旨」之深層關係的。而用「篇章邏輯」來挖掘「內容義旨」之深層關係，正是「章法與內容關係論」的重點所在，黎運漢將此與「章法四大規律論」視為「章法理論大廈的兩根堅實支柱」[29]，就是看出「章法」，也就是「篇章邏輯」的這種重大功用。

六、 結語

---

[28] 見王希杰〈陳滿銘教授和章法學〉（畢節：《畢節學院學報》總 96 期，2008 年 2 月），頁 3。

[29] 黎運漢：「陳教授的章法四大規律論和章法與內容關係論，揭示了章法學的研究對象，理清了它的範圍，闡明了其分析原則和方法與實用意義，形成了章法理論大廈的兩根堅實支柱，它們有深度、有廣度、有理論開拓性和實踐指導性的品格，為漢語辭章章法學構建起一個較為科學的理論體系奠定了堅實的基礎。」見〈陳滿銘對辭章章法學的貢獻〉，《陳滿銘與辭章章法學》（臺北：文津出版社，2007 年 12 月初版一刷），頁 56。

由於辭章「內容」必須靠「形式」來呈現，而「形式」又得依賴「內容」來支撐，因此就一篇辭章來說，「內容」與「形式」是交互依存，不能分割的。經由上文探討，可知「篇章邏輯」關涉的是「內容的形式」，以凸顯意、象之間的邏輯關係；而「內容義旨」關涉的是「內容的內容」，以呈現意、象本身的形、質；兩者交互依存，不可偏廢。《文心雕龍．情采》說：「情者文之經，辭者理之緯，經正而後緯成，理定而後辭暢，此立文之本源也。」強調的就是這個道理。由此可見「篇章邏輯」與「內容義旨」兩者，是彼此「互動」而「重疊」，形成一體的。

引用文獻

王希杰〈章法學門外閒談〉，《平頂山師專學報》18 卷 3 期，2003 年 6 月，頁 53-54。

王希杰〈陳滿銘教授和章法學〉，《畢節學院學報》總 96 期，2008 年 2 月，頁 1-6。

王更生《文心雕龍選讀》，臺北：巨流圖書公司，1994 年 10 月一版一刷。

王長俊等《詩歌意象學》，合肥：安徽文藝出版社，2000 年 8 月一版一刷。

仇小屏《文章章法論》，臺北：萬卷樓圖書公司，1998 年 11 月初版。

吳應天《文章結構學》，北京：中國人民大學出版社，1989 年 8 月一版三刷。

林雲銘《古文析義合編》，臺北：廣文書局，1965 年 10 月再版。

陳廷綽《白雨齋詞話》卷一，《詞話叢編》4，臺北：新文豐出版公司，1988 年 2 月臺一版。

陳望道《修辭學發凡》，香港：大光出版社，1961 年 2 月版。

陳滿銘〈唐宋詞拾玉〔四〕－ 辛棄疾的〈賀新郎〉〉，《國文天地》12 卷 1 期，1996 年 6 月，頁 66-69。

陳滿銘《文章結構分析》，臺北：萬卷樓圖書公司 1999 年 5 月初版。

陳滿銘〈談篇章結構分析的切入角度〉，《國文天地》15 卷 8 期，2000 年 1 月，頁 89-94。

陳滿銘〈談縱橫向疊合的篇章結構〉，《國文天地》16 卷 7 期，2000 年 12 月，頁 100-106。

陳滿銘《章法學新裁》，臺北：萬卷樓圖書公司，2001 年 1 月初版。

陳滿銘《章法學綜論》，臺北：萬卷樓圖書公司，2003 年 6 月初版。

陳滿銘〈論幾種特殊的章法〉，臺灣師大《國文學報》31 期，2002 年 6 月，頁 196-202。

陳滿銘〈論「真」、「善」、「美」的螺旋結構 － 以章法「多」、「二」、「一（0）」結構作對應考察〉，臺灣師大《中國學術年刊》27 期〔春季號〕，2005 年 3 月，頁 151-188。

陳滿銘〈意象「多」、「二」、「一（0）」螺旋結構論 － 以哲學、文學、美學作對應考察〉，《濟南大學學報．社會科學版》17

卷 3 期，2007 年 5 月，頁 47-53。

陳滿銘〈層次邏輯與意象（思維）系統 － 以「多」、「二」、「一（0）」螺旋結構作對綜合考察〉，臺灣師大《中國學術年刊》30 期〔春季號〕，2008 年 3 月，頁 255-276。

陳滿銘〈論潛性與顯性之互動類型 － 以辭章義旨為例作觀察〉，《江陰職業技術學院學報》19 卷 2 期，2008 年 6 月，頁 25-29。

陳滿銘〈論潛性與顯性之互動類型 － 以辭章章法為例作觀察〉，《畢節學院學報》27 卷 1 期，2009 年 1 月，頁 1-7。

陳滿銘〈論章法結構之方法論系統〉，《肇慶學院學報》總 95 期，2009 年 1 月，頁 33-37。

陳慶輝《中國詩學》，臺北：文史哲出版社，1994 年 12 月初版。

陳鵬翔《主題學理論與實踐》，臺北：萬卷樓圖書公司，2001 年 5 月初版。

黃叔琳注、李詳補注《增訂文心雕龍校注》，北京：中華書局，2000 年 8 月一版一刷。

彭漪漣《古典詩詞邏輯趣談》，上海：上海人民出版社，2001 年 9 月一版一刷。

黎運漢〈陳滿銘對辭章章法學的貢獻〉，《陳滿銘與辭章章法學》，臺北：文津出版社，2007 年 12 月初版一刷，頁 52-70。

鞏本棟《辛棄疾評傳》，南京：南京大學出版社，1998 年 12 月一版一刷。

鄭頤壽〈臺灣辭章學研究述評及其與大陸的異同比較〉，《福建省社會主義學院學報》總 **43** 期，**2002** 年 **4** 月，頁 **29**。

鄭頤壽〈中華文化沃土，辭章學圃奇葩—讀陳滿銘《章法學新裁》及其相關著作〉，蘇州：《海峽兩岸中華傳統文化與現代化研討會文集》，**2002** 年 **5** 月，頁 **131-139**。

鄭頤壽〈辭章學研究的回顧與前瞻〉，《澳門語言學刊》**22**、**23** 期，**2003** 年 **10** 月，頁 **50-61**。

自章法角度建立科技論文摘要的寫作訓練策略

鄭宇辰
國立成功大學現代文學研究所碩士生

摘要

摘要的書寫，在論文快速且大量生產的今日學術環境中，除了讓閱讀者能在有限的時間內進行所需資料的檢索與收集之外，亦幫助研究者將自己的研究成果與論述有效地傳達給外界，達成學術行銷的作用。因此，論文摘要書寫的好壞，將一定程度地影響該篇論述的能見度與引用度。本文擬自章法分析的角度，以科技論文的摘要書寫為研究對象，首先進行邏輯結構的分析，歸納出幾種科技論文摘要書寫上常用的章法種類；而後將利用這些分析結果，搭配章法的概念，進一步讓章法與摘要書寫作一妥善的結合，以進行教學材料與活動的設計，使學習者日後在撰寫論文摘要時，能自章法的角度出發，完成一篇精簡而又層次分明、凸顯論述要點的科技論文摘要。

關鍵詞

章法、摘要、科技論文、寫作訓練

一、前言

當筆者為這份論文鍵下第一個字開始，即意謂著或許又將有一份新的論述呈現在世人眼前。然而，在學術風氣盛行的現代社會裡，每年都會在各個研究領域生產出數以萬計的論文，一般的學術研究者，即便窮盡一生的時間，也不可能將與自己研究領域相近的論文資料悉數閱讀完畢。為了提供研究者在資料收集與取捨的方便，學術界在論文的撰寫習慣上，漸漸發展出了「摘要」的概念，「把自己發表的論文重點，用極少的字句寫成短文，刊印在每篇論文的第一段。使讀者能在極短時間內，從『摘要』中瞭解論文的內容，可以判斷是否需要詳讀。」（李學勇 14）此外，亦有學者將「摘要」定義為「研究報告的精簡概要，其目的是透過簡短的敘述使讀者大致瞭解整篇研究報告的內容。摘要的內容通常包括問題描述、使用方法與程序以及所得結果。」（廖慶榮 3）

從這個角度看來，「摘要」便擔負著相當重要的角色，必須能夠簡要而清晰地將該篇論述的主要內容展現出來，讓讀者能在擇選之後繼續細讀，以達「學術行銷」的目的。只是，該如何將龐大複雜的研究、論述過程，用最精簡而不疏漏的方式呈現呢？是否在「摘要」的書寫上，也有一個可以作為依歸的開展程序呢？經濟部中央標準局所編〈摘要撰寫標準〉即指出：「通常按研究目的、方法、結果與結論等學術研究進行的順序撰寫」，但同時也「可依不同讀者的需求而改變順序。」（經濟部中央標準局 **36**）顯見「摘要」的字句確實隱然存在著書寫與閱讀上的邏輯概念，並具有可以歸納整理出的某些秩序。

近年來，任職於國立成功大學中文系的仇小屏教授，執行校方「標竿創新暨新進學者計畫」，以「成大學生實用文『寫作邏輯』指導策略發展方案」為主題，展開一系列對於「科技論文」的章法邏輯探討。[1]計畫的首要工作，便是從摘要書寫的章法邏輯著手，試圖統整出為了因應科技論文的需求，而在摘要書寫中較常被運用的幾種章法，以便作為未來指導策略發展的核心。本文即在仇小屏教授部分研究概念與成果的基礎上進行延伸，首先自章法學的角度，繼續開展科技論文摘要邏輯結構的分析，並進而從這些分析結果來發展教案，以期能透過完整的教材與教學策略，讓研究的成果得到真正的落實。

二、科技論文摘要章法分析之理論基礎

[1] 該計劃完整名稱為：「標竿創新暨新進學者計畫——成大學生實用文『寫作邏輯』指導策略發展方案」，自九十六學年度起，已進行兩個學年度的專案研究。筆者忝為研究助理。

仇小屏指出：「『運材與佈局』能力是特殊能力的一種。就寫作教學而言，這種能力稱為『運材與佈局』；如果就閱讀教學而言，就是『章法學』。」（仇小屏 2006：4）而陳滿銘在《篇章結構學》中則提到：「章法處理的是篇章中內容材料的邏輯關係。」（陳滿銘 2005：115）本文意圖在針對科技論文摘要所做的章法分析之後，進一步選擇教材、設計科技論文摘要寫作的指引方案。因此在這個層面上，不只要指導學生能從閱讀的角度上簡單分析出論文摘要的章法結構，也要導引學生能發揮「運材與佈局」的能力，以完成邏輯層次分明的論文摘要書寫。

至於何謂建構文章章法層次的「邏輯」意涵？吳應天說：「人們的思維既有形象性，也有邏輯性，所以既可以寫成形象體系，也可寫成邏輯體系。前者是文學作品，後者是科學理論。這樣劃分，同樣也是客觀事物的反映，但是這仍然是片面的看法。」（吳應天 345）[2]而陳滿銘則針對吳應天說法中的「邏輯體系」作進一步的說明：

> 如果是專就「景（物）」或「事」等各種材料，訴諸客觀，對應於自然規律，按秩序、變化、聯貫與統一之原則，前後加以安排、佈置，以具體表達「情」或「理」的，皆屬

[2] 在此僅引述吳應天的前段論述，吳氏原文則繼續寫道：「如果辯證地看問題，那就知道形象體系中寓有邏輯性，邏輯體系中也包含著形象性，兩者不僅互相聯繫、互相滲透，而且還有互相結合、互相轉化。原因在於形象性和邏輯性具有對立統一關係。正由於這個緣故，由於簡明扼要的邏輯系統很容易為人們所理解，而生動具體的形象體系更容易使人感動，所以許多文學作品往往是形象性和邏輯性結合的複合文。」

「邏輯思維」。（陳滿銘 2002a：19）[3]

此外，陳滿銘於〈論章法的哲學基礎〉一文中亦指出：

> 這種邏輯組織或條理，對應於宇宙人生規律，完全根源於人心之理，是人人與生俱有的。所以大多數的人，包括作者本身，對它的存在雖大都不自覺，卻會自然地反映在他們的思考或作品之上。（陳滿銘 2002b：87-88）

因此，章法分析即是以一系統性的方法，嘗試將反映人心與思考的篇章作品，釐清其本有的規律、條理。近年來，在多方學者的努力下，所歸納出來的章法約有四十種，[4]而不同的章法似乎也有不一樣的使用方向。仇小屏提到：

> 不同的章法在不同類型的文章中，運用的頻繁程度也大不相同。如果把文章大概地二分為形象性文章和邏輯性文章，則時、空諸法在形象性文章中出現的頻率非常高，但罕見於邏輯性文章；同樣地，屬於事（情）理類的章法也廣泛地用在邏輯性文章中，形象性文章中則少見多了。（仇小屏 2005：14）

[3] 此外，陳滿銘也針對吳應天所言「形象體系」解釋道：「如果是將一篇辭章所要表達之『情』或『理』，訴諸主觀，直接透過各種聯想，和所選用之『景（物）』或『事』連接在一起，或者是專就個別之『景（物）』、『事』等材料本身設計其表現技巧的，皆屬『形象思維』。」。由於此段文字與本文的進行無太大的關聯性，因此僅以註解的方式呈現。

[4] 此部分詳見陳滿銘（2005：190-222），及仇小屏（2005），在此不一一列出。

準此，或許也已經隱約暗示了，在科技論文無論是摘要或正文之中，可能較常被運用的章法類型。而仇小屏在進行科技論文摘要章法結構的分析中，也發現「所用到的章法種類有其趨向」，她並進一步指出：

> 目前所歸納而得的章法約有四十種，而此十五篇摘要的第一、二層結構用到八種，即「底圖」法、「因果」法、「本末」法、「凡目」法、「偏全」法、「平側」法、「補敘」法，這些都是常用於議論的章法，至於空間諸法、時間諸法、情景法……等等常用於寫景敘事的章法，則未曾出現。（仇小屏 2009a：488）

因此，最後得出「科技論文摘要所用到的章法確有其特別的傾向；換句話說，常用於科技論文摘要的章法，也往往就是適於議論的章法。」（仇小屏 2009a：488）之結論。

本文即從上述「運材與佈局」、「邏輯思維」與「章法」等理論出發，進行以下所選定之科技論文摘要的邏輯結構分析。

三、科技論文摘要寫作邏輯分析

仇小屏在〈論科技論文「摘要」之篇章寫作邏輯〉中，自《CHEMISTRY》（2007,Vol.65,No.3）、《機械工業》（296 期，2007.11）、《機械工程材料》（第 31 卷第 10 期，2007 年 10 月）等三種學術期刊裡，擇選了十五篇論文進行其摘要的篇章寫作邏輯分析。（仇小屏 2009a：464）本文即在此一示範與基礎之上，另外選定《國家公園學報》（第十七卷第一期，2007 年 7 月）為研究對象，試圖讓取樣分析的材料能在數量及領域上，都能獲得多元性的拓展，以增加後續教案設計上的教材豐富度。以下，即為《國家公園學報》中六篇論述之摘要的章法結構分析：

（一）李玲玲、黃俊嘉〈陽明山國家公園蝙蝠多樣性之現況研究〉摘要（p001-p015）：

陽明山國家公園內保有大片適合翼手目動物覓食的天然林，又有相當多適合翼手目動物棲息的洞穴，過去研究已記錄多種穴居性蝙蝠。本計畫自 2006 年 3 月底至 11 月中以棲所調查、網具捕捉、超音波偵測器監測和訪談等方式進行蝙蝠相普查，以掌握陽明山國家公園內翼手目動物之種類、分布與相對豐度。【1】

本調查共記錄 4 科 7 屬共 9 種蝙蝠，其中鼠耳蝠 sp.1（Myotis sp.1）及皺鼻蝠（Tadarida sp.）為陽明山地區的新記錄，而所捕獲的渡瀨式鼠耳蝠（Myotis rufoniger watasei）和台灣管鼻蝠（Murina puta）皆為陽明山地區之第二筆記錄。整理過去研究和本計畫調查結果，陽明山地區目前已發現 10 種蝙蝠。【2】

顯示台灣葉鼻蝠（Hipposideros armiger terasensis）和台灣小蹄鼻蝠（Rhinolophus monoceros）為陽明山地區數量最優勢的穴居性蝙蝠。台灣大蹄鼻蝠（Rhinolophus formosae）雖數量較少，但共調查到 18 個日棲所，使陽明山成為目前此物種已知棲所數量最多的地區。摺翅蝠（Miniopterus schreibersii）和鼠耳蝠 sp.1 在園區內較不普遍，僅各發現數個日棲所。

以蝙蝠偵測器共錄得園區內 8 種蝙蝠的超音波叫聲，並以此初步建立了蝙蝠超音波資料庫。其中台灣葉鼻蝠、台灣小蹄鼻蝠和台灣大蹄鼻蝠等三種常頻式超音波之蝙蝠的叫聲在各項超音波測值的差異都很大，因此進行野外調查時可以超音波偵測明確地辨識此三種物種。【3】

依據本調查之結果，建議陽明山國家公園管理處應建立良好之蝙蝠回報系統，可更有效率地獲得蝙蝠種類、棲所與分布等資料；【4】此外園區內具有多個穩定的蝙蝠棲所，建議可於桃仔腳橋涼亭、陽明書屋和中興賓館內設立解説牌等設施，讓民眾更了解蝙蝠之習性；【5】此外亦建議針對易受干擾的蝙蝠棲所，研擬相關保育計畫。【6】

其寫作邏輯分析表如下：

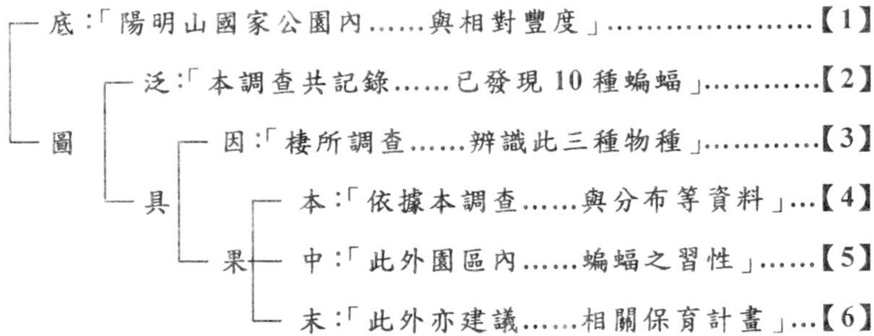

在此篇篇幅頗長的摘要中，比較需要注意的是，撰寫者於末段的建議事項裡，文字上雖然表現不出「本末」的結構特色，但細視其內容，卻可以理出「首先建立調查資料，其次建立解說設施，最後研擬保育計畫」的推演順序。因此，最好在「本」【4】之前加上「首先」一詞，並將「中」【5】的「此外」改為「其次」，再把「末」【6】的「此外」改為「最後」。如此一來，工作程序層次分明，將有利於相關單位的先後工作分配與推行，達成研究論述的具體效用。

（二）黃啟俊、林其永、王國雄、許再文、蔣鎮宇〈玉山國家公園境內紅檜之微衛星 DNA 研究〉摘要（p017-p032）：

分子指紋技術已廣泛應用於生物保育，其中基因體中的微衛星 DNA 因具有高解析力及變異性的特性，使得此一分子技術在物種之保育及遺傳多樣性的分析上提供了快速又可靠的工具。【1】本研究針對之物種紅檜，其不論在林業、觀光或園藝上均極具價值，【2】鑑於過去濫採盜伐等人為因素干擾造成紅檜野外族群受到極大的衝擊，針對紅檜野外族群進行族群遺傳結構及歧異度的分析，【3】研究結果顯示紅檜野外族群仍維持高度遺傳歧異度，其中又以南橫地區檜谷的族群遺傳歧異度為最高，可考慮作為保育遺傳多樣性的熱點，【4】紅檜雖然曾受到過去砍伐影響而降低老樹數量及分布，但仍保有較高之遺傳歧異度，【5】因此針對紅檜擬定保育策略時，首重於維持野外族群數量及棲地完整性以降低外在因素干擾，【6】微衛星 DNA 的高度變異是以區分紅檜巨木個體及族群，提供了紅檜的分子身份證。【7】

其寫作邏輯分析表如下：

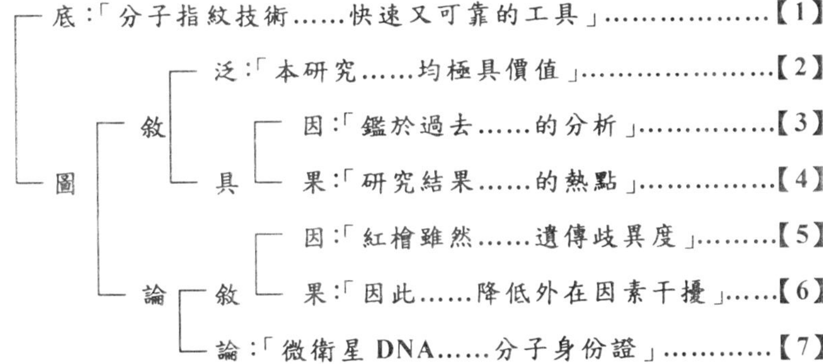

在此篇摘要中，連續「逗號」的使用容易讓閱讀者對語意是否完結產生些許困惑，因此首先需要注意的是：「泛」【2】與「具」【3-4】間的「，」宜改為「。」以示區隔。其次，「因」【3】與「果」【4】間的「，」宜改為「。」以示語意完結。接著，【4】與【5】因分屬「敘」與「論」兩個不同段落，所以之間的「，」也宜改為「。」以示區隔。最後，「敘」【5-6】與「論」【7】陳述之對象不同，因此之間的「，」宜改為「。」。藉由章法概念的調整，在標點符號的運用上，也將準確許多。

（三）孫旻璇、呂至堅、陳建仁、林佳宏、王俊凱、徐堉峰〈太魯閣國家公園昆蟲群聚與

功能之研究〉摘要（p033-p051）：

本研究於太魯閣國家公園範圍內區分出各種主要植被帶之林型，蒐集相關資訊，並進行實地昆蟲資源調查，藉由多樣性指數的呈現來了解昆蟲（鱗翅目、鞘翅目為主）的組成及其與環境間之關係，同時調查各種植被帶的優勢種及可能的指標種，並與歷年的昆蟲調查成果作比較分析，以提供管理處最佳的管理與經營方針。【1】2006 年度主要調查海拔 2000 公尺以上的地區，於六個主要樣區發現蝴蝶的多樣性差異頗大，蛾類的豐富度以中海拔的碧綠一帶最為豐富，各個植被林型的鞘翅目昆蟲的組成也有明顯不同。【2】調查至十月底止已記錄到不少保育類、特有及稀有的物種，【3】建議可以針對園區內一些主要的熱點做長期的監測或是針對某些分佈於太魯閣國家公園境內生態習性不明確的重要物種進行深入的調查及研究。【4】

其寫作邏輯分析表如下：

- 因
  - 泛：「本研究於……最佳的管理與經營方針。」……【1】
  - 具：「2006 年度……也有明顯不同。」………………【2】
- 果
  - 因：「調查至……及稀有的物種，」…………………【3】
  - 果：「建議可以……調查及研究。」…………………【4】

此篇論文的摘要以「因果法」為主體，將調查前的樣區概況與調查後所得的結果作一簡要的敘述。而在第二層的結構中，「泛具法」的應用，使得具體的調查發現可以凸顯出來；利用「因果法」的呈現，則順理成章地將調查結果轉為調查者對太魯閣國家公園管理處的建議。整體敘述條理簡單分明。

（四）徐國士、陳紫娥、姜聖華〈太魯閣國家公園中低海拔土地利用變遷之研究〉摘要（p053-p065）：

鑑於瞭解中部橫貫公路興建後帶動之各項產業活動引起的生態環境變化，本研究以太魯閣國家公園園區沿中橫公路兩側，自海拔 1,300m 以下之中低海拔人為土地利用為調查對象，選擇 1980、1986、1998 與 2003 年四年期航攝影像資料，結合文獻資料、現場調查與訪談，瞭解此區土地利用變遷過程及其歷史背景，藉此建立土地利用變遷資料庫，以為國家公園管理處經營管理之策略參考。【1】

研究顯示土地資源的利用與地貌條件及交通易達性密切相關，開發區概以公路兩側及鄰近地區之平緩階地為主，主要為農耕與遊憩兩類用地，公路沿線皆有遊憩據點，天祥以上始有蔬果之農業活動，較具規模如西寶、蓮花池。25 年間土地開發利用有下降趨勢，應與廢耕、逐年收購已被放領的土地有關。【2】本研究建議適宜區位規劃（1）解說教育場地與生態旅遊區；（2）進行長期生態環境監測。【3】

其寫作邏輯分析表如下：

─底：「鑑於瞭解……之策略參考。」……………………………【1】
　　┌ 敘：「研究顯示……的土地有關。」………………【2】
─圖└ 論：「本研究……生態環境監測。」………………【3】

在這篇論文的摘要中，結構更為簡要明白。第一段交代調查區域的土地利用變遷之環境背景，第二段段則敘述調查結束後所獲得的結果，此一結果即是此篇論述的重點所在，因此在第一層結構上形成了「底圖法」的敘述層次。而在第二段裡，撰文者先是敘述了調查所得的土地利用變遷之情況，再根據此一情況提出論點作為具體的建議，是為「先敘後論」的結構，讓閱讀者可以清楚地掌握要點。

（五）黃有傑、張桂嘉、羅紹麟〈雪霸國家公園雪山登山口入園管理措施調整評估之研究〉摘要（p067-p086）

雪霸國家公園雪山登山口以 24 小時開放遊客入園，雖方便登山遊客之行動，卻同時造成部份管理及遊客安全維護上的問題。【1】本研究利用專家深度訪談及模糊道爾菲法，針對限制管理與申請入園程序及方法之相關議題，獲取專家學者的意見，並藉以建立時間調整考量因素及問項、申請入園程序與方法，進而建立遊客問卷之內容，探尋登山遊客之意見，提供管理單位參考。【2】

遊客問卷經分析結果，半數以上遊客同意時間調整的管理，並認為時間調整除可對「生態保育」、「遊憩承載量」、「登山安全」及「經營管理」上有正面助益外，亦不會對「遊憩體驗」造成負面影響。在申請程序及方法上，登山遊客較注重作業流程的透明化及候補機制的建立，並認為床位安排及申請日期的調整應可再做改善；較不認同的意見則是規定專業嚮導員隨行與抽籤決定申請的方式。【3】

整體建議未來國家公園管理處可於週一至週四非假日期間，進行入園開放時間管制，時間以上午 8 時至下午 5 時止，週五後之假日期間，仍維持現階段 24 小時開放；至於申請入園的方式上，可逐步導向網路化並以繳交保證金的方式進行申請確認。【4】

其寫作邏輯分析表如下：

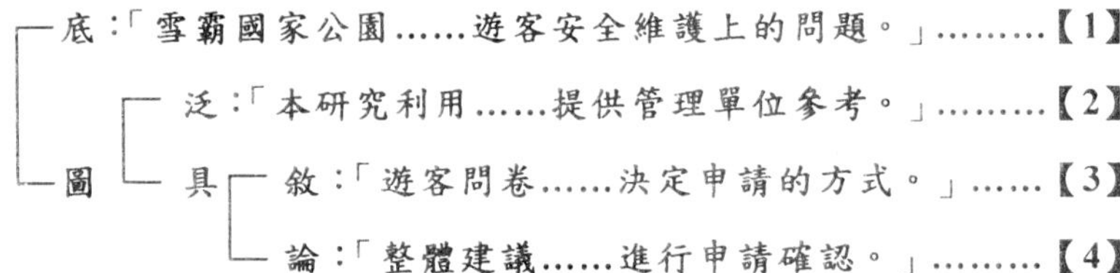

此篇論文的摘要，亦是以「底圖法」作為呈現「背景—焦點」的主要論述架構，而後以泛筆敘述調查研究進行的方法，再具體陳述回收的遊客問卷調查結果。而問卷調查結果的敘述，不只是整個研究進行後的具體呈現，也是撰文者論點得以建立的依據，因此又分別形成了第二層的「泛具法」結構，與第三層的「敘論法」結構，層次井然。

（六）林正洪、柯士達、蒲新杰〈陽明山國家公園之火山地震研究〉摘要（p087-097）：

雖然陽明山國家公園內大屯火山群已經沉寂長久，但是地表地熱及微震活動還是很明顯。根據噴氣所含氦同位素之最近分析研究，顯示部分噴氣來自岩漿源，這強烈的暗示台灣北部地底下依舊存在有岩漿庫之可能性。【1】故大屯火山群是否再度活動的可能性，不僅是一個值得研究的科學問題，更關係大台北附近民眾的生命財產安全。【2】經由過去兩年多仔細地分析八個地震站之地震記錄，除了於七星山及大油坑附近之最上部地殼中，觀測到許多微震與群震之活動外，也發現有異常的火山地震訊號，例如地震波形類似螺絲釘（Tornillos）與單頻水滴狀地震紀錄，及連續性爆發型之火山地震活動。【3】初步定位顯示這些來源亦落於七星山及大油坑附近地區之淺部地殼。這些訊號之發生機制，一般可以用岩層裂縫內液體或氣體，因壓力突增或突減造成之震動來解釋。【4】雖然依目前之地震資料，無法清楚地判識這些群震現象與異常訊號之正確機制，但其特徵卻與一般火山地區之岩漿或熱水活動相似，故很值得作更進一步之探討與研究。【5】

其寫作邏輯分析表如下：

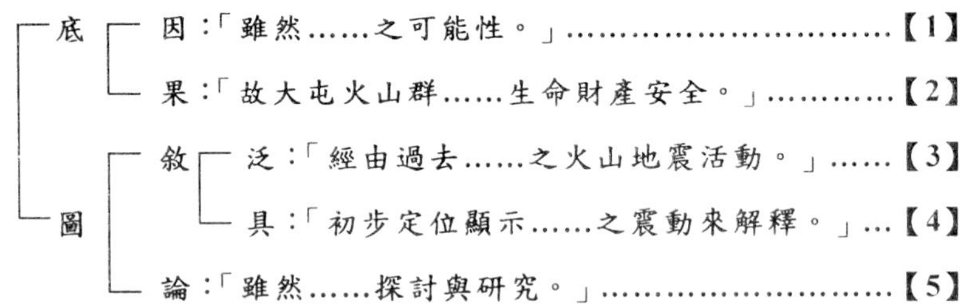

分析至此，可以發現此篇論文摘要的邏輯結構，依然不出「底圖法」、「因果法」、「敘論法」與「泛具法」等前述分析結果中可見的幾種章法。基本邏輯結構還算清楚，惟「泛」【3】之開頭，可加上「本研究」，讓語意更為完整一些。

筆者在此一章節試圖分析《國家公園學報》（第十七卷第一期）所收錄之論文的摘要章法結構，在不分結構層次的統計下，各種章法的使用次數如下：

章法	因果	底圖	本末	論敘	泛具
出現次數	6	5	1	5	5

必須說明的是，章法分析的目的，在於讓每一個句子都能有自己在大結構中的位置，然而為了不讓分析過於瑣碎，影響之後的教學材料取捨與設計，因此在這一部分的分析中最多只取四個層次，因此上表的統計，只是一個概略且方便運用的分析結果。在摘要的邏輯結構分析工作之後，便可以以這些材料，進入教學設計的部分。

四、科技論文摘要寫作之教案發展

在完成了《國家公園學報》（第十七卷第一期）所收錄之論文的摘要章法結構分析之後，再配合仇小屏於〈論科技論文「摘要」之篇章寫作邏輯〉一文中的成果，筆者試圖將幾種在科技論文摘要中較常使用、也較為基本的章法，整理出一些可以實際用於教學的材料內容。由於教學對象設定為理工科系的學生，對於章法的概念自是相當陌生，因此筆者在教案設計與材料擇取的過程中，除了註明各個章法的簡要定義之外，亦先以多數學生過去於中學時曾接觸過的文學材料來作為導引，讓學生藉由熟悉的文章來認識章法；接著，筆者將所整理出的科技論文摘要分列其下，以劃分段落或填空等方式，使學生能立即對甫接觸的章法概念做一實際的練習。相關教材內容如下：

（一）因果法

定義：在文意的結構中，形成了「因為─所以」或者「結果─原因」的邏輯，使閱讀者可以明白事件的原委，或是事物發展變化的脈絡，得以全面地認識事物，且對事物的本質做出正確的判斷。[5]

範文：《戰國策・鷸蚌相爭》

[5] 參見陳滿銘（2005）、仇小屏（2005）關於「因果法」之說明。

> 蚌方出曝，而鷸啄其肉，蚌合而拑其喙。鷸曰：「今日不雨，明日不雨，即有死蚌。」蚌亦謂鷸曰：「今日不出，明日不出，即有死鷸。」兩者不肯相合，漁者得而並禽之。

結構分析表：

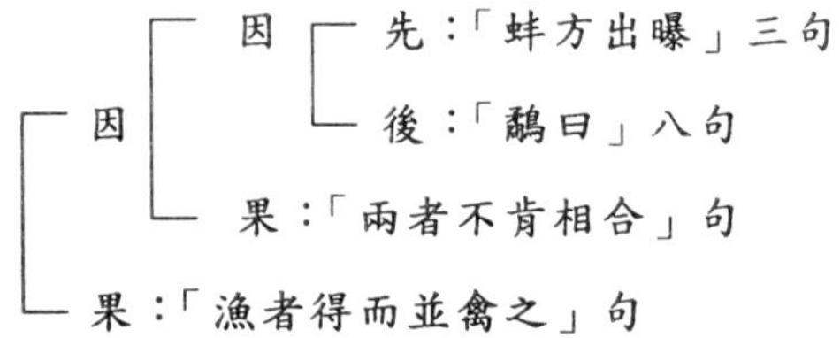

練習：請指出下段文字的因果段落劃分

> 調查至十月底止已記錄到不少保育類、特有及稀有的物種，建議可以針對園區內一些主要的熱點做長期的監測或是針對某些分佈於太魯閣國家公園境內生態習性不明確的重要物種進行深入的調查及研究。

由於「因果法」是最為基本且容易理解的章法結構，仇小屏也指出包含「底圖」、「因果」、「凡目」、「本末」等邏輯，都可以歸屬於「因果」律中，（仇小屏 2009a：487）此即陳滿銘所謂「可見『因果』章法的確帶有其母性，能相當普遍地替代其他的章法。」（陳滿銘 **2003**：**403-404**）[6]因此，在科技論文摘要常用章法的教

6 關於「因果」章法具有「母性」的完整論述為：「可見『因果』章法的確帶有其母性，能相當普遍地替代其他的章法。這樣，章法似乎只要『因果』一法即可。但是，以『因果』這一邏輯，就想要牢籠所有宇宙人生、

學指引上，以「因果法」為起始，配合學生耳熟能詳的「鷸蚌相爭」故事，以及劃分章法結構段落的練習題，應可引發學生的學習興趣，並建立最基礎的章法概念。

（二）底圖法

定義：若以圖畫來作比喻，則用作「背景」的，往往對焦點能起烘托的作用，此即所謂的「底」；而用作「焦點」的，則對背景來說能產生聚焦的功能，此即所謂的「圖」。（仇小屏 **2005：467**）

範文：柳宗元〈江雪〉

千山鳥飛絕，萬徑人蹤滅。孤舟蓑笠翁，獨釣寒江雪。

結構分析表：

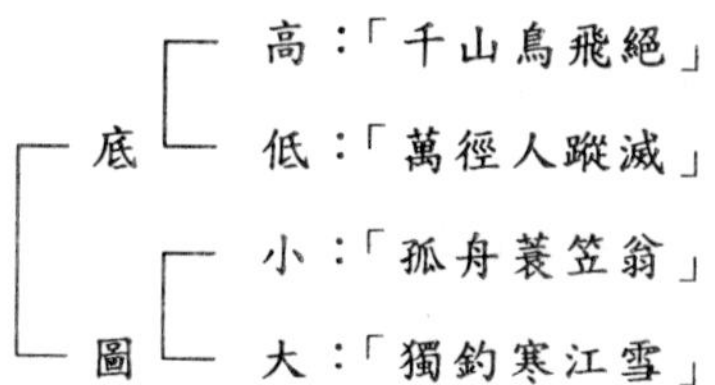

事事物物，形成『二元對待』既精且細之層次關係，實在是不可能的。更何況還有一些章法，如『左右』、『大小』、『並列』、『知覺轉換』等，是很不容易找出其『因果』關係來的。因此，『因果』章法只能用以『兼法』（如同修辭之『兼格』）之方式，輔助其他章法，而其他章法的開發與研究，以尋出其心理基礎與美感效果，仍然有其迫切之需要，而且也希望能由此而充實層次邏輯的內容。」

練習：請選出下段文字的底圖段落劃分

> 穿心蓮是廣泛被用來治病的藥用植物，而穿心蓮內酯(andrographolide)是其主要的成分之一。【1】穿心蓮內酯被研究出具有抗癌，治療糖尿病的的活性，探討其修飾的合成方法和研究修飾過後化合物結構與活性的關係，甚至於探討活性的作用機轉均是重要的研究方向。【2】本文整理了數篇近年來探討穿心蓮內酯及其衍生物在抑制α-glucosidase 活性及抗癌作用的文章，【3】值得注意的是，在將穿心蓮內酯分子中的部分官能基加以修飾後，有些衍生物具有比穿心蓮內酯更高的生物活性。【4】（賴俊吉、傅淑玲、林照雄、梁峰賓、孫仲銘〈穿心蓮內酯的化學分子修飾和其生物活性〉摘要）[7]

（1）	（2）	（3）
底：【1】	底：【12】	底：【123】
圖：【234】	圖：【34】	圖：【4】

在「底圖法」的定義裡，以圖畫之構圖作為比喻應是很好理解的；同樣的，柳宗元〈江雪〉一詩也具有一種可以想像得出的畫面感，背景與焦點之間的關係因而清楚分明。將此一概念帶入章法結構與科技論文摘要的邏輯分析，則是要建立學生在閱讀時尋找主旨、在撰寫時凸顯重點的能力。

7 本篇摘要出自於《CHEMISTRY》（2007,Vol.65,No.3），章法分析則引自仇小屏（2009a：470）。

（三）論敘法

定義：是一種將抽象的道理和具體的事件結合起來，使之相輔相成的章法。在論敘法中，敘事者藉由某件事來帶出心中的想法，而這「事」與「議」皆是經過選擇的，才能產生有效的呼應。[8]

範文：王安石〈傷仲永〉

金谿民方仲永，世隸耕。仲永生五年，未嘗識書具，忽啼求之。父異焉，借旁近與之，即書詩四句，並自為其名。其詩以養父母、收族為意，傳一鄉秀才觀之。自是指物作詩，立就，其文理皆有可觀者。邑人奇之，稍稍賓客其父，或以錢幣乞之。父利其然也，日扳仲永環謁于邑人，不使學。

余聞之也久。明道中，從先人還家，於舅家見之，十二三矣。令作詩，不能稱前時之聞。又七年，還自揚州，復到舅家，問焉。曰：「泯然眾人矣。」

王子曰：仲永之通悟，受之天也。其受之天也，賢於材人遠矣。卒之為眾人，則其受於人者不至也。彼其受之天也，如此其賢也；不受之人，且為眾人。今夫不受之天，固眾人；又不受之人，得為眾人而已耶？

結構分析表：

[8] 參見陳滿銘（2005）、仇小屏（2005）中，關於「論敘法」之說明。

- 敘（事）
  - 先（天才）：「金谿民……不使學」
  - 中（略佳）：「余聞之……前時之聞」
  - 後（普通）：「又七年……眾人矣」
- 論（理）：「王子曰……而已耶」

練習：請於空格處填入下段文字所運用的章法結構：

鑑於瞭解中部橫貫公路興建後帶動之各項產業活動引起的生態環境變化，本研究以太魯閣國家公園園區沿中橫公路兩側，自海拔 1,300m 以下之中低海拔人為土地利用為調查對象，選擇 1980、1986、1998 與 2003 年四年期航攝影像資料，結合文獻資料、現場調查與訪談，瞭解此區土地利用變遷過程及其歷史背景，藉此建立土地利用變遷資料庫，以為國家公園管理處經營管理之策略參考。【1】

研究顯示土地資源的利用與地貌條件及交通易達性密切相關，開發區概以公路兩側及鄰近地區之平緩階地為主，主要為農耕與遊憩兩類用地，公路沿線皆有遊憩據點，天祥以上始有蔬果之農業活動，較具規模如西寶、蓮花池。25 年間土地開發利用有下降趨勢，應與廢耕、逐年收購已被放領的土地有關。【2】本研究建議適宜區位規劃（1）解說教育場地與生態旅遊區；（2）進行長期生態環境監測。【3】（徐國士、陳紫娥、姜聖華〈太魯閣國家公園中低海拔土地利用變遷之研究〉摘要）

結構分析表：

```
┌─（ 底 ）………………………【1】
│          ┌（ 敘 ）…………【2】
└─（ 圖 ）└（ 論 ）…………【3】
```

「論敘法」著重的是根基於敘述而引發的論述。多數科技論文的書寫在最後都會根據研究結果而提出建議，此一建議即為研究者的論點所在。而在摘要書寫中，則必須先簡單敘述研究的內容，才能據此將論點導引出來。此一部分的練習題採用填空的方式，要求學生分析填寫的章法均為前述所學。而無論在練習進行的方式與內容上都力求循序漸進，才能提高初接觸學生的接受度。

（四）本末法

定義：按照物事、道理的發展及推演的順序，在行文中形成一層推進一層的現象，即為章法中的本末法。[9]

範文：《禮記・中庸》首章前三句

天命之謂性，率性之謂道，修道之謂教。

結構分析表：

[9] 參見陳滿銘（2005）、仇小屏（2005）中，關於「本末法」之說明。

┌本（性）：「天命之謂性」
├中（道）：「率性之謂道」
└末（教）：「修道之謂教」

練習：下列文字中，是否呈現出了本末結構？為什麼？

> 依據本調查之結果，建議陽明山國家公園管理處應建立良好之蝙蝠回報系統，可更有效率地獲得蝙蝠種類、棲所與分布等資料；【A】此外園區內具有多個穩定的蝙蝠棲所，建議可於桃仔腳橋涼亭、陽明書屋和中興賓館內設立解說牌等設施，讓民眾更了解蝙蝠之習性；【B】此外亦建議針對易受干擾的蝙蝠棲所，研擬相關保育計畫。【C】

在選擇文學材料的過程中，必須注意的是，此一材料只是輔助章法概念的學習，真正的主體仍是章法的教學。因此儘管尚有其他符合「本末法」結構的作品，但為使學生能快速掌握章法原理，所以文學材料的選擇與教學可傾向簡單明確即可。而在練習題的部份，則需配合「科技論文摘要書寫」的主題，來作材料的選定。這一部分的練習題，選擇了稍有瑕疵的範例，藉以測驗學生是否真的了解「本末法」的應用結構，並讓學生藉由「本末法」的定義，來修正、調整該範文中使用較為不妥的連接詞。

（五）泛具法

定義：專事描述具體的情事、景物或特殊狀況的，是為「具寫」；

泛泛地敘寫抽象情感或一般狀況的，則為「泛寫」。（仇小屏 2005：227）

範文：北朝民歌

男兒可憐蟲，出門懷死憂。尸喪峽谷中，白骨無人收。

結構分析表：

┌ 泛：「男兒可憐蟲，出門懷死憂」
└ 具：「尸喪峽谷中，白骨無人收」

練習：請指出下段文字可以劃分為幾個層次？這些層次又是使用了哪些章法？

本研究針對之物種紅檜，其不論在林業、觀光或園藝上均極具價值，【A】鑑於過去濫採盜伐等人為因素干擾造成紅檜野外族群受到極大的衝擊，針對紅檜野外族群進行族群遺傳結構及歧異度的分析，【B】研究結果顯示紅檜野外族群仍維持高度遺傳歧異度，其中又以南橫地區檜谷的族群遺傳歧異度為最高，可考慮作為保育遺傳多樣性的熱點。【C】

相較於前述幾種章法，「泛具法」顯然較為抽象了些。指引學生掌握此章法的要領，在於釐清「泛寫一般情況」與「具體陳述內容」。值得注意的是，「泛具法」和「底圖法」在科技論文摘要中，有時看來很接近，判斷關鍵在於「具體陳述內容」有時不一定會是「焦點」所在，而可能只是說明一些細節而已。此一部分的練習題，讓學生自行劃分段落、分析章法層次，難度較高，也有需要學生以章法概念修正範文的部分。教學者可視教學現場的反應調整練習的方式，畢竟章法概念的建立，是要幫助學生日後能夠應用於摘要的「撰寫」，而不是停留「分析」的程度。

筆者根據幾種科學刊物的論文摘要邏輯分析結果，擇選了包括「因果法」、「底圖法」、「論敘法」、「本末法」與「泛具法」等五種章法，作為導引學生建立章法概念，並以此一概念應用於科技論文摘要的分析之上，以期為學生日後於論文摘要書寫的實作上，能有較為清楚而不紊亂的邏輯呈現。

五、教學心得與省思

教案設計的目的，在於祈使教學能夠按照某種事前規劃的程序進行，並且達成最佳的教學效果。因此，對於學生在此一教學策略上的學習成效如何，還是必須將教案內容落實在實際的教學現場上來做詳細的觀察。

前文提及，筆者在設計教案時，考量到理工科系學生對於「章法學」的陌生，因此先選擇合適的，過去曾出現在國、高中國文教材中的文本，來作為章法概念的引導。此即根據 **Stephen L. Yelon** 所言：「教師可以運用例子來激發學生動機，提供練習。給予測驗及解說觀念。」（Stephen L. Yelon 127）此外，Stephen L. Yelon 亦指出：「只有一個範例是不夠的，教師必須運用一連串的範例協助學生類推並且將所學遷移到新的情境。」（Stephen L. Yelon 128）因此，為了能使學生能從更廣泛的材料來認識章法，筆者在實際進行教學時，也在教案與講義的範例設計之外，另外選擇與學生生活經驗較為接近的廣告、歌詞或是個人經歷，來作為章法概念的運用及分析例證。例如在介紹較為抽象的「泛具法」時，配合前些時日風靡臺灣，學生們也必然相當熟悉的電影《海角七號》，以其片尾曲〈那兒風光明媚〉的歌詞內容作為「泛具法」的導引。Stephen L. Yelon 在說明教學舉例的注意事項時指出：「即使所舉的例子既清楚又清晰，仍然必須兼顧其趣味性，以便使學生有參與記憶的動機。」（Stephen L. Yelon 136）而在筆者的教學觀察中也發現確實如此，趣味性材料的引介不只提高學生的接受度與參與度，對接下來所進行的文學材料分析與科技論文摘要範例，也能達到較佳的理解度。從此類具趣味性與親切性的例子引導至過去接觸過的文學材料，再到章法概念的建立與科技論文摘要的邏輯分析，此一教學順序是有助於學生在短時間上的章法學習。

不過，從章法觀念的建立到實際進行分析與運用的層次，不是短短幾節課的教學與練習就能一蹴可即。在教學過程中，筆者發現大多數的學生在接受度與理解上都有不錯的表現，但在實際進行隨堂練習時，雖然努力嘗試，但仍見力有未逮的情形。因此，筆者以為，在進行講義與學習單的設計時，應考量到學生實際的接受程度與理解、操作能力，並在教學中時時觀察學生的反應，以便及時調整練習的方式，如此一來，才能讓學習與練習的部分均呈現出最佳的效果。此外，若能將此一教學題材作長時間如學期課程的完整規劃與設計，並讓學生有足夠的文本分析範例可作參考與練習，應更能達成預期的教學效果。

六、結語

本文首先簡要地指明「摘要」書寫，無論是在學術行銷或資料收集上的重要性，並以此概念為出發點，配合仇小屏「成大學生實用文『寫作邏輯』指導策略發展方案」此一研究計畫，進行科技論文摘要的章法分析工作，以便於擴大取材的數量及領域。本文以《國家公園學報》（第十七卷第一期）中六篇論述的摘要為分析對象，整理出其中常用的幾種章法與各別運用的次數，如：「因果法」出現六次、「底圖法」出現五次、「本末法」出現一次、「論敘法」出現五次，與「泛具法」出現五次。而後，再搭配仇小屏的其他研究成果，展開科技論文摘要的章法教學，除了讓學生對科技論文摘要經常使用的章法有最基本的認識之外，也讓學生在練習題中對章法的分析與運用能有更多的掌握，以期日後實際使用在論文摘要的書寫上。

從章法概念的建立，到科技論文摘要範例的邏輯分析，再到學生能實際以章法概念進行論文摘要的撰寫，不是一蹴可即的事，必須透過長時間的完整教學設計、引導與練習方能達成。關於此一部分以章法概念撰寫科技論文摘要的教學與實作設計，當是未來的努力目標。

參引書目

一、文本與專著

Stephen L. Yelon（**1999**）原著，劉錫麒等譯，《教學原理》。臺北：學富文化。

仇小屏（**2005**），《篇章結構類型論》。臺北：萬卷樓。

王貳瑞（**2003**），《學術論文寫作》。臺北：臺灣東華。

吳應天（**1989**），《文章結構學》。北京：中國人民大學出版社。

陳滿銘（**2002a**），《章法學論粹》。臺北：萬卷樓。

陳滿銘（**2003**），《章法學綜論》。臺北：萬卷樓。

陳滿銘（**2005**），《篇章結構學》。臺北：萬卷樓。

陳滿銘（**2007**），《章法結構原理與教學》。臺北：萬卷樓。

傅祖慧（**2003**），《科學論文寫作》。臺北：藝軒。

廖慶榮（**1996**），《研究報告格式手冊》。臺北：五南。

二、單篇論文

仇小屏（**2009a**），〈論科技論文「摘要」之篇章寫作邏輯〉，中華民國章法學會主編，《章法論叢・第三輯》，頁 **458-499**。

仇小屏（**2009b**），〈論科技論文的綱目架構邏輯〉，發表於「第四屆辭章章法學研討會」。臺北：中華民國章法學會主辦，**2009** 年 **10** 月。

仇小屏（**2006**），〈論寫作中運材與佈局能力的訓練——以「限制式寫作」題組切入〉，《教育部九年一貫南區國語文種子教師「深耕輔導座談會」論文集》，頁 1-18。

李學勇（**1984**），〈科學論文中的摘要與索引詞〉，《臺灣農業》第二十卷第五期，**1984** 年 **10** 月，頁 **014-029**。

陶理、陶路（**1996**），〈再談科技論文的摘要寫作〉，《長春郵電學院學報》一九九六年第二期。

陳滿銘（**2002b**），〈論章法的哲學基礎〉，《國文學報》32。臺北：國立臺灣師範大學國文學系，頁 87-126

楊晉龍（**2004**），〈摘要寫作析論〉，張高評主編，《實用中文寫作學》。臺北：里仁，頁 **259-305**。

經濟部中央標準局編（**1993**），〈摘要撰寫標準〉，《圖書館相關國家標準彙編》。經濟部中央標準局印行，**1993** 年 **1** 月 **28** 日公佈。

東坡詞章法結構探析

——以徐州五首農村詞〈浣溪沙〉為考察對象

李靜雯
桃園縣內壢國中教師

摘　要

這五首〈浣溪沙〉，作於神宗元豐元年(1078)蘇軾任徐州太守時，在石潭謝雨途中寫下。描繪了初夏的徐州農村風光和淳樸的農村生活，兼及生動的農村人物，宛如一組風俗畫。以章法結構的角度分析，則其一與其五主結構是實虛法，具有靈動的變化美及調和美；而其二至其四都是由先而後的順推結構，具有時間性的規律美。作者順著時間的規律推演農村生活的動態，又能運用各種虛實交迭的手法，設色佈局出生動入妙、活潑可人的農村風俗畫。蘇軾農村詞拓大了詞的題材，改變了詞風，影響了辛棄疾，在詞史上具有重要的地位。

關鍵詞

一、前言

蘇東坡 (1036A.D-1101A.D)的《東坡樂府》共計三百五十一詞七十六調，其中以〈浣溪沙〉所佔數量最多。[1]〈浣溪沙〉在蘇軾以前，多寫閨怨惆悵等悲恨情思，少有歡樂氣氛，即使有，也多為青樓飲宴。然而東坡卻以歡欣為主，開闢出一派愉悅氣象。蘇軾的農村風光，不僅對〈浣溪沙〉主題產生新的影響與變化；對整個詞史來說，蘇軾實是最先將一系列農村題材引入詞中之人。[2]雖然五代詞裏曾出現漁父、浣女、蓮娃等形象，但是「那裏的漁夫實在只是隱士的喬裝，而農村少女則是被當作民間美人來描繪的。」[3]相較之下，蘇軾的農村詞不只讓我們看到了田舍風光與農村習俗，同時也使我們領略到山村野夫的淳樸善良，以及那股真切動人的泥土氣息。這可由「徐門石潭謝雨，道中作五首」見出。[4]龍沐勛說：「數闋寫農村生活，為詞壇別開生面」[5]，說得

[1] 據陳師滿銘：《蘇辛詞比較研究》(台北：文津出版社有限公司，1980年)一書的統計，〈浣溪沙〉詞調在蘇詞中篇數共四十七篇，在所有詞調中使用比率最高，占 13.8%。見頁 16。

[2] 早期描寫農村生活的詞，如〈采蓮子〉、〈捨麥子〉、〈麥秀兩歧〉，大約敘述中原地區農村生活。唐、五代描寫農村生活的詞，如劉禹錫的〈竹枝〉及孫光憲的〈風流子〉。北宋初期，作品大多吟詠風花雪月，農家生活很少提及，直到蘇軾五首〈浣溪沙〉，才詠及農村風光。參見蘇淑芬:〈辛棄疾農村詞辨析〉,《東吳中文學報》第三期(1997 年)，頁 213-214。

[3] 見李正輝、李華豐：《中華古代詞史》(台北：志一出版社，1995 年)，頁 133-134。

[4] 參見林鍾勇：《宋人擇調之翹楚：浣溪沙詞調研究》(台北：萬卷樓圖書股份有限公司，2002 年)，頁 250-252。

一點也不錯。

這五首〈浣溪沙〉，作於神宗元豐元年(1078)，蘇軾任徐州太守第二年。徐州春旱，災情嚴重。一州的地方官照例要向天求雨。東坡〈徐州祈雨青詞〉中說道：

> 望二麥之一登，救饑民於垂死。而天未悔禍，歲仍大荒。水未落而旱已成，冬無雪而春不雨。煙塵蓬勃，草木焦枯。今者麥已過期，穫不償種。禾未入土，憂及明年。[6]

不久普降甘霖，旱象解除，徐州大地一派生機勃勃。下了雨，就要謝雨。當時蠶已結繭，麥已收割，桑麻又茂，豆葉轉黃，棗花飄落，黃瓜上架，呈現出豐收景象，蘇軾便在石潭謝雨途中寫下這五首〈浣溪沙〉詞。[7]極寫得雨後的人民歡樂，描繪了初夏[8]的徐州農村風光和淳樸的農村生活，兼及生動的農村人物，宛如一組風俗畫。因此本文以徐州五首農村詞〈浣溪沙〉為考察對象，試著從「章法結構」的角度，提出新的切入點，並兼論其美感效

[5] 見龍沐勛：《東坡樂府箋講疏》卷一(台北：廣文書局有限公司，1972年)，頁 86。

[6] 見孔凡禮點：《蘇軾文集》(北京：中華書局，1986 年)，冊 6，卷 62，頁 1903。

[7] 見黃惠暖：《東坡詞草木意象研究》(台北：國立臺灣師範大學國文研究所碩士論文，2003 年)，頁 119。

[8] 「元豐元年戊午(1078)初夏，作於徐州。傅藻《東坡紀年錄》：『元豐元年戊午，公在徐州。三月……春旱，置虎頭石潭中，作〈起伏龍行〉。謝雨道中，作〈浣溪沙〉。』案：五詞內之『收麥社』、『落棗花』、『繅車』、『賣黃瓜』等均屬農村初夏景象，《紀年錄》斷為三月作，不確。」見薛瑞生：《東坡詞編年箋證》(西安：三秦出版社，1998 年)，頁 231。

果，以分析蘇軾這五首作於徐州的重要農村詞。[9]

二、〈浣溪沙〉五首章法結構探析

篇章結構的內涵，除了內容結構外，還須章法結構加以顯現。[10]所謂章法，探討的是篇章內容的邏輯結構，也就是聯句成節(句群)、聯節成段、聯段成篇的關於內容材料之一種組織。[11]章法所欲探求的，是「情意」(內容)的深層結構；透過章法安排的分析，可以探知作品內容的深層底蘊，了解其佈局的技巧，從而探得作品的美感效果。

(一)〈浣溪沙〉其一

> 照日深紅暖見魚，連村綠暗晚藏烏。黃童白叟聚睢盱。　麋鹿逢人雖未慣，猿猱聞鼓不須呼。歸來說與采桑姑。(其一)

[9] 版本依龍榆生：《東坡樂府箋》(台北：華正書局有限公司，1978 年)，頁 100-102。

[10] 參見陳師滿銘：《章法學論粹》(台北：萬卷樓圖書股份有限公司，2003 年)，頁 176。「文章的篇章結構，含縱、橫兩向。其中縱向的結構，由內容，也就是情、理、景、事等組成；而橫向的結構，則由邏輯層次，也就是各種章法，如今昔、遠近、大小、本末、賓主、正反、虛實、凡目、因果、抑揚、平側……等組成。因此捨縱向而取橫向，或捨橫向而取縱向，是無法分析好文章的篇章結構的。唯有疊合縱、橫向而為一，用『表』為輔，加以呈現，才能真實地凸顯一篇文章在內容與邏輯結構上的特色。」

[11] 見陳師滿銘：《篇章結構學》(台北：萬卷樓圖書股份有限公司，2005 年)，頁 134。

結構分析表如下：

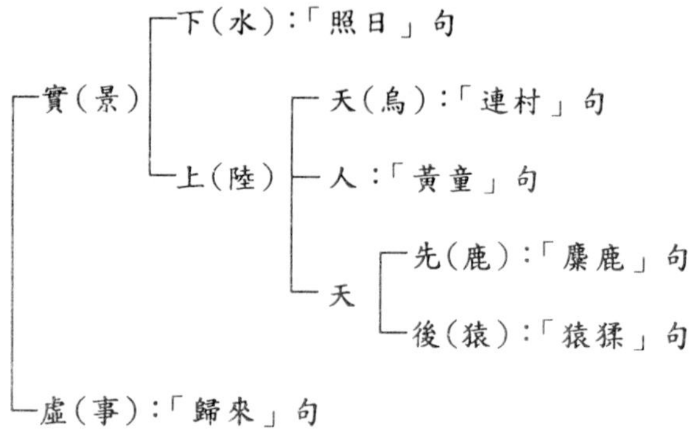

就章法結構而言，這首詞屬「實虛」結構，這種由實而虛的結構，最大的特色就是由實時空推向虛時空，時空處理虛化至未來，自由靈動。其簡式為：「寫景」(實)→「人事」(虛)。本詞旨在寫石潭農村的風光、農村民眾的歡樂，而主旨置於篇外。全詞無往而非喜雨、謝雨的情事，卻不直接托出，而全用寫景敘事的手法，這正現出作手取捨經營的匠心。「實」的部份寫謝雨途中所見之「景」，以「先景後事」的結構寫成，首先就「景」，以「先下後上」的順序，由「水」(石潭)下的「魚」寫到陸上的情況。再分「天人天」的次序，依次寫自然界的「烏」、「麋鹿」和「猿猱」，中間指出農村的「人」(黃童、叟)相聚歡樂；「虛」的部份再就「事」，將時空伸向未來，想像村人謝神歸來和采桑姑閒話的情形，呈現出農村的一片生機。[12]這句「歸來說與采桑姑」是虛寫，卻將百姓

[12] 結構表及說明參見陳師滿銘：《蘇辛詞論稿》(台北：文津出版社有限公司，2003 年)，頁 16。

歡樂氣氛延展開來，將那種津津樂道的歡快心情，寫得妙趣橫生。[13]周嘯天說：「前五句是實寫，末一句是虛寫，實寫易板滯，以虛相救，始覺詞意玩味不盡。」[14]確是如此。

(二)〈浣溪沙〉其二

旋抹紅妝看使君，三三五五棘籬門。相排踏破蒨羅裙。 老幼扶攜收麥社，烏鳶翔舞賽神村。道逢醉叟臥黃昏。(其二)

結構分析表如下：

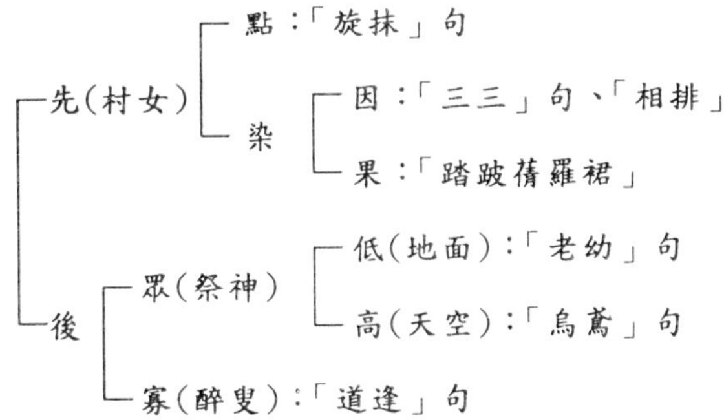

就章法結構而言，這首詞屬「先後」結構，這種由先而後的結構，最大的特色就是依時間的次序規律發展。其簡式為：「村女」(先)→「祭神、醉叟」(後)。先在上片，以「先點後染」[15]的方式，

[13] 參見黃惠暖：《東坡詞草木意象研究》(台北：國立臺灣師範大學國文研究所碩士論文，2003 年)，頁 119。

[14] 見唐圭璋主編：《唐宋詞鑑賞集成》(台北：五南圖書出版股份有限公司，1991 年)，頁 857。

[15] 「點」是時空的落足點，僅用做敘事、寫景、抒情或說理的一個引子、橋樑或收尾；而「染」則是根據此時間或空間的落點所作的鋪敘或渲

「點」出賽神前村女爭看「使君」之事；再用「染」法描述村女們擠在籬門、踏破羅裙的景象。這裏又用了「先因後果」的敘事順序，「三三五五」又「相排」，結果就「踏破蒨羅裙」了，快門一閃，有趣又準確；下片再以「由眾而寡」的次序，先寫眾人祭神情形。從地面至天空(由低而高)，從「老幼」到「烏鳶」，寫賽神時之熱鬧景象；結句則是一個特寫，黃昏時分，有個老頭兒醉倒在道邊。這與前兩句形成忙與閑，眾與寡，遠景與特寫的對比。這些景象組合在一起，便洋溢著濃濃的泥土氣息。[16]所謂「桑柘影斜春社散，家家扶得醉人歸」(王駕〈社日〉)，酩酊大醉是歡飲的結果，它反映出一種普遍的喜悅心情。如果說全詞就像幾個電影鏡頭組成，那麼，上片則是個連續的長鏡頭；下片卻像兩個切割鏡頭，老幼扶攜、烏鳶翔舞是遠景，老叟醉臥道旁是特寫。通過一系列畫面表現出農村得雨後的氣象，而主旨置於篇外。「使君」雖衹是個陪襯角色，但其與民同樂的心情也洋溢紙上。[17]

(三)〈浣溪沙〉其三

> 麻葉層層檾葉光，誰家煮繭一村香。隔籬嬌語絡絲娘。　垂白杖藜抬醉眼，捋青擣麨軟肌腸。問言豆葉幾時黃。(其三)

染，為文章之主體。此定義參見陳師滿銘：〈論幾種特殊的章法〉，《國文學報》第 31 期，(2002 年 6 月)，頁 100。

[16] 結構表及說明參見陳師滿銘：《蘇辛詞論稿》(台北：文津出版社有限公司，2003 年)，頁 16。

[17] 見周嘯天之說，唐圭璋主編：《唐宋詞鑑賞集成》(台北：五南圖書出版股份有限公司，1991 年)，頁 858。

結構分析表如下：

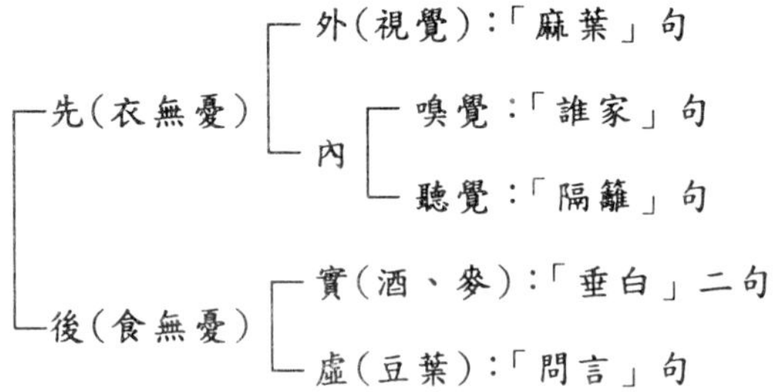

就章法結構而言，這首詞屬「先後」結構，這種由先而後的結構，最大的特色就是依時間的次序規律發展。其簡式為：「衣無憂」(先)→「食無憂」(後)。主旨置於篇外，寫農村衣食無憂，卻不在篇內顯現。先寫「衣無憂」，由村「外」走進下一村，時間是初夏時節，他看到路旁種的麻葉、蕵葉在陽光下閃爍著綠油油的光，再寫到村「內」，這時農村都在抽絲煮繭，滿村洋溢著香氣，而隔著竹籬傳來紡織女子的交談聲。這裏用了「知覺轉換」的寫法，由視覺而嗅覺、聽覺，寫光的感受，氣味的感覺，還有聲音的效果，使人立刻有如置身在江南農村之中，一切都如此真實。下片「由實而虛」，寫「食無憂」。先寫農村裏扶著手杖，抬著醉眼的老人，飽足地喝酒食麥，這不就是最真實的農村寫照嗎？由此將時間伸向未來，想像那豆葉也快黃了，不久香噴噴的新鮮豆子也可採摘了，這種簡單而愉快的生活，不也很令人嚮往嗎？東坡深深的感覺到他在這裡是快樂的。

（四）〈浣溪沙〉其四

簌簌衣巾落棗花，村南村北響繅車。牛衣古柳賣黃瓜。　酒困路長惟欲睡，日高人渴漫思茶。敲門試問野人家。(其四)

結構分析表如下：

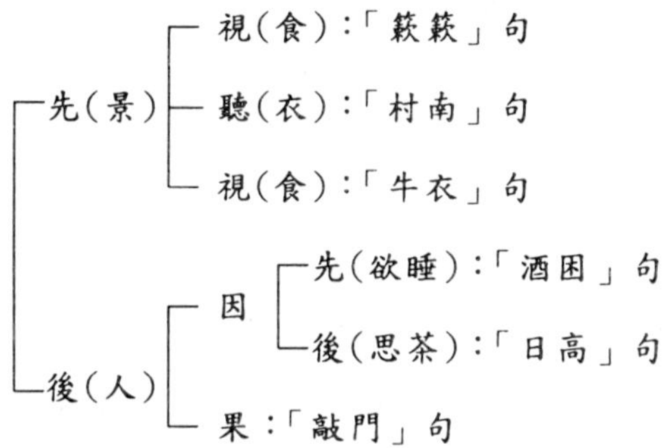

就章法結構而言，這首詞屬「先後」結構，這種由先而後的結構，最大的特色還是在它順時發展的規律。其簡式是：「寫景」(先)→「人事」(後)。主旨置於篇末，末句「敲門試問野人家」是綱領，寫出乞茶、農村的生產及風物，並隱有厭倦仕途之意，形態是顯中有隱。上片三句先寫景，承上首寫農村衣食生產的情形，結構安排則用了「知覺轉換」的手法，從視覺寫棗花，再轉用聽覺寫繅車，再回到視覺寫古柳下賣瓜農民。下片寫到「人的活動」，也就是使君(作者自己)。以「先因後果」的順序，寫思茶一事。原因有二重，先因「酒困路長」導致「欲睡」，而後因「日高人渴」故「思茶」，結句落在「野人家」，除了短暫解渴，也暗示了作者在仕途勞累下，內心的歸趨。

(五)〈浣溪沙〉其五

輭草平莎過雨新，輕沙走馬路無塵。何時收拾耦耕身。　日暖桑麻光似潑，風來蒿艾氣如薰。使君元是此中人。(其五)

結構分析表如下：

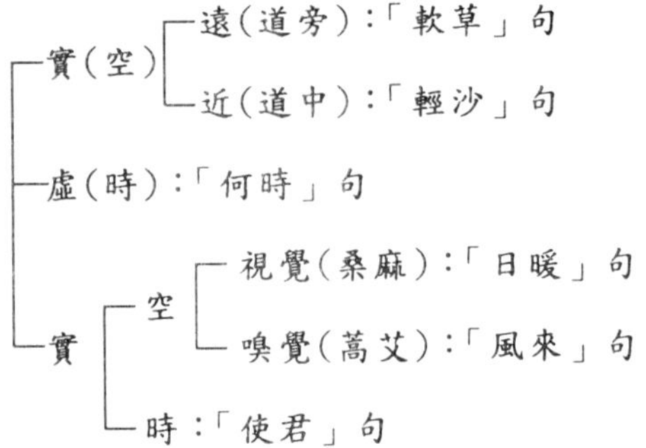

就章法結構而言，這首詞屬「實虛實」的雙軌結構，最大的特色是將所見的實時空與設想的虛時間交迭運用，使時空處理更有變化及彈性。主旨置於篇腹寫歸隱田園的心志，農村的美好是無庸置疑的(隱)，屬於顯中有隱的形態。其簡式為：「空間」(實)→「時間」(虛)→「時空」(實)。它一開篇就由實空間切入，以「軟草」二句，特別著眼於「道旁」(遠)的草與道中的輕沙，寫走在「道上」(近)所見道旁雨後的清新景象，預為下句敘隱逸之思鋪路。接著由實轉虛，將時間推向未來，以「何時」句，即景抒情，抒發了隱退的強烈意願。下片「日暖桑麻光似潑，風來蒿艾氣如薰」二句，承上接轉，將意境宕開，從道上寫到田野裏的蓬勃景象。[18]

[18] 見王元明之說，唐圭璋主編：《唐宋詞鑑賞集成》(台北：五南圖書出版股份有限公司，1991 年)，頁 861。

又回到實空間，特別著眼於「桑麻」的光澤與「蒿艾」的香氣，應起寫走在道上所見雨後的另一清新景象，以強化隱逸之思；最後結句，主要著眼於實時間，寫此時所以會有強烈的隱退意願，是由於自己原本就來自於田野的緣故。這樣用「實(空)、虛(時)、實(空、時)」的結構來組合材料，將隱逸之旨表達得極為明白。[19]這首詞的結構十分奇特，與前四首均不同，也與一般的結構不同。是用寫景和抒情互相錯綜層遞的形式來寫。下片首二句寫作者所見田園之景，又自然觸景生情，照應「何時收拾耦耕身」而想到自己「元是此中人」。這樣寫，不僅使全詞情景交融，渾然一體，而且用層遞的手法，使詞情深化升華，臻於妙境。[20]

整體而言，〈浣溪沙〉五首的章法結構是以時間先後為序，順推發展而成。而其一與其五還用了虛實法，可以說在規律中又有靈動的變化。正如題目所言，寫的就是石潭謝雨，沿途經過一個又一個農村，一路留下的農村寫真，可以繪出總表如下：

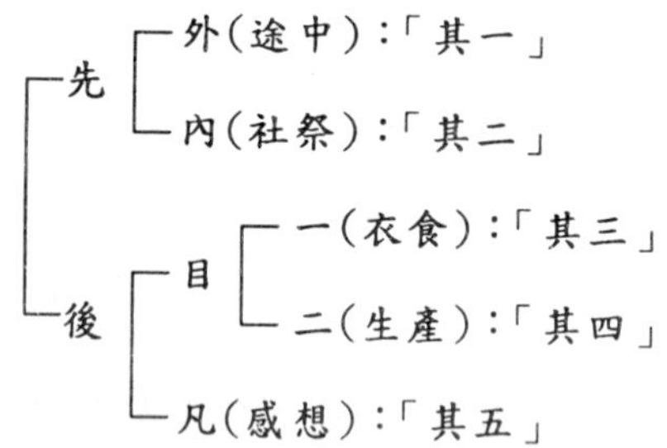

[19] 結構表及說明見陳師滿銘：《蘇辛詞論稿》(台北：文津出版社有限公司，2003 年)，頁 244-245。

[20] 見王元明之說，唐圭璋主編：《唐宋詞鑑賞集成》(台北：五南圖書出版股份有限公司，1991 年)，頁 862。

可以看出這組〈浣溪沙〉是以「由先而後」的結構為主，其一「由外而內」，寫的就是老老少少跟著太守蘇軾到石潭謝雨的狀況；其二寫的是謝雨後進入村莊，所見村民們祭社迎神賽會種種情形。[21]而後可以分成「由目而凡」的結構。其三是個農忙的村子，從農村的生產活動寫農民的衣食無憂；其四寫另一個農莊勞動者的活力；其五旨在抒發感受，蘇軾走在雨後清爽的路上，解渴後又精神一振，遂興起了「何時收拾耦耕身」的感慨。從章法結構的角度來看，作者順著時間的規律推演農村生活的動態，又能運用各種虛實交迭的手法，設色佈局出生動入妙、活潑可人的農村風俗畫。

三、〈浣溪沙〉五首的章法特色與美感效果

綜合以上五首〈浣溪沙〉的章法結構分析，底下進一步，就其使用章法的主要特色，及該章法表現在篇章中的美感效果，再作深入的說明。

(一)〈浣溪沙〉其一

就美感效果而言，這首詞形成「實虛」結構，這種先實後虛的結構，由具體的眼前景寫起，渲染歡欣的氣氛，而後將興奮之情帶到歸家後，要「說與采桑姑」，讓全篇的意境有向外推開的美感效果，獲致一種有秩序性的靈動美，無形中卻擴大了感染的力

[21] 見徐照華：〈蘇軾農村詞研究〉，《傳統文學的現代詮釋研討會論文集》(台北：文史哲出版社有限公司，1998 年)，頁 70。

量，情感更為自由歡快。作家藉由美感的騰飛反映，可以讓時間流向未來，營造了極具生命力與生命情感的空靈之美。「歸家」二字超越空間，《文心雕龍．神思》：「稍焉動容，視通萬里」，指的就是這種現實空間與想像空間差距不大時，形成的調和美感，而現實與想像之間的反差還能激發讀者的情緒，具有一種對比美。[22]而「由下而上」的置景法，屬於垂直線性的視覺運動，[23]容易形成兩眼的視差，造成視覺上的立體美、映襯美。而且這種仰視的角度，給人一種輕鬆、自由的感受，產生高偉的空間。這裏由水中寫到陸上，推擴了一個歡欣鼓舞的空間，崇高的美感，很容易在仰角視覺中被凸顯出來。而陸上景物的部份，以「天人天」的結構呈現，將自然與人事形成層次來描寫。這兩者之間會產生交流，自然界因而增添情味，人事界也獲得開展，因此產生了溫潤自由的美感。[24]這裏憑藉的是移情作用，使作品呈現天人合一、物我交融的境界，很適合用來詮釋通篇描寫自然萬物的作品，在這首農村詞中運用得宜。此外，還考慮到心理上的「審美距離」，正如童慶炳所說：

> 古往今來，一切偉大的詩人、藝術家之所以能從尋常痛苦甚至醜惡的事物裡發現美和詩意，就是因為他們通過自己的心理調整，能夠將是事物擺到一定的距離加以觀照和品

---

22 參見蒲基維：《章法風格析論——以《蘇軾詞》、《姜夔詞》為考察對象》(台北：臺灣師範大學國文研究所博士論文，2004 年)，頁 45。

23 參見陳雪帆：《美學概論》(台北：文鏡文化公司，1984 年)，頁 43。

24 參見陳師滿銘：《篇章結構學》，頁 129。

味的緣故。[25]

這時作者摒棄了功利、超脫個人與現實目的，從而獲得了純粹的美感經驗，這種矛盾創造了不即不離的境界。[26]而「天人天」的結構，除了調和美之外，因為有二重的自然景物包圍人事，還具有一種變化美。「麋鹿」二句，則是採「由先而後」的順序，按時間次序順推寫出，具有規律美。

(二)〈浣溪沙〉其二

就美感效果而言，這首詞形成「先後」結構，這種由先而後的順敘方式，是最為常見的，也是最符合事物本身的發展規律的，合乎規律的東西就是真的，就是美的。[27]在這裏先寫村女，採「先點後染」的結構，是一種針對同一事物，點明時空落點並加以鋪敘的一種章法。因時空特定點的引導，在事件的敘述過程中，時間空間隨之作輻射式的延長、擴大，而造成擴大、奔放的美感效果。而點與染相互為用，又融為整體的調和性，這裏將「看使君」事一「點」，再加以塗抹、渲染，極寫熱鬧相爭的景象。「後」的

[25] 見童慶炳：《中國古代心理詩學與美學》(台北：萬卷樓圖書股份有限公司，1994 年)，頁 159-167。

[26] 參見蒲基維：《章法風格析論——以《蘇軾詞》、《姜夔詞》為考察對象》(台北：臺灣師範大學國文研究所博士論文，2004 年)，頁 236。

[27] 參見陳師滿銘：《篇章結構學》，頁 117。又張紅雨說：「順向，是人們的美感情緒正常發展的類型。從時間上看，是從現在走向未來(從過去到現在亦同)。……這一切都是符合事物本身的自然規律的。合乎規律的東西就是美的，就是真的。在正常的狀態下，人們的思維、人們的美感情緒都是這樣。」見張紅雨：《寫作美學》(高雄：麗文文化事業股份有限公司，1996 年)，頁 350。

部份，以「眾寡」結構寫成。這是將多數與少數形成相應成趣的一種章法。「由眾而寡」的結構，可以用包孕的方式凸出一個焦點(寡)，以達到「以多數凸顯少數」的效果，醉叟就變成了特寫。這種變化可以打破沉悶，造成新鮮感。[28] 在心理上出於一種「注意優勢」[29]，當少數的事物越受注意，就越能強化優勢，相對地多數的事物也受到抑制而越來越模糊，最後只剩下一個籠統的印象。為了維持讀者的注意力於不墜，這種眾寡迭用的情形可以增加刺激物的敏感度，形成變化美。而「眾」的部份，由低而高向上發展，與由下而上美感效果相似，此不贅述。

(三)〈浣溪沙〉其三

就美感效果而言，這首詞形成「先後」結構，與上首同，形成的是順推的規律美。「先」寫衣無憂，這裏作者由村外走向村內，運用的是建築上的內外空間轉換。「內外」是兩個相對的概念，造成對比、映襯之美，在思維中必先有「場所」的概念為基準，內外景物的變化，也常因為所處環境的差異而產生不同的感受，外在觀點能產生「置身其外」的超脫感；內在觀點能產生「身在其

---

[28] 參見陳師滿銘：《篇章結構學》，頁 121-122。

[29] 「人類對某一對象的某一特徵的注意越集中，在大腦皮層的相應部位就越能引起優勢興奮中心。……優勢興奮中心越是持久，越是強化，其他興奮部位越是弱化、越是抑制。……由於這一心理規律，文學家要達到有效的觀察，必須有一個注意中心。我們可以把這叫做『有意注意優勢』，這個優勢建立，有助於作家實現真正有效的歡察感受。」見錢谷融、魯樞元：《文學心理學》(台北：新學識文教出版中心，1990年)，頁 101。

中」的參與感，[30]皆為內外章法的美感所在。黃永武也說：「利用動態景物作一內一外的移動，這種律動感，有助於詩中空間深度感覺的形成。」[31]形成了「幽深」之美。而「麻葉」三句，由於所形成的意象反差不大，屬於調和的美感。「食無憂」的部份，用的是「先實後虛」的結構，將眼前的飽足探向未熟的「豆葉」，一種自由靈動之美，傳達太守溫暖的關懷。

(四)〈浣溪沙〉其四

就美感效果而言，這首詞形成「先後」結構，由其二至其四，連續三首的主結構，都是照時間次序順推而成，同具規律美。首三句先寫景，從知覺轉換的角度寫衣食的生產活動。這是一種將外在世界中，萬事萬物某一狀態本身的變化，呈現在文章中的一種章法。它也是感官的一種「有意注意優勢」，藉助於此，人們可以達到非常有效的觀察。當我們對觀察的結果感覺到美，便會用文字準確地傳達出來，於是出現對狀態變化的刻畫，其實就是對美感情緒波動的模擬。[32]這裏由視覺而聽覺而視覺，運用優勢感官的挪移，刻畫出美感的波動。而這些感官知覺在作品中會形成聯繫，最後匯歸為「心覺」而獲得內在的統一。[33]這種內在的統一美為「知覺轉換」法最極致的美感效果，各種知覺相互作用與溝通，

---

[30] 參見季鐵男主編：《建築現象學導論》(台北：田園城市文化事業有限公司，1998 年)頁 122。

[31] 見黃永武：《中國詩學——設計篇》(台北：巨流圖書公司，1999 年)，頁 62。

[32] 參見仇小屏：《篇章結構類型論》(台北：萬卷樓圖書股份有限公司，2000 年)，頁 179-180。

[33] 參考陳師滿銘：《章法學綜論》，頁 22。

融匯出調和美、繁多的統一美，更具柔和之美。在這裏運用視覺與聽覺的轉換，交融出一片初夏農村的風光，而人們面對此情此景，意態十分舒緩自足。以上是用以寫景，而寫人事的部份，用的是「先因後果」的結構。這種結構在敘事中十分常見，且「由因及果」是最常見的結構類型，可以因順推而產生規律美。[34]因果章法來自這種原始普遍的規律，亦呈現調和的美感。而「因」的部份，有二重原因，由時間的順推呈現規律。

（五）〈浣溪沙〉其五

就美感效果而言，這首詞形成「實虛實」結構，中間「虛」寫欲躬耕歸隱的部分是抽象的，形成「抽象美」；而前後「實」寫農村美好景致的部分是具體，形成「具象美」；且「虛實」二者之間也會相互調和。「先實後虛」與第一首相似，讓全篇意境有向外推開的美感效果；「先虛後實」的結構，則透過由虛入實的手法，獲致一種由外拉近的美感效果，二者構成具有秩序性的靈動美。[35]這種「實虛實」夾寫的形式，以「虛」為主軸，首尾的「實」形成均衡的狀態，呈顯出對稱之美，中間的「虛」具有突出的美感。

---

[34] 參見陳師滿銘：《篇章結構學，頁 121。陳波在《邏輯學是什麼》一書中也提到：「因果聯繫是世界萬物之間普遍聯繫的一個方面，也許是最重要的方面。一個(或一些)象的產生會引起或影響到另一個(或一些)現象的產生。前者是後者的原因，後者就是前者的結果。科學的一個重要任務就是要把握事物之間的因果聯繫，以便掌握事物發生、發展的規律。」見陳波：《邏輯學是什麼》(台北：五南圖書出版股份有限公司，2002 年)，頁 167。

[35] 參見顏智英：〈東坡詞篇章結構探析——以黃州作五首〈浣溪沙〉為考察對象〉，《師大學報》49 期(2004 年)，頁 36。

在作品中營造了極具生命力與生命情感的空靈之美。第一個「實」的部分，是實空間。實空間指眼前所見的實景，現實空間與想像空間(耦耕生活)差距不大時，即形成調和的美感。而且這裏是用「由遠而近」的結構呈現，會將空間拉近，並讓近處的景物得到最大的注意。除了本來「延展」的效果之外，更具有「突出」的美感。本詞首二句的遠近伸縮，最後就聚焦在下句「輕沙走馬路無塵」的使君身上。第二個「實」的部分，有實空間也有實時間。實空間裏由視覺轉換至嗅覺，具有知覺轉換法的統一之美。實時間寫的是過去世代務農的背景，由此又呼應了中間「虛」的部分，時間遊走在過去與未來之間，在虛實互變的流動中，被轉化為一條循環線，具有空靈之美。

總合來說，五首〈浣溪沙〉有五分之三(其二至其四)主結構用了「先後」章法，因此大體上呈現的是一種順推的規律美；另外五分之二(其一和其五)主結構用的是「虛實」章法，又在首尾表現出一種虛實交迭的靈動美，可以說在調和中又帶有變化。茲將五首〈浣溪沙〉的章法特色與美感效果，列表如下：

	章法結構	軌數	章法特色	美感效果
其一	實虛、(上下、天人、先後)	單軌	虛實交迭	靈動、(深闊、崇高、映襯、溫潤、移情、距離、規律)
其二	先後、(點染、因果、	單軌	順推	規律、調和(定位、格局、變化、注意、漸層、

	眾寡、高低)			立體、層次)
其三	先後、(內外、知覺轉換、虛實)	單軌	順推	規律、(幽深、知覺、調和、繁多的統一、柔和、變化、層次、空靈)
其四	先後、(知覺轉換、因果、先後)	單軌	順推	規律、(層次、調和、知覺、繁多的統一、柔和)
其五	虛實、(知覺轉換、遠近、時空)	雙軌	虛實交迭	變化、空靈、突出、(立體美、調和、知覺、繁多的統一、柔和美、層次、延展、時空混合美)

（說明：未括弧者為章法主結構，括弧內者屬章法次結構）

四、結語

這五首〈浣溪沙〉，作於神宗元豐元年(1078)蘇軾任徐州太守時。徐州是蘇軾詞風的成立期，歷杭、密州的試筆磨鍊，烏台詩案又尚未發生，徐州生活是蘇軾仕宦的高峰。東坡於神熙寧十年(1077)四月由密州調任徐州太守，七月遭逢一場巨大的水患。第二年徐州春旱，蘇軾此時為徐州太守，一州的地方官照例要向天求雨。不久普降甘霖，旱象解除，又要謝雨。蘇軾便在石潭謝雨途中寫下這五首〈浣溪沙〉詞，這裏用清新秀麗的語言，描繪了初夏的徐州農村風光和淳樸的農村生活，兼及生動的農村人物，宛如一組風俗畫。

以章法結構的角度分析，則其一與其五主結構是虛實法，具有靈動的變化美及調和美；而其二至其四都是由先而後的順推結構，具有時間性的規律美。總合起來說，寫於謝雨道上的這五首〈浣溪沙〉，實是按先後為序。拆開來看，各具姿態；組合起來，又是那麼有序而諧調，充滿活潑歡樂的農村氣息。蘇軾農村詞雖然不多，卻影響了辛棄疾。他的〈浣溪沙〉常山道中即事：「賣瓜人過竹邊村。」(卷六)手法明顯繼承蘇軾的農村詞「麻葉層層蘔葉光」、「簌簌衣巾落棗花」的影響，而且有所開拓。[36]

徵引文獻

一、古籍：

漢・鄭玄箋注　1999《毛詩鄭箋》，台北：學海出版社股份有限公司。

清・聖祖御定　1960《全唐詩》，北京：中華書局。

二、近人論著：

孔凡禮點校　1986《蘇軾文集》，北京：中華書局。

仇小屏　2000《篇章結構類型論》，台北：萬卷樓圖書股份有限公司。

[36] 見蘇淑芬：〈辛棄疾農村詞辨析〉，《東吳中文學報》第三期(1997 年)，頁 218。

石聲淮、唐玲玲　1993《東坡樂府編年箋注》，台北：華正書局有限公司。

朱昆槐　2000《雪泥鴻爪》，台北：時報文化出版企業股份有限公司。

李正輝、李華豐　1995《中國古代詞史》，台北：志一出版社。

季鐵男主編　1998《建築現象學導論》，台北：田園城市文化事業有限公司。

東吳大學中文系　1998《傳統文學的現代詮釋研討會論文集》，台北：文史哲出版社有限公司。

林鍾勇　2002《宋人擇調之翹楚：浣溪沙詞調研究》，台北：萬卷樓圖書股份有限公司。

唐圭璋等　1991《唐宋詞鑑賞集成》，台北：五南圖書出版股份有限公司。

童慶炳　1994《中國古代心理詩學與美學》，台北：萬卷樓圖書股份有限公司。

張紅雨　1996《寫作美學》，高雄：麗文文化事業股份有限公司。

陳　波　2002《邏輯學是什麼》，台北：五南圖書出版股份有限公司。

陳雪帆　1984《美學概論》，台北：文鏡文化事業有限公司。

陳滿銘　2003《蘇辛詞論稿》，台北：文津出版社有限公司。

陳滿銘　1980《蘇辛詞比較研究》，台北：文津出版社有限公司。

陳滿銘　2001《章法學新裁》，台北：萬卷樓圖書股份有限公司。

陳滿銘　2003《章法學綜論》，台北：萬卷樓圖書股份有限公司。

陳滿銘　2005《篇章結構學》，台北：萬卷樓圖書股份有限公司。

陳邇冬　2000《蘇軾詞選》，香港：三聯書店有限公司。

黃永武　1999《中國詩學——設計篇》，台北：巨流圖書股份有限公司。

黃錦鋐　1981《國文教學法》，台北：教育文物出版社。

劉鐵冷　1991《作詩百法》，台北：廣文書局有限公司。

錢谷融、魯樞元　1990《文學心理學》，台北：新學識文教出版中心。

鄒同慶、王宗堂　2002《蘇軾詞編年校註》，北京，中華書局。

龍沐勛　1972《東坡樂府箋講疏》，台北：廣文書局有限公司。

龍榆生　1978《東坡樂府箋》，台北：華正書局有限公司。

鄭向恒　1977《東坡樂府校訂箋注》，台北：學藝出版社。

薛瑞生　1998《東坡詞編年箋證》，西安：三秦出版社。

三、期刊論文：

吳汝煜　1979〈蘇東坡與徐州〉，《徐州師範學院學報》(4)：69-70。

傅經順　1982〈蘇軾寫在徐州的一組浣溪沙〉，《文史知識》(2)：30-33。

陳滿銘　2002〈論幾種特殊的章法〉，《國文學報》(31)：175-204。

顏智英　2004〈東坡詞篇章結構探析——以黃州作〈浣溪沙〉五首為考察對象〉，《師大學報》49(2)：23-42。

蘇淑芬　1997〈辛棄疾農村詞辨析〉《東吳中文學報》(3)：211-236。

四、學位論文：

張雯華　2002《東坡詞色彩意象析論》，國立臺灣師範大學國文研究所碩士論文。

陳佳君　2004《辭章意象形成論》，國立臺灣師範大學國文研究所博士論文。

黃惠暖　**2003**《東坡詞草木意象研究》，國立臺灣師範大學國文研究所碩士論文。

蒲基維　**2004**《章法風格析論——以《蘇軾詞》、《姜夔詞》為考察對象》，國立臺灣師範大學國文研究所博士論文。

論連雅堂詩的時空設計藝術

顏智英
國立台灣海洋大學通識教育中心助理教授

摘要

人們一切的活動，皆離不開「時」與「空」，文學的創作亦然。文學家們每每透過對時空客體的觀察，予以形象化，以表現其個人的思想、情感。而這種時間性及空間性，對詩歌作品尤其重要。因此，我們可以說：時空設計，是詩歌中最重要的環節。而雅堂的詩作，就是這樣憑藉著其敏銳的審美感覺力，選擇了客觀世界中具「表現性」的時、空客體，展開了一連串精心的時空設計的結果。本文是從章法學的觀點，分析雅堂詩作在時空設計方面的藝術特色及表意效果，並作美學上的詮釋，從而肯定連雅堂在日據臺灣時期古典文壇的貢獻和成就。

關鍵詞

連雅堂詩、時間設計、空間設計、章法結構、美感

一、前言

人類生活在「宇宙」之中，早就意識到「時空」的存在，其中「宇」指的就是「四方上下」（空間），而「宙」指的就是「古往今來」（時間）。[1]人們一切的活動，皆離不開「時」與「空」，文學的創作亦然，因此，陸機〈文賦〉說：「觀古今於須臾，撫四海於一瞬」，劉勰《文心雕龍．神思》說：「寂然凝慮，思接千載；悄焉動容，視通萬里」，都指出了「時空」與文學創作的密切關係。黃永武在《中國詩學——設計篇》更明確指出：「人與自然時空是那樣奇妙地融合無間，情感與哲理，不喜歡脫離時空現象，去作純粹的摹情說理，每每透過時空實象的交互映射予以形象化。因此可以說：時空設計，是中國詩裡最重要的環節」[2]，由此可見，「時空設計」對於文學作品，尤其是詩歌，是極為重要的。

自古以來，中國的文學作品，在「時空設計」的藝術表現上，早已獲得極高的成就。但是研究中國文學者，從章法學角度切入來觀察的卻不多見，至今只有陳滿銘（如：〈論時空交錯的虛實複合結構〉）及仇小屏（如：《古典詩詞時空設計美學》）在這方面有

[1] 高誘《淮南子．原道》「紘宇宙而章三光」句下注，見《新編諸子集成》（台北：世界書局，1983）冊 7，卷 1，頁 1。

[2] 黃永武《中國詩學——設計篇》（臺北：巨流圖書公司，1996），頁 43。

較多的著力。本文擬以其研究成果為理論基礎，並加強了「時空設計」理論中有關「動」態變換的部分（「動」可以使生命情意的呈現更加生動、具體），來分析臺灣日據時代的大儒連雅堂先生的詩作。連橫（**1878-1936A.D.**），被譽為「臺灣詩人三巨擘之一」[3]，在臺灣古典文壇具有相當龐大的影響力，有古典詩作近千首[4]，能在繼承傳統的堅持之中，表現出個人獨特的風格與思想，深具時代意義，因此，本文擬從章法學的角度切入，希望在結合其詩作的內容情意及形式結構之後[5]，能探究出這些作品在「時空設計」方面的藝術表現及美感效果，進而對雅堂在日據臺灣時期的古典文壇的貢獻和成就，予以客觀而具體的評價。

目前，在雅堂詩作章法結構方面的探究，僅有朱學瓊《劍花詩研究》一書中的一個章節論及，其他則未見以章法角度分析者，十分可惜，期盼本文的探究，能對雅堂文學的研究，提供一個新的方向及視野。

---

[3] 李漁叔《三臺詩傳》卷二（臺北：學海出版社，**1976**），頁 **40**，引林文訪之語。

[4] 雅堂的詩作，根據連震東的統計，共計 **915** 首。見連橫《劍花室詩集·弁言》（南投：臺灣省文獻委員會，**1992**），頁 **1**。

[5] 章法是指謀篇佈局的方法，它所處理的是篇章中內容材料的邏輯關係，而其目的在發掘篇章的深層旨意、佈局技巧及藝術美感，因此，是一門結合內容情意與形式結構來探討辭章的學問。參陳滿銘《章法學綜論》（臺北：萬卷樓圖書公司，**2003**），頁 **17** 及拙著〈東坡詞篇章結構探析－以黃州作《浣溪沙》五首為考察對象〉，《師大學報》**49** 卷 **2** 期，頁 **33**。

二、　雅堂詩的寫作背景

（一）　時代背景

雅堂生於光緒四年（1878），卒於民國五年（1936），享年五十九歲，一生經歷了清朝十八年、日本四十一年的統治，期間也曾赴大陸定居，因此，他的詩作，受臺灣近代歷史的大環境影響極深。光緒二十年（1894），中日爆發甲午戰爭，清軍敗績，次年簽訂馬關條約，割讓臺灣給日本；當時雅堂十八歲，經歷了日人強佔家產、赤嵌城大屠殺、強迫易姓改名與胡語胡服的皇民化運動，內心強烈地排斥日人統治，常自稱「臺灣遺民」，意謂不服日人異族統治、不忘民族抗爭的子民，所以，其詩作時時表現出愛國惜族的忠貞情操。同時，在許多中國傳統知識分子的良知覺醒下，抗日保族的運動接踵而起，如丘逢甲的起義、許南英的蹈海等，在在皆刺激著雅堂的心靈、激發了他的民族意識，於是，雅堂就成了一位愛國的詩人，他的詩篇遂成為臺灣近代史的縮影。

（二）　個人背景

連雅堂，乳名重送，學名允斌，後改為橫，字武公，一字天縱，號雅堂（棠），又號劍花，別署慕真。祖籍福建省漳州府龍溪縣，清康熙年間，其七世祖連興位渡海來臺，遂在臺南寧南坊馬兵營定居。父永昌製糖為業，但為人風雅，好讀春秋、戰國策等書，喜與雅堂談論往古忠孝節義事，養成了雅堂好讀書、勤著述的習性。

而雅堂身居亂世，對殖民政治深感無奈，因此，只好以著史作詩為其一生志業，論其詩作，就有近千首之多，如果結合其一生的經歷來看，可概分為四個寫作時期：

1. 歸臺結社（1895A.D.-1911A.D.）

從光緒二十一年割臺（1895）以後，到民國元年遊大陸（1912）之前。其間曾在光緒二十三年赴上海攻俄文，後奉母命歸臺，與沈筱雲女士結婚，並與友人結浪吟詩社。光緒二十五年任臺澎日報漢文部主筆，從此與報界結緣達二十年之久，也因此使得他與時代脈動緊密相連，視野更為寬廣，交遊更加廣闊，對於詩作中的思想及藝術手法皆有潛在的影響。由於時值滿清、民國政權交替之際，中國局勢極不明朗，因此，此時期的詩作，多表現對國家前途的憂慮及欲為祖國效力的熱情慷慨。共 465 首，收在〈劍花室外集之一〉。

2. 壯遊大陸（1912A.D.-1914A.D.）

從民國成立（1912）後，到大陸遊覽（1914）結束歸臺為止。中華民國創立，但臺灣仍處於日人統治下，雅堂在鬱悶之餘，遂赴大陸，增廣見聞並收集臺灣史料，卻也因而創作了許多詠懷傷嘆的詩篇。他的足跡遍及長江、上海、南京、蘇州、黃河、燕都、長城、陰山、長春、吉林等地，置身在壯麗的祖國山河，親身憑弔著史蹟，在江山之助中，雅堂此期的胸襟及思想，都有更大的超越。共作 126 首詩，命之曰〈大陸詩草〉。

3. 在臺著述（1915A.D.-1932A.D.）

從民國四年（1915）起，到民國二十二年（1933）定居上海之前。此期是雅堂專力著述的時期，其著作有《臺灣通史》、《臺灣詩乘》、《臺灣稗乘》、《臺灣語典》、《臺灣詩薈》、《臺灣雅言》等，致力於保存臺灣的文化工作。這段時期的詩作，多展現成熟穩健的風格，有 275 首，命之曰〈寧南詩草〉。

4. 定居上海（1933A.D.-1936A.D.）

從民國二十二年（1933）赴上海定居後，到民國二十五年（1936）逝世為止。定居上海，終老中國，是雅堂的心願，此時落葉歸根的宿願得償，心情是愉快的。此期詩作不多，共 49 首，命之曰〈劍花室外集之二〉。[6]

總之，雅堂「早抱宗社之痛，終身埋首著作，不履仕途，行誼高潔，其志其事均可於詩中窺見」[7]，輯為《劍花室詩集》，由其子震東刊行。綜觀雅堂各時期的詩作，雖然依不同的人生階段而

[6] 以上關於雅堂生平及詩作分期的敘述，參龔顯宗《臺灣文學家列傳》（臺北：五南圖書公司，2000），頁 379-396、朱學瓊《劍花詩研究》（臺中：臺灣省文獻委員會，1990），頁 1-37、黃美玲《連雅堂文學研究》（臺北：文津出版社，2000），頁 1-8 及頁 103-124。

[7] 李漁叔《三臺詩傳》，頁 41。

有不同的旨趣及風格，但其所挾持的民族大義及愛國赤忱，卻是其全部詩作不變的基調。而在雅堂豐富的詩作之中，更運用了許多時空設計的藝術技巧，使其作品的思想、情意更加深刻感人。

三、雅堂詩的時間設計

（一） 時間順敘

「順敘」是指依照事件發生的先後次序來處理時間，也就是由先而後、由昔而今的秩序性的敘述方式。這是一種最符合事物本身自然規律的敘述方式，「最能吻合美感情緒的發生、發展，亦即初震、再震、震動的高峰、震動的回收這一規律的」[8]，是人們的美感情緒正常發展的類型，其重心往往會落在「今」，於是，在時間的遞進中，很自然地將全篇作品的情意逐步地推深。而且，在「昔」與「今」的對比中，以「對比聯想」[9]為其心理基礎，「不僅可以產生平衡感，而且可以產生無窮的味外之旨」[10]，在「昔」的對比、映襯、比較之下，「今」的情感就會更加地突出、動人。

雅堂的〈過故居有感〉就是這種順敘的時間設計，詩云：

---

[8] 張紅雨《寫作美學》（高雄：麗文文化公司，1996），頁 245-246。

[9] 邱明正：「對比聯想是事物之間在性質、型態上的相異、相反所喚起的聯想（即『對比律』）。」見《審美心理學》（上海：復旦大學出版社，1993），頁 180。

[10] 童慶炳《中國古代心理詩學與美學》（臺北：萬卷樓圖書公司，1994），頁 118。

海上燕雲涕淚多，刼灰零亂感如何！馬兵營外蕭蕭柳，夢雨斜陽不忍過！（頁 39）[11]

〔結構分析表〕

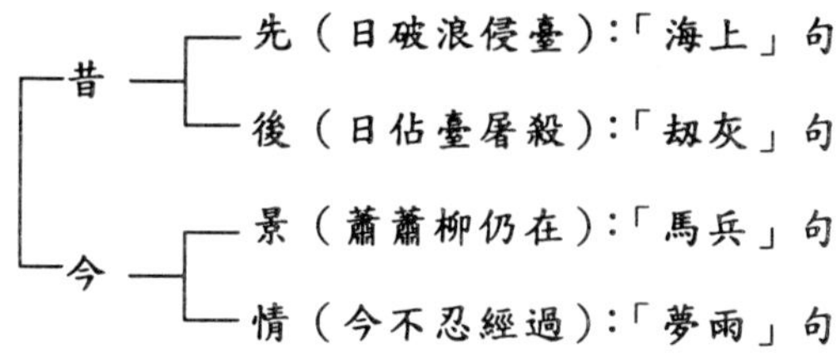

這首詩寫於民國四年雅堂經過故居「馬兵營」之時[12]，作者自注云：「馬兵營，鄭氏駐兵地，在寧南門內，水木明瑟，自吾始祖卜居於此，迨余七世。乙未之後全莊被遷，余家亦遭毀。此恨綿綿，何時能已！」可知此為一首發抒失國毀家之恨的作品，主旨隱藏在末句「夢雨斜陽不忍過」，其中「斜陽」隱喻當時的中國。從章法結構可看出，雅堂是「順沿心路歷程的發展去向，一路平直敘去，不轉彎抹角，使題旨自然展現」[13]：由「昔」的經驗寫起，「先」以「燕雲十六州」被迫割給契丹的典故借指日本軍艦破浪侵臺，使得作者慘遭家毀之痛，而「後」，依時序的發展，寫日軍佔領臺灣之後的大屠殺行為，「感如何」是強烈表明他有滿腔的國仇家

[11] 連橫《劍花室詩集》，頁 39。以下徵引雅堂詩作時，不另附註，僅直接括孤注明頁碼。

[12] 本文所引雅堂詩之繫年，皆參考鄭喜夫《連雅堂先生年譜》（南投：臺灣省文獻委員會，1992）及黃美玲《連雅堂文學研究》二書。

[13] 朱學瓊《劍花詩研究》，頁 51。

恨！而日軍強取豪奪，將他的故居改建為臺南地方法院，「今」日所見，只有蕭蕭的柳樹仍在，而人事卻早已全非，作者家毀國失的激動情緒，在此時達於高峰。如此由「昔」而「今」的順敘，使得作者悲傷的情感隨著時間的遞進而加深，更凸顯了「今」日的「不忍過」之情；而今日雅堂面對著自己魂牽夢繫的故園，藉著「昔」日悲痛難堪經歷的對照，更鮮明地映照出內心的感傷及無奈，給人含蓄、自然而餘味不盡的美感。

（二）時間逆敘

「逆敘」[14]是指由今而昔的敘述方式。這是一種與物理時間迥異的敘述方式，是創作者有意地以變化的方式來處理時間，目的在引起讀者的注意，金健人說：「時序的打破之處，同時也是提請讀者的注意之處。這種「倒撥」在效果上當能起到強調和設置懸念的雙重作用」[15]。而且，這種逆向的時間設計，最能顯現出創作者美感情緒波動最急促、最密集的部分，也就是「昔」的部分，它是作者靈魂深處最難忘的一段經驗，藉著由今而昔的逆敘，可以使時間倒轉到過去，「展現歷史的圖景」[16]，凸顯出「回憶」的內容，可抒發懷舊之情，還可在時間的倒轉變化之中，產生了極大的藝術感染力量。

這種寫作方式在詩詞中並不常見，但雅堂仍有此類的嘗試，

---

[14] 鄭文貞：「逆敘就是把層次間的時間先後完全倒過來敘述。」見《篇章修辭學》（廈門：廈門大學出版社，1991），頁 183。

[15] 金健人《小說結構美學》（臺北：木鐸出版社，1988），頁 19。

[16] 李元洛《詩美學》（臺北：東大圖書公司，1990），頁 413。

如〈寧南門春眺〉：

> 春風駘蕩酒初醒，問柳尋花出野坰。半壁江山餘涕淚，百年身世感飄零。名王去後城留赤，妃子埋時塚尚青。極目騎鯨人不見，怒濤猶足捲南溟。（頁 102）

〔結構分析表〕

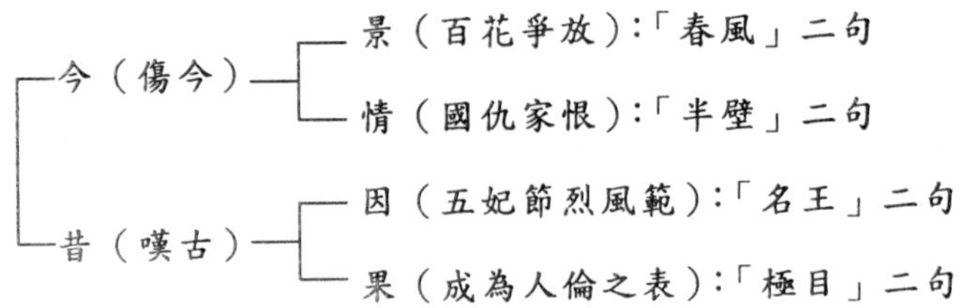

這首詩寫於光緒末年、作者的前青年期，是一首憑弔臺南寧南門外五妃墓古蹟之作，主旨在末二句，是在表彰五妃的節義風範及追懷鄭成功的鉅大影響。臺南是雅堂的故鄉，所以對臺南的古蹟歷史，都甚有研究。從章法結構來看，本篇是由「今」而「昔」的逆敘設計：首聯從眼前寫起，是百花爭放的怡人春景，但這樣的旖旎春色卻無法使作者感到喜悅，反而令他有著國仇家恨的惆悵，因為，此時的臺灣（「半壁江山」），被日人強佔著，怎不教人有飄零無著的感慨！在傷感當今時勢之餘，對於過去堅守志節而埋骨此地的五妃，就倍加尊重、緬懷，於是，作者的思緒便進入了「昔」日的明朝末年，強調了寧靖王死時、追隨他而殉節的五位嬪妾的貞志可佩，表達了他無限的崇敬之意；同時，以「騎鯨人」喻鄭成功，在由寧靖王而至鄭成功的聯想中，強調了鄭成功足以「捲南溟（南臺灣）」的鉅大影響。李嘉德《連雅堂詩詞評介》曾指出：

> 雅堂先生所作的憑弔詩，音調鏗鏘，實為近五十年來，中國詩壇上不可多得之作。[17]

對於雅堂的憑弔詩推崇倍至，而其憑弔詩的成功之處，就在於善用「逆敘」的藝術手法，像本詩的末聯以昔日五妃的風範及鄭成功的偉大作結，並不帶回到作者當下的感觸，這種逆敘的時間設計，目的在凸出過去「五妃」、「鄭氏」事蹟的感人、情操的高貴，使讀者在雅堂的懷舊敘述之中，也能深深感受到鄭氏一族的高尚情操。

（三） 逆敘、順敘並存

逆敘與順敘並存，是指由今而昔、再由昔而今的敘述方式，形成「今昔今」的時間結構。這種靈活調度「今」與「昔」的方式，是基於人類好奇、尚變的心理，以及作者創作時的需要，將「作者的思緒從現在馳向過去，再由過去折回到現在」[18]。李元洛指出這種時間的倒轉變化，「在美學上構成了多層結構或深層結構，包涵了深厚的容量，形成了深遠的美學境界」[19]，強調了這種曲折往復的時間安排，有極豐富的美感效果，可將作者的情思表達得更加宛轉回環、綢繆感人。

---

[17] 李嘉德《連雅堂詩詞評介》（臺北：大中國圖書公司，1962），頁 12。

[18] 李浩〈論唐詩中的時空觀念〉，《唐代文學研究》（南寧：廣西師範大學出版社，1993）第四輯，頁 15。

[19] 李元洛《詩美學》，頁 413。

這種寫法在古典詩詞中頗多見，雅堂也有不少此類的作品，茲舉一首為例，

〈遊南苑〉：

> 大紅門外草菲菲，萬騎傳呼看打圍。他日射聲環御仗，祇今羽血上弓衣。鶯啼廢苑春無主，馬落平蕪雪正肥，莫說清時忘講武，五陵佳氣尚塵飛。（頁 20）

〔結構分析表〕

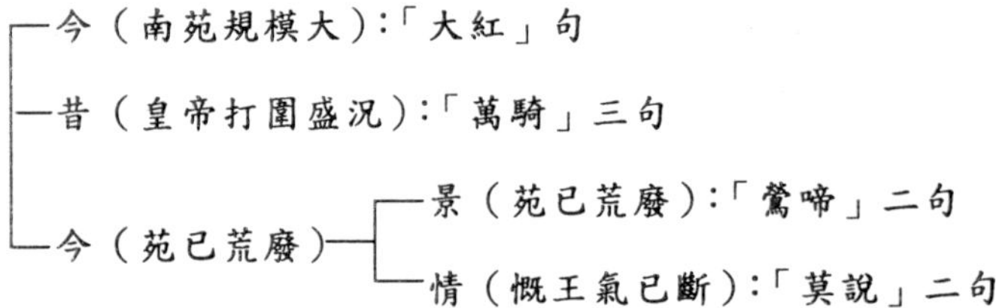

這首詩寫於民國三年、作者遊大陸北京時憑弔「南苑」之作，主旨隱藏在末二句，表現了對山河依舊、王氣卻斷絕無存的感慨。從章法結構來看，全篇以「今昔今」逆敘、順敘並存的時間設計寫成。首先由「今」起筆，南苑在北京永定門外，清代時在此園中養殖禽獸，以供皇帝打獵，雅堂面對著規模極大的南苑，不禁想像起「昔」日清代百官簇擁著皇帝、傳呼打圍的盛況，前四句，是由「今」而「昔」的逆敘。接著，筆鋒一轉，由過去折回到現在，作者觸目所見的，只有連春天都遺忘的廢苑，昔日的王氣都已隨塵土飛揚殆盡，只有鳥兒空啼、雪花飄零，後四句在先「景」後「情」的結構中，迴筆寫作者現在的感慨和對清朝的批判：曾

經如此興盛的王朝，難道僅因為不重武力而覆亡？恐怕還有更多人為缺失的因素存在。全篇由現在追敘過去的盛景，再回到現實的衰敗淒涼，在「今」、「昔」時間交錯的變化設計中，使作者心中物是人非的惆悵有更加曲折感人的展現。

（四）虛實時間轉換

「實」時間指的是過去或現在，「虛」時間則是指未來[20]。由於「虛」時間的出現，作者超越了現在的時間限制，憑藉著想像，展現對未來的預測、盼望及幻想，羅曼．英加登說：

> 當我們期待某些即將來臨的事件時，我們只是模糊地指出它的時間階段性質的形式想像它們。[21]

對於未來的渺不可知，作者只能藉由「想像」的翅膀，來描寫心靈世界對即將來臨事物的期盼或恐懼。此舉不僅大大地豐富文學創作的內涵，「更增添了一種多變的姿態，而且對『實』的部分也起了加強的作用」[22]。同時，在「虛」（未來）、「實」（過去、現在）時間的轉換之際，透過作者的想像，過去、現在與未來交融成一片，造成迷離撲朔的特別效果，作者的情意會在時間的擺盪之中更顯得纏綿曲折、含蓄動人。

---

[20] 參陳滿銘《章法學新裁》（臺北：萬卷樓圖書公司，2001），頁 107-108。

[21] 羅曼．英加登（Roman Ingarden）著、陳燕谷、曉未譯《對文學的藝術作品的認識》（臺北：商鼎文化出版社，1991），頁 109。

[22] 仇小屏《篇章結構類型論》上（臺北：萬卷樓圖書公司，2000），頁 304。

雅堂對於這種虛實時間的轉換設計，有極佳的表現，如〈寄曼君〉：

痛飲黃龍未可期，投荒猶憶李師師。杏花春雨江南夢，衰柳寒笳塞北詩。

此日飛鴻傳尺素，他時走馬寄胭脂。鏡中幸有人如玉，位置蘆簾紙閣宜。（頁 16）

〔結構分析表〕

- 虛（未來：盼國家早日安定）：「痛飲」句
- 實（現在：投荒憶曼君）
  - 情（憶曼君）：「投荒」句
  - 景
    - 昔（江南美）：「杏花」句
    - 今（塞北寒）：「衰柳」句
- 虛（未來：寄書能達、相逢贈胭脂）：「此日」二句
- 實（現在：環境仍可寫作思考）：「鏡中」二句

這首詩寫於民國二年、雅堂遊大陸吉林之時，主旨在第二句，寫他在荒地對紅粉知己曼君[23]的思念之情。從章法結構來看，全篇以「虛

[23] 張曼君，上海名妓，負俠，能讀報。與柳如是、翁梅倩等妓共設「新民胡同之青樓進化團」，如是為團長，曼君佐之；聘女師二，教國文、刺繡、音樂之學，朝授書而夕度曲。曼君曰：「妓女亦國民，寧可自棄？」雅堂聞之曰：「青樓亦一業，修其容，習其聲，以售其技，博金錢於溫柔繾綣之中，固賢於貪吏之強噬民血也。」〈大陸詩草〉還有〈示曼君〉、〈幼安香禪邀飲杏花樓並約曼君同往〉、〈出關別曼君〉等詩，另有〈曼君持扇乞詩集定庵句四首贈之〉（見《雅堂先生集外集》）。參鄭喜夫《連雅堂先生年譜》，頁 63。

實虛實」的時間設計，迂迴曲折地表達出作者內心綢繆婉轉的情思。起筆由未來的「虛」時間寫起，引用岳飛「直抵黃龍府，與諸君痛飲爾」的典故，表明自己期盼國家早日安定、與曼君痛飲的心願；第二句則點明主旨，直言在「實」時間的現在，作者內心十分思念曼君（以李師師代稱，表示對她貢獻國家的期盼），緊接著三、四句仍扣住現在，寫自己雖身在關外聽寒笳觀衰柳、卻心繫江南的杏花春雨，遂提筆寫詩給遠在江南的曼君。五、六句，又由「實」入「虛」，寫作者心中的希望：一願飛鳥能將書信帶給南方的她，二願改天二人相逢，再贈胭脂給她。末二句，再由「虛」返「實」，提及吉林此地，幸有香禪（與曼君相識）相伴，書房中也有雅致的環境，適宜作者自己寫作及思考，以安慰曼君，要她不必為自己擔憂。全篇的思念之情，就在「虛」與「實」的時間轉換中，穿梭、流動，不僅細膩地刻劃出蘊藏在作者內心無限的情思，也展現了多變的時間姿態，給予讀者極豐富的審美享受。

四、雅堂詩的空間設計

（一） 空間擴大

文學作品中所描繪的「實」空間，是作家們眼之所視，因此容易為我們所瞭解、接受；作家如果能抓住「情與景、情與物之間的內在聯繫，以環境描寫來映襯人物的心境，給予抽象的思想感情以形體聲色」[24]，也就是善於安排、設計「實空間」，以空間中景物的安置，來展現空間大小的變換，就能含蓄而委婉地表達出自己心中的情意，並且營造出多層次的美感效果。

由於空間具有三維架構（長、寬、高）和廣延性這兩個特點[25]，因此，所謂「空間擴大」，可以包括「由小而大」、「由近而遠」、「由低而高」、「由內而外」等空間變化情形。季羨林稱此種擴大式的空間變換為「空間張勢」[26]，創作者發揮其匠心，營造出空間的「張勢」，為人的自由活動提供了愈來愈廣闊的背景，也伸展了主人翁的心理張勢，從而使作者的情感得到極力的抒發。同時，讀者在延伸的連續空間中，不僅感受到層次美、流動美、秩序美及立體美，也會在心中升起一股「崇高感」[27]，從而強烈感受到作品所傳達的豐富情韻。

例如〈家居〉：

人生哀樂尋常事，其奈光陰昔昔過。忙裏著書聊習靜，有時對酒亦狂歌。

庭花爛熳秋容好，山影低徊畫意多。便與荊妻相瀹茗，起看新月漾簾波。（頁 47）

[24] 侯健、呂智敏《李清照詩詞評註》（太原：山西人民出版社，1985），頁 20。

[25] 參李元洛《詩美學》（台北：東大圖書公司，1990），頁 363-364。

[26] 季羨林等編《中國詩學之精神》（南昌：江西人民出版社，1990），頁 231。

[27] 陳望道：「凡是有崇高情趣的，其對象必有某種程度的強大。」而這種崇高感「也有是沉鬱淒涼的，也有是健全幸福的。」見《美學概論》（臺北：文鏡文化事業公司，1984），頁 116-117。

〔結構分析表〕

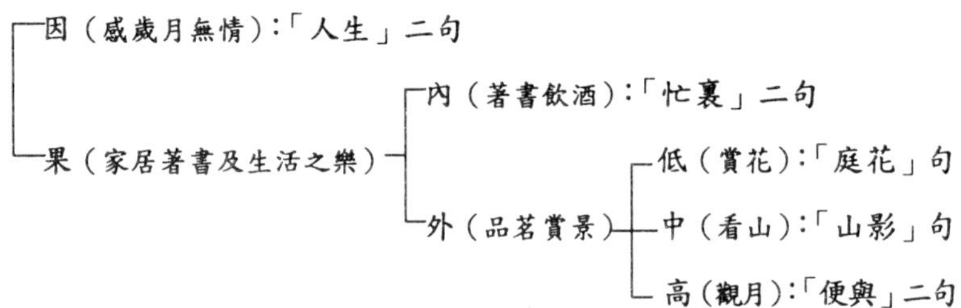

這首詩寫於民國八年、雅堂專心編纂《臺灣通史》之時，主旨在篇外，在表達他家居時著史之餘也不忘與妻子享受生活的樂趣。從章法結構來看，此詩主要以「由內而外」、「由低而高」的擴大空間設計，來表現家居之樂。作者先從原因著筆，寫自己進入壯年之後有歲月不待人的感觸，因此，急於編纂著書。而後六句，完全以自己在空間中的活動來展現他這段時期的家居生活及心情：先寫在室內著書、飲酒的忙碌動態；接著將空間推拓到室外，寫他在辛苦的寫作中，也不忘與妻子在庭中一邊品茗、一邊觀賞美景的靜態悠閒。而庭中賞景的視點安排，則是由低處的「花」、而往上移動到「山」、再向上到達天際最高點的「月」，在這由低而高的仰角式注視中，以及在這有層次性的上昇性空間設計中，自然地逼出一種「氣勢」[28]，讓人感受到一股崇高感，彷彿對作者

[28] 李清筠：「如果是想要顯景物的高聳，則自然是以仰視的角度才能逼出它的氣勢來。」見《時空情境中的自我影像》（臺北：文津出版社，2000），頁 263。

快樂的情意也能感同身受，其家居之樂，即使不明白點出，也在延伸的連續空間設計中，自然地流露了。

（二） 空間縮小

「空間縮小」，與「空間擴大」正好相反，是指「由大而小」、「由遠而近」、「由高而低」、「由外而內」等的空間變化情形。空間的擴大具延伸效果，而這種空間的縮小，則有將景物拉近的作用，可以凸出一個焦點，凝聚讀者的注意力，這也可以從「重疊」的角度來解釋，王秀雄《美術心理學》中說：

> 由重疊而產生的關係，並不是平等的。前方的一形，完全干擾了後方圖形的存在，中斷了它的輪廓，可是它卻毫不受到損傷。因此畫面上有兩形重疊時，則這兩形的價值完全不相等，重疊者成支配階級，而被重疊者就淪於服從與附屬階級了。[29]

由此看來，「近」的空間具支配性，會得到最大的注意。這種空間的縮小，是一種空間的「斂勢」，在空間的壓縮中，將人的精神情感、生命力量，「深深地封閉起來，向內坎陷、凹入」[30]，使主人翁的情意更加濃縮、強化。而讀者的目光，便被吸引到最凸出的那個焦點上，使得作者的情意得到最大的注意。同時，讀者在延伸的連續空間中，能感受到層次美、秩序美及立體美；在流動的

---

[29] 王秀雄《美術心理學》（臺北：三信出版社，1975），頁 374-375。
[30] 季羨林等《中國詩學之精神》，頁 234。

空間變換中，則能感受到空間的流動美、節奏美及空間大小的對比美。

雅堂這方面的詩作不少，因篇幅有限，僅舉〈訪琵琶亭故址〉為例：

> 隔水騷魂未可招，潯陽江畔且停橈。蒼葭斷雁無消息，賴有琵琶慰寂寥。（頁 11）

〔結構分析表〕

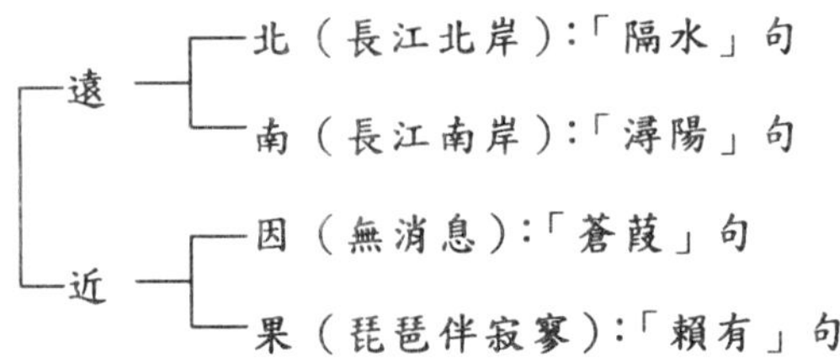

這首詩作於民國二年，是雅堂遊大陸訪潯陽江畔的琵琶亭之作。主旨在末句，寫作者面對琵琶亭、聯想起白易居的事蹟所興發的孤寂之感。從章法結構來看，作者藉「由遠而近」的空間縮小設計，來集中表現他此時的思古幽情。作者遊大陸的行踪，是由北而南，因此首句的「隔水」，指的是長江北岸；而潯陽江在長江南岸，當作者往南來到潯陽江畔時，便不禁想起曾在此「夜送客」(〈琵琶行〉) 的白居易了。雅堂繼續南行，探訪到琵琶亭的故址，聯想起白氏當年貶謫於此（江州)、望斷雁息的無奈，似乎也觸動了雅堂自己的身世之感，而倍覺孤寂無奈！於是，篇章末尾，他把視點從江邊天際轉移到人的身上，將全部的注意力聚焦在「琵琶」

——只有手中的琵琶能夠安慰自己，其餘的人事物又有什麼是可靠的呢？這樣縮小空間的作法，更濃縮、強化了詩作中的孤獨感，也更吸引了讀者對作者此時心境的注意力。

（三） 空間縮小、擴大並置

「空間擴大」與「空間縮小」可以同時出現在一個作品中。在「擴大」、「縮小」對比並置的多變的空間設計下，作者的情意，就在空間「由小而大」、「由大而小」的流宕變化中，達到了整體的和諧、統一[31]，形成了「多樣的統一」[32]之美。這種多變的空間配置，與人類審美心理愛好變化新奇有關，也可以從生理層面解釋，陳望道在《美學概論》中說：

> 當我們看一條線時，我們的眼珠都是沿著那條線自此至彼地運動的。如果所看的是直線，那眼珠的筋肉就得刻刻用著同一方向的努力，刻刻繼續同一種類的緊張。故所看的直線萬一較長時，眼裡就要有疲勞厭倦之感。[33]

可知，由於單一方向的注視太久，會使得眼睛感到疲勞而心生厭

[31] 這種和諧美，是多樣的統一。包括兩種類型：一種是調和式統一，一種是對立式統一。就局部言，空間的縮小或擴大，屬調和式統一；而空間的縮小及擴大並置，則屬對立式統一。全篇詩作情意，在這樣的對比空間設計之下，能由對比而致統一，進而達到感動讀者目的的，便具多樣的和諧統一之美。參夏放《美學：苦惱的追求》（福州：海峽文藝出版社，1988），頁 108。

[32] 陳望道《美學概論》，頁 78。

[33] 同前註，頁 44。

倦之感，因此，適度地尋求變化以為調劑，是人類生理自然的反應，空間設計也是如此。同時，當空間隨著作者的視點而作擴大、縮小的交迭變換時，極易在豐富的層次感中產生立體的美感效果，使讀者領略到「交流性的空間美」[34]；且因「依次收納了不同的景物，使篇章內容更加豐富」[35]。於是，在多變的空間設計下，作者的情意，由局部的縮小空間或擴大空間，進而經由空間的相互交流，而達到整體的和諧、統一。[36]

茲舉雅堂〈紅柳祠〉詩說明如下：

> 胭脂塞上夕陽殷，馬後桃花未忍攀。綰盡征人離別恨，一時紅淚滿關山。（頁 12）

〔結構分析表〕

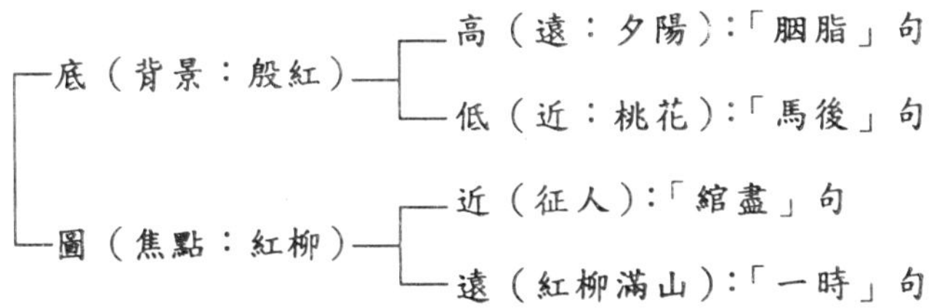

[34] 曾祖蔭《中國古代文藝美學範疇》（臺北：文津出版社，1987），頁 191-192。

[35] 仇小屏《古典詩詞時空設計美學》（臺北：文津出版社，2002），頁 65。

[36] 這種和諧美，是多樣的統一。包括兩種類型：一種是調和式統一，一種是對立式統一。就局部言，空間的縮小或擴大，屬調和式統一；而空間的縮小及擴大並置，則屬對立式統一。全篇詩作情意，在這樣的空間設計之下，能達到感動讀者目的的，便具多樣的和諧統一之美。參夏放《美學：苦惱的追求》，頁 108。

這是民國二年、雅堂在大陸旅遊至關外的作品，他在詩前自註云：「關外有紅柳，傳謂之檉。柔條萬縷，如泣如訴。樹猶如此，人何以堪？」柳，象徵離情，可知本詩的主旨在第三句的「離別恨」。從章法結構來看，全篇以「先底後圖」的結構寫成，「底」是指背景，而「圖」則是焦點[37]，本詩以關外的紅柳為焦點，以同樣具有紅色的意象如胭脂、夕陽、桃花、紅淚等作為背景，來強化柳之紅、加深了悽惻之情。在整篇的意象組合上，雅堂先以「由高而低」的縮小空間設計，來佈置背景，由夕陽的殷紅到桃花的桃紅，色澤的表現是逐漸加濃加艷的；再以「由近而遠」的擴大空間設計，將征人的「離別之恨」推擴出去，以滿關山的紅柳來表現作者內心無窮無盡的離別感傷。而全詩的情意，在縮小、擴大並置的空間流宕中，達到和諧，呈現出和諧美、流動美及空間的立體美。

（四） 虛實空間轉換

「實」空間指的是眼前可感可觸的實景，「虛」空間指的則是由設想而來的虛景，如夢境、仙境、冥界等[38]。黃桂鳳說：「藝術家，尤其是詩人的情感，能飛越無限的物理時空而形成心理時空的藝術的濃縮與昇華，塑造一個動人的超時空的藝術境界，融注了詩人對於世界的一種特定的審美感受，融鑄了詩美、藝術美的

---

[37] 圖底章法，來自於繪畫理論，這種章法的特色，是在背景的襯托之下，焦點會更加鮮明，使整個畫面呈現立體的、流動的美感。詳參陳滿銘《章法學綜論》（臺北：萬卷樓圖書公司，2003），頁 32。

[38] 錢谷融、魯樞元主編《文學心理學》（臺北：新學識文教出版中心，1990），頁 199。

意蘊」[39]。曾霄容《時空論》也說：

> 精神現象可分為機能與內容的兩個側面。精神機能依附於腦髓活動。腦髓是高等動物所具備的高級物質，其存在與活動均具有時空性。因此，依附於腦髓的精神機能亦要受制於時空。精神內容乃是精神機能所形成的觀念形態。呈現於精神內容的時空屬於觀念的存在。……精神又可能自由自在的描繪多種多樣的空間形象……其所構想的空間還要超過物質的空間。[40]

可見，人類憑藉其精神力，是可以超過物理時空的制約的。由於「虛」空間憑藉了人類的想像力，所以顯得更加的廣袤、多樣，而文學作品「在實景的基礎上虛設了一個廣袤的空間，情感便會顯得更加的廣闊深遠」[41]。而在化實為虛的空間轉換中，更能「使得文勢變化起伏，有自由騰飛的美感」[42]，不僅增強了篇章意境的感染力度，展現出空間變化之美，含蓄地呈現出作者的無盡情思。

在古典詩詞中，這種虛實轉換的藝術設計經常可見，在雅堂詩作中，也不乏其例，如〈寄香禪滬上〉：

> 春堤楊柳綠毿毿，二月征衣浣尚藍。辜負沙棠舟上檝，酒

---

39 黃桂鳳〈《古詩十九首》的時空藝術〉，《欽州師範高等專科學校學報》第 15 卷第 4 期（2000 年 12 月），頁 30。

40 曾霄容《時空論》（臺北：青文出版社，1972），頁 408。

41 施春暉〈非常情感的傳達——淺談《古詩十九首》的空間藝術〉，《麗水師範專科學校學報》第 23 卷第 3 期（2001 年 6 月），頁 25。

42 拙著〈韋莊《菩薩蠻》聯章五首篇章結構探析〉，《中國學術年刊》第 26 期（2004 年 9 月），頁 161，

杯詩卷夢江南。（頁 10）

〔結構分析表〕

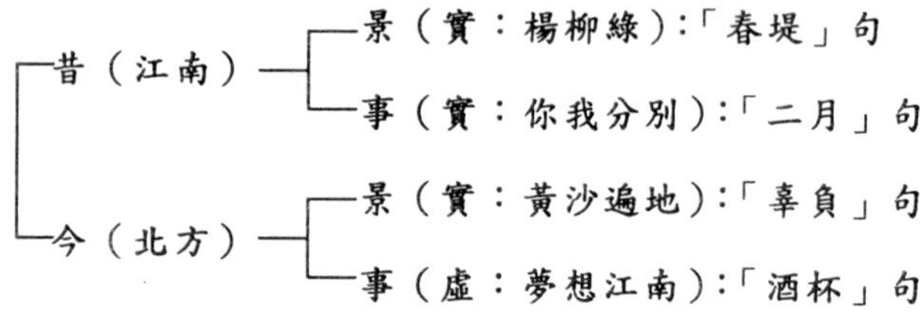

這首詩作於民國二年，是雅堂停留上海約十個月後前往北方、想念上海的紅粉知己（香禪）[43]之作。主旨在篇外，在表達自己對香禪的思念之情。從章法結構來看，依照著時間的順序，次第地帶出「實」、「虛」的空間設計。前二句是寫過去在江南這個實空間二人分別時的「景」及「事」：此刻雅堂在黃沙遍地的北方，回想起江南春天楊柳吐綠的美景，以及分別時香禪所贈的衣裳色澤猶新。接著三、四句，寫作者今日在北方的所見所感，而這種感觸及興發的想像，是以昔日的美感經驗為基礎的，邱明正《審美心理學》中提到：

視、聽感官接受的形象信息和由此形成的美感具有持久

[43] 王香禪，又名王夢痴，是臺北大稻埕的名藝妓。色藝俱全，後從良嫁給舉人羅秀惠，但羅氏沈緬酒色，兩人終告仳離。香禪傷心之餘，遁入空門，後在新竹名士謝愷強力追求下，又再度下嫁。婚後與謝氏同赴上海。因香禪喜愛風雅，詩文皆通，故經常與文士交接，雅堂也是其一，香禪本有意嫁雅堂並甘居側室，但因雅堂夫婦十分恩愛，且連氏力主男女平等，所以最終二人並未結合。詳見林文月〈連雅堂與王香禪〉，《山水與古典》（臺北：純文學出版社，1976），頁 219-239。

> 性，耳濡目染美的形象後便留下了印象，為美的創造提供了物質前提。[44]

正因為由視聽感官而得的美感經驗具持久性，所以雅堂借助了以往在江南的視聽經驗（視：柳綠、聽：吟詩），在想像中創造出一個虛空間（夢境），在夢境中，作者才能實現深藏他心中的願望：兩人一起飲酒、賦詩。這樣由「實」空間而轉入「虛」空間的設計，更能在作者騰飛的思緒中，展現出對香禪縹緲繾綣的思念之情。

五、結語

雅堂憑其敏銳的審美感覺力，選擇了客觀世界中最具表現性的時、空客體，展開了一連精心的設計，具體而生動地表達了蘊藏在詩作中的親情、友情、愛情，甚至於身世之感、家國之情；且藉由不同的時空設計，分別達成不同的表意效果，充分展現了連雅堂高妙的藝術表現技巧。

同時，這些時空設計還分別呈現了多樣的美感效果，給予讀者極豐富的審美享受。李漁叔稱雅堂詩「情深一往」[45]，而這些深情厚意又藉助了巧妙的時空藝術設計，而得以一一展現。我們可以說，在日據臺灣時期的古典詩壇，雅堂取得了相當高的藝術成就。

---

44 邱明正《審美心理學》，頁 147。

45 李漁叔《三臺詩傳》，頁 41。

從風格學的角度分析杜甫〈登高〉一詩

梁敏兒
香港教育學院中文系副教授

關鍵詞

登高、七律、風格

一、序言：「七律第一」的提法

杜甫(712-770)的七律〈登高〉被胡應麟(1551-1602)譽為唐七律第一， 在《詩藪》內篇卷五有這樣的話：

> 杜「風急天高」一章五十六字，如海底珊瑚，瘦勁難名，沉深莫測，而精光萬丈，力量萬鈞。通章章法、句法、字法，前無昔人，後無來學。微有說者，是杜詩，非唐詩耳。然此詩自當為古今七言律第一，不必為唐人七言

律第一也。[1]

胡應麟認為此詩為古今七律第一，不是唐七律第一，主要是因為杜甫的風格和盛唐有別，嚴格來說，是杜詩而非唐詩，但在七律而言，則橫跨古今，可為第一。杜詩能夠離開了盛唐的風格，而獨闢蹊徑，「正中有變，大而能化」[2]，是胡應麟對杜詩總體的評價。關於〈登高〉一詩，胡應麟緊接上述引文， 還有以下的評論：

〈黃鶴樓〉、「鬱金堂」，皆順流直下，故世共推之。然二作興會適超，而體裁未密；豐神故美，而結撰非艱。若「風急天高」，則一篇之中句句皆律，一句之中字字皆律，而實一意貫串，一氣呵成。驟讀之，首尾若未嘗有對者，胸腹若無意於對者；細繹之，則錙銖鈞兩，毫髮不差，而建瓴走坂之勢， 如百川東注於尾閭之窟。至用句用字，又皆古今人必不敢道，決不能道者。真曠代之作也。然非初學士所當究心，亦匪淺識所能共賞。此篇結句似微弱者，第前六句既極飛揚震動，復作峭快，恐未合張弛之宜，或轉入別調，反更為全首之累。只如此軟冷收之，而無限悲涼之意，溢於言外，似未為不稱也。「昆明池水「雖極精工，然前六句力量皆微減，一結奇甚，竟似有意湊砌之而成。益見此超絕云。[3]

---

1 胡應麟：《詩藪》(上海：上海古籍出版社， 1979)內篇卷 5，頁 95。

2 《詩藪》內篇卷 5， 頁 90。

3 《詩藪》內篇卷 5，頁 95-96。

胡應麟推〈登高〉為古今七律第一，著眼在詩能合律，而且用字用句為「曠代之作」，更重要的是讀者並不覺得精雕細琢，而有「一氣呵成」的感覺。在上節的評論之中，胡應麟花了不少篇幅探討，其中除〈登高〉一詩以外，還談論了另外兩首被其他人推為七律第一的詩作：崔顥(704?-754)〈黃鶴樓〉和沈佺期(656-713)的〈古意呈補闕喬知之〉(以下簡稱〈盧家少婦〉)，此外還就結句的效果，以杜甫的〈秋興八首〉的第七首(以下簡稱〈昆明池水〉作比較，在文本分析的角度而言，探討得非常細緻。

在分析〈登高〉一詩的藝術特徵以前，本文擬首先探討一下胡應麟對於兩首被評為七律第一的詩的評判準則，之後基於這個評判準則，再分析〈登高〉一詩如何能滿足他的要求， 論文的後半部分將從起結句的結構入手，分析杜甫詩的風格。

二、《黃鶴樓》和「盧家少婦」的順流直下

嚴羽(12 世紀)是第一個將崔顥的〈黃鶴樓〉一詩，推為七律第一的。《滄浪詩話》有這樣的話：

> 唐人七言律詩，當以崔顥〈黃鶴樓〉為第一。[4]

胡應麟在《詩藪》裏，對嚴羽的評論有這樣的看法：

---

[4] 嚴羽著、郭紹虞校釋：《滄浪詩話校釋》(北京：人民文學出版社，1961 年初版，1983 年 2 版 3 刷) 頁 197。

崔顥〈黃鶴〉，歌行短章耳。太白生平不喜俳偶，崔詩適與契合。嚴氏因之，世遂附和。又不若近推沈作為得也。[5]

李白(701-762)非常欣賞崔顥的這首詩，認為自己不及，[6]胡應麟所以如此，是李白不喜俳偶之故。早於胡應麟以前，王世貞(1526-1590)已經指出崔顥的〈黃鶴樓〉詩起句為「盛唐歌行語」，不能完全符合律詩的要求。[7]〈黃鶴樓〉的原詩如下：

昔人已乘黃鶴去，此地空餘黃鶴樓。黃鶴一去不復返，白雲千載空悠悠。 晴川歷歷漢陽樹，芳草萋萋鸚鵡洲。日暮鄉關何處是？煙波江上使人愁。[8]

首三句連續重複用「黃鶴」二字，頷聯又不對偶，都不合律，不過如果撇開格律不談，胡應麟認為此詩的好處是「順流直下」，歷來多有類似的評語：

但以滔滔莽莽，有疏蕩之氣，故稱巧思。[9](劉辰翁[1232-1297]《盛唐詩評》)

---

[5] 胡應麟，頁 82。

[6] 辛文房(13/14 世紀)：《唐才子傳》(上海：上海古籍出版社，1987)，頁 324。

[7] 《全唐詩說》。孫琴安，頁 18。

[8] 彭定求等編：《全唐詩》第 4 冊(北京：中華書局，1960)，卷 130，頁 1329。

[9] 轉引自孫琴安：《唐七律詩評》(上海：上海社會科學出版社， 1989)，頁 45。

一氣渾成，淨亮奇瑰，太白所以見屈。[10](李夢陽[1472-1529]《唐詩選脈會通評林》)

通篇疏越。[11](周敬《唐詩選脈會通評林》)

氣格高迴，渾若天成。[12](陸時雍[17世紀]《唐詩鏡》)

寬然有餘，無所不寫。[13](譚元春[1586-1637]《唐詩歸》)

氣勢潤宕。[14](馮班[17世紀]《虞山二馮先生才調集閱本》)

鵬飛象行，驚人以遠大。竟從懷古起，是題樓詩，非登樓。一結自不如鳳凰台，以意多礙氣也。[15](王夫之[1619-1692]《唐詩評選》)

意得象先，神先語外，縱筆寫去，遂擅千古之奇。[16](沈德潛[1673-1769]《唐詩別裁集》)

劉辰翁的「滔滔莽莽，有疏蕩之氣」、李夢陽的「一氣渾成」、周敬的「通篇疏越」、陸時雍的「氣格高迴，渾若天成」、譚元春

10 《唐詩選脈會通評林》

11 《唐詩選脈會通評林》

12 《欽定四庫全書・集部》冊 1411(上海：上海古籍出版社，1987)，頁 419。

13 《續修四庫全書・集部總集類》冊 1589(上海：上海古籍出版社，1987)，頁 935。

14 《才調集》

15 (北京：文化藝術出版社，1997)，頁 168。

16 下冊(上海：上海古籍出版社，1979)，頁 433。

的「寬然有餘」、馮班的「氣勢濶宕」、王夫之的「鵬飛象行，驚人以遠大」、沈德潛的「意得象先，神先語外，縱筆寫去」等評語，其中有和「氣」有關的：如「疏蕩之氣」、「一氣渾成」、「氣格高迥」、「氣勢濶宕」、「鵬飛象行」等；有和「疏」、「濶」有關的：如「疏蕩之氣」、「通篇疏越」、「寬然有餘」、「驚人以遠大」等。

「氣」和「疏」、「闊」兩組概念連用， 加上「一氣」、「渾成」等描述，明顯是和速度有關，要一口氣讀下去而沒有讓讀者停頓，有很多可能性，但「氣」和「疏」、「濶」兩組概念扣在一起， 放到〈黃鶴樓〉一詩的文本來理解的話，應該可以分辨得到造成疏濶效果的原因有二：一、意象出現不濃密；二、詩中的空間很曠遠。先談意象，全詩八句，有實體意義的意象有「黃鶴」、「黃鶴樓」、「白雲」、「晴川」、「日暮」、「漢陽樹」、「芳草」、「鸚鵡洲」、「鄉關」、「江上」的「煙波」等十二處，而且這些意象除了「黃鶴」和「黃鶴樓」以外，大抵為泛指的名詞，並沒有引起讀者想到確實的物象形態。泛指名詞在〈黃鶴樓〉詩裏，形成了疏濶的空間感覺，再伴以由緊密連用的重複用字和疊字，除了造成迴環往復的節奏效果以外，也為詩加添了速度。所謂的緊密連用的重複用字，是指第一至第三句的「黃鶴」二字，和第四至第六句的三組疊字：「悠悠」、「歷歷」和「萋萋」。特別是起聯和頷聯，意象疏落，只有黃鶴和白雲，到了頸聯才開始出現較多的泛指名詞。所以沈德潛評此詩為「意得象先，神先語外，縱筆寫去」，也不無道理。具象的語言來得很後，而是乘鶴飛仙的意念先行，王夫之還批評了結句的問句：「日暮鄉關何處是」，認為是「意多礙氣」，作者意念太多，也會阻礙詩情的流動。

〈黃鶴樓〉詩的疏濶空間還來源於詩的飛仙主題，讓讀者感受到不斷遠去，不斷擴濶的茫茫。例如首四句描寫昔人乘鶴飛升之後，餘下的空廓：先是起聯的「空餘黃鶴樓」和頷聯的「白雲千載空悠悠」，這個曠濶的空間在之後四句還不斷延伸至黃鶴樓下的景象：「晴川歷歷漢陽樹，芳草萋萋鸚鵡洲」，最後結聯又和前面三聯呼應，呈現一個放眼無盡的風景：望不到的故鄉以及望不盡的江上煙波。全詩的空間感覺是呼應的，都是茫茫的無盡遠景。詩人的視線也很自然：先是抬頭望乘鶴飛去的天空，然後是樓下的川洲，之後是遠望川洲的盡處。所以除了語調的速度之外，視線也是自然得很。

同樣是「順流直下」，「盧家少婦」的情況和〈黃鶴樓〉有點不一樣， 起碼在速度上，沒有〈黃鶴樓〉的疏闊，氣的流動相對來說，比較慢。「盧家少婦」一詩的原文如下：

> 盧家少婦鬱金堂，海燕雙棲玳瑁梁。九月寒砧催木葉，十年征戍憶遼陽。白浪河北音書斷，丹鳳城南秋夜長。誰為含愁獨不見，更教明月照流黃。[17]

此詩的作者沈佺期，被譽為初盛七律的奠基者。嚴羽在《滄浪詩話》裏首先為唐詩分期，關於詩體的變化，他有這樣的評語：

> 風雅頌既亡，一變而為〈離騷〉，再變而為西漢五言，三

[17] 彭定求，卷 96， 頁 1043。

> 變而為歌行雜體，四變而為沈、宋律詩。[18]

胡應麟在《詩藪》裏，也肯定了沈佺期對七律的貢獻：

> 初、盛間七言律，沈佺期為冠。[19]

因此，沈佺期的七律大體上是被認為合律的，而「盧家少婦」在體裁上，也有這種特徵。詩的首三聯都對偶，而律詩要求中間二聯對而已，起結聯沒有硬性規定。所以此詩被明代評家推為七律第一，大底是基於詩體的考慮。胡應麟批評〈黃鶴樓〉和「盧家少婦」「二作興會適超，而體裁未密；豐神故美，而結撰非艱」，大抵「興會適超，體裁未密」是指〈黃鶴樓〉，而「豐神故美，結撰非艱」則指「盧家少婦」一詩。在《詩藪》內篇卷五，胡應麟曾經專就這兩首詩有過以下的批評：

> 「盧家少婦」，體格豐神，良稱獨步，惜領頗偏枯，結非本色。崔顥〈黃鶴〉，歌行短章耳。太白生平不喜俳偶，崔詩適與契合。嚴氏因之，世遂附和，又不若近推沈作為得也。[20]

「盧家少婦」一詩，歷來好評很多，以下是其中一些：

> 宋嚴滄浪取崔顥〈黃鶴樓〉詩為唐人七言律第一，近日何仲默、薛君采取沈佺期「盧家少婦鬱金堂」一首為第一。

---

[18] 嚴羽，頁 48。

[19] 胡應麟，內篇卷 4，頁 77。

[20] 胡應麟，內篇卷 4，頁 82。

二詩未易優劣。或以問予，予曰：崔詩賦體多，沈詩比興多。[21](楊慎[1488-1559]《升庵詩話》)

「盧家少婦」篇首尾溫麗。[22](賀裳[fl.1681]《載酒園詩話》)

雲卿〈獨不見〉一章，骨高氣高，色澤情韻俱高，視中唐「鶯啼燕語報新年」詩，味薄語纖，床分上下。[23](沈德潛《說詩晬語》)

初唐諸君正以能變六朝為佳，至「盧家少婦」一章，高振唐音，遠包古韻，此是神到之作，當取冠一朝矣。[24](姚鼐[1732-1815]《今體詩鈔》)

此詩只首句是作旨本義，安身立命正脈。蓋本為蕩婦室思之作，而以盧家少婦實之， 則令人迷，如《古詩》以西北高樓杞梁妻實歌曲一樣筆意。本以燕之雙棲興少婦獨居，卻以「鬱金堂」,「玳瑁梁」等字攢成異彩，五色並馳，令人目眩，此得齊、梁之秘而加神妙者。三四不過敘流年時景，而措語沉著重穩。五六句分寫行者居者，匀配完足，復以「白狼」、「丹鳳」，攢染設色，收拓開一步，正是跌

---

[21] 楊慎著、王大厚箋証：《升庵詩話新箋証》(北京：中華書局，2008)，頁768。

[22] 孫琴安，頁56。

[23] 沈德潛著、霍松林校注：《說詩晬語》(北京：人民文學出版社，1979)，頁216。

[24] 姚鼐著、曹光甫標點：《今體詩鈔》(上海：上海古籍出版社，1986)，頁2。

進一步。曲折圓轉，如彈丸脫手。[25]（方東樹[1772-1851]《昭昧詹言》）

以上的評語，說得最平白曉暢的是方東樹的《昭昧詹言》，特別是他抓住了「盧家少婦」一詩中的亮麗色彩，這個特徵和「溫麗」，「色澤情韻俱高」等共通，而姚鼐評這詩為「高振唐音」，楊慎則謂「比興多」，都道出了此詩較之〈黃鶴樓〉，更能呈現唐七律的特點。

起句用典，引梁武帝蕭衍(464-549)《河中之水歌》：「河中之水向東流，洛陽女兒名莫愁。十五嫁為盧家婦，十六生兒字阿侯。盧家蘭室桂為梁，中有鬱金蘇合香。」[26]帶出「盧家少婦」和「鬱金堂」兩個意象，然後以「海燕雙棲玳瑁梁」作下句，鬱金堂和玳瑁梁相對，一如方東樹所說，這六個字湊攢成奇異的光彩，他用「五色並馳，令人目眩」來形容，「鬱金」的「金」字和「玳瑁」的棕黃色，都是溫暖和光度高的意象，而且肯定是富貴人家的建築，這樣的起句，給人瑰麗豐滿的印象，而且雙燕和獨居婦人之間對比強烈，意象本身又充滿了哀愁，不過這不是酸瘦窮愁的悲哀。到了頸聯，又和起聯一樣，運用對比，這裏是分寫行者和居者，而用「白狼河」和「丹鳳城」配對，「雪白」和「朱紅」，兇猛的「狼」和高貴的「鳳」相對，顏色極度鮮明亮麗，而且動物本身也非一般平常動物，沒有流於沈德潛所說的「味薄語纖」的

[25] 方東樹著、汪紹楹校點：《昭昧詹言》(北京：人民文學出版社，1984) 卷 15，頁 383。

[26] 文選，頁 233。

境地。此詩的結句，還再一次用了「明月」、「流黃」等高亮度意象，「明月」和「流黃」相配，激盪起的色調也是暖調。

此詩的缺點是頷聯和尾聯. 較之起聯，三、四句的意象相對遜色，實體名詞只有「寒砧」和「木葉」，與「征戍」、「遼陽」相對，對偶不算熨貼，而且這兩個對句，均敘時間流逝，所以胡應麟說「頷頗偏枯」，[27]而方東樹則說「不過敘流年時景，措語沉著重穩」，顯見沒有什麼值得談論的。整首詩由起聯開始，開張明義為怨婦征人之作，之後鋪敘個中細情， 最後落結為當下情境，一片璀璨。胡應麟認為盧家少婦不能作為唐七律第一的原因，除了頷聯偏枯以外，還有結聯雜用了樂府詩的特色，未能算是純粹的七律。[28]

三、〈登高〉的結句

胡應麟指出了歷來被推舉為七律第一的兩首詩都具有「順流直下」的優點，但由於體制未完備，不能算作七律第一。之後即舉杜甫的〈登高〉，其中和「順流直下」有關的評語為：「驟讀之，首尾若未嘗有對者，胸腹若無意於對者；細繹之， 則錙銖鈞兩，毫髮不差，而建瓴走坂之勢，如百川東注於尾閭之窟。」尾閭是

[27] 胡應麟， 內篇卷五， 頁 82。「七言律， 對不屬則偏枯， 太屬則板弱。」

[28] 關於初唐七律， 胡應麟曾經有過這樣的評語：「初唐律體之妙者： 杜審言《大餔應制》、沈雲卿《古意》、《興慶池》、《南莊》、李嶠《太平山亭》、蘇頲《安樂新宅》、《望春臺》、《紫薇省》， 皆高華秀贍， 第起結多不甚合耳。」胡應麟， 頁 85。

百川出海的地方。建瓴是往屋頂導水的瓦溝倒水，走坂意指彈丸在斜坡上滾動。這段評語有兩個重點：一、對偶自然而精確，二、結句能滙聚全詩意脈，而且有一種準確和速度感，因為「毫髮」和「尾閭」都有極細的含意。

用這個結句的特徵和〈黃鶴樓〉對比，則後者的結句是「煙波江上使人愁」，是一個開濶的意境，全首詩始終在一個廣濶的空間流動，雖然由於語調和意脈都連接得緊密，但沒有往一個細小處急促匯聚的感覺。至於「盧家少婦」一詩，起聯和頸聯兩聯的對偶平衡，同為居者和行者的相對，色調璀璨溫麗，兩聯的對偶方式相類，色調又一致，產生了一種平穩的感覺，速度不緩不急。兩首詩的結句似乎都一樣，收為一幅圖畫，順理成章地和起聯呼應，而且時間和空間都回歸到同一點，〈黃鶴樓〉是登樓望遠，「盧家少婦」是獨守閨房，前者是由遠到遠，後者是由「鬱金堂」到「照流黃」。反觀杜甫的〈登高〉，起結就有點不一樣，〈登高〉詩的原文如下：

> 風急天高猿嘯哀，渚清沙白鳥飛迴。無邊落木蕭蕭下，不盡長江滾滾來。萬里悲秋常作客，百年多病獨登臺。艱難苦恨繁霜鬢，潦倒新停濁酒杯。

胡應麟認為〈登高〉結尾的卓越之處是：「第前六句極飛揚震動，復作峭快，恐未合張弛之宜，或轉入別調，反更為全首之累。只如此軟冷收之，而無限悲涼之意，溢於言外，似未為不稱也。」胡認為詩的結尾如果仍然繼續維持「峭快」，則未能符合詩要一張一弛的原則，即前面飛揚，後面就要放鬆之類的矛盾對稱；又如果在結句處，轉換調子，很有可能接不上上文的氣勢，而〈登高〉轉用軟冷的結句，則「無限悲涼，溢於言外」。所謂「軟」，也許指沒有激烈的感情表露，「冷」是淡淡點出自己一些日常的轉變：白了頭髮，停了喝酒，語調上好像無關宏旨。關於胡應麟的評語，有兩點值得注意：一、建瓴走坂之勢如何形成？二、軟冷收之的結句效果。

首先，先談第一點。「建瓴走坂」、「百川注於尾閭」，都是大流急促轉向小出口的現象，如果落實到登高一詩，此詩前四句的氣勢景象都是宏大的。楊逢春(19 世紀)評這首詩前四句是「劈空寫景」、[29]何焯(1661-1722)謂「千端萬緒、無首無尾，使人無處捉摸」。[30]此外，方東樹在評七律的時候，也認為七律起句要雄偉，這和胡應麟的意見很接近。方東樹在《昭昧詹言》一書裏，對七律的起句，有這樣的意見：

起句須莊重，峰勢鎮壓含蓋， 得一篇體勢。起忌用宋(960-1279)人輕側之筆，如放翁(陸游，1125-1210)「早歲那知世事艱」，須以為戒；而以「高館張燈酒復清」、「風急天高猿嘯哀」、「玉露凋傷楓樹林」等為法。震川(歸有光，1507-1571)論《史記》，起勢來得勇猛者圈。杜公多有之。杜又有一起四句，將題情緒敘盡，後半換筆換意換勢，或轉或託開。大開大合，惟杜公有之，小才不能也。尋常五六多

[29] 《唐詩繹》，孫琴安，頁 90。

[30] 方回選評、李慶甲集評校點：《瀛奎律髓滙評》(上海：上海古籍出版社，1986)，頁 781。

作轉勢，不如仍挺起作揚勢更佳。結句大約別出一層，補完題蘊，須有不盡遠想。[31]

方東樹以陸游的〈書憤〉一詩作為反面例子，認為是「輕側之筆」。〈書憤〉一詩原文如下：

> 早歲那知世事艱，中原北望氣如山。樓船夜雪瓜洲渡，鐵馬秋風大散關。塞上長城空自許， 鏡中衰鬢已先斑。〈出師〉一表真名世，千載誰堪伯仲間！[32]

陸游(1125-1210)詩的意境不可謂不開闊，其中有「中原北望氣如山」，又有「樓船夜雪瓜洲渡，鐵馬秋風大散關」等語句，不過詩以「早歲那知世事艱」起句，將焦點集中在作者一己的感慨之上，使以下數句的意境都受到局限。反觀〈登高〉一詩，起四句完全摸不著作者的用意，詩呈現了一幅空間高濶，而又充滿動感的圖畫，起聯刻畫具體的景物：「天高」、「風急」、「渚清」、「沙白」，是登高所見， 除了風急以外，還有哀怨的猿啼聲和島渚上的鳥雀迴飛。這兩句詩特別能讓人產生心理反應的語詞有急和哀，而第二句的鳥雀迴飛，是在「急」和「哀」之下產生的，有一種沉默無言的對比效果。到了頷聯，起首的「無邊」和「不盡」兩個詞語的相對，讓詩的意境好像更往濶大一面擴展。黃叔燦在《唐詩箋注》中說：

[31] 方東樹，卷14，頁377。

[32] 陸游著、錢仲聯(1908-)點校：《劍南詩稿校注》(上海：上海古籍出版社，1985)，卷17頁1346。

> 次聯著「無邊」、「不盡」四字，悲壯中更極闊大，蓋不如此，振不起下半首。[33]

在濶大哀颯的背景之中，第三、四句更進一步強調和推濶了原有的意境，而且在動態方面也加強了，變得更貼近和迫切，楊萬里評「蕭蕭」和「滾滾」兩個詞能「喚起精神」，[34]精神和詩的動態很相近，至於「下」和「來」兩個動詞，讓原來遙遠的風景一下子拉近，而且有一種落到身邊和滾到面前的切迫感。川合康二認為落葉和逝水彷彿都是過去了的生命，不斷的掉下和湧來，是奔向死亡的一股壯大的動力。[35]雄壯、哀颯、動盪的場景之下，第五、六句才點題，而且意思連綿迭出，關於〈登高〉的頸聯，羅大經(13世紀)曾經這樣點評：

> 「萬里悲秋常作客，百年多病獨登台。」蓋萬里，地之遠也；秋，時之淒慘也；作客，羈旅也；常作客，久旅也；百年，齒暮也；多病，衰疾也；台，高迴處也，獨登台，無親朋也。十四字之間含八意，而對偶又精確。[36]

方東樹在評〈登高〉一詩的章法時，也有謂五、六句「一氣噴薄而出」，原文如下：

---

[33] 孫琴安，頁 90。

[34] 楊萬里：《誠齋詩話》，《欽定四庫全書・集部》冊 1480(上海：上海古籍出版社，1987)，頁 201。

[35] 川合康三：《風呂で讀む杜甫》，頁 95。

[36] 羅大經：《鶴林玉露》(北京：中華書局， 1983)，頁 215。

> 前四句景。後四句情。一、二碎，三、四整，變化筆法。五、六接遞開合，兼敘點，一氣噴薄而出。[37]

造成「噴薄而出」的效果是五、六句突然一氣點題，而且在短短兩句之中，不獨以「萬里」和「百年」兩個詞承接了前四句的悲壯宏濶的氣勢，而且還以極濃縮的筆法，將自己的遭際和眼前景物連繫起來。頷聯的迫切和動感，頸聯的連珠點題，讓讀者仿然而悟等，都形成一種速度感。頸聯的突敘身世，使詩的時空出現斷裂，由雄壯的大自然突然轉到作者自己，跨度很大，所謂飛揚震動，可以從這個角度去理解。方東樹之所謂「接遞開合」、「後半換筆換意」，「大開大合」，也當指這種情況。

第二，關於「軟冷收之」的結句效果。〈登高〉的結句，歷來評語不多，真正長篇細緻論述的，首推胡應麟。關於唐詩七律的結句，他曾經有過以下的意見：

> 大率唐人詩主神韻，不主氣格，故結句率弱者多。惟老杜不爾，如「醉把茱萸仔細看」之類，極為深厚渾雄。然風格亦與盛唐稍異，間有濫觴宋人者，「出師未捷身先死」之類是也。[38]

關於杜甫〈九日藍田崔氏莊〉一詩， 金聖歎(1608-1661)有以下的評語：

> 語語是不服老。前解要看「今日」字，後解要看「明年」

---

[37] 方東樹，卷 17，頁 400。

[38] 胡應麟，內篇卷 5，頁 87。

字。在今日必盡君飲，不敢以一人之不歡，敗諸少年之歡；在明年未知誰健，不得以諸少年之健笑此老之必不健。語意崛強，自是先生本色。[39]

結句不弱，似乎意謂崛強之意，而登高一詩的頸聯句「艱難苦恨繁霜鬢，潦倒新停濁酒杯」被胡應麟評為「壯而瘦勁」。[40]所謂「瘦勁」似乎也有不屈服的含意，而「壯」是胡應麟衡量杜詩的一個標準，他曾經分列杜七律句的很多例子，分別評以「壯而閎大」、「壯而高拔」、「壯而豪宕」、「壯而沈婉」、「壯而飛動」、「壯而整嚴」、「壯而典碩」、「壯而穠麗」、「壯而奇峭」、「壯而精深」、「壯而瘦勁」、「壯而古淡」、「壯而感愴」、「壯而悲哀」、「結語之壯」、「疊語之壯」、「拗字之壯」、「雙字之壯」等，而〈登高〉的頸聯句「瘦勁」，是在面對比此時此刻的個人大得多的時空「 」和「 」而言。如果說頸聯是「瘦勁」，就整首詩而不是單獨的聯句而言，〈登高〉的結句，胡稱之為「軟冷」，其實就是和之前六句的飛揚震動相對，面對奔向消逝的自然，以及自己過去的一生，詩人唯一可以做的是恨自己的白髮多生，為了病而停了酒。一個極端無力的個人，支撐整個湧向面前的宏濶時空，看來只是無聊的日常行為，但從整體來看，卻又支撐得住，因為詩人眼前的現實正是如此，從一個大的時空歸結到一個非常小的個人姿勢，沒有很奇警突屹的結句，這種結構，對胡應麟來說，才是真正的深厚渾雄。

類似的概念，胡應麟在談到七律的時候，曾經有過這樣的話：

---

39 《金聖歎選批杜詩》(成都：成都古籍書店，1983)，頁 83。

40 胡應麟， 內篇卷 5， 頁 96-97。

> 七言律最宜偉麗，又最忌粗豪，中間豪末千里， 乃近體中一大關節，不可不知。今粗舉易見者數聯於後：宋人〈吳江長橋觀月〉詩，鄭毅夫云：「插天螮蝀玉腰闊，跨海鯨鯢金背高。」楊公濟云：「八十丈虹晴臥影，一千頃玉碧無瑕。」蘇子美云：「雲頭豔豔開金餅，水面沈沈臥彩虹。」三聯世所共稱。歐陽獨取蘇句，而謂二子粗豪，良是。然蘇句苦斤兩稍輕，不若子瞻「令嚴鐘鼓三更月，野宿貔貅萬竈煙」，自稱偉麗，蓋庶幾焉。又不若老杜「三年笛裏關山月，萬國兵前草木風」，以和平端雅之調，寓憤鬱悽惋之思，古今言壯句者難及此也。[41]

「以和平端雅之調，寓憤鬱悽惋之思，古今言壯句者難及此也」，也許可以作為〈登高〉詩結句之妙作註腳。

美國漢學者歐文(Stephen Owen， 1946-)在《盛唐詩》(*The Great Age of Chinese Poetry： The High T'ang*)一書裏，認為杜甫晚年側重於發展一種較深刻的感覺，一種關於世界的內在象徵秩序，而這種秩序總是以矛盾來表達。[42]他認為作於長安淪陷後的〈對雪〉，充分預示了杜甫晚年的典型場景，堪稱最早的範例之一。詩的原文如下：

---

[41] 胡應麟，內篇卷 5，頁 98。

[42] 斯蒂芬・歐文：《盛唐詩》(賈晉華譯， 哈爾濱：黑龍江人民出版社，1992)， 頁186-188。

> 戰哭多新鬼，愁吟獨老翁。亂雲低薄暮，急雪舞迴風。瓢棄樽無綠，爐存火似紅。數州消息斷，愁坐正書空。[43]

根據歐文的解釋，第一、二句是詩人和雪的世界面面相對，自我仿佛孤獨地處於無人或鬼魂出沒的境域，他認為這種境界是杜甫晚年詩歌的典型。之後的三、四句，分別就暗和明、黑和白作對，並且揭示了人類與自然界的神秘對應。第五、六句走向個人，歐文注意到這首詩不斷向內集中──從天邊到房間，再到溫暖明亮的火爐。最後兩句，寫出了詩人在兩個世界的交接處，無可如何，只能夠在空中寫字，這是一個沒有意義的姿勢，象徵詩人無法傳達內心的處境。[44]〈對雪〉其實也表現了律詩對句的特徵，聯句之間必須相對，而這種相對在杜甫晚年的詩歌裏，集中表現在個人與不可知自然的相對。

和〈對雪〉相似的例子很多，如〈白帝城最高樓〉，原文如下：

> 城尖徑仄旌旆愁，獨立縹緲之飛樓。峽坼雲霾龍虎臥，江清日抱黿鼉遊。扶桑西枝對斷石，弱水東影隨長流。杖藜嘆世者誰子，泣血迸空回白頭。[45]

如果說律詩最著重矛盾相對的藝術效果，那麼〈登高〉詩的結句，以前六句的振盪飛揚，和結句的軟冷收場，可謂體現了這種效果的極限。

---

[43] 杜甫，仇兆鰲，卷4，〈對雪〉，頁318。

[44] 歐文，頁 187-188。

[45] 杜甫，仇兆鰲，卷15，頁1276。

四、結論：風格與文本之間

杜甫七律的風格，歷代評者很多，孫琴安在《唐七律詩精評》一書中，歸納了眾家說法，有以下的話：

> 唐七律至杜公而極盛，開後人無數門徑，有挺拔氣健者，有八句皆對者，有數首連鈎、環環相扣者……約言之，則開後人七律三種風格：一、雄渾蒼茫者；二、淺顯通俗者； 三、句法峻峭之拗體者。此三種，皆沈、宋、蘇、張之高華富麗絕然不同。杜公七律盡管奇幻莫測、千門萬戶、種種俱陳，然代表其最高成就、最有其個人特色者，依然是〈秋興〉、〈登高〉、〈登樓〉等雄渾蒼茫、沉鬱頓挫之七律。繼後能嗣響者， 亦唯李商隱數家而已。[46]

七律到杜甫為顛峰的說法很多，而最為杜詩本色的沉鬱頓挫，究竟從文本分析的角度如何體現，一直是筆者關心的話題。筆者曾經就杜甫夔州時期的七律，如果體現沉鬱頓挫的風格，做過不同的文本分析，得出了沉鬱頓挫的風格和深度感覺的關係密切，在文本表現為詩前後兩半的時空跨度大、用字的光度低、以至時代和自己人生的下墜的紛亂和速度感等，[47]不過以一個時期的

---

[46] 孫琴安，頁 64。

[47] 拙著：1.〈杜甫　州詩深度感覺初探〉，《中國文學的開端和結尾研

詩作分析，畢竟粗疏，所以本文嘗試從一首詩去分析，希望得到更細緻的結果。

就在這個前提之下，我選擇了〈登高〉一詩， 並由胡應麟論述「七律第一」的說法入手， 論文前半部分分析了另外兩首同被譽為七律第一的詩作，看其美學準則， 胡應麟似乎認為「順流直下」是標準之一，但體格未備是兩首詩的缺點。杜甫的登高一詩，除了符合七律的體格和順流直下等標準以外，還體現了詩人獨特的個人風格，而這個風格表現在文本，就是迫急的速度、詩歌前後的時空跨度造成的震動和差異程度極大的結句，這幾個特徵形成了雄渾悲壯的美感。

不同的時代有不同的美感，盛唐人獨愛神韻，而胡應麟則喜歡氣格，都各自有其時代背景的因素在，而杜甫詩和盛唐詩不完全一樣，當然也有個人的歷史命運使然。

究》，單周堯編，香港大學、多倫多大學、阿伯特大學聯合出版，台北：學生書局承印，2002 年，頁 81-122。2.〈杜甫夔州詩的開端和結尾：墜落的恐怖〉，《中國文學與文化》1 期，2002 年 2 月，頁 245-286。

從章法角度試論出土文獻復原上之幾項標準
——以上博簡為例

許文獻
國立臺東大學華語文學系助理教授

摘　要

本文試從章法學角度，並以上博簡為研究範疇，重行審視出土文獻復原上之相關問題，冀能藉此厚植文獻研究工作上之基礎。所論者為：

一、依上下文文意、章法內外法與變化律，上博《逸詩》簡「衛」字異文除以「君子」內在為核心義外，亦可釋為邦國臣衛之義，並與殷墟卜辭「衛」字用例相應。

二、依凡目法之章法架構，則上博《性情論》簡 29、簡 30 與簡 31 之相關字詞釋讀，應可重作詮釋：

（一）　簡 29 末應可綴補為「凡說人勿隱也，身必從之。」

（二）　簡 30「道路」除文獻常見之「衢巷」義外，亦疑與「身靜之道」與「用心之路」之法則義有關。

（三） 簡 26、簡 27 所云「門內」、「門外」，疑可釋作君臣立門內外左右之禮。

三、 上博《民之父母》簡 10 上部之綴補，依補敘之章法標準，其所謂補述「五起」說之簡文，應可綴補為「於此而已乎？孔=曰：『何為其然？猶有五起焉。』子夏曰：」，容字凡十九。

四、 上博《恆先》簡之簡序編聯，倘依龐樸與季旭昇師之說，則能使本篇所論天地生成之簡文內容，更能符合「陰陽二元對待」之風格。

五、 依包孕式章法標準，與秩序律、變化律等章法規律之節制，則上博《彭祖》簡之簡序應為「1+3+2+5+6+……4+……7+8」。

六、 茲依本文所作之初步釋例，試擬依章法處理文獻復原之幾項施行要則：

（一） 研究基礎：需立基於文獻形制無誤之基礎上，包括容字與書體。

（二） 研究方法：

1. 文意通讀。
2. 篇章結構章法分析。
3. 章法規律分析。
4. 考釋並疏讀章法類型與章法規律所見之疑義。

（三） 主要研究預期成果：

1. 簡序之編聯。
2. 文字之綴補。
3. 相關義理探討。

關鍵詞

章法學、文獻學、出土文獻、上博簡

一、前言

近年考古事業發達，不少相關應用學科應之而起，尤以文獻學為然。而以今所見出土文獻最多之楚系簡牘文書而言，其復原工作更為古文字釋讀與文獻校讀首要之務，惟學界對於此類出土文獻之理論建構，尚猶存闕，且其所依據者，似仍多侷限於文字考釋與義理闡釋，尚少論及從既有章法之分析，為復原工作提供理證。故本文試以上博簡之文獻復原研究為主要探論範疇，擬論以章法分析作為復原標準之相關補證。[1]

二、簡牘文獻復原標準評議

[1] 本文蒙國立臺灣師範大學國文學系黃麗娟教授審閱賜正，謹誌謝忱！

簡牘研究所涉層面甚廣，包括古文字學、文獻學、考古學與資訊科學等，雖簡牘之復原研究肇始年代甚早[2]，然而，簡牘研究專論則為近年新興之學，文獻學學者王宏理更將簡牘之復原綴合編列於文獻學理論範疇。[3]綜理近年簡牘之研究概況，知此中治學之道，當以形式還原為體，並以內容之校讀與訂補為用，故簡牘研究學者何茲全即言「簡牘學包括兩部大學問，一是簡牘本身的整理研究，一是以簡牘為材料開拓中國史的研究，這是簡牘的使用。」[4]可知簡牘研究學者早有簡牘研究體用施作法之理念，然而，以研究材料而言，王國維所言以之「二重證據法」，則又為簡牘文獻研究之準則。茲試擬簡牘文獻研究方法與準則之示意圖：

[2] 今據經籍所載，知漢代古文經之整理，即屬簡牘復原研究之肇端，例如：《漢書・藝文志》云：「劉向以中古文校歐陽、大小夏侯三家經文：〈酒誥〉脫簡一、〈召誥〉脫簡二。率簡二十五字者，脫亦二十五字；簡二十二字者，脫亦二十二字；文字異者七百有餘，脫字數十。」

[3] 詳見王宏理著《古文獻學新論》，廣州市：中山大學出版社，2008 年 10 月第 1 版，272 頁~286 頁。

[4] 詳見何茲全著〈簡牘學與歷史學〉，載李學勤先生主編《簡帛研究》（第一輯），北京：法律出版社，1993 年 10 月第 1 版，1 頁~3 頁。

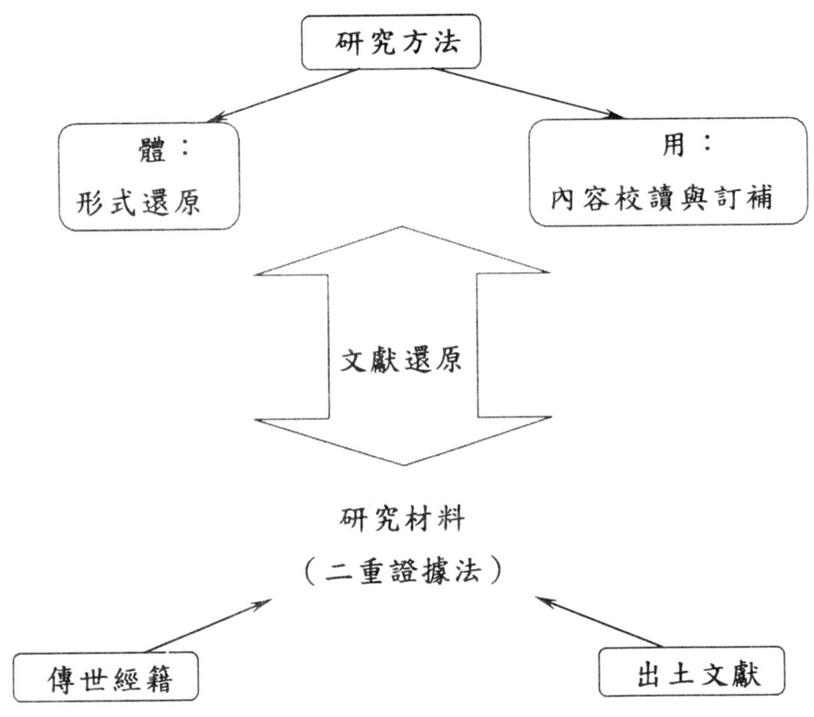

而此類出土文獻之復原工作，倘據學者之所論，猶存幾項尚可復議之研究方向，大抵為：

一、新出資料之掌握：許學仁師曾從新出文獻資料論證古籍校讀之方法[5]；而裘錫圭曾云當前古籍整理工作亟需強化之方向為「近代和現代發現的古代文字資料及有關研究

[5] 詳見許學仁師著〈楚地出土文獻與《楚辭》研究之"宏觀""微觀"考察〉，《先秦兩漢學術》第六期，2006 年 9 月，89 頁~105 頁。

成果」[6]，而裘錫圭另文亦言「就古籍古整工作的現狀來看，似乎存在著對地下材料不夠重視的傾向」，[7]又專文論述考古資料對古籍校釋與斷代之重要性。[8]知許學仁師與裘錫圭所論者，即文獻研究工作上對新出資料之掌握與運用。

二、綴合工作之持續：出土文獻埋藏地底既久，則其簡片與編繩多已斷爛，故綴合或綴補之工作尤為首要，誠如王宏理所云，文獻之綴合乃簡帛文獻整理研究工作之「第一步工作」。[9]

三、多學科之整合：學者王宏理在論述綴合方法論時，即明言文獻學之研究「需要多學科多方面的專業知識」，並擬論簡帛復原數位化之構想[10]；而本文上已有言，簡牘復原之相關研究工作，實涉及多項學科之研究範疇，是故各學科之整合研究亦為刻不容緩之要務。

知文獻還原工作，實涉及諸多層面，尤以新出文獻之考證與

[6] 詳見裘錫圭著〈考古發現的秦文字資料對於校讀古籍的重要性〉，載《古代文史研究新探》，南京：江蘇古籍出版社，1992 年 6 月第 1 版，1 頁。

[7] 詳見裘錫圭著〈談談地下材料在先秦秦漢古籍整理工作中的作用〉，《古代文史研究新探》，南京：江蘇古籍出版社，1992 年 6 月第 1 版，45 頁。

[8] 詳見裘錫圭著〈閱讀古籍要重視考古資料〉，《古代文史研究新探》，南京：江蘇古籍出版社，1992 年 6 月第 1 版，63 頁。

[9] 詳見王宏理著《古文獻學新論》，廣州市：中山大學出版社，2008 年 10 月第 1 版，274 頁。

[10] 詳見王宏理著《古文獻學新論》，廣州市：中山大學出版社，2008 年 10 月第 1 版，283 頁、286 頁。

復原，更為首要之務。而以形式形制而言，此乃文獻還原之本，從簡牘之修治，以至於所載文字之書體，皆屬此範圍，然而，此研究工作之立論依據與施作標準，在近年考古文獻踵繼發表情況下，卻亟待建立。

簡牘研究者李零曾將簡牘之形制與使用，歸具多項特點[11]，其中數項更涉及書體與章法，包括：卷長、繕寫、版式與容字、符號、題記等，此皆與章法中之運材、布局與構詞有所相關，且各環節彼此相繫相依，始能使文獻還原工作以臻信效。而此中所謂章法，當存二義，即辭章結構之章法，此其一，亦可謂書法之布白章法，此其二也；惟書法之布白章法乃字句邏輯思維向度，當歸屬語言文字或修辭範疇，此則應另文闡發，而本文擬從篇章邏輯思維著手，試談辭章章法研究對文獻復原工作上之意義與價值。

今以近年簡牘文獻研究要疇之戰國楚簡之復原工作而言，關於簡牘重編之鴻論尤為筍發之跡，屢有卓見。今茲依學者之研究，初步統歸關於簡牘文獻復原之研究方法論：

一、 復原之前置工作與研究依據：即簡牘形制建檔，包括簡端、簡尾、契口與編痕、斷痕、斷口、載體色澤、載體材質之位置與紀錄。[12]

二、 據載體文字之復原依據，包括：

[11] 詳見李零著〈簡帛的形制與使用〉，《中國典籍與文化》2003 年第 3 期，4 頁~11 頁。

[12] 此相關方法之施作，可參李零著《簡帛古書與學術源流》，北京市：三聯書店，2008 年 1 月第 2 版，169 頁；王宏理著《古文獻學新論》，廣州市：中山大學出版社，2008 年 10 月第 1 版，280 頁~286 頁。

（一） 字體大小與書寫風格。

（二） 釋文文意拼聯：

1. 文意之連貫（統一律）。

2. 語氣與韻律之相諧。

3. 行文體例。[13]

4. 用語。[14]

（三） 篇題位置（首題、背題、尾題）。

（四） 文意簡序之復核與復校（依文意與殘簡）。[15]

三、 寫作或完成後之處理程序。[16]

四、 其他相關復原標準：

（一） 篇章結構之層次性。[17]

（二） 據文獻性質或版本作擬補（同時、異時；傳世、出土）。[18]

---

13 上述三項之相關施作方法可參王宏理著《古文獻學新論》，廣州市：中山大學出版社，2008 年 10 月第 1 版，282 頁。

14 此可參吳孟復著《古籍研究整理通論》，臺北市：貫雅文化，1991 年 11 月初版，69 頁~93 頁。

15 上述四項之相關施作方法可參李零著《簡帛古書與學術源流》，北京市：三聯書店，2008 年 1 月第 2 版，169 頁~170 頁；王宏理著《古文獻學新論》，廣州市：中山大學出版社，2008 年 10 月第 1 版，282 頁。

16 相關方法可參王宏理著《古文獻學新論》，廣州市：中山大學出版社，2008 年 10 月第 1 版，282 頁。

17 此標準取自虞萬里著〈《緇衣》正文與孔子之關係〉，第二屆儒道國際學術研討會-兩漢，國立臺灣師範大學國文學系，2004 年 11 月 6 日、7 日。

18 相關方法可參陳偉武著〈試論出土古文字資料之擬補〉，第一屆「古文字與出土文獻」學術研討會，台北：中央研究院歷史語言研究所，2000 年 11 月 16 日~17 日；拙著〈試論校勘與校讀──以信陽楚簡為例〉，國據上所述，知戰國楚簡之復原工作，似仍有部分可復強化之處，包括「篇題位置」、「文意簡序之復核與復校」等內容，其要例雖經多位學者證成，然而，學者據以論之成理論體系者，似猶待立，再者，李零對當今戰國文字之研究，曾提及數項想法，其中，據「楚書秦讀」（閱讀習慣）與書手差異等二法[19]，尤與文獻復原工作密切相關。故統言之，戰國楚簡復原所需強化者，其理不外「稿本型態章法」與「具篇章結構功能文字符號」等脈絡，茲復簡述此相關要略：

一、 稿本型態與章法：簡牘內容多元，以今所見戰國楚簡而言，其內容大抵可分為：經籍簡、遣策簡與簿籍文書簡，然而，倘復考之以文獻性質，則又有所謂經傳[20]、稿本與文本之分[21]。而楚簡文獻還原工作者對此一研究層面之所論尚少，亟待拓展衍伸，即以上述所謂「文意簡序之復核與復校」、「楚書秦讀」（閱讀習慣）與「書手差異」等三法則而言，亦猶此中之要例也。

二、 具篇章結構功能之文字符號：楚簡文獻還原工作者，對於載體文字符號之研究憑據，大抵將其書體字形結構特

科會楚系簡牘帛書字典專題研究計畫成果發表研討會，2009 年 6 月。

19 詳見李零著《簡帛古書與學術源流》，北京市：三聯書店，2008 年 1 月第 2 版，169 頁~172 頁。

20 詳見周鳳五著〈郭店竹簡的形式特徵及其分類意義〉，載《郭店楚簡國際學術研討會論文集》，武漢市：湖北人民出版社，2000 年 5 月第一版，53 頁~63 頁。

21 詳見李均明著《古代簡牘》，北京：文物出版社，2003 年 4 月第一版，160 頁~167 頁。

徵作為還原之依據，然而，簡牘文獻之文字符號多具有篇章提稱之功能，此尤以篇題位置與簡牘符號為然。茲簡述其相關要義：

（一） 篇題位置：簡牘之篇題位置，多具有提示簡文篇首或篇尾之功能，李零或謂其為對簡文排列之「指示性」。[22]

（二） 簡牘符號：簡牘符號甚多，亦各具其功用，大抵而言，可分為句讀功能符號、篇章功能符號與實務功能符號，倘復酌參學者李均明對簡牘符號之定名[23]，此三類符號可復分為：句讀功能符號（句讀符、重疊符）、篇章功能符號（編輯符號：界隔符、題示符）與實務功能符號（鈎校符）。然而，以上博簡文獻之復原工作現況而言，似仍多以句讀功能為研究主軸，並藉以校釋與校讀簡文，而以篇章功能作應用重編者，卻猶待開發。

實則文獻復原工作，其關鍵要義乃在於一手原件之掌握，並以親見原器物為首要，覈核數位建檔資料則在其次，倘此二者無由得者，再校之以原拓，而簡文章法之建構與還原，更乃稿本型

---

22 詳見李零著《簡帛古書與學術源流》，北京市：三聯書店，**2008** 年 **1** 月第 **2** 版，**170** 頁。

23 詳見李均明著《古代簡牘》，北京：文物出版社，**2003** 年 **4** 月第一版，**149** 頁~**151** 頁。

態與簡牘符號功能之界定基礎。

故本文擬從上述「稿本型態與章法」中之章法角度，並以上博簡為研究範疇，試論文獻復原上之相關應用嘗試。

三、簡牘文獻復原之章法標準應用釋例——以上博簡為例：

上博簡為近年出土文獻研究上之熱門學科，主因其內容與性質皆猶勝歷來出土或發表之古籍文書，故本文擬以此為研究範疇，試論从章法角度探論文獻復原之幾項應用。茲以章法類型與章法規律為主題，分舉類例以釋之：

（一）依章法類型所作之文獻復原釋例：

1、《逸詩》「衛」字異文之考釋：《逸詩》簡疑孔子所刪定詩歌之一，季旭昇師更疑其乃楚人仿《詩》之作品。[24]然而，此簡「衛」字異文猶居篇章結構之重要地位，涉及「凡目法」、「圖底法」、「因果法」、「內外法」等章法之運用，並與章法之變化律有所關聯。茲試擬其章法結構表：

[24] 詳見季旭昇師主編、袁國華助編、陳思婷、張繼凌、高佑仁、朱賜麟等合撰《上海博物館藏戰國楚竹書（四）讀本》，臺北市：萬卷樓圖書公司，2007 年 3 月初版，29 頁。

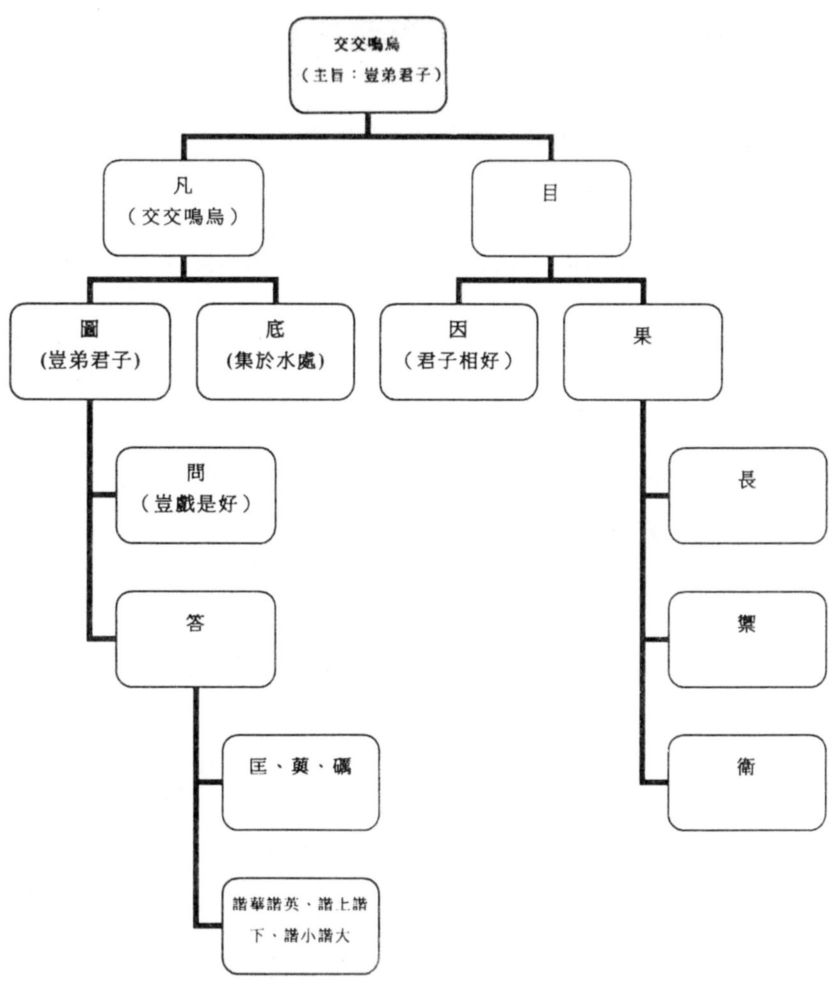
交交鳴鳥
（主旨：豈弟君子）
凡
（交交鳴鳥）
目
圖
(豈弟君子)
底
(集於水處)
因
（君子相好）
果
問
（豈戲是好）
答
匡、蕑、礪
諧華諧英、諧上諧
下、諧小諧大
長
禦
衛

簡文此字受上博《周易》簡異文之影響，學者多據「衛」以釋字，例如：馬承源原釋文[25]、季旭昇師[26]與陳思婷等[27]，皆主此說，並讀為「衛」或「慧」。以本詩所見「豈弟君子」、「唯心是某」等心性修養內容而言，確以讀為「慧」之說最能合於其說，亦當為本詩之核心義，然而，以章法層次而言，似又可另擬一說，換言之，則「匡、莫、礪」與「誥華誥英、誥上誥下、誥小誥大」應屬「內、內、外」之章法特殊變化律，而「衛」者，言臣衛之事也，「慧」則為敏智之行，知「衛」「慧」應屬內外對立之關係，宜擇其善者以釋之，再者，「禦」作防禦解，是故「長、禦、衛」之釋，依其章法之序次，應最合於上述之「內、內、外」變化律，並理當優於「長、禦、慧」之原釋。是故簡文所謂「衛」者，當如《尚書・康王之誥》所言諸侯之臣衛[28]，以應簡文所云誥小誥大友邦之道，此用例又可見於殷墟卜辭，例如：

[25] 詳見馬承源主編《上海博物館藏戰國楚竹書（四）》之馬承源釋文，上海：上海古籍出版社，2004 年 12 月第一版，177 頁。

[26] 詳見季旭昇師著〈《交交鳴烏》新詮〉，武漢大學簡帛研究網（http://www.bsm.org.cn/show_article.php?id=427），2006 年 9 月 27 日。

[27] 詳見季旭昇師主編、袁國華助編、陳思婷、張繼凌、高佑仁、朱賜麟等合撰《上海博物館藏戰國楚竹書（四）讀本》，臺北市：萬卷樓圖書公司，2007 年 3 月初版，42 頁。

[28] 《尚書・康王之誥》：「一二臣衛，敢執壤奠」孔傳云「為蕃衛，故曰臣衛。」而孔穎達亦補疏云「言衛者，諸侯之在四方，皆為天子蕃衛，故曰臣衛」。詳見《十三經注疏・尚書正義》（藝文印書館景印清嘉慶南昌府學重刊宋本雕本），台北市：藝文印書館，1997 年 8 月初版，288 頁。

「□亥，貞：在雹衛來」（第四期：《合集》32937）

「丁亥卜，在陪衛」（第三期：《合集》28009）

知卜辭此類辭例皆為「在某衛」之形式。據裘錫圭之考證[29]，此所列卜辭「衛」字本指武官，後又引申為類近諸侯臣衛之義，此亦可與上博《逸詩》簡之「衛」字異文釋義相應也。

2、 上博簡所見「補敘法」之章法類型應用：

(1)《性情論》簡 29、簡 30 與簡 31 所云「四凡」，實為簡 21 至簡 29「凡人情為可兌」之補述或總括[30]，其文章與章法前後對應，或可對「四凡」之釋讀有闡發。茲試擬此段簡文之章法結構圖：

[29] 詳見裘錫圭著〈甲骨卜辭中所見的“田”“牧”“衛”等職官的研究──兼論“侯”“甸”“男”“衛”等幾種諸侯的起源〉，載《古代文史研究新探》，南京：江蘇古籍出版社，1992 年 6 月第 1 版，356 頁~357 頁。

[30] 李零以為古書中之「凡」與《性自命出》簡之「二十凡」分表發凡與通則之義。詳見李零著《郭店楚簡校讀記》，北京市：北京大學出版社，2002 年 3 月第 1 版，115 頁~116 頁。

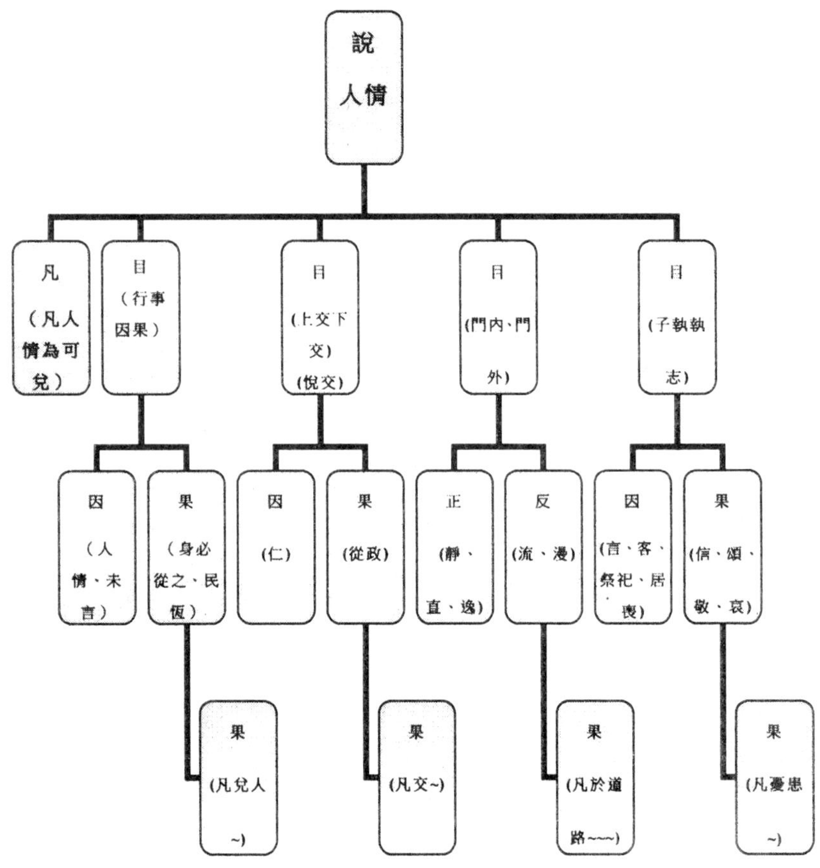

倘據此章法結構而言，則部分字句之釋讀或可再商，包括：

(2)簡 29 末之綴補與釋讀：簡 29 末端濮茅左原釋文釋讀為

「凡說人勿吝」[31]；裘錫圭讀為「凡悅人勿吝也」[32]；廖名春則从濮茅左之說[33]；季旭昇師則改讀「吝」為「隱」。[34]實則以簡文內容而言，應仍以濮茅左對「兑」字之釋讀與季旭昇師改讀「吝」為「隱」等二說為佳；今復考簡文文意與章法結構，知簡 29「兑」字應與簡 21 凡要之「兑」字文意相呼應，倘依本段內文文意，則此二「兑」字皆應从原釋，俱讀為「說」，寓含教化毋需隱之之意也。[35]是故，簡 29 末之文應可讀為「凡說人勿隱也，身必從之」，此則更能合於簡文此段之內容與章法矣。

(3)簡 **30**「道路」之釋讀：學者對此詞之釋讀，皆據「道路」之衢途義或征途義立說[36]，尤能與下文「獨居」相

---

31 詳見馬承源主編《上海博物館藏戰國楚竹書（一）》濮茅左之釋讀，上海：上海古籍出版社，**2001** 年 **11** 月第一版，**262** 頁~**263** 頁。

32 詳見荊門市博物館編《郭店楚墓竹簡》裘錫圭按語，北京：文物出版社，**1998** 年 **5** 月第一版，**184** 頁。

33 詳見廖名春著〈郭店楚簡《性自命出》篇校釋〉，載《清華簡帛研究》第一輯，北京：清華大學思想文化研究所，**2000** 年 **8** 月，**62** 頁。

34 詳見季旭昇師主編，陳霖慶、鄭玉姍、鄒濬智合撰《上海博物館藏戰國楚竹書（一）讀本》之季旭昇師案語，臺北市：萬卷樓圖書公司，**2004** 年 **6** 月初版，**201** 頁~**202** 頁。

35 楚文字「兑」聲系之釋讀頗具方音色彩，其語例與語用亦甚廣，簡文此「兑」讀為「說」，亦大抵合乎楚文字之用字情況。可參拙著〈試論《老子》中幾個从"兑"之異文〉，《湖南省博物館館刊》（第三期），**2006** 年 **12** 月第 **1** 版，**10** 頁~**19** 頁。

36 例如：劉昕嵐、劉釗、丁原植與陳霖慶等，皆據「道路」之衢途義立說，亦或釋為行路人。詳見劉昕嵐著〈郭店楚簡《性自命出》篇箋釋〉，載《郭店楚簡國際學術研討會論文集》，武漢市：湖北人民出版社，**2000** 年 **5** 月第一版，**350** 頁~**351** 頁；劉釗著《郭店楚簡校釋》，福州市：福

應，乃今學界所普遍接受之釋讀說法，然而，倘依簡文此處之內容與章法，即上文「靜、直、逸」與「流、漫」之正反對立關係，似又可姑立一說：疑簡 30 所謂「道路」者，似指「身靜之道」與「用心之路」，即如《尚書・洪範》所言「王道」與「王路」之法則義。[37]

(4)簡 **26**、簡 **27** 所云「門內」與「門外」之釋讀：簡文以「門內之治」與「門外之治」言待人「婉」、「折」之術，故「門內」與「門外」似應以釋作家門內外為適，然而，以章法角度而言，則又可暫擬一說：即上所言本章「上交下交」目與「悅交」目，其系屬因仁而從政之章法（因果），則此中所「門內」與「門外」者，即不應依字面義釋之，而應指君臣立門內外左右之禮也，例如：《尚書・康王之誥》所云王與諸侯立應門內外覲贈之禮。[38]

建人民出版社，**2003** 年 **12** 月第一版，**105** 頁；丁原植著《楚簡儒家性情說研究》，臺北市：萬卷樓圖書公司，**2002** 年 **5** 月初版；季旭昇師主編，陳霖慶、鄭玉姍、鄒濬智合撰《上海博物館藏戰國楚竹書（一）讀本》之陳霖慶案語，臺北市：萬卷樓圖書公司，**2004** 年 **6** 月初版，**202** 頁。

[37] 《尚書・洪範》：「無有作好，遵王之道；無有作惡，遵王之路」孔傳云：「言無有亂、為私好惡，動必循先王之道路。」。詳見《十三經注疏・尚書正義》（藝文印書館景印清嘉慶南昌府學重刊宋本雕本），台北市：藝文印書館，**1997** 年 **8** 月初版，**173** 頁。

[38] 詳見《十三經注疏・尚書正義》（藝文印書館景印清嘉慶南昌府學重刊宋本雕本），台北市：藝文印書館，**1997** 年 **8** 月初版，**288** 頁。

1. 《民之父母》簡所云「五起」疏證：上博《民之父母》簡載云今本《禮記・孔子閒居》與《孔子家語・論禮》之內容，其章法結構較為單純，大抵為：

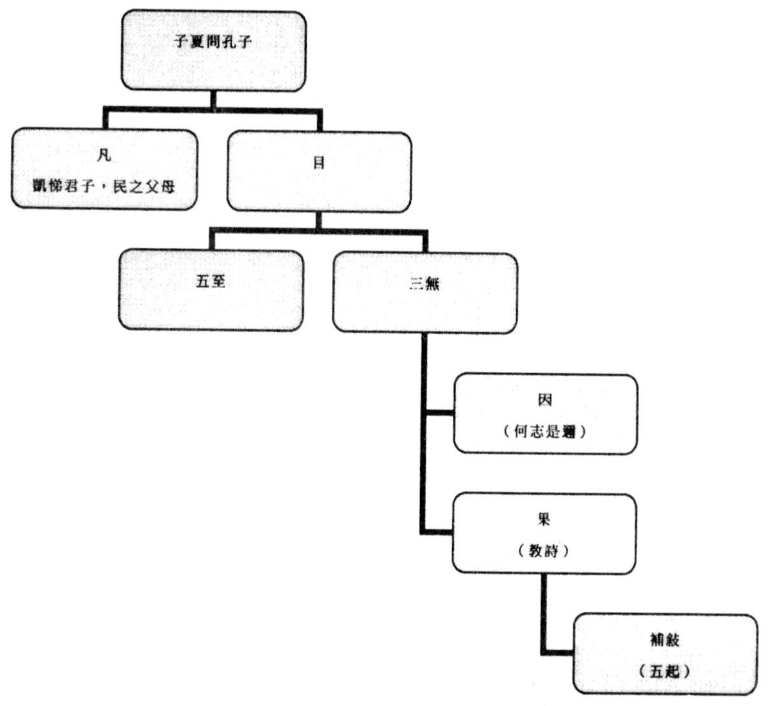

此章文獻復原之關鍵乃在於補敘章法所言「五起」之綴補。倘據原意，此所謂「五起」者，乃上述「三無」之補述，然而，原簡簡 **10** 上部殘泐甚鉅，獨缺關鍵「五起」一詞。而學者所據以綴補之者，亦不甚相同，大抵為：

（1）濮茅左[39]：「於此而已乎？孔子曰：『何為其然？猶有五起焉。』子夏曰：□」

（2）季旭昇師[40]：「於此而已乎？孔=曰：『猶有五起焉。』子夏曰：所謂五起」

知季旭昇師考之簡牘容字數，並修改綴補之字，確能符合文獻復原之形制標準。而以補敍之章法而言，今本《禮記‧孔子閒居》與《孔子家語‧論禮》皆言「何為其然」，此猶上文「文盡於此而已乎」所言文意終結而興下文之關鍵，似無省去之理。故本文仍从濮茅左之說，主此簡應綴補其所論之二十字，惟「孔子」二文需修正為合文形構，而「子夏曰」下亦毋需空文，逕併省之則可，即此簡或可綴補為「於此而已乎？孔=曰：『何為其然？猶有五起焉。』子夏曰：」，容字凡十九耳。

(二)依章法規律所作之文獻復原釋例：

甲、《恆先》簡之編聯：上博《恆先》簡為出土重要思想文

---

[39] 詳見馬承源主編《上海博物館藏戰國楚竹書（二）》濮茅左釋文，上海：上海古籍出版社，2002 年 12 月第一版，169 頁。

[40] 詳見季旭昇師主編，陳美蘭、蘇建洲、陳嘉凌合撰《上海博物館藏戰國楚竹書（二）讀本》，臺北市：萬卷樓圖書公司出版，2003 年 7 月初版，19 頁。

獻，其簡序編聯涉及章法變化律之應用，且亦與包孕式結構有所相關。然而，學者對此篇之編聯或存異說，茲依本篇章旨「論恆先」與篇章結構要素：「道之生成」（或、氣、有、始、往、復）、「天地生成」（天、地、人）、「相對相依概念」（中、外；小、大；柔、剛；圓、方；晦、明；短、長）、「名實」（或、有、意、言、名、事）、「人亂造作」、「論天下」（作、為、名）等，試析學者之說：

1. 李零[41]：原始整理簡序：
   （1） 系聯「復」與「有」、「或」、「名」、「事」等觀念。
   （2） 將天下之作系於相對相依概念內容之後。
2. 龐樸、季旭昇師[42]：龐樸與季旭昇師之簡序相同，而季旭昇師並將簡文分為五章，主要之編聯序次關鍵為：
   （1） 以宇宙之生成順序與落實原則編次章序。

41 詳見馬承源主編《上海博物館藏戰國楚竹書（三）》李零釋文，上海：上海古籍出版社，2003 年 12 月第一版，285 頁~299 頁。

42 詳見龐樸著〈恆先試讀〉，簡帛研究網（http://www.jianbo.org/），2004 年 4 月 22 日；季旭昇師主編、陳惠玲、連德榮、李綉玲合撰《上海博物館藏戰國楚竹書（三）讀本》，臺北市：萬卷樓圖書公司，2005 年 10 月初版，197 頁~198 頁。

（2） 以「主論及輔論」之方式編序各章內容。

3. 曹峰[43]：將簡 10 言天下之名與作者，序次於相對相依概念之前。

知上博《恆先》簡順逆向「多、二、一（0）」與「一（0）、二、多」與「多、二、一（0）」之章法結構，各章環環相扣、前後相因，並復緟「陰陽二元對待」內容，寔乃本篇編聯之關鍵。而以上述三家說而言，則又以龐樸與季旭昇師之編聯最合乎章法結構之平衡律。茲依季旭昇師之說，試擬上博《恆先》之章法結構示意圖：

43 詳見曹峰著〈恆先編聯分章釋讀札記〉，簡帛研究網（http://www.jianbo.org/），2004 年 5 月 16 日。

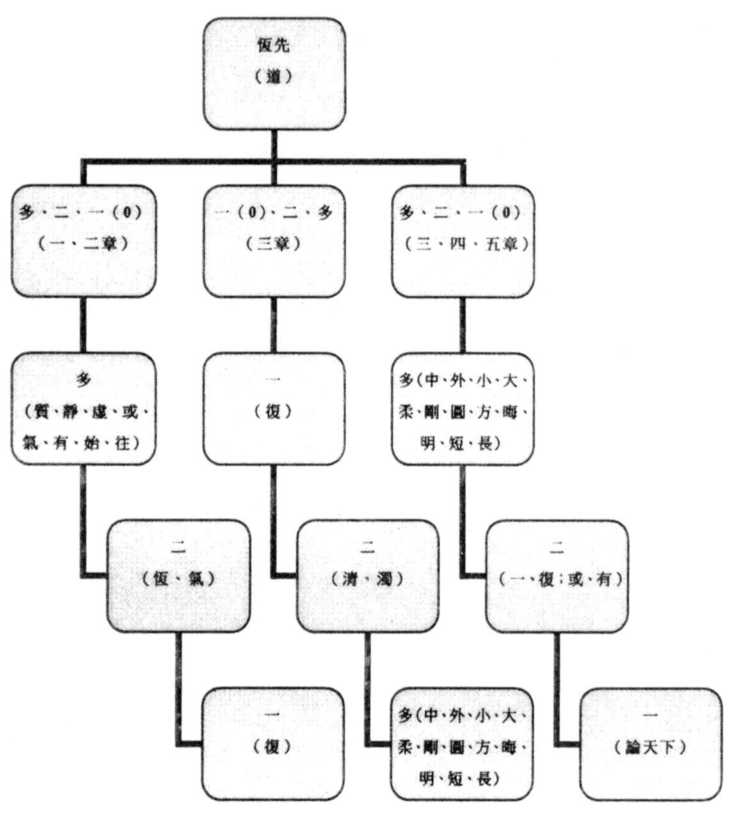

故依龐樸與季旭昇師之編聯，則上博《恆先》簡之章法將相當完整與對稱，而文中材料所呈現之「陰陽對待」風格亦尤為顯明矣！

乙、《彭祖》簡之編聯：上博《彭祖》簡論及狗老問為人之道於彭祖之事，其編聯工作則又與章法之秩序律有所相關。今復考上博《彭祖》簡之內容，知其篇章結構乃以

「為人之道」為主軸之問答體形式，而其結構要素則為「執心」、「常道」、「天道」、「恆」、「五紀」、「清心」、「夫子之德」、「冊命」與「修德之道」等，惟此等結構要素又需系之以天道、地道與人道之層次性，則始得突顯本篇章法之完整性。然而，學者對本簡之編聯，猶存異說，茲以篇章結構要素之安排模式分析各家之所釋：

1. 李零[44]：原簡序編聯：

　（1）　以「三去其二」逕接天道。

　（2）　將簡 4 編於簡 3 與簡 5 之間，惟依此簡契口編繩之跡，補云此簡「與上下兩簡銜接關係不明」。

2. 季旭昇師[45]：

　（1）　以簡文所云「不知所終」系屬「彼天之道」，並依此編聯簡 1、簡 3 與簡 2。

　（2）　以「人倫」系屬「為人之道」之後，並依此編聯簡 2、簡 5 與簡 6。

　（3）　文意與簡牘符號之連貫總結，並依此編聯簡 7 與簡 8。

---

[44] 詳見馬承源主編《上海博物館藏戰國楚竹書（三）》李零釋文，上海：上海古籍出版社，2003 年 12 月第一版，301 頁~308 頁。

[45] 詳見季旭昇師主編、陳惠玲、連德榮、李綉玲合撰《上海博物館藏戰國楚竹書（三）讀本》，臺北市：萬卷樓圖書公司，2005 年 10 月初版，246 頁。

（4） 簡 **4** 之文意孤懸難明，暫編聯於簡 **6** 之後。

知季旭昇師之編聯最符合「包孕式」章法結構與「秩序律」，即「多而一」之結構，而在各簡形制符合標準下，季旭昇師之編聯確猶可从，並使本篇之章法更具層次性與完整性。茲依季旭昇師之編聯，試擬《彭祖》之章法結構示意圖：

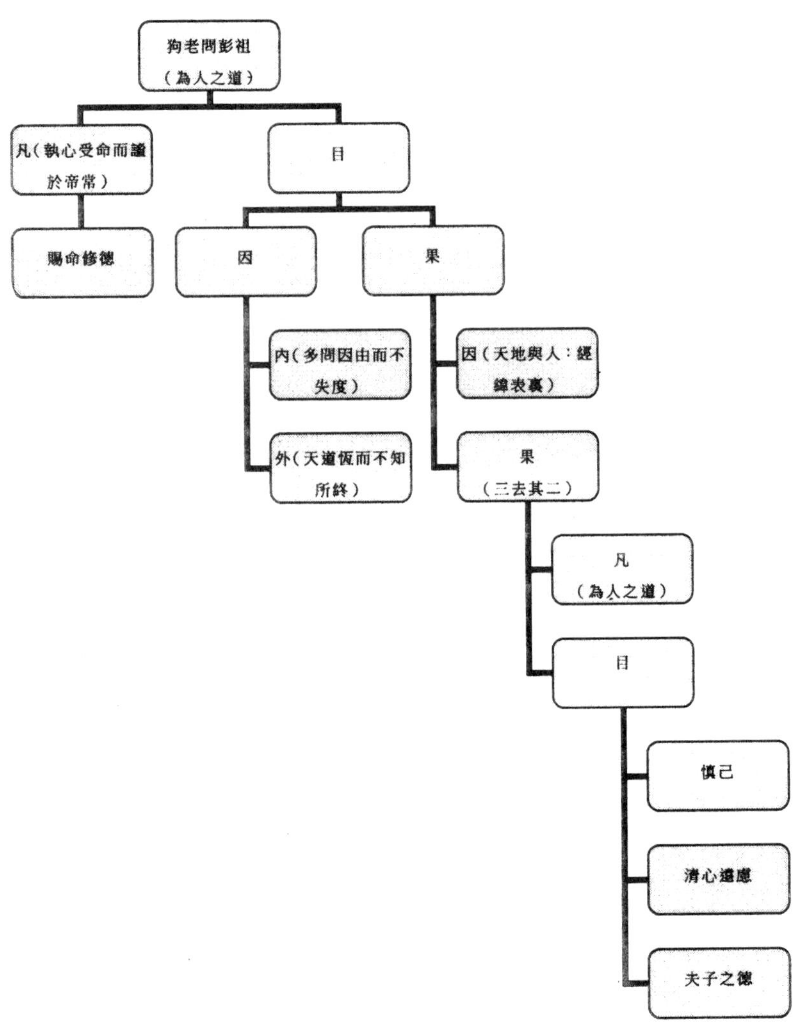
狗老問彭祖
（為人之道）
凡（執心受命而讓於帝常）
賜命修德
目
因
果
內（多問因由而不失度）
外（天道恆而不知所終）
因（天地與人：經緯表裏）
果
（三去其二）
凡
（為人之道）
目
慎己
清心遠慮
夫子之德

而為人之道所謂「慎己」、「清心」與「夫子之德」等三事，則又為「內、內而外、外」之變化律，更使此篇之章法結構更為完整。故上博《彭祖》簡之編聯，今仍从季旭昇師之說，將其簡序編為「**1+3+2+5+6+……4+……7+8**」。

四、結論

本文試从章法角度淺析上博簡之文獻復原問題，所論猶嫌不足，更遑論建立此相關之方法論體系，謹冀能藉此以收拋磚引玉之效，殷盼學界先進賜正以匡之矣。茲列本文試以章法角度重探文獻復原之幾項擬義：

（二） 依章法內外法與變化律，上博《逸詩》簡「衛」字異文應釋為邦國臣衛之義，並與殷墟卜辭「衛」字用例相應。

（三） 依凡目法之章法架構，則上博《性情論》簡 29、簡 30 與簡 31 之相關字詞釋讀，應可重作詮釋：

（1） 簡 29 末應可綴補為「凡說人勿隱也，身必從之。」

（2） 簡 **30**「道路」應釋讀為「身靜之道」與「用心之路」之法則義。

（3） 簡 **26**、簡 **27** 所云「門內」、「門外」，應指君臣立門內外左右之禮。

（四） 上博《民之父母》簡 10 上部之綴補，依補敘之章法標準，其所謂補述「五起」說之簡文，應可綴補為「於此而已乎？孔=曰：『何為其然？猶有五起焉。』子夏曰：」，容字凡十九。

（五） 上博《恆先》簡之簡序編聯，倘依龐樸與季旭昇師之說，則能使本篇所論天地生成之簡文內容，更能符「陰陽二元對待」之風格。

（六） 依包孕式章法標準與秩序律、變化律等章法規律之節制，則上博《彭祖》簡之簡序應為「**1+3+2+5+6+……4+……7+8**」。

（七） 茲依本文所作之初步釋例，試擬依章法處理文獻復原之幾項施行要則與程序：

（**1**） 研究基礎：需立基於文獻形制無誤之基礎上，包括容字與書體。

（**2**） 研究方法：

1、 文意通讀

2、 篇章結構章法分析

3、 章法規律分析

4、 考釋與疏讀章法類型與章法規律所見之疑義

（**3**） 主要研究預期成果：

1、 簡序之編聯

2、 文字之綴補

3、 相關義理之探討

主要參考資料

一、古籍文獻

《十三經注疏・尚書正義》（藝文印書館景印清嘉慶南昌府學重刊宋本雕本），台北市：藝文印書館，1997 年 8 月初版

二、研究論著

丁原植　《楚簡儒家性情說研究》，臺北市：萬卷樓圖書公司，2002 年 5 月初版

王宏理　《古文獻學新論》，廣州市：中山大學出版社，2008 年 10 月第 1 版

仇小屏　〈談幾種章法在新詩裡的運用〉，《國文天地》第 16 卷第 1 期，2000 年 6 月，83 頁~90 頁

李　零　《郭店楚簡校讀記》，北京市：北京大學出版社，2002 年 3 月第 1 版

李　零　〈簡帛的形制與使用〉，《中國典籍與文化》2003 年第 3 期，4 頁~11 頁

李　零　《簡帛古書與學術源流》，北京市：三聯書店，2008 年 1 月第 2 版

李均明　《古代簡牘》，北京：文物出版社，2003 年 4 月第一版

李均明、劉軍　1999　《簡牘文書學》，南寧市：廣西教育出版社

出版，1999 年 6 月第 1 版

何茲全　〈簡牘學與歷史學〉，載李學勤先生主編《簡帛研究》（第一輯），北京：法律出版社，1993 年 10 月第 1 版，1 頁~3 頁

吳孟復　《古籍研究整理通論》，臺北市：貫雅文化，1991 年 11 月初版

季旭昇師　〈《交交鳴烏》新詮〉，武漢大學簡帛研究網（http://www.bsm.org.cn/show_article.php?id=427），2006 年 9 月 27 日

季旭昇師主編，陳霖慶、鄭玉姍、鄒濬智合撰　《上海博物館藏戰國楚竹書（一）讀本》，臺北市：萬卷樓圖書公司，2004 年 6 月初版

季旭昇師主編，陳美蘭、蘇建洲、陳嘉凌合撰　《上海博物館藏戰國楚竹書（二）讀本》，臺北市：萬卷樓圖書公司出版，2003 年 7 月初版

季旭昇師主編、陳惠玲、連德榮、李綉玲合撰　《上海博物館藏戰國楚竹書（三）讀本》，臺北市：萬卷樓圖書公司，2005 年 10 月初版

季旭昇師主編、袁國華助編、陳思婷、張繼凌、高佑仁、朱賜麟等合撰　《上海博物館藏戰國楚竹書（四）讀本》，臺北市：萬卷樓圖書公司，2007 年 3 月初版

周鳳五　〈郭店竹簡的形式特徵及其分類意義〉，載《郭店楚簡國際學術研討會論文集》，武漢市：湖北人民出版社，2000 年 5 月第一版

洪湛侯　《文獻學》，台北市：藝文印書館，1996 年 3 月初版
馬承源主編　2001　《上海博物館藏戰國楚竹書（一）》，上海：上海古籍出版社，2001 年 11 月第一版
馬承源主編　《上海博物館藏戰國楚竹書（二）》，上海：上海古籍出版社，2002 年 12 月第一版
馬承源主編　《上海博物館藏戰國楚竹書（三）》，上海：上海古籍出版社，2003 年 12 月第一版
馬承源主編　《上海博物館藏戰國楚竹書（四）》，上海：上海古籍出版社，2004 年 12 月第一版
荊門市博物館編　《郭店楚墓竹簡》，北京：文物出版社，1998 年 5 月第一版
許學仁師　〈信陽長台關《竹書》的性質定位與內涵開展〉，載《許錟輝教授七秩祝壽論文集》，臺北市：萬卷樓圖書公司，2004 年 9 月初版（抽印本）
許學仁師　〈楚地出土文獻與《楚辭》研究之"宏觀""微觀"考察〉，《先秦兩漢學術》第六期，2006 年 9 月，89 頁~105 頁
許文獻　〈試論《老子》中幾個从"兑"之異文〉，《湖南省博物館館刊》（第三期），2006 年 12 月第 1 版，10 頁~19 頁
許文獻　〈試論校勘與校讀──以信陽楚簡為例〉，國科會楚系簡牘帛書字典專題研究計畫成果發表研討會，2009 年 6 月
陳偉武　〈試論出土古文字資料之擬補〉，第一屆「古文字與出土文獻」學術研討會，台北：中央研究院歷史語言研究所，2000 年 11 月 16 日~17 日

陳滿銘師　《章法學綜論》，臺北市：萬卷樓圖書公司出版，2003年6月初版

陳滿銘師　〈語文能力與辭章研究──以「多」、「二」、「一（0）」的螺旋結構作考察〉,《國文學報》第36期，2004年12月，67頁~102頁

陳滿銘師　〈層次邏輯與辭章意象系統〉,《國文天地》第20卷第七期（總235期），2004年12月，96頁~102頁

陳滿銘師　《篇章結構學》，臺北市：萬卷樓圖書公司出版，2005年5月初版

曹　峰　〈恆先編聯分章釋讀札記〉，簡帛研究網（http://www.jianbo.org/），2004年5月16日

虞萬里　〈《緇衣》正文與孔子之關係〉，第二屆儒道國際學術研討會-兩漢，國立臺灣師範大學國文學系，2004年11月6日、7日

裘錫圭　〈考古發現的秦文字資料對於校讀古籍的重要性〉,載《古代文史研究新探》，南京：江蘇古籍出版社，1992年6月第1版，1頁~44頁

裘錫圭　〈談談地下材料在先秦秦漢古籍整理工作中的作用〉,《古代文史研究新探》，南京：江蘇古籍出版社，1992年6月第1版，45頁~60頁

裘錫圭　〈閱讀古籍要重視考古資料〉,《古代文史研究新探》，南京：江蘇古籍出版社，1992年6月第1版，61頁~72頁

裘錫圭　〈甲骨卜辭中所見的“田”“牧”“衛”等職官的研究──兼論

"侯""甸""男""衛"等幾種諸侯的起源〉，載《古代文史研究新探》，南京：江蘇古籍出版社，1992 年 6 月第 1 版，343 頁~365 頁

廖名春　〈郭店楚簡《性自命出》篇校釋〉，載《清華簡帛研究》第一輯，北京：清華大學思想文化研究所，2000 年 8 月，28 頁~67 頁

劉　釗　《郭店楚簡校釋》，福州市：福建人民出版社，2003 年 12 月第一版

劉昕嵐　〈郭店楚簡《性自命出》篇箋釋〉，載《郭店楚簡國際學術研討會論文集》，武漢市：湖北人民出版社，2000 年 5 月第一版，330 頁~354 頁

龐　樸　〈恆先試讀〉，簡帛研究網（http://www.jianbo.org/），2004 年 4 月 22 日

從篇章語言學與節律編制分析杜甫古詩樂府聲情之美

吳瑾瑋
國立台灣師範大學國文學系副教授

摘　要

本文試圖從篇章語言學與節律編制來分析杜甫古體樂府詩之聲韻與詩情之美。詩歌藉著相同結構反覆出現以展現節奏韻律，即以韻腳之間的時間間隔來呈現節律。韻腳之間時間間隔短，相同結構刺激出現過於頻繁，反而失去效果，因此，韻腳位置是節律疏密掌控的關鍵。杜甫古詩樂府，尤其是七古樂府詩，採用不同的節律編制，或隔句入韻或句句用韻，使詩義詩境和聲韻交互配合，如杜詩〈哀江頭〉全篇韻腳押入聲短促的屋或職韻等，表達詩人感傷哀泣的沉痛之情。

另從篇章語言學討論乃是「篇章」視為一完整有組織性的陳述單位，詩歌涵義和意境尤需從篇章組織中分析，藉著詞彙文法修辭等結構導引主題思想的開展。本文欲嘗試以詩歌主題開展層面，加上詩歌韻腳分布的節律編制，兩相對照，期望呈現杜甫古

體樂府詩主題思想和聲韻結合之聲情美感。

關鍵詞

篇章語言學(text analysis)；節律(metrics)；杜甫古詩樂府(Dufu's Gushi & Yuefu poems)

一、序言

本文試圖從篇章語言學與節律編制來分析杜甫(西元 **712-770** 年)古體樂府詩之聲韻與詩情之美。文章由句段所組成，所謂積句而成章、積章而成篇，句子與句子是有條理組合成段落，各段落也是按著條理組合成一篇文章。通篇文章應該是條理貫串，首尾呼應，取捨得法，使陳述的內容豐富合乎邏輯而不紊亂。詩歌藉著相同音節結構如韻腳的出現以展現節奏韻律，也就是以韻腳之間的時間間隔來呈現節律。韻腳之間時間間隔短，相同結構刺激出現過於頻繁，反而失去效果，因此，韻腳位置是節律疏密掌控的關鍵。詩歌除了注重節律編製，也要配合通篇主題思想架構的呈現，俾使詩歌文氣層次清晰貫通，又因聲韻節律押韻的配合得宜，文意便能照應周密，情感跌宕多姿。

詩聖杜甫在中國古典詩壇居舉足輕重的地位，作品數量龐大，體裁多樣豐富，膾炙人口千古絕唱的詩句不勝枚舉，其古體樂府詩的創作，在內容和詩律上承風騷、樂府遺志，又超越之，並下啟後代影響深遠。杜詩中古體樂府名篇極多，先前的討論文獻極為繁多，而因時間、篇幅、能力有限，本文僅僅嘗試分析數篇，以章法開展層次，加上韻腳分布的節律編制，期望呈現杜甫古體樂府詩主題思想和聲韻結合之聲情美感。

本文分數部份，首要說明本文研究主題與範圍。第二部份說明杜甫古體樂府詩押韻的類型，韻腳結構和情感的關係；再以數篇詩歌為例，分析篇章章法與押韻節律的配合呼應手法；最後為結語。

二、本論

(一)篇章章法分析

篇章章法探討的是篇章之條理，亦即連句成節、連節成段、連段成篇的邏輯組織，這種邏輯組織條理存在於所有作品中。章法類型約分數十種，然章法的四大原則是「秩序、變化、聯絡、統一」[1]。四大原則中，統一原則是在秩序、變化和聯絡的基礎所建立的，由部分到整體的統一。統一是呈現篇章整體的靈魂，在變化中注重整體的丰采與特徵。詩中統一是指一個主調統整全體，或稱一字血脈，或稱一字為綱。全首統一的主調，其餘文字

1 參考仇小屏：《篇章結構—類型論》增修版(台北：萬卷樓，2005 年)，頁 4-9。陳滿銘：《國文教學論叢》(台北：萬卷樓，2005 年)，頁 27-42。

暗藏主調，呼應主調，達到統一和諧目的。杜甫〈晴詩〉，以晴字為主調，或是久雨新晴，或是初晴放晴的喜悅與景色[2]。

秩序原則是指材料的鋪排所遵照的時間或空間的秩序，如從現在追敘過去，如杜甫〈哀江頭〉[3]，從當下曲江邊的景色，回憶戰亂前的奢華；或如空間的遠近推移，杜甫在〈哀江頭〉一詩中，詩人當下在江邊，回憶過往，展現出在相同空間時間今昔的差異，相同空間裡在這段時間發生極大的變化，令人不勝唏噓。變化原則乃是將時間與空間的秩序，再加以多元變化，如今昔今、昔今昔、正反正等刻意安排變化，〈哀江頭〉一詩中分為三段，前四句為現今時間；第二段八句是過去時間；第三段八句又回到當下，係靈活運用秩序與變化原則使篇章情節更加曲折有致。詩義上以「明眸皓齒今何在，血污遊魂歸不得」承上文，而接續起初回到江邊的深沉哀傷，詩中情感的表達因著碗碗曲折的手法更顯深刻感傷，以致最後以茫然不知前程的四句收結。杜甫的詩歌中總有含蓄之筆，便藉由結構的變化手法，婉轉表達諷諫及悲憫胸懷。如杜詩〈無家別〉[4]中，詩中主角年少時離家，返家時已是家破人亡，只能再度離家，走向茫然絕望的未來。詩人巧妙地結合過去

---

[2] 《現代漢語修辭章》(台北：書林出版有限公司，1991 年)，頁 175-199。黃永武：《詩與美》(台北市：洪範出版社，1984 年)，頁 147-151。

[3] (全唐詩 216-34)〈哀江頭〉「少陵野老吞聲哭，春日潛行曲江曲。江頭宮殿鎖千門，細柳新蒲為誰綠。憶昔霓旌下南苑，苑中萬物生顏色。昭陽殿裏第一人，同輦隨君侍君側。輦前才人帶弓箭，白馬嚼齧黃金勒。翻身向天仰射雲，一箭正墜雙飛翼。明眸皓齒今何在，血污遊魂歸不得。清渭東流劍閣深，去住彼此無消息。人生有情淚沾臆，江水江花豈終極。黃昏胡騎塵滿城，欲往城南忘南北。」

[4] 〈無家別〉詩文參考本文[表一]。

的生活記憶及現今眼前之殘破，再領人和詩中主角一起走向不知名的未來。而聯絡原則是聯繫秩序和變化運用的關鍵，方式很多，如呼應或照應等，是通篇材料在變化中，仍然朝主題思想方向前進，不致偏離或失去均衡[5]。如杜詩〈兵車行〉[6]，起始是送行人哭聲動天，中間則以問答泣訴百姓之苦，末尾以鬼哭聲啾啾收結，首尾呼應，使詩人諷諫君主不見百姓之苦、不聞百姓之心的主題突顯無遺。

杜甫一生經歷唐玄宗、肅宗、代宗三代，眼看國家由富足進入戰爭危難的景況；生活貧苦使他經歷飢寒滋味，動亂戰爭使他深深體嘗悲歡離合的人生苦痛。因此，他有需多詩的內容是那時代的實錄[7]。杜甫古體樂府詩中的名篇中，有關戰爭的主題是杜甫寫來最沉痛、感觸最深的議題。安史之亂帶給杜甫自身的衝擊是一生無法撫平的傷痛，他的悲天憫人化在眼前百姓的泣訴淚水中，許多無名百姓的故事浸在杜甫的詩篇中，期間的哀怨愁苦至今無法抹滅。每一首詩歌都有詩人精心鋪排的章法巧思，若以「戰爭」為總主題，選出〈兵車行〉、〈無家別〉、〈垂老別〉[8]、〈新婚別〉[9]、〈石壕吏〉[10]〈新安吏〉[11]、〈潼關吏〉[12]等七首樂府詩為例，若以〈兵車行〉為總攬，下分為離別與徵兵兩次主題，伸至垂老（A1）

[5] 參考來源同注 2。
[6]〈兵車行〉詩文參考本文[表五]。
[7] 見邱燮友：《中國歷代故事詩》(台北:三民書局，2006 年)頁 241-268。
[8]〈垂老別〉詩文參考本文[表一]。
[9]〈新婚別〉詩文參考本文[表三]。
[10]〈石壕吏〉詩文參考本文[表五]。
[11]〈新安吏〉詩文參考本文[表二]。
[12]〈潼關吏〉詩文參考本文[表四]。

離別的心情，進而是無家（A2）及新婚（A3）離別，體現當時人們的心理感觸與社會現實狀態。參見[圖一][13]。雖然這幾首詩的完成時間不同，但可以內容主題將其串連起來。〈兵車行〉主要內容藉徵夫戍邊的痛苦控訴君王窮兵黷武，不見不聞百姓的愁怨苦情，哭聲遍野、生離死別，兵聲馬鳴的戰爭場景活化眼前，思想深刻，而寓情於景的寫作手法高明感人。〈三吏〉及〈三別〉是延伸因戰爭而國破家亡、烽火連天、民不聊生的景象。杜甫當時也因戰亂輾轉逃離京城家園，沿途所見紛亂淒慘，滿目瘡痍，景象歷歷。詩作內容呈現出人民因戰亂蒙受的痛苦，深深的刺激杜甫沉重而痛苦的心靈。唐朝政府為補充兵力，強行捉人，人民苦不堪言，到處上演被迫出征生離死別的悲劇，有因為戰亂家園殘破不堪，田園因戰火蹂躪而荒蕪。杜甫詩中即是藉著社會因戰亂瀕臨破碎的悲慘景象呈明反對戰爭的立場。

[13] 參考張錦虹、吳瑾瑋：〈溝通式教學法在古典文學閱讀欣賞的教學應用—以杜甫社會寫實詩為例 (The Communicative Language Teaching on Reading Classic Poetry：Dufu's Realistic Verses as an Example)〉,《第三屆以中/英文為第二語言/外語之閱讀與寫作教學研討會會後論文集，2006 年》頁 157-168。

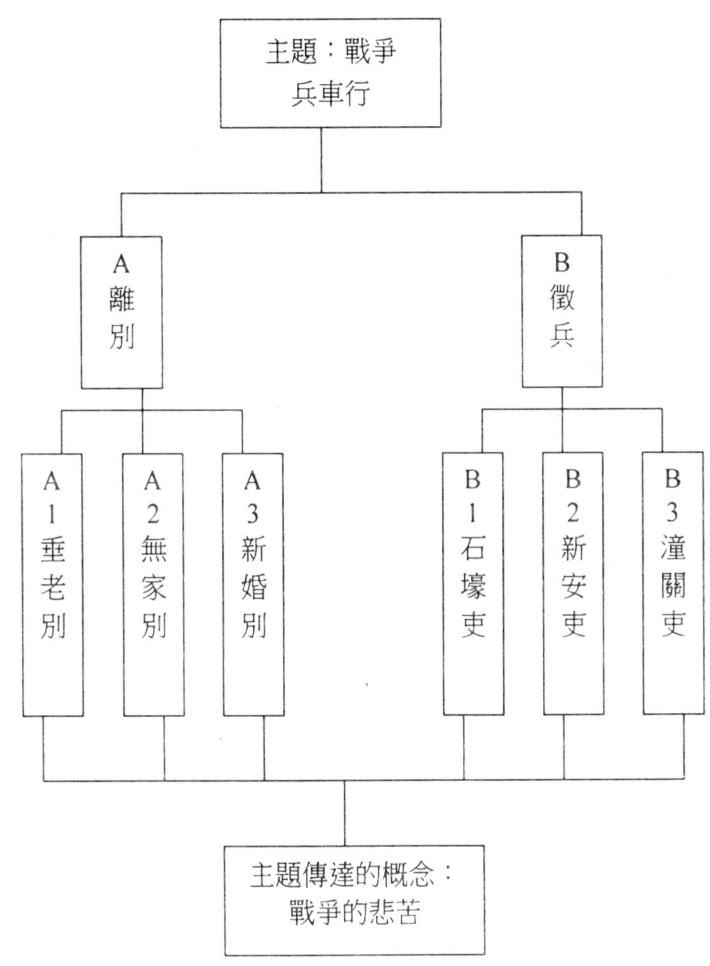

[圖一]

詩人杜甫在戰火連綿中所見所聞寫下動人深刻的詩篇，當我們把這些樂府歌行串聯起來，使相關議題更為突顯。而詩人杜甫的〈乾元中寓居同谷縣，作歌七首〉[14]，也是一系列歌行詩篇中，述及自身的辛苦生活，在多年烽火戰事的大環境中，杜甫和多數百姓一樣，顛沛流離，居所無定，生活困難。七首詩歌中流露出客居他地、思念弟妹的愁苦與無奈。七首中不同次主題以類似手法，透過同中有異的詩歌形式變化，深化相同的諷喻主題—苛政猛虎、人命草芥，這個世代重複上演的苦痛戲碼。

上述說明章法之四大原則，舉杜甫詩篇為例，可以發現以某主題為例串連之後，更具象顯出詩人杜甫的用心與創作智慧。

---

[14] (全唐詩 218-32-1)〈乾元中寓居同谷縣，作歌七首之一〉有客有客字子美，白頭亂髮垂過耳。歲拾橡栗隨狙公，天寒日暮山谷裏。中原無書歸不得，手腳凍皴皮肉死。嗚呼一歌兮歌已哀，悲風為我從天來。
(全唐詩 218-32-2)〈乾元中寓居同谷縣，作歌七首之二〉長鑱長鑱白木柄，我生托子以為命。黃精無苗山雪盛，短衣數挽不掩脛。此時與子空歸來，男呻女吟四壁靜。嗚呼二歌兮歌始放，鄰里為我色惆悵。
(全唐詩 218-32-3)〈乾元中寓居同谷縣，作歌七首之三〉有弟有弟在遠方，三人各瘦何人強。生別輾轉不相見，胡塵暗天道路長。東飛駕鵝後鶖鶬，安得送我置汝旁。嗚呼三歌兮歌三發，汝歸何處收兄骨?
(全唐詩 218-32-4)〈乾元中寓居同谷縣，作歌七首之四〉有妹有妹在鍾離，良人早歿諸孤癡。長淮浪高蛟龍怒，十年不見來何時? 扁舟欲往箭滿眼，杳杳南國多旌旗。嗚呼四歌兮歌四奏，林猿為我啼清晝。
(全唐詩 218-32-5)〈乾元中寓居同谷縣，作歌七首之五〉四山多風溪水急，寒雨颯颯枯樹濕。黃蒿古城雲不開，白狐跳梁黃狐立。我生何為在窮穀，中夜起坐萬感集。嗚呼五歌兮歌正長，魂招不來歸故鄉。
(全唐詩 218-32-6)〈乾元中寓居同谷縣，作歌七首之六〉南有龍兮在山湫，古木巃嵸枝相樛。木葉黃落龍正蟄，蝮蛇東來水上游。我行怪此安敢出，拔劍欲斬且復休。嗚呼六歌兮歌思遲，溪壑為我回春姿。
(全唐詩 218-32-7)〈乾元中寓居同谷縣，作歌七首之七〉男兒生不成名身已老，三年饑走荒山道。長安卿相多少年，富貴應須致身早。山中儒生舊相識，但話宿昔傷懷抱。嗚呼七歌兮悄終曲，仰視皇天白日速。

(二)杜甫古體樂府詩的節律

1.古體樂府詩用韻

古體詩是相對於近體詩，在用韻方面，平仄聲皆可，也可以轉韻換韻[15]；多數是偶數句押韻，但可能句句用韻，也可重韻。樂府詩大致與古體詩相似，用韻平仄皆可，偶數句多半都押韻，可以換韻。王力言及五言古體詩中少有句句用韻，七言古詩則或有句句用韻的現象，常見的情況是隔句用韻。古體詩用韻，或有一韻獨用到底，亦有純用仄韻的古風。古體樂府詩的通韻如東冬江通韻。至於轉韻，或與詩文內容情義相關，多數是偶數句一換，如〈石壕吏〉，平仄多入律，四句一換韻，平仄韻遞用，四句一換韻，共用真麌紙元支屑六韻。有關古體詩的轉韻，可能是隨意轉韻。二是講究換韻距離與韻腳聲調，在起頭或收尾只用同韻的兩個韻腳，稱為促起式或促收式。如〈潼關吏〉，起頭用兩個上聲皓韻，後同用魚虞模等平聲韻，是促起式。若末尾以入聲韻作收，是為促收式。

古體詩韻腳押韻是平聲仄聲皆可，表現出更多詩文與聲情變

---

15 古體詩無須講究平仄聲調的分佈，允許甚至常見連三平或連三仄，也無特別要求對仗。古詩規律，是刻意避開入律，以別於近體詩。如第二字與第四字平仄同，或是第三字與第五字平仄同；或是出句用平腳。或是孤平為古風所好，五古或七古總以每句下三字為主，也就是五古第三字和七古第五字，平仄與該句末字同。如此就形成平腳句中末三字是平平平及平仄平，仄腳句中末三字是仄仄仄及仄平仄。如杜甫〈哀王孫〉「朔方健兒好身手　昔何勇銳今何愚」(仄平仄仄平平平)。參考陳新雄：《詩詞作法入門》(台北：五南圖書出版股份有限公司，2004年)。頁 104-158。

化。五古樂府詩中，韻腳平聲仄聲皆有，但各首皆以一種聲調貫穿，鮮少一首詩中轉不同聲調的韻部，如〈無家別〉。反觀杜甫七古樂府詩部份，韻腳押韻是平聲仄聲皆可，或以一種聲調韻部貫穿全篇，如〈哀王孫〉[16]，全篇是平聲虞模韻；通篇押入聲韻如〈哀江頭〉，以短促入聲的特性表現詩人在江邊憑弔的哀悽暗自啜泣之情[17]。

2.用韻節律類型

杜甫七古樂府詩的另一特色是有許多篇章是不同聲調韻部交錯進行，而且按詩文段落詩情高低起伏交錯鋪排。整體來看，表現出更多詩文與聲情變化。古體樂府詩用多數是偶數句一換，如〈垂老別〉，以詩文內容八句為一單位段落，是垂垂老人緩緩道來悲悽的遭遇，包含四個韻腳，為寒桓韻同用，用以表現全篇憂愁而哀傷之情。

詩歌藉著相同音節結構如韻腳的出現以展現節奏韻律，也就是以韻腳之間的時間間隔來呈現節律。韻腳之間時間間隔短，相同結構刺激出現過於頻繁，反而失去效果，因此，韻腳位置是節

16 〈哀王孫〉(全唐詩 216-35)長安城頭頭白烏，夜飛延秋門上呼。又向人家啄大屋，屋底達官走避胡。金鞭斷折九馬死，骨肉不待同馳驅。腰下寶玦青珊瑚，可憐王孫泣路隅。問之不肯道姓名，但道困苦乞為奴。已經百日竄荊棘，身上無有完肌膚。高帝子孫盡隆準，龍種自與常人殊。豺狼在邑龍在野，王孫善保千金軀。不敢長語臨交衢，且為王孫立斯須。昨夜東風吹血腥，東來橐駝滿舊都。朔方健兒好身手，昔何勇銳今何愚。竊聞天子已傳位，聖德北服南單于。花門黎面請雪恥，慎勿出口他人狙。哀哉王孫慎勿疏，五陵佳氣無時無。

17 參考拙著：(2009)之整理。

律疏密掌控的關鍵。前文提及宏觀杜甫徘律用韻，韻腳位置在偶數句，即隔句入韻為主的步調進行，故徘律的節律是平均穩當地進行。而杜甫五古樂府詩也以隔句入韻為主的步調進行，其間或偶有一韻腳出韻或換韻，略微改變節律規模。然杜甫七古樂府詩節律編制則大不相同，多數是偶數句押韻，即隔句押韻；但可能句句用韻。除此之外，七古樂府詩中，還有幾種節律組合，如四句一組、八句一組，形式是(○○⊗○)[18]，連續四句者，韻腳位置在一二四句，這種手法有如一首絕句的入韻形式。杜甫古體樂府詩巧用這種絕句形式擴大應用，形成有趣的節奏。或可以再擴大編制，四句即一首絕句為單位，四個絕句單位中，第三個單位就比較特別，如〈哀江頭〉，按文義分為三個段落，第一段是詩人正在江頭當下，二至四段詩人回顧過往，末段則是慨歎悲傷。首尾兩段是一二四句入韻，中間則是每隔兩句入韻(⊗○⊗○)的方式，如此安排，使全首韻腳安排疏密有致，表現詩文聲情之美。再看若析〈兵車行〉的韻腳韻部安排，按文義分為七個段落，前兩段落是戰火連天的相送不捨景況，其哀傷令人不捨。前兩段是奇數句，而入韻的方式相似，是連續押韻後接一句不入韻的節奏安排，如此可以有喘息機會；第三段則是每隔兩句入韻的規則進行；而第四段和第七段是以(○○⊗○)節律形式進行，也就是一二四句入韻，而中間有巧夾每隔兩句入韻(⊗○⊗○)的方式，使全首韻腳安排疏密有致，表現詩文聲情之美[19]。

---

[18] ⊗表示非韻腳位置，○表示韻腳位置

[19] 參考謝雲飛:〈詞的用韻〉,《文學與音律》再版(台北：東大圖書公司，1994 年)，頁 85-101。

3.韻語和情感表現

聲音和情緒的關係，早已為人所注意，文學作品中也注意音律，特別是詩詞作品及音樂，更注重音律和情緒表達的關係。適切運用語言音律可以增加語言和文學作品的美感，增加文學作品的音樂性和藝術美感，也能加強語言所要表現的各重感情[20]。語言中的節奏音律是指語言在表達過程中，語言聲音所表現出來的高低、強弱、長短音色等之變化鋪陳。而文學作品中的音律是把語言音律嚴謹的應用，對於語音的高低強弱長短音色變化，更加有組織嚴密的調配，更加精心鋪排，使作品中的意義和聲音相輔相成，更加淋漓盡致。節奏是指在一定時間內，規則地重複某種單位所帶來的印象。觸覺、聽覺、視覺等都可以感覺相同情節的節奏。在語音的進行中，有停頓或漸歇，配以高低抑揚，就是語言的音律。音律的形成不僅是生理上換氣的需求，還有語義上和情感情緒的要求[21]。謝雲飛先生歸納韻語之項目，從字音中去揣摩用

謝先生對詞用韻之觀察，簡述詞韻的型態有幾種:

(a)一韻到底，一韻到底都不換韻。

(b)主副韻交錯，一韻為主，另一韻為副，如 AAABBAA，或是 AABBACCADDA。

(c)一首兩韻，中間轉另一韻。

(d)兩韻交錯，如 AAABBBBAAABBBB

(e)多韻交錯，如 AABBACCACCDDEEED

(f)通韻和改韻，同韻部平仄同押，如東董宋相押，或江講絳同押。平仄通押，又有上去入通押。

20 參考謝雲飛:〈作品朗誦與文學音律〉,《文學與音律》再版(台北：東大圖書公司，1994 年)，頁 31-50。

21 參考謝雲飛:〈語言音律與文學音律的分析研究〉,《文學與音律》再版(台北：東大圖書公司，1994 年)。頁 1-29。觸覺、聽覺、視覺等都可以感覺相同情節的節奏。在語音的進行中，有停頓或漸歇，配以高低

韻的情感，如凡佳咍韻的韻語有悲哀的情感，詞彙有悲哀、掩埋、陰霾、頹衰、黃埃等[22]。黃永武先生[23]提到如杜甫〈望嶽〉[24]中，全詩寫「望」字，遠望近望眺望細望等各盡其態，詩押了曉鳥小上聲韻，這些韻腳是輕小高舉對照雄峻遼闊世界。〈羌村〉[25]中，

抑揚，就是語言的音律。音律的形成不僅是生理上換氣的需求，還有語義上和情感情緒的要求。停頓處不同可能影響語義的判讀，喜怒哀樂等情緒也會影響語言的進行速度。文學音律中語音長短和輕重、高低等，尤其重要。而詩歌中的押韻，是音色角度表達音律的方法，因為相同的韻母結構重複出現，便有規則反覆的聽覺效果。中國詩歌中多半是隔句押韻，韻腳落在偶數句上。音律中的節拍律是從二個音節構成一個音韻步來看的。一長一短、前重後輕構成揚抑格，一短一長前輕後重構成抑揚格。

[22] 參考謝雲飛:〈韻語的選用和欣賞〉,《文學與音律》再版，(台北:東大圖書公司，1994 年)，頁 61-64 頁。另外韻語所表達的情感如:
(a)凡灰微韻的韻語含有氣餒抑鬱的情感，如頹廢、累贅、流淚、細微、破碎、憔悴等
(b)凡蕭肴豪韻的韻語有輕佻、妖媚之意。如逍遙、窈窕、罵俏、嬌小等
(c)凡尤侯韻的韻語都含有千般仇怨無法申訴的意思，如憂愁、消瘦、更漏、眉皺、離愁悠悠等。
(d)凡寒桓韻的韻語含有黯然神傷、兩眼淚流的景象，說明暗自神傷的情景。如悽慘、更殘、闌珊、心酸、心煩、孤單等。
(e)凡真文魂韻的韻語含有苦悶、深沉、怨恨的情調，如長恨、黃昏、紅塵、孤墳、酸辛等詞。
(f)凡庚清蒸韻的韻語含有淡淡哀愁的情愫，如淒清、長亭、空庭、鬢影、深情、酒醒等
(g)凡魚虞模韻的韻語含有日暮途窮、極端失意的情感，如日暮、孤苦、末路、濃霧、朝露、老樹、窮途等。

[23] 參考黃永武:《詩與美》(台北市:洪範出版社，1984 年)，頁 12，185，245。

[24] 〈望嶽〉岱宗夫如何? 齊魯青未了。造化鍾神秀，陰陽割昏曉。盪胸生層雲，決眥入歸鳥。會當凌絕頂，一覽眾山小。

[25] 〈羌村三首之一〉崢嶸赤雲西，日腳下平地。柴門鳥雀噪，歸客千里至。妻孥怪我在，驚定還拭淚。世亂遭飄蕩，生還偶然遂。鄰人滿牆頭，感嘆亦歔欷。夜闌更秉燭，相對如夢寐。

夢寐是雙聲字，雙唇鼻音字很多是模糊朦朧看不清楚的，因為千里歸來，頻頻拭淚，在昏暗燭火中，說不盡的心酸思量，表現昏昏茫茫的意境。〈哀王孫〉中第一句押烏字，第二句押乎字，結尾出句有哀哉，全首詩頭尾刻意安排形成嗚呼哀哉，使悲傷語調籠罩全詩，全首用魚虞韻，嗚嗚聲音乃是悲傷暗泣之聲，加濃苦音急調的難過氣氛！

(三)篇章和節律分析杜甫古體樂府詩

上文分別就篇章章法四大原則，以及用韻節律類型作了說明。以下分別以杜詩名篇為例，嘗試結合兩者角度分析詩人創作的深刻用心。

1.隔句用韻，一韻到底

首先以〈無家別〉為例，見[表一]，其用韻是隔句用韻，且以獨用平聲齊韻，一韻到底。全詩可分三大段，前八句追敘亂後歸鄉，景情並敘。時間和空間交雜表現，從戰場移回家鄉，然家鄉早已殘破不堪，面目全非；更甚的是親人不在，先寫出空間視覺感受和過往記憶中的印象形成鮮明對照。再者敘述無家可歸征人之心境，語義輾轉悲痛，因為無與離別、無處可去；所以就再

〈羌村三首之二〉晚歲迫偷生，還家少歡趣。嬌兒不離膝，畏我復卻去。憶昔好追涼，故繞池邊樹。蕭蕭北風勁，撫事煎百慮。賴知禾黍收，已覺糟床注。如今足斟酌，且用慰遲暮。

〈羌村三首之三〉群雞正亂叫，客至雞鬥爭。驅雞上樹木，始聞叩柴荊。父老四五人，問我久遠行。 手中各有攜，傾榼濁復清。苦辭酒味薄，黍地無人耕。兵革既未息，兒童盡東征。請為父老歌，艱難愧深情。歌罷仰天嘆，四座涕縱橫。

移往他處，但是往無定所，何去何從乎？茫茫未來，所為何來呢？過往的人生，白費努力與青春年少，沒有意義；未來的人生，則沒有目標與歸向。全詩愁思深刻，卻藉著單一用韻原則—隔句獨用平聲齊韻，緩緩平平的語調敘述著征人者的過去與未來，靜靜孤單埋葬了生命的熱情與目標。

全唐詩序碼	詩題	句序號	詩文	末字韻腳	備註
217-36	無家別	**1**	寂寞天寶後		
		2	園廬但蒿藜	齊	蟹開四平齊來
		3	我里百餘家		
		4	世亂各東西	齊	蟹開四平齊心
		5	存者無消息		
		6	死者為塵泥	齊	蟹開四平齊泥
		7	賤子因陣敗		
		8	歸來尋舊蹊	齊	蟹開四平齊匣
		9	久行見空巷		
		10	日瘦氣慘悽	齊	蟹開四平齊清
		11	但對狐與狸		
		12	豎毛怒我啼	齊	蟹開四平齊定
		13	四鄰何所有		
		14	一二老寡妻	齊	蟹開四平齊清
		15	宿鳥戀本枝		
		16	安辭且窮棲	齊	蟹開四平齊心
		17	方春獨荷鋤		

		18	日暮還灌畦	齊	蟹合四平齊匣
		19	縣吏知我至		
		20	召令習鼓鞞	齊	蟹開四平齊並
		21	雖從本州役		
		22	內顧無所攜	齊	蟹合四平齊匣
		23	近行止一身		
		24	遠去終轉迷	齊	蟹開四平齊明
		25	家鄉既盪盡		
		26	遠近理亦齊	齊	蟹開四平齊從
		27	永痛長病母		
		28	五年委溝溪	齊	蟹開四平齊溪
		29	生我不得力		
		30	終身兩酸嘶	齊	蟹開四平齊心
		31	人生無家別		
		32	何以為蒸黎	齊	蟹開四平齊來

[表一]

2.隔句用韻，數韻同押

第二類型仍是隔句用韻，但使用同韻攝中同聲調不同韻部同押，也可以增加聲情變化。以〈新安吏〉為例，見[表二]。詩中敘述新安縣吏為了應付朝廷徵兵募兵需要，在無丁男可募情況之下，只好徵召十八歲的中男應募，送行的家屬哀傷送別的情景可和〈兵車行〉相對照，悲慘之情令詩人痛苦非常。全篇可分三段，前二段各八句，後段十二句。此詩篇按照秩序開展，第一段是客與新安吏的對答，引出點兵的重點，接下來承接點兵重點，說明無丁之窘境，送別與送行者之悲苦；又大環境的無奈窘境，細微描述百姓的窘境，如有母與無母相送的悲情，又無父相送的情事；再論及戰況難料，因此府帖續下，練卒依舊，掘壕牧馬等是都不會中止，只要戰事繼續，百姓就只能與天地哭訴，豈有投訴之門？實際上，人民蒙受的痛苦、國家面臨的災難，都深深的刺激杜甫沉重而痛苦的心靈。然杜甫看到縣吏徵募青年從軍，同情青年離家的痛苦，又勉勵他們要為國出力。結尾清楚與起首點兵重點相呼應，詩人的沉重心情與被點兵者無異。而此篇押梗攝庚清青等韻，三者是收舌根鼻音的陽聲韻，以鼻音氣息表現潛藏的酸楚。

全唐詩序碼	詩題	句序號	詩文	末字韻腳	備註
217-31	新安吏	1	客行新安道	晧	
		2	喧呼聞點兵	庚	梗開三平庚幫
		3	借問新安吏	志	
		4	縣小更無丁	青	梗開四平青端
		5	府帖昨夜下	馬	
		6	次選中男行	庚	梗開二平庚匣
		7	中男絕短小	小	
		8	何以守王城	清	梗開三平清禪
		9	肥男有母送	送	
		10	瘦男獨伶俜	青	梗開四平青滂
		11	白水暮東流	尤	
		12	青山猶哭聲	清	梗開三平清審
		13	莫自使眼枯	模	
		14	收汝淚縱橫	庚	梗開二平庚匣
		15	眼枯即見骨	沒	

		16	天地終無情	清	梗開四平清從
		17	我軍取相州	尤	
		18	日夕望其平	庚	梗開三平庚並
		19	豈意賊難料	嘯	
		20	歸軍星散營	清	梗開四平清喻
		21	就糧近故壘	旨	
		22	練卒依舊京	庚	梗開三平庚見
		23	掘壕不到水	旨	
		24	牧馬役亦輕	清	梗開四平清溪
		25	況乃王師順	稕	
		26	撫養甚分明	庚	梗開三平庚明
		27	送行勿泣血	屑	
		28	僕射如父兄	庚	梗開三平庚曉

[表二]

除了〈新安吏〉外，見[表三]，〈新婚別〉也是屬於隔句押韻，陽唐韻同押，每個偶數句或押陽韻或押唐韻。全詩藉新娘口吻說出新婚第二日就面臨丈夫應召入伍之困境。這首詩筆法特別，寫法方面起首以菟絲蓬麻為比喻，末了以雙翔飛鳥收結，首尾呼應；詩人杜甫罕見以新婚妻子為敘事抒情的主要人物，先述女子自身的不捨之情，又抒以死相隨之願，其中還提及自身所受教養，為的是未來成為賢妻的美好藍圖，回到當下卻是妾身未明的如此場面，叫人情何以堪?但思念一轉，轉為勸勉夫君之傲然氣勢，願忠實堅貞等待丈夫歸來，但無法斷絕的事這綿綿思念之情。糾結的感情和條理的組織交錯成綿密動人的情思，道出此生若無緣，盼來世相會的哀思。而這哀思的背後諷諭多年戰亂，在烽火漫天壓迫下，漫漫嚴冬何時春回？杜甫三別中各有不同的敘事人物，〈新婚別〉不同另二別，雖然也涉及戰亂社會中無數家庭被破壞，以新婚新娘女子口吻表現，從愛情角度切入，讀來由令人鼻酸，除了他們，不知還有多少數不清的女子在絕望的等待中掙扎痛苦?

全唐詩序碼	詩題	句序號	詩文	末字韻腳	備註
217-34	新婚別	1	兔絲附蓬麻	麻	
		2	引蔓故不長	陽	宕開三平陽澄
		3	嫁女與征夫	虞	
		4	不如棄路旁	唐	宕開一平唐並
		5	結髮為妻子	止	
		6	席不暖君床	陽	宕合三平陽床
		7	暮婚晨告別	薛	
		8	無乃太匆忙	唐	宕開一平唐明
		9	君行雖不遠	阮	
		10	守邊赴河陽	陽	宕開三平陽喻
		11	妾身未分明	庚	
		12	何以拜姑嫜	陽	宕開三平陽照
		13	父母養我時	之	
		14	日夜令我藏	唐	宕開一平唐從
		15	生女有所歸	微	
		16	雞狗亦得將	陽	宕開四平陽精
		17	君今往死地	至	

		18	沈痛迫中腸	陽	宕開三平陽澄
		19	誓欲隨君去	御	
		20	形勢反蒼黃	唐	宕合一平唐匣
		21	勿為新婚念	木忝	
		22	努力事戎行	唐	宕開一平唐匣
		23	婦人在軍中	東	
		24	兵氣恐不揚	陽	宕開四平陽喻
		25	自嗟貧家女	語	
		26	久致羅襦裳	陽	宕開四平陽喻
		27	羅襦不復施	支	
		28	對君洗紅妝	陽	宕合三平陽照
		29	仰視百鳥飛	微	
		30	大小必雙翔	陽	宕開四平陽邪
		31	人事多錯迕	暮	
		32	與君永相望	陽	宕合三平陽明(

[表三]

除〈新安吏〉、〈新婚別〉外，〈潼關吏〉中除了首二句押上聲皓韻，之後便是隔句平聲魚虞模數韻同押，見[表四]。全首開始四句便言陡峻山勢，築城堅固，若湯池鐵城，無可攻之勢。接著以借問修關二句承接前文主題一潼關之固有如銅牆鐵壁，四句之結為「飛鳥不能踰」。第一第二段都在當下眼前雄偉堅固之景。第三段首二句「胡來但自守，豈復憂西都?」乃全首詩眼，承接上文說明潼關本身堅固，只要自守，敵人無法越雷池一步，西都本是安全無虞的。卻因讒言錯誤決定導致一場悲慘敗戰，後接第四段首字「哀哉」。第三段起八句，乃是從當下回到過去時空，而末尾二句再回當下的囑咐與期望，詩人衷心希望悲劇不要重演，「慎勿學哥舒」一句勸戒當時守潼關者，實乃婉轉諷諫當局者要從歷史中學得教訓，勿聽小人讒言[26]。

全唐詩序碼	詩題	句序號	詩文	末字韻腳	備註
217-32	潼關吏	1	士卒何草草	晧	效開一上晧清
		2	築城潼關道	晧	效開一上晧定
		3	大城鐵不如	魚	遇合三平魚日
		4	小城萬丈餘	魚	遇合四平魚喻
		5	借問潼關吏	志	
		6	修關還備胡	模	遇合一平模匣
		7	要我下馬行	庚	
		8	為我指山隅	虞	遇合三平虞疑
		9	連雲列戰格	鐸	
		10	飛鳥不能逾	虞	遇合四平虞喻
		11	胡來但自守	有	
		12	豈復憂西都	模	遇合一平魚端
		13	丈人視要處	御	
		14	窄狹容單車	魚	遇合三平魚見
		15	艱難奮長戟	陌	
		16	萬古用一夫	虞	遇合三平虞幫
		17	哀哉桃林戰	線	
		18	百萬化為魚	魚	遇合三平魚疑
		19	請囑防關將	漾	
		20	慎勿學哥舒	魚	遇合三平魚審

[表四]

[26] 參見高步瀛：《唐宋詩舉要》(台北：里仁書局，2004 年)頁 66-67。
參考邱燮友:《中國歷代故事詩》(台北:三民書局,2006 年)頁 241-268。
參考仇照鰲：《杜詩詳注》(台北：里仁書局，1980 年)

3.交相轉韻

見[表五]，杜甫〈石壕吏〉旨在寫石壕地方官吏的暴虐，反映百姓的悲苦與政治的黑暗，杜甫寫於唐肅宗乾元二年春。此時，作者正由洛陽經過潼關，返華州途中。開端二句簡述事情發生的原因。「有吏夜捉人」一句，是全篇的提綱。不說「徵兵」、「點兵」、「招兵」而說「捉人」，已於如實描繪之中寓揭露、批判之意，顯示捉夫已不只是抽壯丁，而是沒有原則的亂捉，連老弱都不放過，「逾墻走」可見當時的恐懼惶急之情。

接著平提寫老翁潛走與老婦被捉的事實。因為被捉的是老婦，所以老翁只有一句，其餘十九句寫老婦被捉經過。老婦四句泛寫在悲苦中無奈地向官員陳述，三男十三句是老婦陳述的內容，由三男戍、二男死、孫方乳、媳無裙、自己備晨炊，層層遞進娓娓道出一家悲苦的慘酷至此，民不聊生極矣。老翁逾牆走和老婦出門應答是以不合常理的手法來顯明主題。一般情況是壯丁去從軍，而老翁竟然因為官吏捉人，好似逃犯般倉皇爬牆而走，改由老婦去應門，這兩個情境反應揭露百姓長期深受徵兵戰火工事之苦，一有動靜就做出逃走的反應。「吏呼一何怒 婦啼一何苦」兩句的情境形成鮮明的對比，勾勒出官吏的窮凶惡極、憤怒難耐，老婦人悲傷無奈的可憐苦楚，一呼和一啼把讀者帶進聽覺和視覺的想像世界裡。「聽婦前致詞」到「出入無完裙」句中說明了家中的慘況，家中男丁早已投效戰事之中，僅有一個不知是否能有未來的小孫子，因為大人們是忍辱偷生，在這樣的環境中，沒有盼望的未來到不如隨死者去矣。然這席話卻無法打動官吏的心腸，只好隨官吏去了。老婦的自願道盡百姓的悲情，才使捉人告個段落。最後留下幽泣啼哭的媳婦和孫兒。而作者獨與老翁之天明道別，是委婉含蓄表達作者深沉的哀傷與無奈。最後天明二句以側收方式，呼應篇首，說明自己天明時獨向老翁道別[27]。參見[圖二]

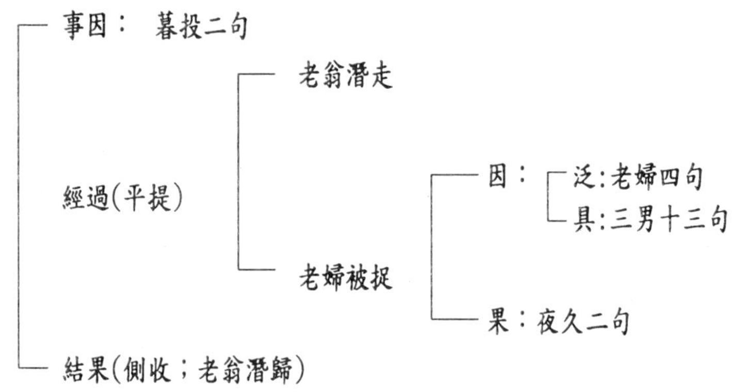

[圖二]

全篇句句敘事，是一個情節曲折的故事，作者巧妙敘事抒情，文字精練，首尾呼應，訴諸聽覺，猶為別致，用字確屬平易。在用韻上非常巧妙，此詩各四句轉韻，形式是(○○⊗○)[28]，韻腳位置在一二四句，這種手法有如一首絕句的入韻形式，計有六個循環。杜甫古體樂府詩巧用這種絕句形式擴大應用，形成有趣的節奏。開頭四句中，「老婦出門看」，看字屬山攝平聲寒韻，另一作「老

27 參考鄭頤壽:《大學辭章學》(福州：福建人民出版社，1998 年)，頁 225-226。
李旻憓:〈杜甫〈石壕吏〉篇章結構探析〉(《國文天地》，2009 年，25 卷 2 期)，頁 15-22。

28 ⊗表示非韻腳位置，○表示韻腳位置

婦出看門」[29]，門字屬臻攝魂韻，如此一來，便是一二四句押臻攝魂真韻通押[30]。開始四句揭開驚心動魄序幕，每一句各有一個人物在短時間接續登場。第二個循環轉韻，轉至遇攝上聲姥韻及去聲遇韻，第三個循環又轉韻至止攝上聲和去聲，但是這八句聲律結構和敘事文義並未對整，在「三男鄴城戍」和「一男附書至　二男新戰死」中有個轉折，為何先提三男呢？因為哥哥們早已被徵調赴戰場了，詩人在這聲韻和文義交錯中隱含母親的悲思。第四循環第五循環轉韻至平聲韻，每四句和文義對整，老婦緩緩道出家中僅存人口，也說明願意請從赴役，盼望換得僅存家人暫時的平安。最後四句轉為入聲韻，點明語聲絕，泣幽咽，與老翁道別，留下無限的愁思。

全唐詩序碼	詩題	句序號	詩文	末字韻腳	備註
217-33	石壕吏	1	暮投石壕村	魂	臻合一平魂清
		2	有吏夜捉人	真	臻開三平真日
		3	老翁逾牆走	厚	
		4	老婦出門看	寒	山開一平寒溪
		5	吏呼一何怒	姥	遇合一上姥泥
		6	婦啼一何苦	姥	遇合一上姥溪
		7	聽婦前致詞	之	
		8	三男鄴城戍	遇	遇合三去一審
		9	一男附書至	至	止開三去至照

[29] 參考仇兆鰲注:《杜詩詳注》(台北:里仁書局，1980 年)，頁 528。
[30] 參考馬重奇:《杜詩古詩韻讀》(中國展望出版社，1985 年)。

		10	二男新戰死	旨	止開四上旨心
		11	存者且偷生	庚	
		12	死者長已矣	止	止開三上止為
		13	室中更無人	真	臻開三平真日
		14	惟有乳下孫	魂	臻合一平魂心
		15	有孫母未去	語御	
		16	出入無完裙	文	臻合三平文群
		17	老嫗力雖衰	脂	止合二平脂山
		18	請從吏夜歸	微	止合三平微見
		19	急應河陽役	昔	
		20	猶得備晨炊	支	止合三平支穿
		21	夜久語聲絕	薛	山合四入薛 從
		22	如聞泣幽咽	屑	山開四入屑影
		23	天明登前途	模	
		24	獨與老翁別	薛	山開三入薛並

[表五]

再看〈兵車行〉之用韻，見[表五]。〈兵車行〉是一首歷史故事詩，敘事主要內容是徵兵，而這徵兵戰役並非為了保家衛國，而是為了擴張領土，無論動機如何，戰爭衍生的死亡絕望是一樣的，因此小百姓心中更加無奈與悲傷。第一段起首六句敘述家屬在咸陽橋送別悲行之狀，押平聲蕭宵韻。車鄰鄰道干雲霄為第一大段，送別家人出征之慘狀，車鄰馬蕭是聽覺感受。塵埃不見是視覺描述，連用哭字深深加重了送別出征的傷痛。第二段以二句問答手法帶出一貫的主題--戰亂無情、人間悲苦。二句問答連押平聲真韻，而「點行頻」開啟了接下來的說明，防河、營田、戍邊都為點行頻之內容，譏諷當時君王政府窮兵黷武以致夫征婦耕、民不聊生，然哀鴻遍野卻無法上達君王視聽。從「或從十五北防河」句起到「被驅不異犬與雞」計十二句，每四句一個用韻單位，先是隔句用韻，連用二個平聲先韻，敘述征夫年少防河到白頭還要戍邊；接下來四句轉韻為止攝上聲，是絕句式一二四句押韻的模式，述說武皇一心一意開疆守邊，絲毫不聞百姓民生疾苦，廣大土地乏人耕種，任其荒涼。再四句轉韻平聲齊韻，也是絕句式一二四句押韻的模式，說明健婦耕犁的怪現象，但是君王不為所動。第二章部分的用韻轉韻策略和文義相配合，頗為巧妙。

第三段從「長者雖有問」到「生男埋沒隨百草」的段落，共計十句。再一次的問答手法引出另一層的苦痛，也是百姓的苦－無法耕種如何出稅呢？前六句同押臻攝，卻從平聲轉為入聲術韻，突顯未休卒和從何出的著急和憤恨之情。接下來四句轉韻上聲皓韻，文義也轉另一個生男生女的議題，生男生女的差別和重男輕女的價值觀兩相對照更顯悲楚，百姓的疾苦已經從自身的無奈和絕望，轉到對後代的絕望，似乎暗諷這個世代走到末路，沒有希望。第三段內容藉租稅無從出和生女倒好把第二段內容推至絕望懸崖邊。而，這些悲情有誰知呢？最後四句採絕句式一二四句押韻，不見青海呼應起首不見咸陽橋，新舊鬼哭呼應哭聲干雲霄，迴盪在天地之間[31]。

---

[31] 參考仇兆鰲注:《杜詩詳注》(台北:里仁書局，1980 年)，頁 117。借漢刺唐玄宗，刺不恤秦兵。不敢斥言故言武皇(高書)，先言人哭，後言鬼哭，中言內峻凋弊。胡應麟曰：六朝七言古詩，通篇用平韻轉聲，七字成句，讀未大暢。至於唐人，韻則平仄互換，句則三五錯綜，而又加以開合，傳以神情，宏以風藻，七言之體所以大備矣。又曰：少

全唐詩序碼	詩題	句序號	詩文	末字韻腳	備註
216-11	兵車行	**1**	車轔轔馬蕭蕭	蕭	效開四平蕭心
		2	行人弓箭各在腰	宵	效開四平宵影
		3	爺娘妻子走相送	送	
		4	塵埃不見咸陽橋	宵	效開三平宵群
		5	牽衣頓足攔道哭	屋	
		6	哭聲直上干雲霄	宵	效開四平宵心
		7	道旁過者問行人	真	臻開三平真日
		8	行人但云點行頻	真	臻開四平真並
		9	或從十五北防河	歌	
		10	便至四十西營田	先	山開四平先定
		11	去時里正與裹頭	侯	
		12	歸來頭白還戍邊	先	山開四平先幫
		13	邊廷流血成海水	旨	止合三上旨審
		14	武皇開邊意未已	止	止開四上止喻
		15	君不聞漢家山東二百州	尤	
		16	千村萬落生荊杞	止	止開三上止溪
		17	縱有健婦把鋤犁	齊	蟹開四平齊來
		18	禾生隴畝無東西	齊	蟹開四平齊心

陵不效四言、不仿離騷、不用樂府舊題，然風騷樂府，杜往往得之。〈兵車行〉述情陳事，懇惻如見。

		19	況復秦兵耐苦戰	線	
		20	被驅不異犬與雞	齊	蟹開四平齊見
		21	長者雖有問	問	臻開三去問明
		22	役夫敢伸恨	恨	臻開一去恨匣
		23	且如今年冬	冬	
		24	未休關西卒	術	臻合四入術精
		25	縣官急索租	模	
		26	租稅從何出	術	臻合三入術穿
		27	信知生男惡	鐸	
		28	反是生女好	晧	效開一上晧曉
		29	生女猶得嫁比鄰	真	
		30	生男埋沒隨百草	晧	效開一上晧清
		31	君不見青海頭	侯	流開一平侯定
		32	古來白骨無人收	尤	流開三平尤審
		33	新鬼煩冤舊鬼哭	屋	
		34	天陰雨濕聲啾啾	尤	流開四平尤精

|表六|

以上分別就隔句押韻，一韻到底；隔句用韻，數韻通用；第三是交相轉韻，轉韻的原則是配合文義之進行，轉韻的距離或範圍多以四句為一單位，除了四句中隔句押韻之外，若要連續押，則以絕句式押韻法為一單位範疇，即一二四句押韻，第三句不押，如此一來用韻顧及文義進行，也顧及情感表達，從其中可見詩人杜甫深厚情感及雄潤婉轉之創作用心。

三、結語

本文試圖從篇章語言學與節律編制來分析杜甫古體樂府詩之聲韻與詩情之美。文章由句段所組成，所謂積句而成章、積章而成篇，句子與句子是有條理組合成段落，各段落也是按著條理組合成一篇文章。通篇文章應該是條理貫串，首尾呼應，取捨得法，使陳述的內容豐富合乎邏輯而不紊亂。詩歌藉著相同音節結構如韻腳的出現以展現節奏韻律，也就是以韻腳之間的時間間隔來呈現節律。韻腳之間時間間隔短，相同結構刺激出現過於頻繁，反而失去效果，因此，韻腳位置是節律疏密掌控的關鍵。如杜詩〈哀江頭〉全篇韻腳押入聲短促的屋或職韻等，表達詩人感傷哀泣的沉痛之情。詩歌除了注重節律編製，也要配合通篇主題思想架構的呈現，俾使詩歌文氣層次清晰貫通，又因聲韻節律押韻的配合得宜，文意便能照應周密，情感跌宕多姿。如〈哀江頭〉全篇思路是按照「今一昔一今」的原則鋪排，前四句押通攝入聲韻，是杜甫重回曲江邊的哀愁開始，進入回憶往昔，再回當下比較後的情思更加複雜，傷痛加增。

詩聖杜甫在中國古典詩壇居舉足輕重的地位，作品數量龐大，體裁多樣豐富，膾炙人口千古絕唱的詩句不勝枚舉，其古體樂府詩的創作，在內容和詩律上承風騷、樂府遺志，又超越之，並下啟後代影響深遠。杜詩中古體樂府名篇極多，本文嘗試以章法開展層次，加上韻腳分布的節律編制，期望呈現杜甫古體樂府詩主題思想和聲韻結合之聲情美感。然因時間、篇幅及筆者能力有限，僅能分析數篇，來日或以此法再多分析，呈現杜甫詩歌美善的藝術價值。

徵引書目

仇小屏，2002，《深入課文的一把鑰匙》，臺北：萬卷樓。

仇小屏，2005，《篇章結構--類型論》增修版，再版，臺北：萬卷樓。01-15 頁。

仇兆鰲注，1980，《杜詩詳註》，臺北市：里仁書局。

楊倫注，1973，《杜詩鏡詮》，臺北市：中華書局。

李旻憓，2009，〈杜甫〈石壕吏〉篇章結構探析〉，《國文天地》，25 卷 2 期，15-22 頁。

吳瑾瑋，2009，〈從語料庫觀點比較研究杜甫徘律與古體樂府詩之用韻策略〉，《語言文字與教學的多元對話》，147-176 頁。東海大學中文系朱歧祥，周世箴主編，東海大學中文系出版。ISBN 978-957-9104-65-4。

邱燮友，2006，《中國歷代故事詩》，台北：三民書局。

馬重奇，1985，《杜詩古詩韻讀》，中國展望出版社。

高步瀛，2004，《唐宋詩舉要》，臺北：里仁書局。

張志公，1996，《漢語辭章學論集》，北京：人民教育出版社。126-143 頁

張錦虹、吳瑾瑋，2006，〈溝通式教學法在古典文學閱讀欣賞的教學應用—以杜甫社會 寫實詩為例 (The Communicative

Language Teaching on Reading Classic Poetry：Dufu's Realistic Verses as an Example)〉，《第三屆以中/英文為第二語言/外語之閱讀與寫作教學研討會會後論文集》，桃園中壢：中央大學。頁 157-168。

陳新雄，2004，《詩詞作法入門》，台北：五南圖書出版股份有限公司。104-158 頁。

陳滿銘，1998，《國文教學論叢》，臺北：萬卷樓。

陳滿銘，2003，〈談章法結構的節奏與韻律〉，《國文天地》，18 卷 10 期。

陳滿銘，2009，〈論多、二、一（0）」螺旋結構與辭章章法〉，《中國學術年刊》，31：43-72。

黃永武，1984，《詩與美》，台北市：洪範出版社。147-151 頁。

鄭頤壽，1998，《大學辭章學》，福州：福建人民出版社。(P225-226)

黎運漢、張維耿，1991，《現代漢語修辭章》，台北：書林出版有限公司。175-199 頁。

謝雲飛，1994，〈作品朗誦與文學音律〉，《文學與音律》再版，台北：東大圖書公司。31-50 頁。

謝雲飛，1994，〈詞的用韻〉，《文學與音律》再版，台北：東大圖書公司。85-101 頁。

謝雲飛，1994，〈語言音律語文學音律的分析研究〉，《文學與音律》再版，台北：東大圖書公司。1--30 頁。

謝雲飛，1994，〈韻語的選用和欣賞〉，《文學與音律》再版，台北：東大圖書公司。61-64 頁。

論台灣華語流行情歌的編唱結構

蒲基維

中原大學應用華語文學系兼任助理教授

摘要

所謂「編唱結構」，是指根據編曲所進行的演唱而形成的敘述邏輯。近年華語流行音樂比賽的節目正風靡全球，常聽見評審批評歌手的情感表達不夠貼切，或演唱歌曲時的層次感不夠，這些缺失雖然有音樂專業上的問題，而歌手不瞭解整首歌曲的深層邏輯，以致於忽略了歌曲情感的鋪陳、層次的堆疊與強弱的對比等因素，無法營造整首歌曲的風格，更遑論形成感染力。事實上，瞭解歌曲的編唱結構，有助於歌手對於歌曲的氛圍營造和情感表達；就欣賞的角度而言，也能在欣賞歌曲時辨別曲風的良窳。本文鎖定華語流行情歌，探討其常見的編唱結構，研究發現，「重章層遞的形式」、「圖底烘托的關係」及「平提側收的結尾」是華語流行情歌最常見的敘述邏輯，落實在歌曲的結構上，不僅營造了層層複沓的優美節奏，更製造了主歌與副調的起伏對比，而側收的結尾更使歌曲產生餘韻繚繞、意猶未盡的美感。透過這樣的分析，讓我們在欣賞或演唱華語流行情歌時，不僅注意樂曲的優美、聲情的表現，更須留心詞曲的深層邏輯，以體會華語情歌特有的鋪陳與發展。

關鍵詞

華語流行情歌、章法結構、重章、圖底、平提側收

一、前言

翻開歷代民間歌謠的史頁，從上古《詩經》的「十五國風」，兩漢的「樂府」，南朝的「吳哥」、「西曲」，以至「宋詞」、「元曲」，在在記錄了每個時代的風土民情，也傳誦著當時人民的真情摯愛。由此可以推論，今日的流行歌曲，可能成為百年之後學者筆下所研究的「民國樂府」。當我們唱著、聽著、評論著當代的流行情歌，或抒發幽怨之情，或感染曲調之美，或品評曲式之風，是否也注意到一首歌的編曲結構和演唱形式，往往影響其情感的表達，更可能決定其曲調的風格表現。本文以台灣華語流行情歌為考察對象，專就其歌詞內容和完整的演唱形式，運用章法學的概

念，分析其編唱結構，期望從整首歌的深層邏輯，探討其情感的鋪陳與高潮、詞義的循序與層遞、編曲的直切與曲折，以凸顯流行情歌編唱結構對於曲調風格的影響。

二、台灣華語流行情歌的傳承與新創

華語流行歌曲以抒情歌的數量最多，表現形式也最豐富。就台灣的流行音樂來說，自由而多元的創作環境，不僅繼承傳統樂府的形式與內涵，更接收了歐美及東洋的曲風，在歌詞創作和曲調編寫上有傳統的繼承，也有變革的創新。為掌握其編曲及演唱的邏輯，有必要追溯華語流行情歌所融會汲取之古今中外的詞曲精華，以深刻瞭解其內涵。基本上，華語流行情歌的傳承與新創有下列幾項特色：

（一）繼承詩經以來的民歌傳統

《詩經》是西周初年到春秋中期流行於黃河流域的詩歌，無論是代表民間風調的「十五國風」，或是表達士大夫思維的「大雅」、「小雅」，其作品在表現技巧上大都展現了特有的「賦」、「比」、「興」的筆法。朱熹曾針對這三種表現技巧提出說明，其言：

> 賦者，數陳其事而直言之者也。比者，以彼物比此物也。

興者，先言他物以引起所詠之詞也。[1]

根據朱熹的解釋，我們可以依《詩經》之表現技巧延伸其修辭或謀篇的條理。所謂「賦」是鋪陳、直敘之義，在形式上容易形成排比、重章的句型；所謂「比」即譬喻之義，實體的「喻體」與虛造的「喻依」之間，易形成虛實錯落的表現技巧；至於「興」，則與聯想有關，透過聯想之事物，間接地影射所要歌頌的人、事、物，容易產生象徵義，而象徵物與實物之間會形成「賓主」或「圖底」的邏輯關係。《詩經》的表現技巧一直影響著後代民歌，甚至是所有韻文的發展。

台灣華語流行情歌在寫作思維上繼承了《詩經》以來「溫柔敦厚」的傳統，而表現技巧上也多所沾溉，從句型的排比、謀篇的重章、譬喻與象徵修辭的廣泛應用，在在展現與傳統中國民歌的相同思維。

（二） 融合中西文化的詞曲精髓

自民智開發以來，台灣歷經了四百多年的殖民統治，造就了多元族群的文化風貌。除了原住民文化及漢文化之外，也吸取日本和美國的文化精髓。專就現代流行音樂來看，台灣在歷經日本統治五十年後，雖然重回漢文化的懷抱，但薰染五十年的日本文化已深植台灣民間，在流行音樂方面當然也濡沐甚深。以「日本演歌」為例，它是基於日本人的情感或感覺所演唱出具有娛樂性

[1] 見《詩集傳》（台北：藝文印書館，2006 年 3 月初版四刷），卷一。

質的歌曲，其表演重點在於歌手獨特的唱法，如「裝飾音」、「顫音」的使用，又有「艷歌」、「怨歌」等稱呼。歌詞的內容多以「海」、「酒」、「眼淚」、「女人」、「雨」、「北國」、「雪」、「離別」為詞彙的中心，以表達男女之間的悲情與哀戀。[2]台灣從五〇年代到六〇年代，以至於現今許多閩南語流行歌曲，均可發現日本演歌的影子，足見其對於台灣流行音樂的影響。

台灣在二次世界大戰之後，又經歷國共內戰與韓戰，促使美軍在台協防共產主義的軍事擴張。這段期間，美國許多流行音樂的形式，逐漸蔓延在台灣民間，尤其是知識份子在聽膩了不成熟的國語歌曲，更寧願接受西洋音樂。這時期，舉凡重視吉他、貝斯及鼓之伴奏的「搖滾」（rock and roll），或源於美國南方之黑人的爵士藍調（jazz blues），皆受到當時台灣青年學子的喜愛。當時部分青年知識份子，在後來投入流行音樂的製作，遂將美國的流行曲風，融入歌曲的創作與演唱，逐漸成為台灣流行樂壇的重要風潮。

（三）表現台灣本土的特殊風格

民國六〇年代後期到七〇年代，有另一群年輕的業餘音樂製作者，他們強調要唱自己的歌，表達自己的心聲，傳承屬於華人青年的優良傳統。這些年輕的詞曲作家大都仍在學，藉由校園的演唱與傳播，將他們清新、自然又充滿朝氣的音樂，逐漸擴散到

[2] 參見陳培豐，〈從三種演歌來看重層殖民下的臺灣圖像——重組「類似」凸顯「差異」再創自我〉，《台灣史研究》15 卷 2 期，2008.06，頁 79-133。

全國大專校院，形成一股「校園民歌」的風潮。這股風潮受到民間唱片公司的重視，遂運用歌唱比賽的方式，如「金韻獎」、「大學城」等，以發掘校園中的詞曲創作與演唱歌手，將校園民歌推向台灣流行音樂的主流。影響所及，現今主導台灣流行歌壇的大將，仍是許多當年藉由校園民歌被發掘的人才，他們所製作、發行、演唱的歌曲，已成為具有台灣本土特色的流行音樂。

除此之外，近十年來台灣在政治、文化上不斷地疾呼「本土」，遂使原住民的文化漸受重視。其中「原住民音樂」的粗獷、豪邁與自然的風調，更逐漸佔領了台灣的流行樂壇。他們藉由高亢的嗓音與優美的節奏，傳播屬於台灣特有的音樂形式，也建立了原住民音樂在台灣歌壇的不墜地位。

（四） 開創華語情歌的多樣風貌

在自由與多元的創作環境中，台灣流行音樂呈現成熟而多樣的風貌。例如以古詞唱今調的「中國風」歌曲、結合中西樂風的「華人搖滾」、雜糅台灣方言與原住民曲調的各式情歌等等，我們不僅看見台灣流行音樂旺盛的創作力，也見識到台灣樂壇對於古今中外各式曲風的鎔鑄能力。藉由這些曲風的認知，對於我們分析台灣流行情歌的編曲與演唱結構，應具有重要的參考價值。

三、華語流行情歌之編唱結構的具體特色

華語流行情歌傳承自中國古調，也移植了海外曲風的精華，並發展出本土特有的詞曲表現，以呈現其多樣的風格。在意象的表現與措辭的經營上多能自成家數，而編曲與演唱的模式亦有特殊的藝術表現。茲舉流行情歌數首，說明其編唱結構之特色如下：

（一） 重章層遞的形式

所謂「重章」是指詩歌中重複出現字數相等，意象接近的段落。由於重複出現的段落在意象的表現上常常是由淺而深，故大都具有層層遞進的效果。這種重章現象在《詩經》中已普遍存在，例如《詩經・召南・鵲巢》：

維鵲有巢，維鳩居之；之子于歸，百兩御之。

維鵲有巢，維鳩方之；之子于歸，百兩將之。

維鵲有巢，維鳩盈之；之子于歸，百兩成之。

這首詩主要在敘述貴族女子出嫁的過程。三章的字數相等，意象也近似，符合重章的形式。其中「居之」、「方之」、「盈之」是女子入住夫家的過程，「御之」、「將之」、「成之」則是從迎接到成婚的前後經過，形成層層遞進的意象。

在台灣華語流行情歌中，其編曲演唱的形式大都具備《詩經》以來的重章現象。試以情歌〈愛一回傷一回〉（李姚作詞，游鴻明作曲，游鴻明演唱）的歌詞及其編唱結構為例，說明其層層遞進的重章形式。其完整的演唱內容為：

深深埋藏未盡的情緣，就像一切不曾改變

縱然滄海桑田，縱然世界改變
對妳的愛一如從前

妳的誓言還在我耳邊，妳的身影越走越遠
總又不斷想起，妳微淚的雙眼
彷彿過去只是昨天

總愛一回傷一回夢難圓
妳的笑在風中若隱若現
忘記妳需要多少年，愛已冷，心已倦，情卻難滅

總愛一回傷一回夢太甜
才讓妳夜夜佔據我心間
似夢似醒在這深夜，往事漸漸蔓延

妳的誓言還在我耳邊，妳的身影越走越遠
總又不斷想起，妳微淚的雙眼
彷彿過去只是昨天

總愛一回傷一回夢難圓
妳的笑在風中若隱若現
忘記妳需要多少年，愛已冷，心已倦，情卻難滅

總愛一回傷一回夢太甜
才讓妳夜夜佔據我心間
似夢似醒在這深夜，往事漸漸蔓延

總愛一回傷一回夢難圓

妳的笑在風中若隱若現

忘記妳需要多少年，愛已冷，心已倦，情卻難滅

總愛一回傷一回夢太甜

才讓妳夜夜佔據我心間

似夢似醒在這深夜，往事漸漸蔓延

根據其內容情理，可以繪出結構表如下：

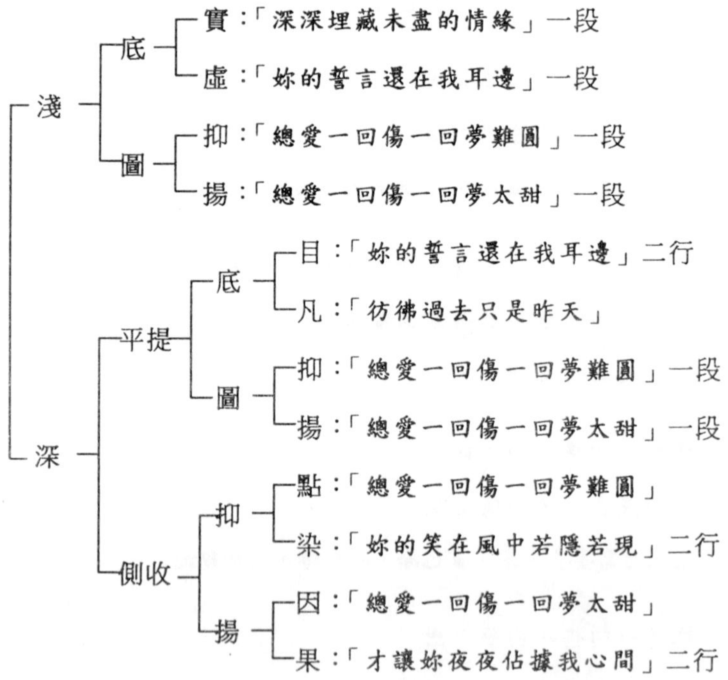

從歌詞內容及音樂鋪陳來看，這首歌自「深深埋藏未盡的情緣」

至「往事漸漸蔓延」是一個完整的樂章，而後半章無論是歌詞或是音樂，皆為重複唱誦。流行歌曲未若《詩經》運用字詞上的變化以營造層遞的效果，而是在第二次的演唱中運用音樂及演唱者情緒的深化來完成層層遞進的內蘊。

再如失戀情歌——剪愛（林秋離作詞，塗惠元作曲，張惠妹演唱）的鋪陳形式，同樣出現重章層遞的邏輯。其歌詞的內容如下：

人變了心，言而無信
人斷了情，無謂傷心
我一直聆聽，我閉上眼睛
不敢看你的表情

滿天流星，無窮無盡
我的眼淚擦不乾淨
所以絕口不提，所以暗自反省
終於，我掙脫了愛情

把愛，剪碎了隨風吹向大海
有許多事，讓淚水洗過更明白
天真如我，張開雙手以為撐得住未來
而誰擔保愛永遠不會染上塵埃

把愛，剪碎了隨風吹向大海
越傷得深，越明白愛要放得開

是我不該，怎麼我會眷著你眷成依賴
讓濃情在轉眼間變成了傷害

滿天流星，無窮無盡
我的眼淚擦不乾淨
所以絕口不提，所以暗自反省
終於，我掙脫了愛情

把愛，剪碎了隨風吹向大海
有許多事，讓淚水洗過更明白
天真如我，張開雙手以為撐得住未來
而誰擔保愛永遠不會染上塵埃

把愛，剪碎了隨風吹向大海
越傷得深，越明白愛要放得開
是我不該，怎麼我會眷著你眷成依賴
讓濃情在轉眼間變成了傷害

我剪不碎舊日的動人情懷
你看不出來我的無奈

根據內容，可以繪出編唱結構如下：

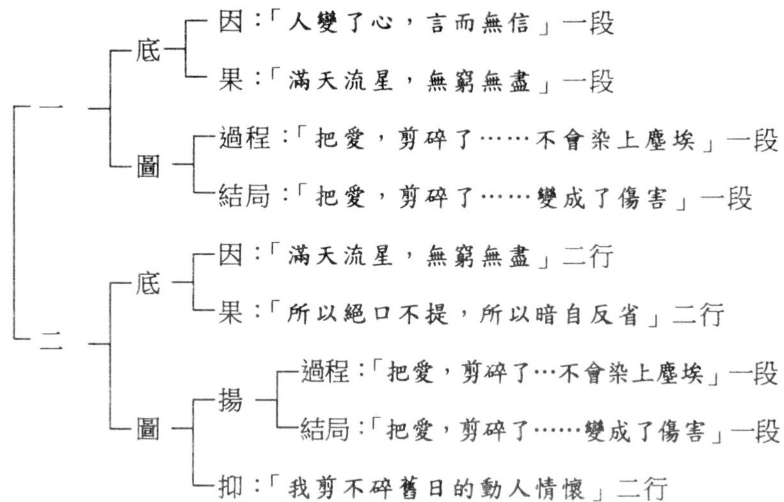

這首歌從「人變了心，言而無信」到「讓濃情在轉眼間變成了傷害」是一大段完整的樂章，其後編曲及演唱的內容均為重複的唱誦，而第二大段與第一大段最明顯的差別，在於第二大段結尾使用較為平和的情緒(抑)，唱出失戀的無奈，與前半段較為激情(揚)的唱法形成強烈對比。結尾是激情之後的平靜，在重章唱誦的整齊形式之中，又多了變化的美感，相較於第一首情歌，這首〈剪愛〉在情緒的鋪陳上更為豐富。

（二） 圖底烘托的關係

「圖底」原為繪畫上的概念。「圖」是焦點，「底」是背景，兩者在同一畫面中會形成互相烘托的關係。一般而言，「底」是較為下沉、後退的意象，具有烘托的功能；「圖」是較為上升、前進的物象，其成為同一畫面中的焦點，通常因為「底」的烘托而更為凸顯。[3]這是空間上的圖底關係。「圖」與「底」的概念亦可以延伸到時間領域。具體來說，時間的流轉大致可分為「現在」、「過去」和「未來」。時間的流轉表現在事件的發展過程，「現在」的事件較為凸顯，可視為「圖」；而「過去」和「未來」的事件通常僅作為烘托，是為「底」。[4]這種敘述邏輯普遍存在文學作品當中。試以唐詩〈黃鶴樓〉為例，其云：

> 昔人已乘黃鶴去，此地空餘黃鶴樓，黃鶴一去不復返，白雲千載空悠悠。晴川歷歷漢陽樹，芳草萋萋鸚鵡洲，日暮鄉關何處是？煙波江上使人愁。

這首詩利用黃鶴樓千古之神話，烘托現實黃鶴樓的景色。根據其敘述邏輯，可繪出結構表如下：

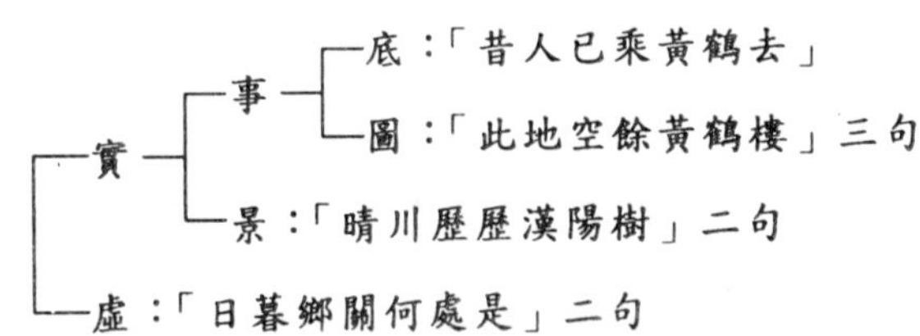

神仙與黃鶴的幽渺神態，常會引發世俗之人的欽羨與嚮往，而千百年

[3] 參見拙著《章法風格析論——以蘇軾詞、姜夔詞為考察對象》（台北：花木蘭出版社，2007 年 3 月初版），頁 52。

[4] 參見拙作〈論圖底章法的時間結構——以高中國文課文為例〉，《人文及社會科教學通訊》，第 12 卷、第 6 期，2002 年 4 月，頁 195-208。

前「昔人已乘黃鶴去」變成為一個似真似幻的背景事件。如今登樓所見，只看到「白雲悠悠」所籠罩的高樓，而作者描寫「此地空餘黃鶴樓」，也意識到「黃鶴一去不復返」，正是焦點事件所在。

圖底章法之時間結構，其理論基礎源自於音樂的演奏模式。蓋「主旋律」和「和聲」是構成音樂的重要元素。一個完整的曲調有時可以單音出現，也可以伴有其他類似的曲調作為和聲，成為襯托的背景。[5]這是「圖」與「底」同一時間存在的烘托關係，依照這樣的原理，一個曲調也可能存在「圖」與「底」先後出現的關係，即所謂「主調」與「副調」先後出現的演奏（唱）模式。台灣華語抒情歌曲在編唱結構上，就常常出現「主歌」與「副歌」所形成的圖底烘托關係。試以〈有你有明天〉（楊培安作詞，陳國華作曲，楊培安、符瓊音演唱）為例，其編唱結構中的第一大段即出現「圖底」的敘述邏輯。歌詞內容如下：

冷漠的唇親吻心扉
風箏飄著怎麼就斷了線
滾燙的淚滴落胸前
彩虹掛著怎麼就變了臉

我在等待你的出現
天長地久怎麼成了謊言
傷痛再多，也換不回曾經對你的思念

[5] 參見洪萬隆《音樂概論》（台北：明文出版社，**1994** 年 **2** 月初版），頁 **27-28**。

為什麼相知卻又不能相隨
把夢一片片的瓦解，今生若不能再依偎，來生會再見
明知道比翼也不能再雙飛
將心一層層的撕裂，潮起潮落情永不變，有你有明天

根據歌詞的情理，可以繪出結構表如下：

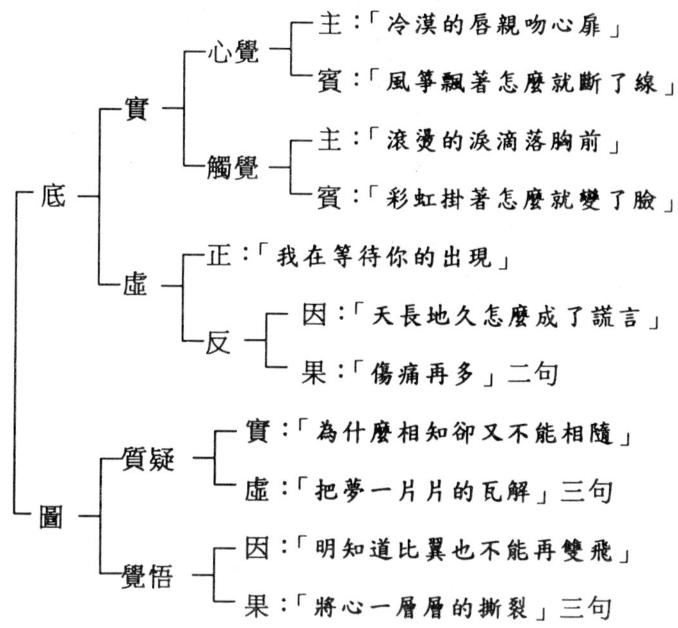

這首歌不僅傳達主角對愛情的執著，更表現了追尋逝去之愛情的轟轟烈烈。第一小節從「冷漠的唇親吻心扉」到「彩虹掛著怎麼就變了臉」，是主角實際的處境；第二小節從「我在等待你的出現」到「也換不回曾經對你的思念」，是主角心中的虛想，兩小節的情感表現較為平穩，仍是整段樂章的情緒鋪墊。進入第三小節，主

角心中實際感受與虛構幻想的交錯，將質疑的情緒翻入高潮；而第四小節覺悟彼此不能比翼雙飛，卻是撕裂似的痛徹心扉，將執著與悲愴的情緒表現得淋漓盡致。第一、二小節的情緒鋪墊，正可烘托第三、四小節的情緒高潮，形成「底」烘托「圖」的結構。

事實上，華語情歌中「圖底」烘托的邏輯，是營造歌曲感染力的主要因素，它已成為抒情歌曲中不可缺少的深層條理。放眼抒情歌壇，其作品具有圖底烘托結構者俯拾即是。再以經典情歌〈新不了情〉（黃鬱作詞，鮑比達作曲，萬芳演唱）為例，試擷取第一大段之編唱結構如下：

心若倦了，淚也乾了
這份深情難捨難了
曾經擁有天荒地老
已不見你暮暮與朝朝

這一份情永遠難了
願來生還能再度擁抱
愛一個人，如何廝守到老？
怎樣面對一切，我不知道

回憶過去，痛苦的相思忘不了
為何你還來撥動我心跳？
愛你怎麼能了？
今夜的你應該明瞭，緣難了，情難了

根據歌詞內容，可繪出結構表如下：

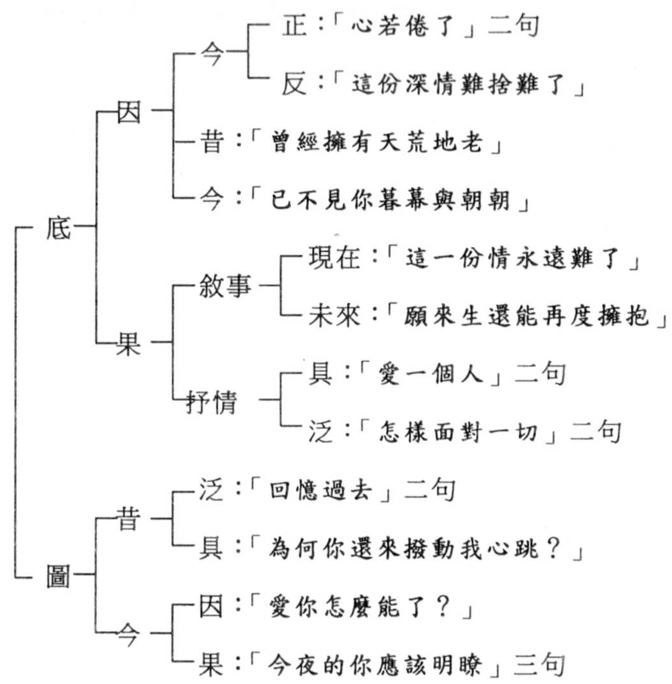

在近似平淡無奇的歌詞中，〈新不了情〉以今昔對比和虛實交錯的筆法，交織著對一段感情的眷戀與不捨。整段歌詞分為三小節，第一、二小節是情緒的鋪墊，在邏輯上屬於「底」；第三小節的情緒突然激昂，在邏輯上屬於「圖」，藉由前兩節的烘托，其情緒的表現更為凸顯。由此可見，華語抒情歌曲對於生離死別的愛恨書寫，往往透過平靜與激情的對陳，於是營造出動人心弦、賺人熱淚的樂章。

（三）平提側收的結尾

在辭章學中有一種「平提側注」的謀篇方法，簡而言之，將所要議論或敘述的幾個重點，以平列方式呈現，稱為「平提」；而呼應題旨，針對其中一點或兩點來加以詮注者，稱為「側注」。這種章法在古文評注名家就已提及，亦普遍存在於文學作品中。[6]至於行文中將所要論述的幾個重點先平列加以提明，再特別側重其中一點或兩點來收結，則稱為「平提側收」。陳滿銘教授首先提出此一章法概念，並特別強調此一章法所形成的謀篇效果，尤其是「側收」之部，通常有「回繳整體」之功用。其言：

> 「側收」的部分，都有回繳整體之作用，使得作品更為精鍊、含蓄，臻於「言有盡而意無盡」的境界。[7]

所謂「精鍊」、「含蓄」、「言有盡而意無盡」，正是這種篇章邏輯所營造美感。縱觀台灣華語流行情歌，在編唱形式上普遍存在著「平提側收」的結構。試以〈忠孝東路走九遍〉（鄔裕康作詞，郭子作曲，屠穎編曲，動力火車演唱）為例，說明其平提側收之邏輯表現。歌詞內容在敘述一個男孩失戀之後，獨自走在忠孝東路的處境與心情，其曲調雜糅了美式搖滾和原住民風格，並藉由動力火車高亢的嗓音唱出深情。根據其歌詞的內容情思如下：

> 這城市滿地的紙屑，風一刮像你的嫵媚

---

6 如宋文蔚《評注文法津梁》（高雄：復文圖書，1993 年 2 月修訂版，頁 109）、羅君籌《文章筆法辨析》（香港：上海印書館，1971 年 6 月，頁 47、52）、許恂儒《作文百法》（台北：廣文書局，1989 年 8 月再版，頁 45～46）等，均曾提及「平提側注」的概念。

7 見陳滿銘〈談「平提側收」的篇章結構〉，收錄於《章法學新裁》（台北：萬卷樓圖書公司，2001 年 1 月初版），頁 435-459。

我經過的那一間鞋店，卻買不到你愛的那雙鞋
黃燈了人被趕過街，我累得攤坐在路邊
看著一份愛有頭無尾，你有什麼感覺
耳～聽見的每首歌曲，都有我的悲
眼～看見的每個昨天，都有你的美

哦～忠孝東路走九遍，腳底下踏的曾經你我的點點
我從日走到夜，心從灰跳到黑，我多想跳上車子離開傷心的台北
忠孝東路走九遍，穿過陌生人潮搜尋你的臉
有人走得匆忙，有人愛得甜美，誰會在意擦肩而過的心碎

這城市滿地的紙屑，風一刮像你的嫵媚
我經過的那一間鞋店，卻買不到你愛的那雙鞋
黃燈了人被趕過街，我累得攤坐在路邊
看著一份愛有頭無尾，你有什麼感覺
耳～聽見的每首歌曲，都有我的悲
眼～看見的每個昨天，都有你的美

哦～忠孝東路走九遍，腳底下踏的曾經你我的點點
我從日走到夜，心從灰跳到黑，我多想跳上車子離開傷心的台北
忠孝東路走九遍，穿過陌生人潮搜尋你的臉

有人走得匆忙，有人愛得甜美，誰會在意擦肩而過的心碎
哦～忠孝東路走九遍，腳底下踏的曾經你我的點點
我從日走到夜，心從灰跳到黑，我多想跳上車子離開傷心的台北

忠孝東路走九遍，穿過陌生人潮搜尋你的臉

有人走得匆忙，有人愛得甜美，誰會在意擦肩而過的心碎

忠孝東路走九遍，穿過陌生人潮搜尋你的臉

有人走得匆忙，有人愛得甜美，誰會在意擦肩而過的心碎

根據其內容情理，可以分析其結構如下：

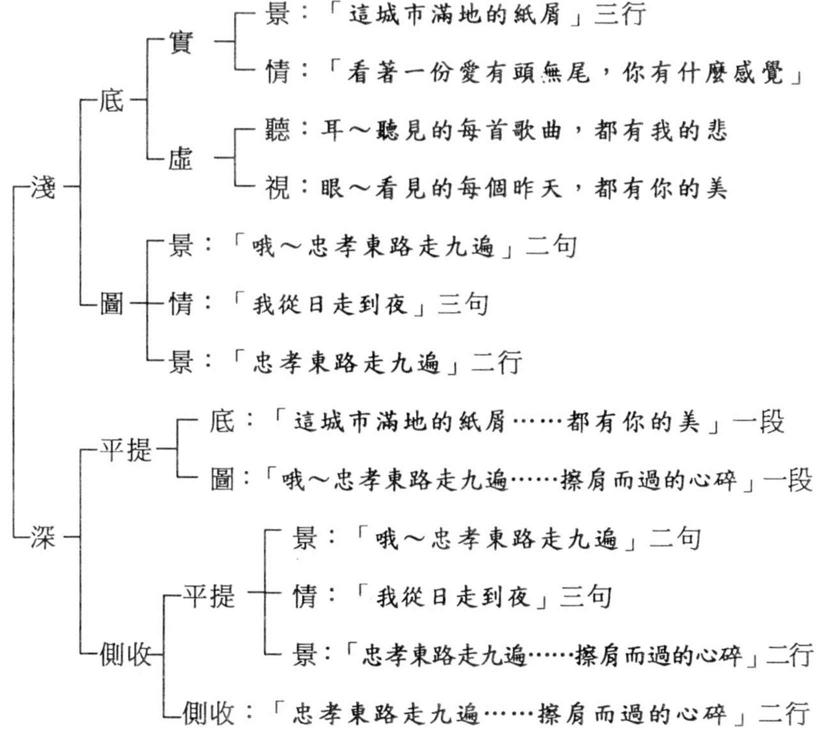

這首歌的第一大段仍出現「底圖」關係。其曲調鋪陳至第二大段，情感的激盪也愈加強烈。在編曲形式上，此段雖重複第一大段的

內容，卻運用「平提側收」的邏輯以凸顯情感的激化。其首先並提「平和」（底）與「激動」（圖）兩種情緒，再側重於激動之情來收束，將情感推至最高潮。原本應該結束的曲調，最後又側重於「忠孝東路走九遍」的意象重複唱誦，透過歌手由激情轉為平靜的唱腔，在結構上不僅回繳主題，更營造餘韻未絕的氛圍。

再以情歌〈不公平〉（蕭賀碩作詞、作曲，**Terence Teo** 編曲，**Jenny Yang** 演唱）為例，其歌詞內容如下：

走了那麼遠，發現你不在身邊
獨自走過了什麼，自己都不了解
未來的藍圖應該有你，不該只剩嘆息
只是偶爾，淚流不停

堅強的理由，只是自己騙自己
你眼中的恐懼，說什麼都多餘
付出的一切值不值得，永遠不會有答案
只有天知道我有多麼愛你

一顆心屬於一個人，在愛情裡什麼算公平
愛的深也傷的深，是不是催眠了自己
一顆心屬於我自己，愛情裡找不到公平
而當你最後選擇了逃避，我學會不公平

堅強的理由，只是自己騙自己
你眼中的恐懼，說什麼都多餘

付出的一切值不值得，永遠不會有答案

一顆心屬於一個人，在愛情裡什麼算公平

愛的深也傷的深，是不是催眠了自己

一顆心屬於我自己，愛情裡找不到公平

而當你最後選擇了逃避，我學會不公平

一顆心屬於一個人，在愛情裡什麼算公平

愛的深也傷的深，是不是催眠了自己

一顆心屬於我自己，愛情裡找不到公平

而當你最後選擇了逃避，我學會不公平

本來就不公平

其結構分析表如下：

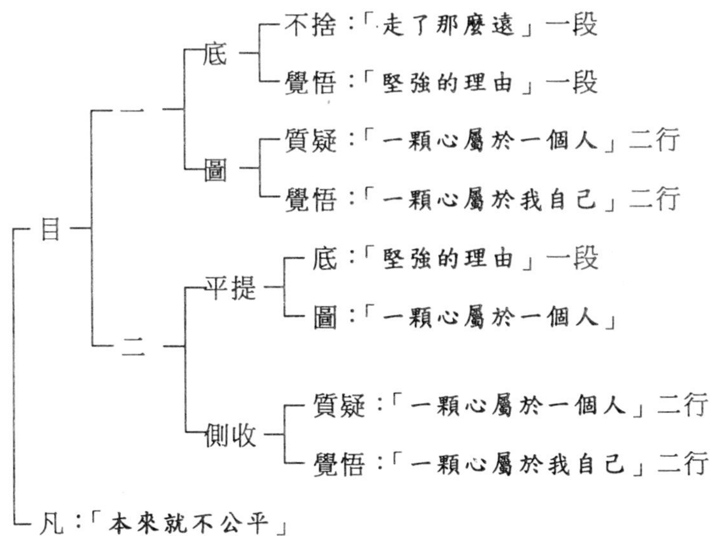

這首歌在第二大段的編唱形式中，同樣先平列「平和」(底)和「激動」(圖)兩種情緒，再側重於激動的情緒來收結。從質疑到覺悟，將「不公平」的感受與情緒推至最高潮。原本應該結束的曲調，卻又以一句「本來就不公平」收束，一方面回繳題旨，另一方面也有總括的效果，而演唱者運用較為平和的腔調收唱此句，仍有其餘韻繚繞的效果。

從上述兩首情歌的「平提側收」結構，可以清楚掌握編曲者營造情感的層次，瞭解這種層次有助於歌手對於收束歌曲的經營，而一般人欣賞此曲的鋪陳過程，亦能有更深的體會。

四、台灣華語流行情歌之編唱結構所呈現的美感

歌曲的編唱結構是詞義所蘊含的深層邏輯，通常不會外顯在曲調或詞情之上，卻深深影響著歌曲的局部節奏和整體韻律，其對於整體曲風的影響亦不容忽視。針對上述華語流行情歌之編唱結構的特色，可以歸納其營造的美感三種：

（一） 層層復沓的優美節奏

華語流行情歌在編唱結構上出現「重章」現象，固然是繼承《詩經》以來的民歌傳統，也適度結合了西方搖滾樂的沉重音律及爵士樂的慵懶調式，展現其層層復沓的優美節奏。

重章復沓是歌謠表現的主要特徵。原始民族往往用以詠

歎其悲傷或快樂的情緒。魏建功先生強調：

> 詩的復沓在作者有他內心的要求而成。[8]

又說：

> 歌謠是很注重重奏復沓的；重奏復沓是人工所不能強為的……。所以重奏復沓是歌謠表現最要緊的方法之一。[9]

可見「復沓」是人類原始心靈的表達，其形式通常運用相同的意思、句子或數字的變化，使感情層層推進，在參差中又顯出整齊的美。反復強化作品的主旋律，刻畫出詩人感情的起伏波瀾。復沓的運用，因為反復吟詠，產生了一唱三歎的效果，而朱光潛又強調：

> 表現情感最適當的方式是詩歌，因為語言節奏與內在節奏相契合，是自然的，「不能已」的。[10]

運用復沓，可以加強語勢，抒發強烈的感情，表達深刻的思想，分清文章的脈絡、層次，足以增強語言的節奏感。這是人類最自然的表現方式，在重復遞進的唱誦之間，那種「不能已」的情感抒發，充分表現人類心靈內部節奏的自然美感。

華語流行情歌掌握了人類心靈追求復沓的原始節奏，在重章漸層的編唱邏輯中，表現情歌最強的感染力，更能加強

---

[8] 魏建功〈歌謠表現之最要緊者——重奏復沓〉，收於《古史辨》第三冊下編（顧頡剛編，台北：明倫出版社，1970 年版），頁 598。

[9] 同註 8，頁 607。

[10] 朱光潛《詩論》（台北：頂淵文化事業公司，2004 年 1 月初版），頁 8。

主題，深化印象，塑造情歌舒暢而優美的律動。

（二） 主歌副調的起伏對比

「圖底」之內在邏輯，是華語流行情歌之主歌與副調形成對比起伏的主要因素。事實上，透過圖與底的烘托映襯，可以使一首情歌充分展現「對比」的美感，以凸顯出歌曲中刻骨銘心的愛情。關於「對比」的美感，在美學相關論著中常被提及，歐陽周、顧建華、宋凡聖所著之《美學新編》更把這兩種美學概念與中國傳統的風格範疇相結合，其言：

> 多樣與統一，一般表現為兩種基本型態：一是對比，二是調和。對比指的是具有顯著差義的形式因素的對立統一。……容易使人感到鮮明、醒目，富有動感。……由對立因素的統一造成的形式美，一般屬於陽剛之美。[11]

在西方美學中的「對比」概念，具有鮮明、醒目與動感的特質，對應於傳統「陽剛」風格所呈現的外顯、剛健與鮮活的質性非常接近，可見兩種概念確實有相通之處，故陳望衡也說：

> 剛柔在藝術領域中的最重要的意義在於它成為兩大美學風格的代名詞。這就是陽剛之美與陰柔之美。用現代美學的概念來說即是優美與壯美。[12]

---

[11] 見《美學新編》（杭州：浙江大學出版社，1993 年 3 月第 1 版），頁 81。

[12] 陳望衡《中國古典美學史》（長沙：湖南教育出版社，1998 年 8 月第 1 版），頁 184。

「陽剛」對應於「壯美」，不僅融合了中西哲學有關「美」的理解，亦足以充分詮釋「對比」的質性與美感。落到華語情歌來看，在每一首情歌的初唱階段，通常是情感的醞釀，其內在邏輯屬於「底」；等到副歌出現，通常是情緒激昂的表現，在邏輯上屬於「圖」。因為情感醞釀（底）得宜，更能襯托激昂情緒（圖）的展現，使歌曲的情思更具感染力。如果沒有初唱階段的情感醞釀，其副歌所表現的激昂情緒固然可以傳達激情，但缺乏初唱的情緒烘托，就會削弱情歌感染力。反之，整首歌存在著「底」與「圖」的烘托對比，將更容易觸動高昂、激烈的情緒，尤其是書寫失戀的情歌，其刻畫愛情的轟轟烈烈，或敘寫失戀的刻骨銘心，將藉由底與圖的襯托而呈現更具美感的演唱藝術。

（三）側收結尾的餘韻美感

凡事物大都有其令人嚮往渴望的美質，如食物的美味、音樂的悅耳、衣服的豔麗、旅遊的歡樂等，皆有雀躍人心，愉悅性情的效果。當我們可以充分享受這些美質時，其酣暢淋漓之感，通常令人稱快；然而，有時事物的美好經驗如曇華之現，總在其最美的時候戛然而逝，如美食之風味猶存，樂音之餘韻繚繞，將刺激人們心靈更多的想像與渴望。在古典詩話中，常見一種「言有盡而意無窮」的詩境，意指詩歌所呈現的「含蓄」之美，其所展現的感染力與這種美感經驗近似。宋、嚴羽《滄浪詩話・詩辨》云：

> 詩者，吟詠情性也。盛唐諸人惟在興趣，羚羊掛角，無迹可求。故其妙處，透徹玲瓏，不可湊泊，如空中之音，相

中之色，水中之月，鏡中之象，言有盡而意無窮。

所謂「興趣」就是指詩歌「言有盡而意無窮」的藝術韻味，它整合了詩歌的語言形式、思想內容與意念情趣而形成一個渾然的整體，以達到「無迹可求」的境界。亦如鍾嶸所言「文已盡而意有餘」[13]，或司空圖「不著一字，盡得風流」[14]，皆在說明「興趣」的藝術特質。陳伯海並詮釋此藝術特質的美感，其言：

> 《滄浪詩話》中的「興趣」，是指詩人的「情性」融鑄於詩歌形象整體之後所產生的那種蘊藉深沉、餘味曲包的美學特點。……它包含了詩歌給予人的美感，卻又是指那種清空悠遠、幽深雋永的特殊感受。[15]

所謂「蘊藉深沉」、「餘味曲包」、「清空悠遠」、「幽深雋永」，明白帶出了詩歌中「含蓄」的美學意涵與風格特質。

在華語流行情歌常見之「平提側收」的編唱邏輯，也帶有「含蓄」的美感。因為「言有盡而意無窮」的側收結構，常能使情歌收束於無言，卻營造出情韻綿緲、餘韻繚繞的氛圍，這種美感將不斷地刺激聽眾，在無限的渴望與想像之中，帶出情歌「清空悠

[13] 曹旭《詩品集注・詩品序》:「文已盡而意有餘，興也；因物喻志，比也；直書其事，寓言寫物，賦也。宏斯三義，酌而用之，幹之以風力，潤之以丹彩，使味之者無極，聞之者動心，是詩之至也。」(上海古籍出版社，1994 年 1 月第 1 版)，頁 39。

[14] 司空圖《二十四詩品・含蓄》:「不著一字，盡得風流，語不涉己，若不堪憂。是有真宰，與之沉浮，如淥滿酒，花時返秋。悠悠空塵，忽忽海漚，淺深聚散，萬取一收。」

[15] 見陳伯海，《嚴羽和滄浪詩話》(台北：萬卷樓出版公司，1993 年 4 月初版)，頁 59。

遠」、「幽深雋永」的藝術特質。

五、結語

當華語成為世界最受重視的語言系統之一，華語歌壇的蓬勃發展也隨著受到全球各界的矚目。無論是身為華人對於華語歌曲的關注，或是有意從事華語文教學的教師，自不能忽略華語流行歌曲的發展趨勢。關注華語流行歌曲有多種角度，而本文從篇章邏輯的視角，透視其編曲和演唱的常見模式，目的在運用結構分析以發掘華語情歌的情感鋪陳、意象經營與風格表現的深層邏輯，進一步提供演唱者鋪排歌曲情感的節度，或作為欣賞歌曲時所能依據的條理。

綜上所述，華語流行情歌常見重章唱誦的形式，容易營造層層複沓的優美節奏；而底圖烘托的關係，又能使主歌與副調的起伏對比，凸顯其激盪熱烈的情緒；其平提側收的結尾，餘韻繚繞，久久不絕，更延伸了情歌的幽怨之美。

台灣華語流行情歌繼承了古典樂府的敦厚之風，又能適度移植西方與東洋的主流音樂，形成現代多元而又不失傳統的經典樂章。透過編唱結構的分析與探索，我們發現民間音樂的能量，在學術殿堂之外，正綻放其激盪靈魂、撼動人心的美麗火花。

重要參考文獻

（一）專書

王尹秀，《臺灣對爵士樂的接受探討》，東吳大學音樂學系碩士論文，2003 年

方美蓉，《臺灣搖滾樂的在地化歷程》，南華大學傳播學系碩士論文，2008 年

朱光潛，《詩論》，台北：頂淵文化事業公司，2004 年 1 月初版

朱　熹，《詩集傳》，台北：藝文印書館，2006 年 3 月初版四刷

朱孟庭，《詩經重章藝術》，台北：威秀資訊科技出版公司，2007 年 1 月初版

宋文蔚《評注文法津梁》，高雄：復文圖書出版公司，1993 年 2 月修訂版

洪萬隆，《音樂概論》，台北：明文出版社，1994 年 2 月初版

許恂儒，《作文百法》，台北：廣文書局，1989 年 8 月再版

陳伯海，《嚴羽和滄浪詩話》，台北：萬卷樓出版公司，1993 年 4 月初版

張　健，《滄浪詩話研究》，台北：五南圖書出版公司，1986 年 1 月再版

細川周平，《サンバの国に演歌は流れる：音楽にみる日系ブラジル移民史》，東京：中央公論社，1995 年初版

裴普賢編著，《詩經評註讀本》，台北：三民書局，2006 年 6 月初版。

蒲基維，《章法風格析論——以蘇軾詞、姜夔詞為考察對象》，台北：花木蘭出版社，2007 年 3 月。

歐陽周、顧建華、宋凡聖，《美學新編》，杭州：浙江大學出版社，1993 年 3 月第 1 版。

羅君籌，《文章筆法辨析》，香港：上海印書館，1971 年 6 月。

（二）期刊論文

王啟明，〈臺灣流行音樂與兩岸關係〉，《華人前瞻研究》1 卷 1 期，2005.05，頁 147-173

陳彥如，〈藍調・爵士樂〉，《音樂與音響》269 期，1996.06，頁 64-65

陳培豐，〈從三種演歌來看重層殖民下的臺灣圖像——重組「類似」凸顯「差異」再創自我〉，《台灣史研究》15 卷 2 期，2008.06，頁 79-133

陳滿銘〈談「平提側收」的篇章結構〉，收錄於《章法學新裁》，台北：萬卷樓圖書公司，2001 年 1 月初版

蒲基維，〈論圖底章法的時間結構——以高中國文課文為例〉，《人文及社會科教學通訊》12 卷 6 期，2002.04，頁 195-208

蒲基維，〈臺灣華語流行歌曲的藝術特色——以游鴻明〈孟婆湯〉、周杰倫〈東風破〉為例〉，《實用漢語語法》第 1 期，2009 年 10 月。

從偏離理論看成語修辭
—以余光中幽默散文為研討對象

曾香綾
台灣師範大學國文所博士生

摘　要

置身成語寶庫，行文究竟是謬用或妙用，以偏離理論的零度、正偏離、負偏離來看成語的修辭運用，歸納出原型的零度引用、語義的偏離使用、線性變異的動態應用、仿擬變異的臨時組詞等修辭變異，成語經由零度與偏離的指導可呈現簡潔凝練，典雅貼切；對稱協調，音響之美；形象鮮明，新穎活用；幽默詼諧，饒富趣味等修辭效果，足證利用偏離理論可使成語在寫作中經以下的歷程獲得調整：失當（負偏離）→正確（零度）→精確（正偏離），由此流動歷程不難見出成語修辭的獨特魅力及多樣的美感效果。

關鍵詞

零點與偏離、成語修辭、幽默散文

一、前言

成語是民族智慧的產物，為文要全然拋棄成語絕非易事，連主張「唯陳言之務去」[1]的韓愈為求語言多變新穎，以「重鑄新詞（如：跋前躓後）或濃縮詞語（如：含英咀華）」[2]來精練語言，反增加韓文生動的藝術性。反對使用成語者，以為成語會鉗制思想、僵化感情，其實，成語可以「潤滑節奏、調劑句法、變化風格」[3]，癥結點在能否活用成語，舊罍裝新酒也別有韻味。余光中認為惡性西化造成中文生態的破壞起因於成語運用的退步，因為「許多人寫中文，已經不會用成語，至少會用的成語有限，顯得捉襟見肘。……成語的衰退正顯示文言的淡忘，文化意識的萎縮」[4]足見，成語的衰退除違反中文常態外，亦恐「變態」為文化浩劫，實不容輕忽。

由於余光中「懂得如何用成語」[5]，並在寫作中具體實踐，故本文以王希杰的偏離理論為依據，從零度與偏離分析余光中幽默

1 （唐）韓愈撰：《韓昌黎集》（台北：河洛圖書出版社，1975 年 3 月臺景印初版），頁 99。

2 王更生：《韓愈散文研讀》（台北：文史哲出版社，1993 年 11 月初版），頁 74-75。

3 余光中：《舉杯向天笑》（台北：九歌出版社有限公司，2008 年 10 月初版），頁 53。

4 余光中：《從徐霞客到梵谷》（台北：九歌出版社，1999 年 12 月初版 8 印），頁 238-239。

5 黃國彬：〈「在時間裡自焚」─細讀余光中的「白玉苦瓜」〉，收錄於黃維樑編著：《火浴的鳳凰－余光中作品評論集》（台北：純文學出版社，1982 年），頁 224、226。

散文中成語的修辭運用，再論述由此造成的美感效果，為文時若能參用，實裨益良多。

二、成語的零度與偏離理論

行文時運用成語若能結合明確的理論來提升效度，常能超越預期效果，故將成語與三一理論的核心成分──偏離結合時，可從零度與偏離來分析，兩者對立而聯繫，王希杰指出：

> 如果把規範的形式稱之為「零度形式」(0)，那麼對零度的超越、突破、違背或反動的結果，便是「偏離形式」(p)。零度和偏離存在於語言的四個世界之中，也存在於交際活動的一切因素和變量之中。[6]

因此，偏離是在零度確立後發生，兩者銜接呼應，符合思考邏輯的連貫原則，其結構為：負偏離(-p)← 零度(o) →正偏離(+p)。但修辭的介入使零度與偏離產生流動轉化，形成「零度偏離化或偏離零度化」[7]的情形，其理論的建構基礎類於易經的陰陽對立流動，可以說「有著（二元）互動、循環而提升之『螺旋』意涵」[8]，

---

[6] 王希杰：《修辭學通論》（南京：南京大學出版社，1996 年 6 月 1 版 1 刷），頁 211。

[7] 從零度到偏離的轉化，叫做零度偏離化；從偏離到零度的轉化，叫做零度偏離化。前者是語言變異的表現，後者是語言發展的表現。李晗蕾：《零度偏離論》（北京：中國致公出版社，2002 年 12 月第 1 版），頁 26。

[8] 陳滿銘：〈論三一理論與作文批改〉，《中等教育》2008 年 9 月號，頁 45。

成語的積極修辭能產生往正偏離提升的變化：負偏離（-p）→ 零度（o） →正偏離（+p），對行文而言是一種正向的循環。

以成語而言，零度代表成語的常態，正、負偏離牽涉到結構的變動與行文時修辭的運用，為能掌握成語的變異，以下分別從成語與零度、成語與偏離依序說明。

（一） 成語與零度

成語屬熟語之一，「是人們長期以來作為完整意義單位來習用的含義精闢的定型化詞組或短語」[9]，從基本結構來看，成語是固定詞組，其構成包含「一是構成成分和結構；一是意義。兩者都有整體凝定性，不是臨時湊成的鬆散體」[10]，這種固定性是成語的最大特徵，也是零度的基點。一般談零度時皆從「操作零度」[11]來看，成語與零度皆強調常規公認的固定形式，切合語言規範，故成語就是規範的操作零度。

將操作零度與成語結合，從原型、認知、運用三方面來看，首先，成語的結構定型意義固定儼然為語言典範，符合操作零度中最一般的常規的規範的、相對穩定的、社會公認的特性，這是就原型來看操作零度。其次，從認知的角度來說，寫作前具備基礎的認知理解和「逐字的記憶（verbatim memory）」[12]能力，此「先

---

[9] 李新建、羅新芳、樊鳳珍著，蔣紹愚審定：《成語和諺語》（鄭州：大象出版社，1997 年 4 月 1 版 1 刷），頁 5。

[10] 王勤：《漢語熟語論》（濟南：山東教育出版社，2006 年 4 月 1 版 1 刷），頁 200。

[11] 指最一般的常規的規範的形式，中性的不帶有任何修辭色彩的形式。同註 6，頁 185。

[12] 鄭麗玉：《認知心理學─理論與應用》（台北：五南圖書出版有限公司，

備知識（prior knowledge)」[13]屬於成語認知的操作零度。最後，行文中成語應用大致無誤，文意尚能掌握，遣詞造句達中等水準，亦即「按照成語本來的形式和意義來運用，要求同特定的上下文和語言環境相協調，服從語體和風格的要求」[14]此種成語的常規用法就是運用的操作零度，以上說明了成語與零度的微妙關係。

（二） 成語與偏離

偏離相對於零度而言屬「規範形式的對立物」[15]，從理論看「除了零度形式便都是偏離形式」[16]，而偏離包括正偏離與負偏離，都是零度的反動形式，對此王希杰區分如下：

> 一，好的積極的正面值的偏離，叫做「正偏離」(p+)；二，壞的不好的反面的消極的負面值的偏離，叫做負偏離（p－)。正和負的偏離都是對語言零度形式的破壞。[17]

操作偏離是相對操作零度存在，其中詞的完整性、正確性、語義、語境……等，都會影響成語的偏離。由於正負偏離是以零度為中心，呈對稱性發展，故多數偏離的構成皆有正、反面，彼此也可以轉化。

由認知的角度論之，恐因逐字記憶不良，造成錯別字的形誤，

2006年10月三版一刷)，頁217。

13 同前註，頁211。

14 王希杰：《修辭學導論》(浙江：浙江教育出版社，2000年12月1版1次刷)，頁161。

15 同註6，頁190。

16 同註6，頁190。

17 同註6，頁199。

如草菅人命因為形似誤用作草管人命、雷霆萬鈞因為音同錯寫成雷霆萬軍、華佗再世因為形音具似而錯用華陀再世、穩操勝券因偏旁變換而誤以為穩操勝卷，皆因錯別字破壞其固定結構，此類負偏離其實是可以避免的，只要在先備知識多下功夫，自然可將負偏離移轉為零度。

相較於零度的原型形式，成語的格式偏離是「固定格式的瓦解和變異，也是一種陌生化」[18]，此種變異完全破壞其定型性與規範性，是對原型結構的違背，屬於形式的負偏離，但如果作者刻意設計獨特效果，反而變成正偏離，這種「超常用法是在成語的形成或者內容方面做出某種改造」[19]，此時正偏離與負偏離便由二元對立進一步流動轉化，可見成語運用的超常就是一種偏離。

成語的偏離以運用為主，其正負偏離的判斷完全繫於語境，因為「語境不僅是常規的語言材料、修辭手段選擇運用的重要標準，而且還是辨別語言的超常偏離正負優劣的主要依據」[20]，為文時成語使用不正確當然是負偏離，如「人在宇宙中藐小得如白駒過隙。」此處錯用成語白駒過隙，應改為滄海一粟；成語運用的不妥有一部分是望文生義，也就是說「在常規交際中不可以運用非常規的潛在意義」[21]，因為多數成語是超越表層意義的，所以加強成語的記憶理解可以避免負偏離。除了散文，對現代詩而言，「濫

[18] 同註 14，頁 163。
[19] 同註 14，頁 161。
[20] 王蘋：《漢語修辭與文化》（杭州：浙江大學出版社，2007 年 6 月 1 版 1 刷），頁 199。
[21] 同註 14，頁 147。

用或生硬地套用成語和文言句法會令節奏乾枯緊繃」[22]，生吞活剝反損害詩的節奏，同樣是負偏離，畢竟拙劣而生硬的套用很難寫出好文章。

然而提升成語正偏離的捷徑就是活用，因為「活用成語，就如向傳統借本錢，加些巧力，來賺創造的利息」[23]，除可避免遣詞不當的負偏離現象，更能直接由零度轉化至正偏離，呈現藝術化的成效。

三、成語修辭於行文中的運用

成語引用的心理基礎來自「對權威的崇拜及對大眾意見的尊重，以加強自己言論的說服力」[24]，所以若能適當的援用成語，當能提升文章的可讀性與論述的精闢性，但是如何適切運用恐為書寫時的一大問題，即使認知記憶或理解能力有相當的建構，看似坐擁成語寶庫，實則停留於操作零度，若未能妥善安排，反而死硬套用，終將倒退至負偏離，誠如黃慶萱所言：「成語的使用如果變成一種文藝心理學上所謂『套板反應』的話，會造成觀察力的減退，思考的惰性等等嚴重的後果，同時使作品平淡而陳腐。」[25]

[22] 同註 5，頁 224。

[23] 余光中：〈成語和格言〉，《舉杯向天笑》（台北：九歌出版社有限公司，2008 年 10 月初版），頁 54。

[24] 黃慶萱：《修辭學》（台北：三民書局股份有限公司，2007 年 1 月增訂三版四刷），頁 131。

[25] 同前註，頁 131。

故若能運用成語的特性來「表現一般詞語不能完成的或不易完成的特殊修辭作用」[26]，必然向正偏離移動，對「仍在單調而僵硬的句法中，跳怪淒涼的八佾舞的散文家」[27]應具改革的鼓勵作用，足見成語的積極修辭值得我們重視。

以下主要由零度、正偏離來分析成語修辭的多變性，以變與不變為論述的考量，劃分為原型與變型，然而同中有異，據此，則從原型的零度引用、語義的偏離使用、線性變異的動態應用、仿擬變異的臨時組詞等方面切入分析成語的偏離變異。

（一）運用之一——原型的零度引用

從形式結構來看成語最大的特色就是定型化，常見為原型的直接植入，命題、廣告、題詞、新聞標題、廣告文案、楹聯等皆或多或少套用成語，成語這個活化石成了文學生活化的推手，由原型的常態引用，可歸納出多變的運用形式，或單純植入的變化差異，或引用後再擴展翻新等。行文時若能參用變化將有助運材的表現。

1. 單一運用

成語的運用以暗引原型居多，單一引用是最基本的，文學作品中成語的援引不勝枚舉，有時因「文境與古相合」[28]便自然的借助

---

[26] 馬國凡：《成語》（呼河浩特：內蒙古人民出版社，1983 年 6 月 3 版 4 刷），頁 219。

[27] 余光中：《逍遙遊》（台北：九歌出版社，2000 年 6 月重排初版），頁 262。

[28] 同註 24，頁 127。

成語來傳達，特別強調時則加引號註明，以增添語彙的豐富性與形象化的表現，茲舉例說明：

> 像波德萊爾一樣，我不懂樂理，卻愛音樂，並且自信有兩只敏感的耳朵，對於不夠格的音樂，說得上「嫉惡如仇」。（〈饒了我的耳朵吧，音樂〉）[29]

> 大陸出書，近年校對水準降低，有些出版社倉促成書，錯字之多，不但刺眼，而且傷心。評家如果根據這樣的「謬本」來寫評，真會「謬以千里」。（〈我是余光中的秘書〉）[30]

第一例中援用「嫉惡如仇」並以引號突顯對不夠格音樂的憎恨如同仇敵一般，令人感受到作者對音樂強烈的愛恨，態度強硬。第二例中巧妙由謬本的謬字牽引出「謬以千里」，誇張地強調校對精確的重要，因為毫釐之差卻會鑄成大錯，幽默的點出對岸校對的荒謬困境，成語的引用可說是扮演關鍵角色。

2. 近義連用

成語引用時為加強語氣提高表達效果常會接二連三植入基本意義相近者來反覆強調，使事件情理的陳述更明確，避免單一成語的單調孤立，如：

> 叮嚀一響，時間好像猛一抽筋。機警的當事人當機立斷，

---

[29] 余光中：《余光中幽默文選》（台北，天下遠見出版股份有限公司，2005年5月一版，2006年7月一版6印），頁179。

[30] 同前註，頁196-197。

懸崖勒馬。（〈另有離愁〉）[31]

「真對不起，近來我也——（也怎麼呢？『捉襟見肘』嗎？還是『三餐不繼』呢？又不是你在借錢，何苦這麼自貶？）——我也——先拿三千去，怎麼樣？」（〈借錢的境界〉）[32]

例中連用當機立斷與懸崖勒馬兩成語寫出論文發表人在計時鈴魂般的警告下機警的立刻作出決斷，計時鈴帶來的忐忑不安簡成了痛苦的煎熬。後例中連用幾個設問，描寫面對借錢者的口荒亂，其中捉襟見肘與三餐不繼兩個近義成語顯出生活窮困的態，主人潛意識中的自責與不願，令人不得不佩服借錢者的戰。

3. 互補連用

行文時為使文意的表達更為充足，或由正面連續論述或經正反對立互為補充「從不同側面互補而周密地說明了同一事理，收到異曲同工之妙」[33]，這樣的互補連用應該避免落入無益的堆砌成語，方可增加感染力，如：

碰到麻木的心是霸道的，對一疊連聲的警鈴根本充耳不聞，對時光的催租討債完全無動於衷，簡直要不朽了。（〈另

[31] 同註 29，頁 67。
[32] 同註 29，頁 20。
[33] 成偉鈞主編：《修辭通鑑》（台北：建宏出版社，1998 年 3 月再版），頁 195。

有離愁〉）[34]

所謂編輯，天經地義，名正言順，是法定的獵獅人。（〈如何謀殺名作家〉）[35]

上例從連聲警鈴與時光討債兩方面以充耳不聞與無動於衷互補說明寫出論文宣讀者的麻木霸道，令人對此獨夫甘拜下風；後例中天經地義、名正言順的連續使用微妙的塑造編輯成了謀殺團的成員，其催稿的魔咒簡直令名作家魂飛魄散，避之唯恐不及，故成語的連用常以相似的結構出現，加上語意的互補，能正面收效，足供參用。

4. 多個連用

多個成語的連用可以助長氣勢的順暢，形成緊湊的節奏，用於描述則如熱鐵烙膚念茲在茲，用於說理則沁人心脾發人深省，足見多成語的連用不僅讓人印象深刻且更具說服力，如：

反過來說，一個真正幽默的心靈，絕對不會固執成見，一味鑽牛角尖，或是強詞奪理，疾言厲色。（〈借錢的境界〉）[36]

他交代故事總是一氣呵成，勢如破竹，幾番兔起鶻落便已

[34] 同註 29，頁 67。
[35] 同註 29，頁 86。
[36] 同註 29，頁 26。

畫龍點睛，到了終點。（〈沙田七友記〉）[37]

第一例中連用固執成見、鑽牛角尖、強詞奪理、疾言厲色四個負面成語叫人喘不過氣，強烈的反襯出富足、寬厚、開放、圓通的心靈才是幽默者所必備，藉以激發讀者反躬自省。第二例中一氣呵成、勢如破竹、兔起鶻落、畫龍點睛的運用，繪聲繪形的微妙勾勒，使人對導演胡金詮以獨角相聲說故事的絕技嘖嘖稱奇，其口才演技之特出由四個成語的連用足以證明。

5. 借題以擴散發揮

以成語來命題或行文中援引成語，而後針對該成語做延伸擴展，或析義或翻案或新解或擴散或承接，凡此種種都是在原型的引用後加以發展，揮灑自如地以「借題發揮」[38]呈現作者的學識涵養，無疑是才學識最佳展演舞台，如：

> 古人有「錦心繡口」之說，其實應該三段而論，就是「錦心」未必「采筆」,「采筆」未必「繡口」。（〈另有離愁〉）[39]

> 「愛河永浴」嗎？聽那幾百張口饕餮之聲，恐怕是在讚美灶神，而不是愛神吧？（〈蝗族的盛宴〉）[40]

---

[37] 同註 29，頁 131。

[38] 馬國凡認為：「以被引用的成語為命題，由此而引申去形成一篇文章，這可以看做是『借題發揮』。」同註 28，頁 226。

[39] 同註 29，頁 66。

[40] 同註 29，頁 11。

前例明引「錦心繡口」，加入「采筆」後延伸擴展，在古人的基礎上提出三段論的看法，加諸自我見解賦以新義。後例以激問來揶揄喜宴的吃喝早已反客為主，是對「愛河永浴」的翻案，在含蓄的幽默中帶有嘲弄的意味，此種以成語借題作擴散發揮的手法，可說是站在前人智慧結晶的肩膀上，予人耳目一新，自然不同凡響。

（二）運用之二——語義的偏離使用

成語雖以常規的形式呈現，一旦運用於「特定的語言環境下，其涵義和色彩又可能發生變更，產生新的語義。」[41]構成了語義的偏離現象，撇開錯用誤用不說，語義的超常運用有特殊的效果，因為「成語意義的臨時字面化，可以利用交際者認知成語意義的心理落差增加成語的新穎獨特的風格色彩，同時對成語原有的色彩意義作了某種改變。」[42]成語語義的偏離運用除了以原型為主的形同義變與褒貶易色外，還有加入否定詞造成語義的反用，此時形義同時偏離，轉為變型。茲舉例說明如下：

1.形同義變

多數成語的意義都超過字面的潛在意義，運用時作者僅是借成語的外在型態，「利用望文生義、錯解本意、反解其義、賦予新

[41] 王蘋：《漢語修辭與文化》（杭州：浙江大學出版社，2007 年 6 月 1 版 1 刷），頁 203。

[42] 楊振蘭：〈漢語詞彙的語用探析〉，葛本儀：《漢語詞彙學》（濟南：山東大學出版社，2003 年 8 月 2 版 2 刷），頁 505。

義等手段，使成語喪失實際意義」[43]，讀者必須跳脫以往對該成語的認知，由上下文賦予該成語臨時的涵義，形雖停留零點，義卻已變異，這種形同義變仍是偏離，如：

> 虛妄往往是一種膨脹作用，相當於螳臂擋車，蛇欲吞象。（〈借錢的境界〉）[44]

> 現代都市的人煙已經這麼密集，如果大家不約束自己手裡的發音機器，不減低弦歌不輟的音量和頻率，將無異縱虎於市。（〈饒了我的耳朵吧，音樂〉）[45]

前例中蛇欲吞象本為巴蛇吞象，用來比喻人心的貪婪無度，在此則是望文生義，僅取用表面義指蛇想要吞象，與螳臂擋車近義連用，都有不自量力的涵義。後例中弦歌不輟本喻政治清明禮樂教化普及，此取字面義，形容持續不斷的音量頻率轉為干擾人的噪音實已猛於虎，本義完全消失，卻很貼切的道出濫用音樂的負面後果。

2.褒貶易色

褒貶易色顧名思義就是成語在使用時因上下語境之需「有意『錯用』褒貶詞，以達某種修辭目的積極修辭方法」[46]，不論是褒

[43] 張宏：〈成語的變異運用及其修辭闡釋〉，收錄於《國文天地》第 23 卷第 9 期，2008 年 2 月號，頁 96。
[44] 同註 29，頁 23-24。
[45] 同註 29，頁 188。
[46] 同註 34，頁 719。

詞貶用或貶詞褒用或中性詞轉為褒貶詞都是作者有意識「臨時地改變詞語的附加意義」[47]，藉由感情色彩的臨時變易可以使成語的運用更幽默活潑，由於褒貶錯位反能收到不錯的效果，可歸為詞語附加意義的正偏離，茲舉例以明之：

> 一個人必須敏於觀察，富於想像，善於表達，才能超越世俗的觀念，甚至逆向思維，反常合道，說出匪夷所思的奇思妙想。（〈自序—悲喜之間徒苦笑〉）[48]

> 當初我自己結婚，不也是有一位少女開門揖盜嗎？「堡壘最容易從內部攻破」，說得真是不錯。（〈我的四個假想敵〉）[49]

前例中匪夷所思本為貶意，指非一般人所能想像得到的，此用來稱讚幽默家的奇思妙想，反而轉為褒義色彩，帶來新奇感，可見作為一個幽默家絕非一蹴可幾。後例中開門揖盜本用以比喻引進壞人，自招禍患，為貶義詞，此處則轉為中性用法，脫離貶義色彩，作者既非盜賊，結婚也非壞事，純粹自我幽默一番而已。

3.語義反用

成語語義的反用就是引用成語時故意採用相反的意思來表達新的觀點，語義或由正轉反或由反轉正，就是不用原義，採取對原語義的否定，反其意而用之，屬語義的超常使用，如：

---

[47] 同註 14，頁 119。
[48] 同註 29，頁四。
[49] 同註 29，頁 160。

> 所謂「事後」，有時竟長達一年之後，簡直陰魂不散，真令健忘的講者「憂出望外」，只好認命修稿，將出口之言用駟馬來追。（〈我是余光中的秘書〉）[50]

> 這一型的中國人，大半心軟嘴硬。嘴硬，是為了掩飾心軟。心已是之，口且非之。(〈中國人在美國──序於梨華的《官場現形記》〉）[51]

第一例則是反用「一言既出駟馬難追」，作者只得靠記憶之馬加鞭來追，讓人意會到講者之難為。第二例中作者將口是心非改為「心已是之，口且非之」，中國人心軟嘴硬的形象躍然而出，故適切的反用成語往往有不錯的翻新效果。

（三）運用之三──線性變異的動態應用

成語以變型姿態出現相對於原型就是一種超常的偏離運用，楊振蘭指出：「在強調其定型性的同時，也不能否認，成語有一定的動態應用的靈活性。」[52]此種動態變化其實是以原型為基準作直線的伸縮調整，或語序顛倒或擴充延展或節縮字數或離散破型，頗吻合余光中所言：「我嘗試把中國的文字壓縮，搥扁，拉長，磨利，把它拆開又併攏，折來又疊去。」[53]因此，運材時可以巧妙構思作直線的伸縮調整，以下將從四方面分析成語線性動態變異造成的偏離效果。

[50] 同註 29，頁 192。
[51] 同註 29，頁 30。
[52] 同註 42，頁 503。
[53] 同註 24，頁 262。

1. 語序調換

語序的調整換位有人稱為「序換」[54]修辭，對成語來說即是在字詞不變下做序位的調整，有時是結構的上下顛倒，有時是詞語次序的調換，這對成語的凝固性來說自然是一種偏離，本語與換語的意義有時無異，有時則全然翻轉，造成意義的偏離，然而此種錯綜的形式變化反帶來蓬勃朝氣，可說是動中顯異，因為在語序的變動中語形已明顯變異；又算是異中求同，因為原型與變型二者構成的語素完全相同。故基於行文修辭之需做適切的語序調整可生正偏離的效應，如：

> 一疊未回的信，就像一群不散的陰魂，在我罪深孽重的心底幢幢作祟。（〈尺素寸心〉）[55]

> 你一面嗆咳，一面痛感「遠親不如近鄰」之謬，應該倒過來說「近鄰不如遠親」。（〈開你的大頭會〉）[56]

第一例的罪深孽重則是「罪孽深重」的變異，以拼字手法將「孽」與「深」的語序互換，造成參差間錯的結構美感，同時也使本語由主謂式轉為聯合式，形成結構格式的偏離。第二例基於意義變化的需要將「遠親不如近鄰」做首尾對調，換語成「近鄰不如遠親」，兩者語義截然相反，對鄰座的癮君子是極大的譏諷，也令人對身處煙雲繚繞的作者深表同情。

---

[54] 同註 34，頁 749-750。
[55] 同註 29，頁 36。
[56] 同註 29，頁 73-74。

2. 析詞擴展

析詞就是「把多音節的詞語臨時拆開來用，以增強表達效果。」[57]而擴展是「在關係和意義不改變的情況下插入或添加某些詞語，使結構得以擴充。」[58]對成語而言就是利用離合手段將固定結構作切分或插入詞語拉開成分做線性的延伸擴展，如此一來結構固定的成語起了動態變化，可以說是「對詞的完整性的一種偏離。」[59]、亦是「詞語的『超常』運用」[60]，足證析詞對影響成語變異，此時，成語從原型轉為變型，乍看謬誤不合理，實際由於情境與修辭之需，適切的運用拆詞反令人耳目一新，達「變化行文，強調音節」[61]的效果，因為「有時善用成語，把成語打散而重新排列組合，亦是文字機智的表現」[62]，故成語的離合拆用對行文反為正偏離，增強語言的感染力，但「一個詞語離開特定的語言環境和修辭上的特殊需要，是不能任意拆開使用的，否則就不符合詞語規範的原則」[63]，還會落入負偏離的反效果，不可不慎。其運用如下：

> 一人之自戀，他人之疲倦。話雖如此，敝帚仍然值得自珍。

---

[57] 同註 33，頁 748。

[58] 吳競存、梁伯樞：《現代漢語句法結構與分析》（台北：五南圖書出版公司，1999 年 2 月初版一刷），頁 11。

[59] 王希杰：《漢語修辭學》（北京：商務印書館，2007 年 1 月北京 4 刷），頁 315。

[60] 同註 33，頁 748。

[61] 張春榮：《修辭散步》（台北：東大圖書股份有限公司，1991 年 9 月初版），頁 68。

[62] 楊千橋：〈析「北望」和「九廣鐵路」〉，同註 5，頁 307。

[63] 同註 33，頁 748。

（〈誰能叫世界停止三秒？〉）[64]

幽默家不但有錦心，還得有繡口，始能傳後。（〈自序——悲喜之間徒苦笑〉）[65]

前例是在敝帚自珍中直接插入四個字將敝帚與自珍隔離開來，使結構擴展而複雜化，但整個成語仍落在同一語句中。後例則是將錦心繡口拆成錦心和繡口兩部份，分屬於上下句，「錦心繡口」本用以稱讚人文思巧妙，文辭優美，不過透過析詞分解後卻是偏重在逆向思維，以奇思妙想的心結合善問妙答的口，透過成語的拆用讓人對幽默家的美心與俐口留下印象深刻。所以，不論一分二分三分的拆解成語皆可見出此種多層次的拆辭手法確實易引人側目具獨特的修辭作用。

3. 藏詞節縮

所謂藏詞就是「要用的詞已見於熟悉的成語或俗語中，便把本詞藏了，只講成語俗語中另一部份以代替本詞。」[66]可見成語的藏詞其實是對原型字數格式的節縮，對整體線性變動而言是一種斷線，不論是藏頭、藏腰或藏尾皆形成線性的變異萎縮，所以就是對原型的偏離，須以常見易解為主，否則生僻艱澀容易轉為負偏離反成為障礙，使用時得詳加考慮。以下舉例說明：

這幾年，廣東的男孩鍥而不捨，對我家的壓力很大，有一

[64] 同註 29，頁 206。
[65] 同註 29，頁四。
[66] 同註 24，頁 167。

天閩粵結成了秦晉，我也不會感到意外。（〈我的四個假想敵〉）[67]

老詩人鬚髮皆白，似在冥想，卻不很顯得龍鍾。（〈誰能叫世界停止三秒？〉）[68]

前例中「秦晉」一詞出於秦晉之好，截取「秦晉」，而把「之好」藏了，屬於藏尾，以秦晉之好來代指兩姓聯姻的關係，藏詞後予人搜尋之趣。後例中「龍鍾」一詞則藏了「老態」，屬於藏頭手法，作者故意將「老態」隱藏使八十五歲的佛洛斯特果然不顯老，可說是借藏詞來盛讚詩人，含蓄的表達卻讓人印象深刻。

4. 義同形化的同義擴展

有些成語在運用時採間接手法保留意義，字形則部份出現或不出現，由點、線做面的擴展，以「同義手段」（synonymic selection）[69]將成語借由通俗口語融入寫作中，造成表現形式不同但意義不變，可說是成語的意引暗用，運用須把握義同形化的原則，在零度的基點上作同義手段的擴展，如此可以取代成語的套用模式。茲舉例如下：

你總覺得，他身上有那麼一個竅沒有打通，因此無法豁然

[67] 同註 29，頁 167。
[68] 同註 29，頁 207-208。
[69] 同註 6，頁 259。

恍然，具備充分的現實感。（〈朋友四型〉）[70]

也明知女兒正如將熟之瓜，終有一天會蒂落而去，卻希望不是隨眼前這自負的小子。（〈我的四個假想敵〉）[71]

以上分別以同義手段將一竅不通擴展為「一個竅沒有打通」；將瓜熟蒂落代之以「正如將熟之瓜，終有一天會蒂落而去」，成語原有的典雅精練因為義同形化的同義擴展轉為通俗易懂，使語言作了雅俗的交流轉換，活化成語的運用。

（四）運用之四——仿擬變異的臨時組詞

成語定型化的結構因特殊需求，僅維持基本的字數形式，以換字、諧音、衍義做連結，切合語境臨時做部分的字面抽換，這種臨時易字的組詞也是對成語形式規範的突破，相對於線性變異的動態伸縮，此種活用可說是維持成語的軀殼支架，巧妙的套用字詞，造成型態變異以之舒筋活骨，此可從義同形異的隨意換用、諧音異形的仿擬變異、變詞易字的借殼仿詞等方面來看易字仿擬的應用趣味。

1. 義同形異的「隨意換用」[72]

有時成語這類的固定詞組在整體意義不變下其字詞可因作者的情感需求做彈性調整，造成形態因字詞的換用而變異，但意義

[70] 同註 29，頁 13。

[71] 同註 29，頁 164-165。

[72] 孫常敘：《古-漢語文學語言詞匯概論》（上海：上海辭書出版社，2005 年 12 月 1 版 1 刷），頁 229。

不變，如此其結構便有相當的可變性，此種字詞的隨意換用因書寫者不願死套而將生難字詞做簡易的代用，或以近義詞、同義詞、非同義詞替換而產生變異，此臨時換用雖因形態微變而有偏離現象，但義卻仍固定在零度上，此類隨意換用在現代寫作中常常出現，如：

> 又說漢姆萊特王子不夠積極和堅決，同時劇終忠奸雙方玉石俱毀，也顯得用意含混，不足為訓。（〈給莎士比亞的一封回信〉）[73]

> 不過在陌生的人群裡「心遠地自偏」，儘多美感的距離，而排排坐在會議席上，摩肩接肘，咳唾相聞，近是多年的同事、同仁……（〈開你的大頭會〉）[74]

其中玉石俱焚的「焚」以「毀」代之皆屬於同義詞的隨意換用；而摩肩接肘則是換用原成語的「踵」為「肘」屬於非同義詞的隨意換用，仍然保留人多擁擠之意，這種小幅度的變化不少是由訓詁發展而來，字略換而義不變，算是常規中的小偏離，可說是成語活用的肇端。

2. 諧音異形的仿擬變異

有些成語是以音同或音近為基礎借諧音仿擬原型，可說是一種

---

[73] 同註 29，頁 7-8。
[74] 同註 29，頁 74。

「聲響形態變異」[75]，應用上以音為聯想媒介來進行諧音析字，此種「音仿」[76]其字形字義都產生偏離的變異，通常以熟悉或習用的成語為仿擬對象，在同音的基礎下雖被異字取代，若讀者具備基本認知，在零度的基礎上，往往有不錯的反應，或讚嘆作者的妙用或發出會心一笑或心有戚戚焉。以下茲舉例說明：

> 有一次我們又同電梯，我笑問他：「你們偉大的先人帶曾子出門，誰走前面？」他說：「當然是孔子。」我說：「錯了。」他說：「為什麼？」我說：「是曾子。」他說：「憑什麼？」我說：「爭先恐後。」（〈戲孔三題——爭先恐後〉）[77]

此例中藉由與孔仲溫教授的對話流露詼諧的本色，「爭先恐後」與「曾先孔後」諧音，爭與曾是音近的疊韻，而恐與孔同音，本字爭、恐僅音存，義則遭拋除，余光中錦心繡口地妙問妙答令人莞爾，的確有戲孔之趣。又如：

> 說得太深，容易「獅心自用」，使臺下人面面茫然。說得太淺，遷就了臺下的「低眉人士」（the lowbrow），會使「高眉人士」失望，而自己也覺得不像獅話。（〈如何謀殺名作家〉）[78]

將名作家比喻為獅子，「獅心自用」即是「師心自用」的諧音析字，

---

[75] 馮廣藝：《變異修辭學》（武漢：湖北教育出版社，2004 年 9 月 1 版 1 刷），頁 15。
[76] 同註 9，頁 102。
[77] 同註 29，頁 77-78。
[78] 同註 29，頁 90-91。

以獅與師同音連結，巧妙借用師心自用的意涵來呈現獅子剛愎任性自以為是的姿態，獅話連篇卻漠視茫然的聽眾，曲高和寡僅僅滿足少數的「高眉人士」，讓人對獅子的處境深表同情。

3. 變詞易字的借殼仿詞

抽詞換字的借殼仿詞簡單的說就是仿詞的運用，亦即「把現成的合成詞或成語中的某語素換成意義相反或相對的語素，從而臨時仿造出一個『新』的詞語。」[79]此種語素的置換對成語的定型性而言仍屬臨時的變異，因為「真正的高手應該把成語用在刀口上，將舊句引出新意，或是移花接木，將舊框嵌入新字，變出新趣」[80]，故意的模仿抽換以突出語意或顯示矛盾，此種變異技巧形成的「新擬體」[81]就是對原型的正偏離，所以「具有較大的主觀隨意性，能靈活運用，奇言妙語也唾手可得」[82]，可說是極易入手的修辭手法，需要注意的是「在仿造成語時，要切合語境，不能機械模仿，生編硬造」[83]以免弄巧成拙，變成病態句法反向負偏離移動。

成語的仿詞運用綦多，茲舉例以詮證闡析之，如：

> 所謂「事後」，有時竟長達一年之後，簡直陰魂不散，真令健忘的講者「憂出望外」，只好認命修稿，將出口之言用駟

[79] 唐松波、黃建霖主編：《漢語修辭格大辭典》（台北：建宏出版社，1996年1月初版二刷），頁103。
[80] 同註3，頁59。
[81] 黃麗貞將被仿擬的詞、語、句、篇，叫做「原形體」，新造的詞、語、句、篇，叫做「新擬體」。黃麗貞：《實用修辭學》（台北：國家出版社，2000年4月初版二刷），頁387。
[82] 同前註，頁403。
[83] 同註9，頁102。

馬來追。（〈我是余光中的秘書〉）[84]

此例反仿喜出望外為「憂出望外」，喜與憂的強烈對比讓人同情作者遭通緝修訂講稿的處境。又如：

債主的人數等於人口總數，反而不像欠任何人的錢了。至於怎麼還法，甚至要不要還，豈是胡蘿蔔的境界所能了解的。此之謂「大借若還」。（〈借錢的境界〉）[85]

「大借若還」乃是脫胎自大智若愚，成語本身就是明喻修辭，借與還類仿智與愚，採用相反的對立模式，描繪高明的善借者如何以個人利益擺中間的自私心態，借錢真成了高明的騙術，令人哭笑不得。因此以成語仿詞來「改造古文句法，讓今人用古人的思維表達方式來敘述，產生『不倫不類』之感。」[86]自然新穎有趣，易奪人眼目，其「陌生化手法」[87]對文章的確有正偏離效用。

四、成語偏離修辭運用的美感效果

利用成語的特徵從零度與偏離作修辭變化，不論規範的原型或變異的變型都能發揮一定的修辭效果，呈現相異的美感，以下

[84] 同註 29，頁 192。
[85] 同註 29，頁 21。
[86] 雷鋭：〈在文字的風火爐中煉丹—論余光中散文的幽默特色〉，同註 5，頁 330。
[87] 同註 14，頁 163。

則鎖定成語偏離修辭運用於寫作的美感效果來做綜合探討：

（一）簡潔凝練，典雅貼切

成語形式簡單但含義往往超越字面，其深層義可使行文時以最簡鍊的形式表達深刻的道理，而收言簡易賅的效果，呈現簡潔凝練的美感，如余光中在〈雞同鴨講〉中首段以「拜波之塔成了空中樓閣」[88]作結，僅以「空中樓閣」來譬喻拜波之塔，化繁為簡，剔除累贅繁瑣，卻有深刻意義，在耶和華的阻撓下，拜波之塔始終無法建造，成了脫離現實的幻想，足見簡約實為智慧的表現，呼應古代的尚簡美學。

成語簡潔的同時又兼有典雅，欲呈現典雅的語言風格可以「運用成語、文言詞語和文言句式以增強古雅色彩。」[89]對成語而言，此古雅色彩乃因成語多為古代文獻「鎔式經誥」[90]的結果，如人謀不臧即是從「何用不臧」(《詩經.邶風.雄雉》)與「人謀鬼謀」(《易經.繫辭下》)中擷取不臧與人謀組合而成；又如瓦釜雷鳴、退避三舍等，其構成的語詞、語法皆承襲原典，故成語「語體風格至今仍保留著原書面語的莊重、典雅、文謅謅的風貌」[91]，其典雅性已不容置喙，與俗語相較則一雅一俗風格迥異，因而成語的運用可使文章具典雅之美，如：

---

[88] 同註 29，頁 40。
[89] 同註 33，頁 1375。
[90] 周振甫解釋「鎔式經誥」)以為典雅文辭是：「從經書中鎔化得來」。劉勰著、周振甫注：《文心雕龍注釋》(台北：里仁書局，2001 年 9 月初版四刷)，頁 515。
[91] 同註 10，頁 200。

> 音樂的種類很多，在台灣的社會最具惡勢力的一種，雖然也叫做音樂，卻非顧曲周郎所願聆聽。（〈饒了我的耳朵吧，音樂〉）[92]

> 而高台多悲風，腳下那山谷只敞對海灣，海風一起，便成了老子所謂「虛而不屈，動而愈出」的一具風箱。於是便輪到我一盆盆搬進屋來。寒流來襲，亦復如此。女園丁笑我是陶侃運甓。(〈花鳥〉）[93]

前例中顧曲周郎本義指周瑜精通音樂，雖已酣醉，一奏曲有誤，定能辨曉，時人因而語曰：「曲有誤，周郎顧。」其典雅效果乃因「用名士文人故事為典而使敘說對象變得典雅」[94]，作者僅用表層義以反諷惡勢力音樂，因為精通音樂的周瑜即使酒過三巡鐵定也會提出抗議。後例中「高台多悲風」暗用曹植〈雜詩七首〉之一，明引《老子》第五章：「虛而不屈，動而愈出」，最後植入陶侃運甓自我調侃一番，經典與名句的引用，加上典故成語的使用，文章自然予人典雅的美感。

（二）對稱協調，音響之美

成語結構多為四字格，形成字義對稱及平仄協調，節奏起伏變化，音節鏗鏘有秩，頗富音響美感，即使變異運用也多能掌握音樂美感，茲舉例以證：

---

92 同註 29，頁 178。
93 同註 29，頁 98。
94 羅積勇：《用典研究》（武漢：武漢大學出版社，2005 年 11 月一版一刷），頁 200。

噪音在台灣，宛如天羅地網，其中不少更以音樂為名。(〈饒了我的耳朵吧，音樂〉)[95]

他們講英語總不脫家鄉的高盧腔，不是這兒 r 裝聾，便是那裡 h 作啞，……早已舌頭硬成石頭，記性差如漏斗，不但心猿無定，意馬難收。（〈橫行的洋文〉）[96]

上例中天羅地網為並列結構，屬平平仄仄型，音韻平仄前後對稱，且就意義結構來說又以天、地相對構成方位詞反義。下例中，裝聾作啞與心猿意馬都是平平仄仄型，同為並列的同義結構，裝聾作啞拆詞後加上「不是這兒 r」、「就是那兒 h」，心猿意馬也未因「無定」、「難收」的插入而影響，反因排比顯出結構的對稱與平仄的協調，予人音韻整齊錯落的享受。

（三）形象鮮明，新穎活用

由於成語形式與內容的精練，若能從操作偏離以精確的使用成語，常可帶來形象生動的表現力，成語的活用又因語言的變異折射出新穎鮮奇的光芒，達到出奇制勝的修辭效果，如：

當你知道這一切不過是幾盒廉價的錄音帶在作怪，外加一架擴音器助紂為虐，那恐怖的暴音地獄，只需神棍或樂匠的手指輕輕一扭就召來，你怎麼不憤怒呢？（〈饒了我的

95 同註 29，頁 179。
96 同註 28，頁 169-171。

耳朵吧，音樂〉）[97]

天是一個琺瑯蓋子，海是一個瓷釉盒子，將我蓋在裏面，要將我咒成一個藍瘋子，青其面藍其牙……等他來救我時，恐怕我已經藍入膏肓，且發藍而死，連藍遺囑也未及留下。（《望鄉的牧神.南太基》）[98]

前例中助紂為虐的運用將音樂的濫用形象化的傳達出來，錄音帶成了暴逆無道的紂王，擴音器則加速惡勢力的擴張，生動的將台灣塑造成暴音地獄。後例中將天比為琺瑯蓋子，將海比作瓷釉盒子，將我想成藍瘋子，以「青其面藍其牙」形象化的寫出余光中前往南太基島，浸漬在海天純淨的藍裏，感染了深度憂鬱，敵不過藍魔鬼的壓迫與藍眼巫的詛咒，終將藍入膏肓發藍而死，「青其面藍其牙」是仿詞與析詞的綜合運用，由青面獠牙化出「青面藍牙」以強調藍色，進一步插入其字以拉長語鍊；「藍入膏肓」則模倣病入膏肓，以藍字取代病字，再次點出它的糾結纏繞，成功新穎的活用二個成語，造就此段的高潮，也帶來生動鮮明的形象，如此獨特的韻味讓人印象深刻。

（四）幽默詼諧，饒富趣味

幽默的筆觸常藉助成語的偏離活用，刻意超越常規零度，並搭配讀者的聯想力，結合先備知識，方有逸趣橫生的效果，因為

---

[97] 同註 29，頁 186。

[98] 余光中：《望鄉的牧神》（台北：純文學出版社，1968 年 7 月初版；九歌出版社，2008 年 5 月初版，頁 34。

有錦心的作者，當然要搭配慧心的讀者。成語修辭中的仿詞、諧音等最能表現文章的風趣詼諧，如：

> 在理性上，我願意「有婿無類」，做一個大大方方的世界公民。但是在感情上，還沒有大方到讓一個臂毛如猿的小夥子把我的女兒抱過門檻。（〈我的四個假想敵〉）[99]

> 世界上有多少內行人呢？所以他的馬腳在許多客廳和餐廳裡跑來跑去，並不怎麼露眼。這種人最會說話，餐桌上有了他，一定賓主盡歡，大家喝進去的美酒還不如聽進去的美言那麼「沁人心脾」。（〈朋友四型〉）[100]

第一例中「有婿無類」仿擬有教無類，在「戲擬」（parody）[101]中含蓄的寫出父親故做大方以孔子的施教精神自比，然而，卻在夷夏之防上保有種族原則，甚至對即將掠奪寶貝女兒的小夥子以敵寇視之，令人對其看似自由其實自我矛盾的表現莞爾一笑。第二例中利用同義手段反用露出馬腳，暗諷世界學問淵博的人少之又少，給了低級有趣的人許多遊走空間，沁人心脾當然是倒反手法，反諷低級的言語，的確令人感受深刻，余光中謔而不虐的寫法，幽默中帶有高雅的諧趣，高妙的成語活用，往往令人拍案叫絕，有借力使力的成效。

---

[99] 同註 29，頁 166-167。
[100] 同註 29，頁 14。
[101] 同註 3，頁 54。

五、結語

綜上論述，應用偏離理論分析成語修辭時，為了避免成語的濫用與誤用，從零度與偏離切入時，可發現「修辭是對零度效果的最大偏離」[102]，成語的活用有點睛提挈之效，故積極修辭是提升成語正偏離值的關鍵，原型的常態引用則因精確運用而由零度往正偏離移動，語義的偏離運用則使文意豐富，超乎一般規範；又透過直線伸縮的精心設計，或壓縮、搥扁、拉長，或拆開、摺疊，以多樣變型來體現成語的創造活用，提高操作的正偏離；也可在結構形似的前提下作仿擬變異，經由「相似聯想」[103]從認知系統中搜尋出該成語的原型範式，從而獲得「審美的愉悅」[104]。無論如何，適切的成語運用可加速遣詞造句往正偏離移動，成語修辭與零度、偏離的結合則可由正確認知進步到精確運用，甚至飛躍零度做正向偏離，達到優質的書寫效度，因此，運用偏離理論可使成語在寫作中經由以下的歷程獲得調整：失當（負偏離）→正確（零度）→精確（正偏離），如此經由負偏離向零度與正偏離的流動歷程，成語修辭的獨特藝術魅力不難見出，文章自然呈現多樣的美感效果。

---

[102] 王希杰：《修辭學新論》，（北京：北京語言學院出版社，1993 年 1 版 1 刷），頁 204。

[103] 童慶炳：《中國古代心理詩學與美學》（北京：中華書局，1997 年 10 月 1 版 2 刷），頁 122。

[104] 同前註，頁 123。

引用文獻

（依姓氏筆劃先後排列）

一、專書

1. 王更生：《韓愈散文研讀》，台北：文史哲出版社，1993 年 11 月初版。
2. 王希杰：《修辭學通論》，南京：南京大學出版社，1996 年 6 月 1 版 1 刷。
3. 王希杰：《修辭學新論》，北京：北京語言學院出版社，1993 年 1 版 1 刷。
4. 王希杰：《修辭學導論》，浙江：浙江教育出版社，2000 年 12 月 1 版 1 刷。
5. 王希杰：《漢語修辭學》，北京：商務印書館，2007 年 1 月北京 4 刷。
6. 王勤：《漢語熟語論》，濟南：山東教育出版社，2006 年 4 月 1 版 1 刷。
7. 王蘋：《漢語修辭與文化》，杭州：浙江大學出版社，2007 年 6 月 1 版 1 刷。
8. 成偉鈞主編：《修辭通鑑》，台北：建宏出版社，1998 年 3 月再版。
9. 余光中：《從徐霞客到梵谷》，台北：九歌出版社，1999 年 12 月初版 8 印。
10. 余光中：《逍遙遊》，台北：九歌出版社，2000 年 6 月重排初版。

11. 余光中：《余光中幽默文選》，台北，天下遠見出版股份有限公司，2005年5月一版，2006年7月一版6印。

12. 余光中：《望鄉的牧神》，台北：純文學出版社，1968年7月初版；九歌出版社，2008年5月初版。

13. 余光中：《舉杯向天笑》，台北：九歌出版社有限公司，2008年10月初版。

14. 李晗蕾：《零度偏離論》，北京：中國致公出版社，2002年12月第1版。

15. 李新建、羅新芳、樊鳳珍著，蔣紹愚審定：《成語和諺語》，鄭州：大象出版社，1997年4月1版1刷。

16. 吳競存、梁伯樞：《現代漢語句法結構與分析》，台北：五南圖書出版公司，1999年2月初版一刷。

17. 唐松波、黃建霖主編：《漢語修辭格大辭典》，台北：建宏出版社，1994年2月初版二刷。

18. 馬國凡：《成語》，呼河浩特：內蒙古人民出版社，1983年6月3版4刷。

19. 孫常敘：《古-漢語文學語言詞匯概論》，上海：上海辭書出版社，2005年12月1版1刷。

20. 張春榮：《修辭散步》，台北：東大圖書股份有限公司，1991年9月初版。

21. 黃維樑編著：《火浴的鳳凰－余光中作品評論集》，台北：純文學出版社，1982年出版。

22. 黃維樑編：《璀璨的五采筆－余光中作品評論集（1979-1993）》，台北：九歌出版社，1994年10月初版。

23. 黃麗貞：《實用修辭學》，台北：國家出版社，2000 年 4 月初版二刷。

24. 黃慶萱：《修辭學》，台北：三民書局，2007 年 1 月增訂三版四刷。

25. 馮廣藝：《變異修辭學》，武漢：湖北教育出版社，2004 年 9 月 1 版 1 刷。

26. 童慶炳：《中國古代心理詩學與美學》，北京：中華書局，1997 年 10 月 1 版 2 刷。

27. 葛本儀：《漢語詞彙學》，濟南：山東大學出版社，2003 年 8 月 2 版 2 刷。

28. 劉勰著、周振甫注：《文心雕龍注釋》，台北：里仁書局，2001 年 9 月初版四刷。

29. 鄭麗玉：《認知心理學—理論與應用》，台北：五南圖書出版有限公司，2006 年 10 月三版一刷。

30. （唐）韓愈撰：《韓昌黎集》，台北：河洛圖書出版社，1975 年 3 月臺景印初版。

31. 羅積勇：《用典研究》，武漢：武漢大學出版社，2005 年 11 月一版一刷。

二、期刊論文

1. 張宏：〈成語的變異運用及其修辭闡釋〉，收錄於《國文天地》第 23 卷第 9 期，2008 年 2 月號，頁 93-98。

2. 陳師滿銘：〈論三一理論與作文批改〉，收錄於《中等教育》2008 年 9 月號，頁 42-62。

九年一貫寫作能力指標與國中基本學力測驗寫作測驗評分規準關係管窺
——以質性分析為主

謝奇懿
文藻外語學院應用華語文系助理教授

摘　要

國中基本學力測驗寫作測驗（以下簡稱基測寫作測驗）的實施近年來成果斐然且普獲肯定，無論是對寫作教學亦或寫作做為實作評量本身，在國內的影響日漸擴大而深入。就學習歷程而言，國中基測寫作測驗位居學習歷程的後端，有總結性意義，而與發揮指導作用的九年一貫國中階段國語文領域寫作能力指標（以下簡稱寫作能力指標）相對，兩者一首一尾，彼此的內涵、對應與意義值得深入研究。

從辭章學的角度來看，寫作能力指標的型態是在整體性的要求上，由易而難、由局部而整體的階段展現，其目的在於學生具有學習歷程中最高層的創作能力。而評分規準則是意圖在局部的特徵中，觀察作品的整體表現，兩者同屬於辭章學中的整體性應然層面要求下的產物。因此，無論是能力指標或是評分規準都強調核心能力或主要評分向度，兩者間的考量一致而方向相反，在理論上屬同一理論位階而各有側重，而可以看出兩者互為主體性，並在寫作核心能力與評分規準在內在結構呈現一致的情形。

在實際的外部對應上，能力指標與評分規準在具體內容上的對應主要在評分規準中評分零點與級分對應上可以看見大致相應的情形，但仔細觀察仍然可以發現差異不足的地方。評分規準零點對應著八年級寫作能力指標，顯示出八年級寫作能力能初步完整表達的階段，而從評分規準的內容劃分符合偏離理論的正——負對稱來看能力指標，則可以發現高年級的寫作涵蓋度及及內容跨度較大，而七年級的涵蓋度較少，七八年級之間與八九年級之間，兩者能力指標在實質內涵上並非等距。反之，評分規準中一、二級分不屬於國中階段的表現能力，卻佔有兩個級分，則一、二級分的規準劃分在內涵上看似等距，但可能失去量尺等距的意義。至於寫作能力指標與評分規準之間的明顯不對稱情形，則分別在：能力指標對修辭學科的偏重與結構組織的失落、能力指標對寫作應用的重視、以及評分規準中的零級分的慎重等等。

關鍵詞

九年一貫，寫作，能力指標，評分規準，質性分析

一、前言

國中基本學力測驗寫作測驗（以下簡稱基測寫作測驗）的實施近年來成果斐然且普獲肯定，無論是對寫作教學亦或寫作做為實作評量本身，在國內的影響日漸擴大而深入。就學習歷程而言，國中基測寫作測驗位居學習歷程的後端，有總結性意義，而與發揮指導作用的九年一貫國中階段國語文領域寫作能力指標（以下簡稱寫作能力指標）相對，兩者一首一尾，彼此的內涵、對應與意義值得深入研究。

「能力指標」包含了「能力」與「指標」兩個概念。所謂的能力，「Bloom 認為人的能力是知識與技巧的結合。學校教學是將代表知識的教材，透過不同教學設計與方法傳遞給學習者，期望學習者以記憶、理解、應用、分析、綜合與評鑑等方法學習知識。」（林世華，2002，6-7）因此，就學科領域而言，能力涉及了國語文學科領域本身以及心理學的學習認知領域兩者。指標則是一種統計計量，其特性有六（黃政傑等，1996，9），指標「所描述或反映的不只是外在的表現或數量的多寡，它亦可以在較抽象的態度、情意層面上有所描述或反映」（林世華，2002，6），可見指標在研究的客觀性與應面層面甚廣。而九年一貫「能力指標」之定義除了有「基本學力指標」的內涵，具有「學習者在學校教育系統內，學習一段特定時間後，所應獲致的『基礎且又必要』的學習成就與發展潛能，其兼具各教育階段的基本要求與相對的發展程度。」（歐陽教等，1998，5）外，也有「標準」的內涵，可作為「作為教學與課程發展之標的及檢核學生學習成果之依據。」（李宜玫等，2004，3-4）九年一貫能力指標的主要特性有六，分別為「規範性、共通性、階段性、學習結果導向、可分析性、可擴充性」等六項（高新健，2002），其受教育相關法令規範實行於全國，並為概括性學習目標而可供轉化，且其制訂內涵處於最高的標準及最低要求之間，相當具有彈性。

從學習過程來說，能力指標作為課程設計、教科書編寫、教學評量與學科評鑑的重要基礎（林瑞榮、賴杏芳，2000），九年一貫國語文領域的寫作能力指標也是如此，其作為國中國語文領域教學的綱要，有著指導性的地位，其中也包括基本能力測驗的編製依據」。

目前對能力指標的研究，關注的焦點主要集中在從能力指標落到教學目標或教學評量的解讀與轉化上（如：陳新轉，2002、葉連祺，2002）。而就評量來說，運用能力指標分析評量的設計與實施，希望能落實能力指標與評量的命題方向，也是經常可見的思考方式。然而就基測寫作測驗而言，測驗的命題與實施固然重要，寫作測驗做為實作評量，其評分規準的制定與實施更是左右著測驗的成敗。就寫作測驗評分規準而言，其制定的關鍵在於：規準背後的評分內在評分歷程與評分要點是否合於構念效度的核心考量，此一核心考量即與能力指標在學科能力的指導地位——那些能力與指導學習歷程相類似。

表面上來說，寫作測驗的評分規準的存在是因為評量寫作作品而生，然而此一觀點僅解釋了評分規準的存在原因，無法進一步說明評分規準的具體內容與意義。由於寫作測驗屬於實作評量，因此從質性分析的角度來說，寫作測驗的評分規準並非依附於評量題目本身的評量規準，而是以寫作的認知學習過程中，以構念效度的核心考量為重心，針對學生評量作品的表現進行檢視。此一寫作構念的內涵，乃是在辭章學領域的高度下，針對寫作作品的過程進行雙向的解讀，在寫作文本讀與寫的分解與綜合的雙向過程中，找到具有普遍性、規範性、可分析性與擴充性的規準內容。由此可見，寫作測驗的評分規準在辭章學的體系上與能力指標的特點十分相近。只是寫作測驗評分規準位於學習歷程的後端最為重要的核心地位，其由部分而整體，主要內容聚焦在文章綜合的表現，在實然教學評量成果中，就整體的文章表現進行評價；而寫作能力指標側重學習歷程前段，其側重學習歷程的思考，在運用上必須透過轉化策略加以分析（葉連祺，2002，60-61），才能從應然的層次落到實然的教學或評量層面，以寫作能力的達成為其目標。也就是說，基本學力測驗寫作測驗評分規準的位階與能力指標應該是等同的，兩者之間存在著內在的聯繫與外在的相應情形。由此，本文試圖在內在連繫的基礎上，針對兩者間的關係從在內在與外部觀點進行質性的討論，至於研究的方法，目前對能力指標的質性分析通常有三種方式（陳新轉，2002），而以林世華將學習動詞與名詞知識的分析切入較為符合本文的主題。不過，由於寫作能力指標以及評分規準兩者皆有著相當的整體性，因此本文在實際進行時仍採取綜合的方式加以解說，而不採分層的析解方式，以期從兩者的異同當中，看出彼此的特點並提出個人的建議。

二、內在觀點——辭章學體系下國中階段國語文寫作能力指標與寫作測驗評分規準的相通

所謂的內在觀點即是站在國語文學科領域的角度，針對寫作能力指標與評分規準的內在結構與特徵進行思考，以顯現兩者間的相通與關連。由於寫作能力指標與評分規準的主要關注的是整體寫作表達能力的呈現，而不僅限於國語文領域的某個學科，因此就現今的中文研究來說，辭章學體系可以統括各個分項國語文學科，展現各個分項學科的相互關係與理論位階，所以本部分擬採取辭章學體系，針對對兩者的內在關係加以探討。

（一）整體性的應然考量

辭章學體系最明顯的特徵，即是建構了完整分層的系統，以及各個學科相互的特點及關係。陳滿銘教授（2002，1）云：

> 辭章是結合「形象思維」與「邏輯思維」所形成的。而這兩種思維，各有所主。……
>
> （一）就形象思維來說，如果是將一篇辭章所要表達

之「情」或「理」，也就是「意」，主要訴諸各種偏於主觀的聯想、想像，和所選取之「景（物）」或「事」，也就是「象」，連結在一起，或者是專就個別之「情」、「理」、「景」（物）、「事」等材料本身設計其表現技巧的，皆屬「形象思維」；這涉及了「取材」與「措詞」等問題，而主要以此為探討對象的，就是意象學（狹義）與修辭學等。

（二）就邏輯思維來看，如果整個就「景（物）」或「事」（象）等各種材料，對應於自然規律，結合「情」與「理」（意），主要訴諸偏於客觀的聯想、想像，按秩序、變化、聯貫與統一之原則，前後加以安排、佈置，以成條理的，皆屬「邏輯思維」；這涉及了「佈局」（含「運材」）與「構詞」等問題，而主要以此為研究對象的，就字句言，即文（語）法學；就篇章言，就是章法學。

（三）就形象思維與邏輯思維的統合而言，一篇辭章用以統合「形象思維」（偏於主觀）與「邏輯思維」（偏於客觀）而為一的，乃是主旨與風格（韻律）等，這就涉及了主題學、文體學與風格學等。……它們的關係如下圖：

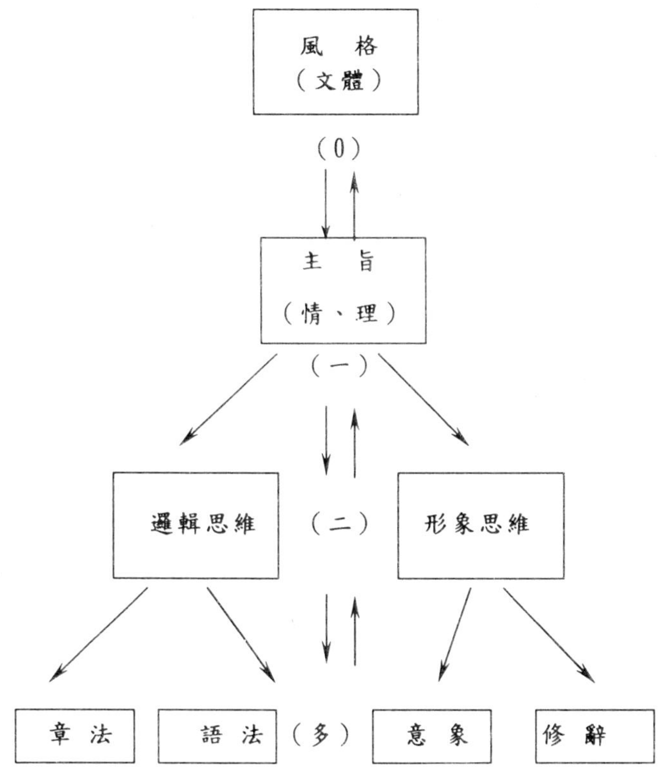

上述的內容說明了辭章學各領域學科的位置、重要性及層次性。

就國中國語文寫作能力指標而言，在最高年級的九年級寫作能力指標最後一條明言：

語 F-3-9　　發揮思考及創造的能力，使作品具有獨特的風格。

語 F-3-9-3　能主動創作，並發表自己的作品。

本條雖僅為能力指標中的一條，但卻能代表寫作能力的核心，因為其中包括 **Bloom** 主張的學習歷程中最高的「創造」層次，而且是主動積極的創作與發表作品。就學科知識領域而言，本條要求學生作品具有獨特風格，而從辭章學的體系來看，作品風格的具備，必然奠基於各個分項領域，如選材，立意，修辭，文法，組織，標點等。因此同年級的其他條，如：

語 **F-3-1** 能應用觀察的方法，並精確表達自己的見聞。

語 **F-3-2** 能精確的遣辭用字，並靈活運用各種句型寫作。

語 **F-3-4** 練習應用各種表達方式寫作。

語 **F-3-5** 掌握寫作步驟，充實作品的內容，精確的表達自己的思想。

語 **F-3-6** 瞭解標點符號的功能，並適當使用。

語 **F-3-7** 能靈活應用修辭技巧，讓作品更加精緻感人。

幾乎都可以涵括其中。由此可見，寫作能力指標看似複雜，其實是圍繞著一個整體性的能力考量，而分階段，分層次地由分而總地，以整體適切的表達能力為依歸，其間的關係如下圖所示（謝奇懿，**2007**）：

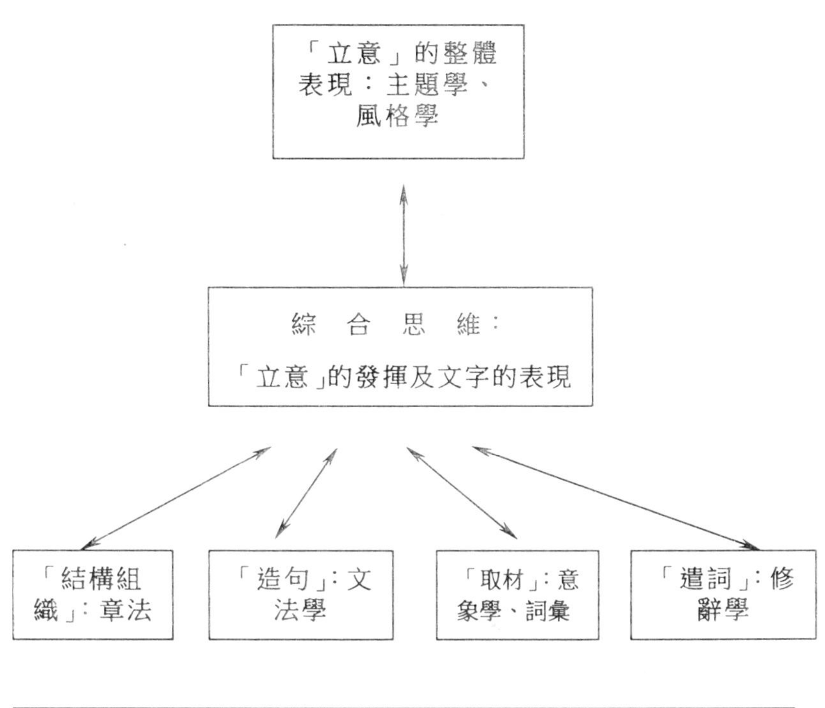

從寫作能能力指標到寫作測驗的評分規準，評分的本身即為文章的評價，落實於規準即為對各級分的描述，現行國中基測寫作測驗評分規準各級分明言：

六級分：文章十分優秀

五級分：文章在一般水準之上

四級分：文章已達一般水準

三級分：文章是不充分的

二級分：文章在各方面表現都不夠好，在表達上呈現嚴重問題

一級分：文章顯現出嚴重缺點，雖提及文章主題，但無法選擇相關題材、組織內容，並且不能於文法、字詞及標點符號之使用上有基本之表現

即揭櫫整體表現特徵做為各級分的依據。事實上，此一評分規準的內涵乃是整體性評分法[1]的展現，其中評分的內在思考乃是由區部而整體，進而給予評價。

[1] 一般而言，屬實作評量的寫作測驗有兩段方式評分，一為分項評分法，一為整體性評分法。筆者認同後者，認為作品雖然由各個向度所組成，但其整體表現卻非向度表現的加種，而還須考量向度間的關係。也就是說，作品的表現乃是在各個向度的基礎上，以向度相互之間產生的力來決定，此一想法與完形心理學的所主張的，部分的總和不等於全體類似，參見謝奇懿（2008）。

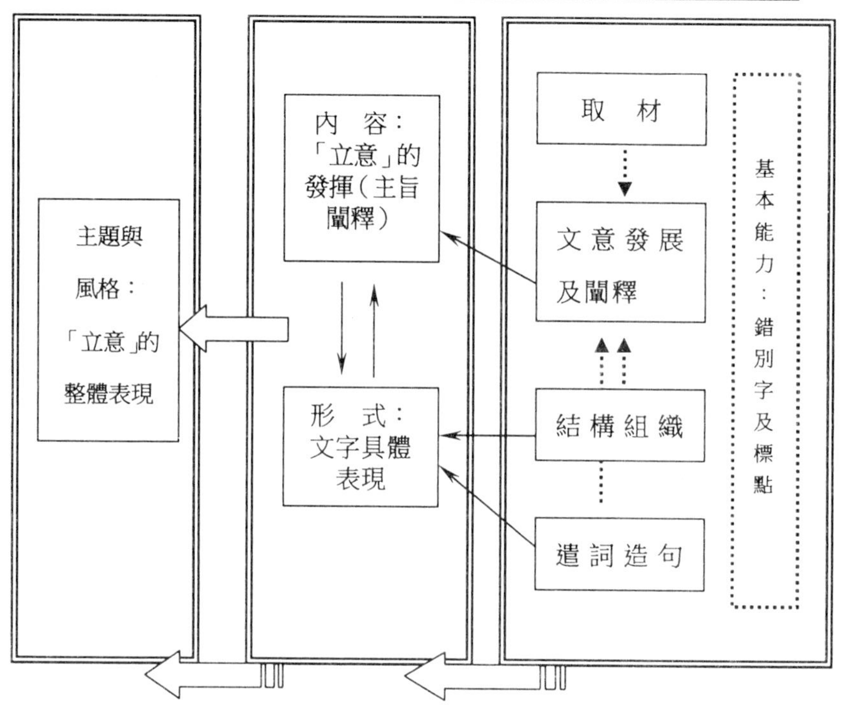

而在各級分彼此的連繫上，也是以連續性的互動循環提升的觀念為核心，緊緊地將不同級分視為一個整體。筆者主張（謝奇懿，2008）：

> 螺旋互動關係表現出的力量強弱是區分級分、判別級分的關鍵。

而其間的關係則是以四級分為評分零點，往上或往下展開為評分系統，其間的關係如圖所示（謝奇懿，2008）：

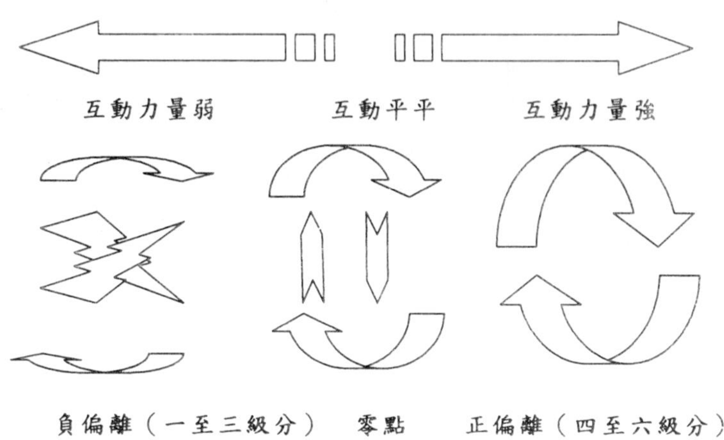

由此可知，從辭章學的角度來看，寫作能力指標的型態是在整體性的要求上，由易而難、由局部而整體的階段展現，其目的在於指出學生應具有學習歷程中最高層的創作能力，因此能力指標實際上是從整體性的考量出發，外現為細部分項的說明內容。而評分規準則是意圖在局部的特徵中，觀察作品的整體表現，兩者同屬於辭章學中的整體性應然層面要求下的產物。因此，無論是能力指標或是評分規準都強調核心能力或主要評分向度，兩者間的考量一致而方向相反，分居學習歷程的始末兩端。就理論角度而言，寫作能力指標與評分規準實屬同一理論位階而各有側重，在兩者的核心部分上可以看出其互為主體性的情形。

（二）內在價值層面的體現

能力指標奠基於九年一貫課程的精神，其「反映出『反集權』、

『反知識本位』、『「反菁英導向』的時代精神(陳伯璋，2001)」，其課程設計的核心則是「以學生為主體，生活經驗為重心，培養現代國民所需的基本能力，以取代傳統的學科知識。其內容包括學會知（主動探索與研究、獨立思考與解決問題）、學會作（規劃組織與實踐、運用科技與資訊）、學會共同生活（表達溝通與分享、尊重關懷與團隊合作、文化學習與國際瞭解）與學會生存發展（了解自我與發展潛能、欣賞表現與創新、生涯規劃與終身學習）等能力（楊洲松，1999）。由此基本精神的特點，在寫作能力指標中可以具體看到：

語 F-1-1　能經由觀摩、分享與欣賞，培養良好的寫作態度與興趣。

語 F-2-1　能培養觀察與思考的寫作習慣。

語 F-3-1　能應用觀察的方法，並精確表達自己的見聞。

語 F-2-5　能具備自己修改作文的能力，並主動和他人交換寫作心得。

語 F-3-4　練習應用各種表達方式寫作。

語 F-2-9　能練習使用電腦編輯作品，分享寫作經驗和樂趣。

語 F-2-10　能欣賞自己的作品，並發揮想像力，嘗試創作。

語 F-3-8　能練習使用電腦編輯作品，分享寫作的樂趣，討論寫作的經驗。

其中即對應了「欣賞、表現與創新」、「表達、溝通與分享」、「尊重、關懷與團隊合作」、「運用科技與資料」等分享、開放，重視想像與思考，強調不同的媒介與應用……等多元與開放性格。

從能力指標到寫作評量，表面上看起來，能力指標的多元性與開放性可以從題目命題的面向與內涵來要求與達成，在九十五年寫作測驗題目「體諒別人的辛勞」的說明提到命題理念：

> 現代社會自我意識高張，一般人較不懂得為別人設身處地著想，希望藉本題讓學生自我省思，對周遭的人能心存感激、懂得惜福；若別人的行為不能盡如己意時，也懂得體諒，能減少衝突，讓社會更和諧。

即可看到此一符合九年一貫精神的體現，但這仍屬於外部的觀察，屬於能力指標轉化的層面。

就評分規準的內涵與運用來看，能力指標所揭示的精神價值層面的期待主要可以從兩方面加以觀察。首先，國中基測寫作測驗乃是採引導式寫作的形式，其雖有說明文字部分，但說明僅供參考，閱卷時不須宥於說明文字，因此其評分基本上乃是開放的態度。除此之外，具體從閱卷規準來看，閱卷規準似乎也呈現這樣的價值立場，只是隱而未見。表面上看起來，評分規準文字中，其主要評分的四個向度與對文章表現的整體敘述並未出現對文章價值判斷要求的文字，從此評分規準特殊的「內容匱缺」當中，似乎可以看到規準迂曲地呈現出某種能力指標的價值開放立場，因而符合能力指標的時代性精神。然而此一相通僅止於表面的類似，而未能完全呈現能力指標的兩面性。也就是說，如果能力指標在內容上呈顯出多元與開放的「普世價值」方向要求時，其另一面也成為必要揚棄之惡。此一必要揚棄之惡的能力指標價值性的要求，即明顯挑戰規準表面上「內容匱缺」的多元與開放性，而似乎表現出現行評分規準與能力指標的差異與不足。事實上，此一差異僅是表象的，在能力指標的深層結構中，是隱含著普世的價值的。此一能力指標隱含的價值判斷乃是辭章學內部的特徵，而可以透過當應試文章的內容發展與「普世價值」違背的情形時（例如：認同傷害生命），閱卷者評分的困境中看出。在實際進行閱卷時，應該是會遇到某些挑戰閱卷者價值的文章，此類文章有時候也是深入而有文采的，甚至是很有想法的。因此運用評分規準時，無論是立意取材的文意發展、結織組織與遣詞造句可能多有表現，此時，違背普世價值的文章是否可以得到高分？此一問題意味著：評分規準的向度是否牽涉到內容價值的問題，能否解決價值層面的問題。

從辭章學的角度來看，內容思維與邏輯思維實際上是層層且相互包孕的，因此，符合形式邏輯的文章即使面面俱到或者深入「合理」，在內容邏輯的層面上卻是違反而相送的。因此，表面上與普世價值相違背的內容雖然結合了層層深入或凸出的形式，但內在的邏輯呈顯卻是逆向的，因此其表現的力度乃是負面的，所以，筆者個人以為，從辭章學的角度來看，對該篇文章做價值判斷時，其評價雖不至於太低，但也有損於文章表現的力度，因為在評分上會較一般合於價值的文章要低。

由此可以看出能力指標代表的深層的評價意涵乃是內容的，

因此可以在深層的思維與表現出其與能力指標內在精神的相通性。這也就是說，就能力指標而言，內容的價值要求乃是外顯的，而從評分規準來說，此一內容的價值轉移到內在的內在邏輯層面，如果文章的發展在內在邏輯上一再的與人類底層的思考方向相違背，其表層的樣貌無論如何多變複雜，語言外貌與技巧如何凸出，其表現的程度從內在深層的觀點來說仍然偏少，因此最後的評價依舊是較低。

（三）寫作核心能力與評分結構的一致

國中基測推動委員會對寫作測驗與能力之間關係的說明如下：

> 寫作測驗以《國民中小學九年一貫課程實施綱要》本國語文（國語文）國中階段的寫作能力指標為命題依據，採引導式作文的型式，來評量學生立意取材、結構組織、遣詞造句及標點符號等一般的、基本的寫作能力，希望能評量出學生是否具備以下基本能力：
>
> 1）能掌握寫作步驟，充實作品內容，精確表達自己的思想。
>
> 2）能依收集材料立意、選材、安排段落及組織等步驟行文。
>
> 3）能運用觀察的方法觀察周遭事物，並能寫下重點。
>
> 4）能適切地遣詞造句，使用正確的標點符號，完整表達自己的見聞。

5）能運用敘事、描寫、說明、議論的能力，寫作一篇完整的文章。

此五點，雖是就測驗的立場出發，然而從辭章學與寫作能力指標的實際內容來看，是可以反映出寫作能力指標的核心能力內涵的。由以上五點核心能力的描述對應評分規準，會發現上述的五點包括了立意取材，結構組織，遣詞造句，標點符號等評分規準四個基本的向度之外，還有掌握寫作步驟在評分規準中沒有明顯文字對應。表面上看起來，評分規準似乎與寫作步驟無關，然而從本部分對評分內在過程的說明中，可以看見評分規準的內涵是包括此一過程的，可見寫作核心能力與評分規準的內在結構一致。

三、外部觀點——國中基測寫作能力指標與測驗評分規準的對應情形

由上述可知，能力指標與評分規準在理論位階及核心知識上的要求是一致的，進而呈現互為主體的現象。由此一互為主體的內在聯繫出發，即表現為能力指標與評分規準的外在對應情形。此一對應情形的討論一方面可以顯現出兩者內在的關係，一方面也可以藉由兩者的差異與偏重看出兩者的特質與可能的修正方向，茲分別就相應與差異分別討論其情形與檢討如下：

（一）分段能力指標與六級評分制的相應情形

能力指標與評分規準在具體內容上的對應主要在評分規準中評分零點與級分的區別上表現出來，首先就評分零點與能力指標的對應情形進行討論：

1.評分零點的意義

對照分段能力指標與評分規準在主要核心能力與評分規準的表現，發現評分零點的位置大約在八年級位置，茲繪表格如下以利評分零點的討論：

向度及基本核心能力	能力指標／八年級	四級分規準
立意取材結構組織	能依收集材料到審題、立意、選材、安排段落、組織成篇的寫作步驟進行寫作。（練習寫作步驟；不同途徑和方式收集材料）	能依據題目及主旨選取材料，但不能有效地闡述說明主旨。 文章結構稍嫌鬆散，或偶有不連貫、轉折不清之處。
遣詞造句	能正確流暢的遣辭造句、安排段落、組織成篇。（掌握詞語知識，寫出語意完整句子；熟	能正確使用語詞，文意表達尚稱清楚，但有時會出現冗詞贅句，句型較無變化。

	練應用各種句型）	
	能把握修辭的特性，並加以模仿及運用。	n.a.
錯別字及標點符號	能瞭解標點符號的功能，並在寫作時恰當的使用。	有一些錯別字及格式、標點符號運用上之錯誤，但不至於造成理解上太大困難。

由此可以看出，八年級的能力指標與評分規準在前面三個核心能力的要求是一致的，僅錯別字及標點符號的要求略有差距。也就是說，由評分規準零點代表的意義來看，八年級乃是寫作能力能初步完整表達的階段。

2.分段能力指標與六級評分制

從評分零點出發向下向上展開，四級分以下的一至三級分，即對應於七年級及以下寫作能力指標，其中三級分大致位於七年級位置，兩者間的對應如下表所示：

向度及基本核心能力	能力指標／七年級	三級分規準

立意取材 結構組織	能概略知道寫作的步驟(從收集材料，到審題、立意、選材及安排段落、組織成篇)，逐步豐富作品的內容。	嘗試依據題目及主旨選取材料，但選取之材料不夠適切或發展不夠充分。 文章結構鬆散，且前後不連貫。
遣詞造句	能擴充詞彙，正確的遣辭造句，並練習常用的基本句型。(運用學過字詞，寫出通順句子；仿寫簡單句型)	用字遣詞不夠精確，或出現錯誤，或冗詞贅句過多。
	能分辨並欣賞作品中的修辭技巧。	n.a.
錯別字及 標點符號	能認識並練習使用標點符號。(常用標點)	有一些錯別字及格式、標點符號運用上之錯誤，以致於造成理解上之困難。

而五級分（含）以上則對應於九年級的能力指標，而較為接近六級分的規準內容，其情形如下表：

向度及基本核心能力	能力指標／九年級	五級分規準	六級分規準

立意取材 結構組織	掌握寫作步驟，充實作品的內容，精確的表達自己的思想。（選擇並適當運用材料）	嘗試依據題目及主旨選取材料，但選取之材料不夠適切或發展不夠充分。文章結構鬆散，且前後不連貫。	能依據題目及主旨選取適當之材料，並能進一步闡述說明，以凸顯文章之主旨。文章結構完整，段落分明，內容前後連貫，並能運用適當之連接詞聯貫全文。
遣詞造句	能精確的遣辭用字，並靈活運用各種句型寫作。	能正確使用語詞，並運用各種句型，使文句通順	能精確使用語詞，並有效運用各種句型，使文句流暢。
	能靈活應用修辭技巧，讓作品更加精緻感人。	n.a.	
錯別字及 標點符號	瞭解標點符號的功能，並適當使用。	有一些錯別字及格式、標點符號運用上之錯誤，以致於造成理解上之困難。	幾乎沒有錯別字及格式、標點符號運用上之錯誤。

由上述可以看出寫作能力指標與評分規準在具體內容的對應分別是：

第一、二階段指標－———一、二級分

七年級指標————————三級分

八年級指標————————四級分（評分零點）

九年級指標————————（五）六級分

此一對應情形有兩點值得注意：

(1)評分零點位置大約在八年級，進而向下向上展開，其中七年級指標對應為三級分，而九年級指標大致對應六級分，其中五級分未能明顯在指標中看出。如果評分規準的內容劃分符合偏離理論的正——負對稱的話，此一情形似乎顯現高年級的寫作涵蓋度及及內容跨度較大，而七年級的涵蓋度較少，七八年級之間與八九年級之間，兩者能力指標在實質內涵上並非等距。

(2)一、二級分不屬於國中階段的表現能力，卻佔有兩個級分，如果國中階段國語文寫作能力指標能大致落實的話，則得一、二級分的考生數很可能佔少數，如此一來評分規準在內涵上看似等距，但可能失去量尺等距的意義。

（二）能力指標與評分規準的不對稱情形與意義：

九年一貫國語文寫作能力指標與評分規準之間，在實際的對比上還存在著不對稱情形，其情況大致可以分為三類：

1.能力指標對特定學科的偏重或失落

此一情形主要出現在結構知識與修辭知識兩者。從寫作能力指標與評分規準加以比較，可以發現評分規準在向度上較為平穩地顧及各個學科領域，而能力指標則明顯著偏重修辭，而少於結構組織的知識。在七至九年級的寫作能力指標中，修辭的重視明顯可以看到：

語 F-1-8　能分辨並欣賞作品中的修辭技巧。

語 F-1-8-2　能分辨並欣賞文章中的修辭技巧。

語 F-2-8　能把握修辭的特性，並加以模仿及運用。

語 F-2-8-2　寫作時能理解並模仿使用簡單的修辭技巧。

語 F-3-7　能靈活應用修辭技巧，讓作品更加精緻感人。

語 F-3-7-2-1　能養成反覆推敲，使自己的作品更加完美，更具特色。

語 F-3-7-2-2　能靈活的運用修辭技巧，讓作品更加精緻優美。

各年級皆有一條，且呈現階段連續性。而結構組織方面，現行的能力指標主要在七、八年級的部分中：

語 F-1-6　能概略知道寫作的步驟(從收集材料，到審題、立意、選材及安排段落、組織成篇)，逐步豐富作品的內容。

語 F-1-6-3　能練習剪貼作文。

語 F-1-6-7　能練習利用不同的途徑和方式，收集各類寫作的材料。

語 F-2-6　能依收集材料到審題、立意、選材、安排段落、組織成篇的寫作步驟進行寫作。

語 F-2-6-10　練習從審題、立意、選材、安排段落及組織等步驟，習寫作文。

語 F-2-6-7 練習利用不同的途徑和方式，收集各類寫可供寫作的材料。並練習選擇材料，進行寫作。

九年級未見進一步有關結構組織的敘述，七、八年級指標的細目中也僅見於 F-2-6-10。由此可以看出寫作能力的訓練似乎較為偏重形象思維，而弱於邏輯思維。然而從九年級的能力指標可以看出：

語 F-3-5　掌握寫作步驟，充實作品的內容，精確的表達自己的思想。

語 F-3-5-10　能依據寫作步驟，精確的表達自己的思想，並提出佐證或辯駁。

語 F-3-5-7 能將蒐集的材料，加以選擇，並做適當的運用。

則似乎對說明、議論文又有所強調。由此，則邏輯思維的部分在能力指標中似乎未能達到階段而連續的要求。

2.能力指標對寫作應用的重視

在寫作能力指標中，明確顯現出在寫作核心能力之外，對寫作應用的重視，此一重視，主要從能適需要選用適當體裁與運用不同媒介加以書寫的重視。

語 F-1-3　能認識各種文體的寫作要點，並練習寫作。

語 F-1-3-3　能認識並欣賞童詩。

語 F-1-3-4-1　能認識並練習寫作簡單的記敘文和說明文。

語 F-1-3-4-2　能配合日常生活，練習寫作簡單的應用文。如：賀卡、便條、書信及日記等。

語 F-2-3　能認識各種文體，並練習不同類型的寫作。

語 F-2-3-3　能收集自己喜好的作品，並加以分類。

語 F-2-3-4-1　能掌握記敘文、說明文和議論文的特性，練習寫作。

語 F-2-3-4-2　能配合學校活動，練習寫作應用文(如：通知、公告、讀書心得、參觀報告、會議記錄、生活公約、短篇演講稿等)。

語 F-3-3　能理解各種文體的特質,並練習寫作不同類型的作品。

語 F-3-3-4　能寫出事理通順、舉證充實的議論文和抒發情意的抒情文。

語 F-3-3-9　能根據實際需要,主動嘗試寫作不同類型的文章。

語 F-1-4　能練習運用各種表達方式習寫作文。

語 F-1-4-10　能應用文字來表達自己對日常生活的想法。

語 F-1-4-5　能利用卡片寫作，傳達對他人的關心。

語 F-1-4-6　能用口述或筆述，寫出自己身邊或與鄉土有關的人、事、物

語 F-2-4　能應用各種表達方式練習寫作。

語 F-2-4-3　能應用改寫、續寫、擴寫、縮寫等方式寫作。

語 F-2-4-4 能配合閱讀教學，練習撰寫摘要、札記及讀書卡片等。

語 F-3-4　練習應用各種表達方式寫作。

語 F-3-4-4-1　能配合各項學習活動，撰寫演說稿、辯論稿，並培養寫日記的習慣。

語 F-3-4-4-2　能配合各學習領域，練習寫作格式完整的讀書報告。

語 F-3-4-5　能集體合作，設計宣傳海報或宣傳文案，傳遞對環境及人群的人文關懷。

語 F-3-4-6 能靈活運用文字，透過寫作，介紹其他國家的風土民情。

語 F-3-4-7 能撰寫自己的工作計劃或擬定各項計劃。

語 F-2-9　能練習使用電腦編輯作品，分享寫作經驗和樂趣。

語 F-2-9-8-1　能利用電腦編輯班刊或自己的作品集。

語 F-2-9-8-2　能透過網路，與他人分享寫作經驗和樂趣。

語 F-3-8　能練習使用電腦編輯作品，分享寫作的樂趣，討論寫作的經驗。

語 F-3-8-4 能透過網路，將作品與他人分享，並討論寫作的經驗。

語 F-3-8-8-1　能透過電子網路，將作品與他人分享，並討論寫作的經驗。

語 F-3-8-8-2　能練習利用電腦，編印班刊、校刊或自己的作品集。

此一情形可有兩層涵義：一是對情意養成的重視，另一點則是文體要求的重視。

在情意養成方面，能力指標對情意養成的著墨與評分規準的匱缺，顯現了評分規準本身偏於辭章理論較為抽象的層次，而無法達到現實情意的培養，顯現出現今的寫作測驗本身的侷限。在第二點能力指標顯了對文體要求的重視方面，此一現象與情意養成不同，而反映出評分規準是否有必要依據文體或應用需要再細分的問題。此一問題相當值得思考，因為已有其他的大型寫作測驗將此點列入考慮之中。回到文體涉及的評分規準細分的問題上，筆者認為此一問題可以從內在理論層面與外在實務兩方面加以思考。就內在理論層面來說，對辭章學體系而言，並非無法考慮文體的層次，而是以更為基礎的概念——如：情、理、事、四大基本要素之間的關係，去涵括文體的想法，凸顯文體的特色。從另一方面具體地就文體的內涵來看，蔡英俊對國中階段四種基本文體——記敘、描寫、說明、議論的要點說明[2]，可以看出四種類型的文體在內涵上是互有重疊之處，敘述時只能說是傾向何種因素多些，而非截然劃分。因此在能力指標出對文體的重視也許是著重在對情、理、事、景四大要素能力的說明要求，而非不相應的歧出考慮。若就外在實務來看文體，就現行的寫作而言，同一題目經常可以用不同體裁來呈現，這一方面顯現出對寫作的開放性態度，一方面也正是文體的區分並非完全相斥的概念。由此，則能力指標與評分規法在文體的不對稱情形只是外表，並非實質存在。

[2] 見國中基本學力測驗推動工作委員會網站。

3.評分規準中的零級分

十分明顯地，寫作測驗的能力指標出現了零級分的說明：

離題、重抄題目或缺考。

在實際的運用中，僅抄寫題目說明也屬於零級分。不同於現行將零級分計為零分，就規準的角度而言，零級分代表的是無法評分，此次測量無效的情形。此一觀點也符合現行對能力的認識，只是在實際的操作中仍然存在著不少認定的困難。

四、結論——寫作能力指標與評分規準的理論位階與關係

本文的目的乃是就分居學習歷程的後端的評分規準，與發揮指導作用的九年一貫國中階段國語文寫作能力指標彼此之間的關係進行質性考察，而分別從內在及外部兩方面切入，發現兩者之間在核心的理論思維上互為主體性，並由此就能力指標與評分規準實際的對應情形進行分析，同時在互為主體性的基礎上針對兩者加以檢討。

本文的內部分析乃是以辭章學的體系為核心展開論述，發現就辭章學的體系而言，寫作能力指標的型態是在整體性的要求上，由易而難、由局部而整體的階段展現，其目的在於學生具有學習歷程中最高層的創作能力。而評分規準則是意圖在局部的特徵中，觀察作品的整體表現，兩者同屬於辭章學中的整體性應然層面要求下的產物。因此，無論是能力指標或是評分規準都強調

核心能力或主要評分向度，兩者間的考量一致而方向相反，在理論上屬同一理論位階而各有側重，而可以看出兩者互為主體性，並在寫作核心能力與評分規準在內在結構呈現一致的情形。

在實際的外部對應上，能力指標與評分規準在具體內容上的對應主要在評分規準中評分零點與級分對應上可以看見大致相應的情形，但仔細觀察仍然可以發現差異不足的地方。評分規準零點對應著八年級寫作能力指標，顯示出八年級寫作能力能初步完整表達的階段，而從評分規準的內容劃分符合偏離理論的正——負對稱來看能力指標，則可以發現高年級的寫作涵蓋度及及內容跨度較大，而七年級的涵蓋度較少，七八年級之間與八九年級之間，兩者能力指標在實質內涵上並非等距。反之，評分規準中一、二級分不屬於國中階段的表現能力，卻佔有兩個級分，則一、二級分的規準劃分在內涵上看似等距，但可能失去量尺等距的意義。至於寫作能力指標與評分規準之間的明顯不對稱情形，則分別在：能力指標對修辭學科的偏重與結構組織的失落、能力指標對寫作應用的重視、以及評分規準中的零級分的慎重等等。

參考書目

李宜玫、王逸慧、林世華（**2004**）。社會學習領域分段能力指標之解讀–由 **Bloom** 教育目標分類系統(修訂版)析之。國立臺北師範學院學報，第十七卷第二期。

林世華（2002）。國中學生基本學力測驗與教育品質的共生關係。教育研究月刊，第 96 期。

林瑞榮、賴杏芳（2000）。九年一貫課程的理念分析與實踐觀察。收錄於「九年一貫課程新思維」，翰林出版社。

高新建（2002）。能力指標轉化模式（一）：能力指標之分析及其教學轉化。收於黃炳煌（主編），社會學習領域課程設計與教學策略。台北：師大書苑。

楊洲松（1999）。國民中小學九年一貫課程綱要之哲學分析──後現代的觀點。收於九年一貫課程之展望，揚智出版社。

黃政傑等（1996）中小學基本學力指標之綜合規劃研究。教育部教委會委託國立台灣師範大學教育研究中心研究專案。

葉連祺（2002）。九年一貫課程與基本能力轉化，教育研究月刊，第 96 期。

陳伯璋（2001）。新世紀課程改革的省思與挑戰。台北：師大書苑。

陳新轉（2002）。社會學習領域能力指標之「能力表徵」課程轉化模式，教育研究月刊，第 100 期。

陳滿銘（2003）。《章法學綜論》。臺北：萬卷樓圖書公司。

歐陽教等（1998）我國中小學國語文基本學力指標系統規劃研究（第一階段期末報告）。教育部教研會委託台灣師大專案研究報告。

謝奇懿（2007）。論國中基本學力測驗寫作測驗之評分方式，國文天地，第 22 卷第 12 期。

謝奇懿（2008）。辭章學體系下的作文批改指引系統與螺旋互動──以文揚國中基測模擬考為例。第三屆辭章章法學學術研討會。收於《章法論叢》第三集，2009。

劉勰之「附會」說及其對章法學之歷史貢獻

王許林
江蘇教育出版社編審教授
徐林英
南京金陵科技學院副教授

在劉勰《文心雕龍》創作論之研究中，學界大多偏重於講藝術想像的〈神思〉篇，講藝術情感的〈情采〉篇，講藝術風格的〈風骨〉篇，講藝術誇張的〈誇飾〉篇，講藝術語言的〈麗辭〉篇等等，專著和論文比比皆是。而對其四十三篇之〈附會〉，或許現代文論中缺少與「附會」相對應的批評術語，人們的研究未免有所忽略了。其實，劉勰之〈附會〉是古代第一篇全面、認真探討寫作章法學的專論，誠如清人紀昀所說：「附會者，首尾一貫，使通篇相附而會於一，即後來所謂章法也。」[1]而且，其探討之深入、完整和系統，在中國章法學史上具有承前啟後的歷史貢獻。

---

[1] 紀昀評語，轉引周振甫《文心雕龍注釋》第 463 頁，北京：人民文學出版社 1983 年版。

所謂「附會」，其字面的意思是：附者，附辭也，使文章辭句前後相互聯貫；會者，會義也，使文章章節合於全篇主旨，對照現代辭書對「章法」的釋義：「詩文作者在安排全篇章節時所用的方法，包括文章的體勢、承轉、熔裁等。」[2]兩者的目的和要求是極為相似的，都是講究文章寫作中謀篇佈局的方法和技巧。所以，附會、章法或藝術結構，是古今用辭不同而含義相近也。在《文心雕龍》五十篇中，與章法相關的篇目還有〈章句〉：「夫人之立言，因字而生句，積句而成章，積章而成篇。」說的是寫作中如何遣字造句、劃分章節、構造成篇的方法；〈熔裁〉：「規範本體謂之熔，剪裁浮詞謂之裁。裁則蕪穢不生，熔則綱領昭暢。」說的是寫作中如何把握文體、錘煉詞語、剪裁浮辭，使之綱要分明，表述流暢。毫無疑問，這些自然屬於寫作章法的範疇，但它們所揭示的，只是章法的某一個方面和環節，亦如范文瀾先生所說：「〈熔裁〉篇但言定術，至於術定以後，用何道以聯屬眾辭，則未暇晰言也。〈章句〉篇致意安章，至於章安以還，用何理以斟量乖順，亦未申言之。二篇各有首尾圓合、首尾一體之言，又有綱領昭暢、內義脈注之論，而總文理、定首尾之術，必宜更有專篇以備言之。」[3]范氏所說的「專篇」，正是《文心雕龍》的〈附會〉篇，其開宗明義云：

> 何謂附會？謂總文理，統首尾，定與奪，合涯際，彌綸一篇，使雜而不越者也。若築室之須基構，裁衣之待縫緝矣。

---

[2] 《辭海》第 2451 頁，上海：上海辭書出版社 1999 年版。
[3] 范文瀾《文心雕龍注》第 652 頁，北京：人民文學出版社 1998 年版。

寥寥數語，高屋建瓴，深刻得揭示了「附會」即寫作章法的核心和關鍵。所謂「雜而不越」，語出《易・系辭下》:「其稱名也，雜而不越。」[4]原意是說爻辭雖繁雜、瑣碎而不越義理規範。劉勰借用於此，說明文章的構成需要精心組織，統籌兼顧，多元統一，做到既繁富、複雜又嚴謹、靈活。而築室須打基礎和裁衣有待縫緝的比喻，更是從內容和形式的兩個角度，說明章法結構不是一個單純的藝術形式或章句運用技巧問題。這樣，劉勰以更全面、更廣闊的視野，從內容和形式的四個層面構建了自己的「附會」理論體系：

一、「總文理」——文章主旨的提煉和確立

劉勰一向認為，文章寫作是一種有生命、有智慧、有靈性的精神創造活動，所以說:「故情者，文之經，辭者，理之緯。經正而後緯成，理定而後辭暢，此立文之本源也。」(《文心雕龍・情采》) 又說:「蓋風雅之興，志思蓄憤，而吟詠情性，以諷其上，此為情而造文也。」(同上) 文章寫作的本源在於情，即作者對大千世界，包括自然界和社會界的某種觀察、體驗、感悟、思考，從而產生或喜、或怒、或愛、或懼的種種情感，並流露於字裏行間，形成一篇文章的「文理」，也就是文章的主旨，或者說作者所要表達的中心思想和基本見解。這是一篇文章的靈魂和統帥，不

[4] 《文白對照十三經》上冊第 71 頁，廣州：廣東教育出版社 1995 年版。

但決定文章品質的高低、價值的大小、作用的強弱，而且規範文章謀篇佈局的脈絡和章句運用的方向。劉勰從古今創作實踐中，深刻體認了這一基本的創作規律和原則，所以探討文章章法時，就把「總文理」放在首要的位置。為了強調這一點，〈附會〉篇接著諄諄告誡習作者：

> 夫才童學文，宜正體制，必以情志為神明，事義為骨髓，辭采為肌膚，宮商為聲氣。

好一個生動有趣的比喻！文章就如一個活生的人，若無「情志」作為主腦和靈魂，縱有一副骨架和肌肉，縱有華麗外表和裝飾，豈不是徒有其表而了無生氣的「木乃伊」？所以，學習寫作的第一步，必須審慎提煉「情志「作為文章的主旨，由此統領文章的材料、辭采和聲韻。

從「總文理」的要求出發，劉勰進一步注意到：「凡大體文章，類多枝派，整派者依源，理枝者循幹。」文章所要表現的物件，所要說明的道理，往往是紛繁的、複雜的，就像樹木有眾多枝岔，江河有眾多支流，需要加以清理疏通。如何清理疏通？還是要從源頭和根本——文章的主旨入手：

> 是以附辭會義，務總綱領，驅萬途於同歸，貞百慮於一致。

篇章結構需要服從和服務於主旨的表達，必須以綱統目，以意運法，就像千條萬條道路通向一個目標，千變萬化的構思歸於一個意旨。這樣的文章，「使眾理雖繁，而無倒置之乖；群言雖多，而無棼絲之亂。」(〈附會〉) 一切尊卑就序，順理成章，條目清晰，沒有顧此失彼、顛三倒四、生拼硬湊的毛病。

二、「定與奪」——文章材料的篩選和統籌

文章既如一個富有活力的生命體，則既須有主導的靈魂，亦須有強壯的骨骼和豐滿的血肉，所謂「事義為骨髓」。所以，劉勰在「總文理「之後接著提出「定與奪「(「統首尾」詳後論)，也就是文章材料的篩選、取捨和統籌安排。在《文心雕龍》中，文章材料有「事」、「事義」、「事類」或「物」等多種稱呼，如〈事類〉篇:「蓋文章之物，據事以類義，援古而證今者也。」又〈物色〉篇:「歲有其物，物有其容，情以物遷，辭以情發。」正是這些歷史的、現實的、自然的種種材料，構成了多姿多采的文章。然而，好的文章又非材料的一味羅列和堆砌，正如〈附會〉所指出的:「若統緒失宗，辭味必亂，義脈不流，則偏枯文體。」各種材料若是脫離了中心主宰，文辭一定零亂，思路也不通暢，變成了半身不遂的文章。因此，真正的「附會之術」，就是在「總文理」的指導下「定與奪」——按照主旨的需要對材料嚴格篩選、取捨，去粗用精，統籌兼顧，從而做到「並以少總多，情貌無遺矣。」(〈物色〉)劉勰不但提出了「定與奪」的原則要求，還設想了幾個具體的方法：

一是定主次。文章的材料有主次、輕重之分，與主旨關係密切的材料為主、為重，要多用，要突出，要強化；與主旨關係不大的材料為次，為輕，要少用，要陪襯，要虛化。〈附會〉篇中有

一個生動的比喻：「夫畫者謹髮而易貌，射者儀毫而失牆，銳精細巧，必疏體統。」畫匠把人的頭髮畫得再逼真，也畫不出人的容貌神態；射手只注意小地方，反而失了大目標。這就告訴我們，寫作者只關注次要的、細碎的、無關大旨的材料，文章的命意佈局就會零亂不堪。

二是定詳略。文章寫作的大忌是面面俱到，平分筆力，該詳不詳，該略不略。〈附會〉篇有一段精采論述：「夫文變多方，意見浮雜，約則義孤，博則辭叛。率故多尤，需為事賊。」寫得過於簡略，道理說不清楚；寫得過於瑣碎，文辭沉悶乏味。寫文章一定要避免這種草率、遲疑的作法，把握好詳略得當的技巧，該詳則詳，潑墨如水；該略則略，惜墨如金，文章方能重點突出，中心明確。

三是定隱顯。文章材料除了有主次、詳略，還有隱與顯之分。顯者為正面的、具體的、明確的表達內容和主旨的材料，隱者為側面的、暗示的、隱喻的表達內容和主旨的材料。如何處理隱與顯的關係，也是章法技巧所在。〈附會〉篇中亦有所論述：「扶陽而出條，順隱而藏跡。」此處典出崔駰《達旨》：「故能扶陽而出，順陰而入，春發其華，秋收其實。」[5]意為植物之生長，枝條要迎著太陽的光照，根須則要在陰暗處藏匿，彼此配合，方能收春華秋實之功。範文瀾先生結合文章寫作，作了較明確闡述：「扶陽出條，謂辭義之宜見於文者；順陰藏跡，謂辭義之不見於文者。」[6]寫作者把握隱顯合宜、疏密有致，方能避免「異類叢至，駢贅必多」

[5] 轉引自周振甫《文心雕龍注釋》第 464 頁。
[6] 范文瀾《文心雕龍注》第 653 頁。

(〈鎔裁〉)的弊病。

三、「合涯際」——文章層次、過渡及照應的處理

文章寫作不能隨心所欲，信筆由韁，鬍子眉毛一把抓，必須確立一個隱伏於字裏行間的思想脈絡和表現次序，處理好上下文之間的合理轉換、銜接，以及前後內容的巧妙關照、呼應，文章才能氣血貫通、天衣無縫、渾然一體。這就是現代寫作學所講的層次、過渡、照應等。劉勰的「合涯際「正是就此而言的。他在〈章句〉篇中說過:「然章句在篇，如繭之抽緒，原始要終，體必鱗次。」文章就如剝繭抽絲，順著一條主脈，構成鱗片般層次，既排列嚴整，又曲折多姿。〈附會〉篇中作了更詳盡的論述:「夫能懸識腠理，然後節文自會，如膠之粘木，豆之合黃。」據周振甫先生考證，豆當作石，黃當作玉。[7]如同人體肌肉有自然紋理，文章也有合理的層次結構，就像膠和木粘合為器具，石和玉天然構成璞玉，這是寫作者必須明白的道理。

劉勰還從正反兩個方面闡述層次結構的處理。正面是「善附者異旨如肝膽」，能夠把不同的層次用意結合得肝和膽那樣親近，他們馭文如同駕車:「是以駟牡異力，而六轡如琴，並駕齊驅，而一轂統輻。」儘管四匹馬的力氣有大有小，只要如操琴弦般掌握

[7] 見周振甫《文心雕龍注釋》第 465 頁。

好轡繩，並駕齊驅，一氣呵成。反面是「拙會者同音如胡越」，不會安排層次結構，把文章寫得支離破碎，南腔北調，不倫不類。他還列舉了兩個歷史例證：「昔張湯擬奏而再卻，虞松草表而屢譴，並理事之不明，而詞旨之失調也。」漢朝廷尉張湯寫的奏章，一再被武帝退回；三國時中書令虞松起草的章表，屢次受到司馬師指責，原因就在於他們事理不明，層次零亂。這一切都告訴我們，寫文章一定要「合涯際」，做到「道味相附，懸緒自接」——章節緊湊，層次清晰，過渡巧妙，前後呼應。

四、「統首尾」——文章開頭和結尾的相稱相應，引人入勝

劉勰論文，一貫重視文章的開頭和結尾，在《文心雕龍》中多處加以論述，如〈熔裁〉篇：「故能首尾圓合，條貫統序」；〈章句〉篇：「跗萼相銜，首尾一體」。而〈附會〉之篇，誠如範文瀾先生所說：「即補成彼篇之義，討論如何而能『首尾圓合，條貫統序』，如何而能『異端不至，駢贅盡去』之術也。」[8]因此，篇中反復強調開頭和結尾在謀篇佈局中的重要地位及功用：「首尾周密，表裏一體，此附會之術也」；「或制首以通尾，或尺接以寸附」；「唯首尾相援，則附會之體，固亦無以加於此矣。」如果不重視開頭和結尾，劉勰還作了一個形象風趣的比喻：「此周易所謂『臀無膚，其行

[8] 范文瀾《文心雕龍注》第 653 頁。

次且』也」。語出《周易·夬卦》，意為文章就像屁股上沒有肌膚的人，走起路搖搖晃晃的。那麼，究竟怎樣處理好文章的開頭和結尾呢？概括〈附會〉篇的論述，大致有如下幾點：

一是「首唱榮華」，即文章的開頭要精彩動人、引人入勝。俗話說：「萬事開頭難」，寫文章亦如此，因為開篇往往決定通篇的基調和方向，或輕鬆歡快，或莊重典雅，或哀怨悲愴，讀者即可一目了然，寫者豈能掉以輕心？清人李漁在《閒情偶寄》卷三中，對「首唱榮華」有一個頗為生動的引申發揮，不妨引述說明：「開手筆機飛舞，墨勢淋漓，有自由自得之妙，則把握在手，破竹之勢已成，不憂此後不成完璧。如此時此際文情艱澀，勉強支吾，則朝氣昏昏，到晚終無晴色，不如不作之為愈也。」[9]至於「榮華」的具體形態，既可是開門見山、落筆入題，亦可是旁敲側擊、繪景抒情，視作者風格和文情需要而定。

二是「克終底績，寄深寫遠」，即文章的結尾要寄託遙深，耐人尋味，講究言有盡而意無窮。結尾是寫作征程的最後衝刺，是畫龍描鳳的點睛之筆，切不可草率馬虎，倉促收兵，文盡而意盡，沒有思索回味的餘地。李漁《閒情偶寄》對「寄深寫遠」亦有形象描述：「終筆之際，當以媚語攝魂，使之執卷流連，若難遽別。」[10]這裏強調結尾的委婉含蓄，但未必皆用「媚語」，亦可用「剛語」出之，所以〈附會〉篇還說：「若夫絕筆斷章，譬乘舟之振楫。」結尾如乘舟劃槳，須剛勁有力，氣勢豪壯，亦可收意味無窮之功。

---

[9] 引自徐立、陳新《古人談文章寫作》第 124 頁，廣州：廣東人民出版社 1985 年版。

[10] 轉引自徐立、陳新《古人談文章寫作》第 124 頁。

三是「首尾相援」，這是劉勰的又一用心周密之處。他不是孤立的、片面的強調開頭和結尾的精采，如坊間常說的「起句當如爆竹，驟響易徹；結句當如撞鐘，清音有餘」；而是從章法的整體上加以思考，指出彼此必須「相援」 ——相互幫助、協調和呼應，避免文章的頭重腳輕或頭輕腳重。這種「相援「，既包括首尾與整體文章的規制、格調、旨趣相互和諧一體、密合無間，也包括開頭為後文留有餘地，結尾與前文遙相呼應。所以，〈附會〉篇常把開頭和結尾結合起來論述：「若首唱榮華，而媵句憔悴，則遺勢鬱湮，餘風不暢。」媵句，陪襯句，此處對應「首唱」而指結尾。開頭光采照人，而結尾憔悴無力，則通篇文勢阻塞，文氣不暢了。這便是虎頭蛇尾。同理，文章當結則結，也不要畫蛇添足。

上述四個方面，構成劉勰章法理論體係的基本框架。除此而外，劉勰在〈附會〉篇中，還探討了修改潤飾在篇章結構中的意義，這也是值得重視的。眾所周知，一篇文章草就之後，總會有「意不稱物」和「言不逮意」的地方，進行一番修改、潤飾是難免的，《論語．憲向》就記載：子曰：「為命，裨諶草創之，世叔討論之，行人子羽修飾之，東裏子產潤色之。」[11]劉勰不但繼承了這種精益求精的寫作精神，而且把修改潤飾上升到章法學的高度，如〈熔裁〉篇中說：「權衡損益，斟酌濃淡，芟繁剪穢，弛於負擔。」損益為刪削、增添，要好好權衡一番；濃淡為詳略、疏密，要好好斟酌一番；芟除閒筆、冗句，文章才能精明幹練。〈附會〉篇又說：「改章難於造篇，易字艱於代句」，並且列舉了修改

[11] 朱熹《四書章句集注》第 150 頁，北京：中華書局 1983 年版。

成功的範例：「及倪寬更草，鐘會易字，而漢武歎奇，晉景稱善者，乃理得而事明，心敏而辭當也。以此而觀，則知附會巧拙，相去遠哉！」倪寬為張湯重新起草奏章，深得漢武帝誇獎；鐘會為虞松改動數字，得到晉景王稱讚，其原因就不是一般化的文字潤色，而關乎「理得而事明，心敏而辭當」，通篇說理清楚，敘事明白，文思靈敏，措辭得當，也就是「附會巧拙」。把修改潤飾納入「附會」說之中，就顯得劉氏的視野和思慮更為全面、嚴謹，高人一籌了。

劉勰的「附會」說及其章法理論體係是怎樣形成的呢？顯然，這一切並非憑空產生、向壁虛構的，而是一種歷史自覺的產物。雖然，上古時期尚無章法觀念，文章注重的是文辭、哲思和論辯力量，而不大注重章法結構，章節間往往若即若離，頗為鬆散，少有抑揚開合、起伏呼應之法。但古人在寫作和交際表達的實踐中，也陸陸續續總結了一些帶有章法經驗的觀念，例如：《尚書・堯典》的「詩言志」，《禮記・表記》的「情欲信，辭欲巧」，《論語・雍也》的「質勝文則野，文勝質則史」，《莊子・外物》的「言者所以在意，得意而忘言」，等等，這些閃耀著智慧火花的見解，對劉勰的影響是不言而喻的。到了漢魏時期，隨著漢賦文學的勃興，《史記》、《漢書》等煌煌巨著的問世，以及建安詩歌的崛起，人們對詩賦及文章寫作的基本規律和審美特徵，也越來越多地進行獨立的、自覺的思考、探索和總結。於是，出現了曹丕的《典論・論文》，倡言「蓋文章，經國之大業，不朽之盛事」，文章的社會地位空前提高。又提出「文以氣為主」、「文非一體，鮮能備善，是以各以所長，相輕所短」，開了文學批評和鑒賞的先河。隨後又出現了陸機《文賦》，對作家「精騖八極，心游萬仞」的藝術想像和藝術構思，作了極為形象、深刻的描述；更提出了「立片言而居要，乃一篇之警策」的篇章組織技巧。至此，不但文章和文學完全擺脫了經學和史學的樊籬，呈現自覺、獨立發展的態勢，而且呼喚著具體探討寫作規律和寫作技巧的理論著述問世。劉勰生逢其時，順應了時代的需要，嘔心瀝血地寫出了博大精深的《文心雕龍》及其〈附會〉篇。他的「附會」說，既認真的、自覺的繼承了前人片斷的、零散的智慧精華，又加以獨立的梳理、思考、探索，從而發展成為更全面、更完整、更嚴密的章法理論體係。而這種理論體係的確立，又成為後人的思想借鑒和理論武器，產生了深遠的影響和啟迪。較早接受劉勰觀念的是南北朝的顏之推，他在《顏氏家訓‧文章篇》中說：「文章當以理致為心胸，氣調為筋骨，事義為皮膚，華麗為冠冕」[12]，這與〈附會〉篇「必以情志為神明」一段話，如出一轍。唐宋文人推崇的「以意為主」，如白居易《新樂府序》：「篇無定句，句無定字，繫於意，不繫於文」[13]，杜牧的《答莊充書》：「凡為文以意為主，以氣為輔，以辭色章句為之兵衛」[14]，蘇軾的「不得意不可以用事，此作文之要也」[15]，等等，顯然源自〈附會〉篇的「總文理」、「總綱領」之說。而元人陶宗儀《南村輟耕錄》所載：「作樂府亦有法，曰鳳頭、豬肚、豹尾是也。大概起要美麗，中要浩蕩，結要響亮」。[16]這家喻戶曉

[12] 轉引自敏澤《中國文學理論批評史》第 257 頁。
[13] 同上，第 327 頁。
[14] 轉引自敏澤《中國文學理論批評史》第 391 頁。
[15] 同上，第 503 頁。
[16] 轉引自《古人談文章寫作》，第 124 頁。

的說法，可謂「首唱榮華」、「首尾相援」說的形象表述。清代著名戲曲理論家李漁的《閒情偶寄》，結合本時代的需要和不同文體的特點，更是全面繼承和拓展了劉勰的「附會」說。他標舉「結構第一」，又專論「立主腦」:「古人作文一篇，定有一篇之主腦」;專論「密針線」:「湊成之功，全在針線緊密」;專論「減頭緒」:「作傳奇者，能以『頭緒忌繁』四字刻刻關心，則思路不分，文情專一」，[17]諸如此類，都可以在「附會」說中見出痕跡，如「務總綱領」、「裁衣之待縫緝」、「統緒失宗，辭味必亂」等，其基本的章法理論脈絡和審美思想是一脈相承的。

綜上所述，生逢文學覺醒時代的劉勰，順應時代的需要，自覺地、廣泛的繼承和汲取前賢在寫作實踐中點點滴滴的體會、感悟、發現，並精心加以歸納、改造、昇華，然後融匯到自己的「附會」說中，形成前所未有、獨樹一幟的章法理論體係。他的章法理論體係全面、完整而嚴謹，涵蓋了文章寫作的全過程，從主旨的確立、材料的選擇，到層次、段落、過渡、照應及開頭和結尾的安排，甚至最後的修改潤飾。這是一次集大成的理論成果，從唐宋元明清直至今天的學界，無不深受其影響和啟迪。所以，劉勰之「附會」說在中國章法理論發展史上，具有承前啟後的里程碑的歷史意義，是一個值得我們深入探究的理論寶藏。

主要參考文獻

[17] 參見《中國歷代文論選》第 295-299 頁。

朱　熹，《四書章句集注》，北京：中華書局，1983 年版

范文瀾，《文心雕龍注》，北京：人民文學出版社，1998 年版

周振甫，《文心雕龍注釋》，北京：人民文學出版社，1995 年版

郭紹虞主編，《中國歷代文論選》，上海：上海古籍出版社，1979 年版

敏　澤，《中國文學理論批評史》，北京：人民文學出版社，1982 年版

徐立、陳新，《古人談文章寫作》，廣州：廣東人民出版社，1985 年版

《辭海》，上海：上海辭書出版社，1999 年版

《文白對照十三經》，廣州：廣東教育出版社，1995 年版

結構論述的典範轉移

戴維揚

玄奘大學英語系系主任

一、前言：語文結構的典範轉移

鑑於人類腦部結構與生俱來就已建置「語文習得元件(機制)」(**Language Acquisition Device, LAD**)，**Chomsky** 依此提出宏觀的觀點：人類的語文就可共享「普世語法」(**Universal Grammar, UG**)。人類皆可透過「人同此心」、「心同此理」共享共同具備相同「結構的想法」(**"notion of structure"**)，因而古今中外的人類皆可溝通，共獲心領神會共通的「深層結構」(**deep structure**)、相同想法的語意(**signified** 或譯符旨)。**Chomsky** 由此「衍生式文法」(**generative grammar**)，傳遍全球的「相綁的理論」**"binding theory"**以及「變換律文法」(**Transformational Grammar** 或「變換律規則」(**transformational rules**))。吾師楊景邁(**1963**)將上述理論引進國內，此後一直成為台灣英語文教學、教材、教法的共同架構(戴維揚, **2006**)。

Derrida(1966)將此泛稱「語法學」出版 ***De la grammatologie***

(*Of Grammatology*) 強調「語法」隨時隨地隨人轉換、轉移、轉變，提出震驚全球的「解構」(Deconstruction)的觀點。Derrida 將文學與批評兩者的「論述」內容(discourse)混合混雜，語文與詮釋也不等同，總之總有差異(時間差、本質差)。Chomsky(2000)在其《語言與腦構研究的新境》*New Horizons in the Study of Language and Mind* 再從微觀觀點提出「極小化」(minimalistic)的角度解析語文之間仍可顯示各語文「表層結構」(surface structure)「符碼」(signifier)極小化、極簡化的個別差異。

若從宏觀深層結構的內容「求同」或從微觀表層結構的形式「求異」，衍生各主要學理、各大學派，各擅其場、各鳴其所。自從 Kuhn(1962)提出劃時代的「典範轉移」(paradigm shifts 或譯「範式轉型」)為宏觀排比的「結構群」(structures)建構科學革命性的詮釋。每一個時代都因某些開創的先知型的大師創制出排山倒海的新時代、新思潮、新架構(frames)的典章、制度、規範、系統(systems)、結構(structures)、策略(strategies)。Discourse 在近代的語言學以及語文教學就「形式」另譯為「篇章」，如語言學的 discourse analysis(篇章分析)；以及語文教學的 discourse competence(篇章能力)：包括 7 種 discourse devices(篇章元件或要件)，6 種 discourse modes(篇章模式)以及 2 種 discourse styles(口語或書寫的「篇章型式」)(Xing, 2006)。

（一）舊約聖經與易經為分、合的知識定位

話說天下合久必分、分久必合，分合之間見真章。譬如泛基督教(含猶太教、天主教、希臘正教)的最原始經典—聖經(The Bible)

舊約的創世紀(英文為希臘文的 Genesis 原意基因)，開宗明義把「知識」(Knowledge)定位為能區別善、惡的二分法("the knowledge of good and evil"，創世紀 2:9)，因而後來「形構主義」(Formalism 或譯「形式主義」)、「結構主義」(structuralism)皆以「二元對立」(binary oppositions)成為區別解析知識，一分為二的基本準則。陳師滿銘(2009)將此概念轉移譯為「二元對待」，取其可友可敵，又可合一合協平等的對待關係。其實在易經「一陰一陽為之道」是就其合一融合為夫妻般的融洽對待。陳滿銘(2009)因而歸納為兩個方向：「多、二、一(0)」的逆向結構和「(0)一、二、多」的順向結構；由此驅動為動態的雙螺旋結構。陳滿銘(2009)析分篇章就「內容」與「形式」兩者之關係切入考察；西方大都從各自的角度切入評析。

（二）新約的聖經追求（歸一的）「完美」

新約聖經就夫妻之道，也主張「二人成為一體」(以弗所 5:31)所以「個人都當愛妻子，如同愛自己一樣；妻子也當敬重她的丈夫。」(以弗所 5:32)合一之後，仍要齊心共同追向標竿直跑，向著「止於至善」前進。二人要以愛相待，互相敬重。

新約聖經在馬太福音的「登山寶訓」總結共同的標的定位為「所以你們要完全(Be perfect.)，像你們的天父完全一樣。」(馬太 5:48)。追求完美一向是人類的夢想、理想，總以「天」或「天父」為學習對象。英國的大哲 Matthew Arnold 在其 *Culture and Anarchy*(《文化與無政府》)也以人類的文化的標竿就是追尋「完美」，正如大學之道最終的標的是「止於至善」(《大學》)。雖然人世間還是有紛爭有差異，Arnold 總企望將希臘的 Apollo(太陽神)和 Dionysus（酒神）融合；再將希臘文化融入希伯來文明，形成一個嶄新雙希文化(Hebraism and Hellenism)交融的典範（戴維揚, 2002）。

（三）普世雙軌(螺旋)的自然法規

無論中西修辭學皆首重「道法自然」及「人法天」，Aristotle 認為「法」可分為 1.國法 2.普世的自然法則(the law of nature)。而適當地使用眾人智慧的結晶「格言」(maxims)可當成「普世真理」(as a universal truth)的典範。Chomsky(2002)在其著作《論自然與語文》重申「語文基本結構本質上是統一的格式，而這是從內在而非來自外在」(“the basic structure of language is essentially uniform and is coming from inside, not from outside.”)，亦即這是人類與生俱來「基因天賜」(“the genetic endowment”)。內在統一深層結構的「語文結構」(the sturucture of language)和無數排列組合而成的表層「結構群」，呈現語文雙結構的「緊張關係」(a tension)，也呈現似是而非，似非而是的「模棱兩可」(paradox)。亦即人文的法則是根據自然法則。然而也有反其道的突變或創新。因而《易經》就是依「自然律」定出太極(1)生兩儀(2)再衍生為八卦 64 爻的數理邏輯(由 1 生 2 再 2^3為 8，2^4 的 4 冪次方為 64。)以及「天行健，君子以自強不息」為人生哲理的律則。陳滿銘(2004)將之歸納為多、2、一(0)以及 0、1、2、多的雙螺旋律動。

（四）中國古典修辭學重視「言」「行」「誠」「正」

孔子為「言」與「行」定位：「名不正，則言不順，言不順，則事不成…。故君子名之必可言也，言之必可行也。」(論語、子路)。《周易》也為修辭定其核心價值，誠如 **Aristotle** 也同樣主張「修辭立其誠」、「誠於中，形於外」，「不誠無物」(中庸)。皆重視言行必要令人心服、口服。及至《文心雕龍》才逐漸形成周詳的大系統並逐漸形成「典範轉移」。其重點多處提到「修辭」不一定百分之百誠實以對如在〈宗經〉感嘆“而建言修辭，鮮克宗經”，〈才略〉“及乎《春秋》大夫，則修辭聘會”和“國僑以修辭扞鄭”等近代修辭學所關注變異的語言文字如〈誇飾〉、〈體性〉以及文體中論詩韻文的〈辨騷〉、〈明詩〉、〈樂府〉、〈詮賦〉、〈頌讚〉、〈祝盟〉、〈銘箴〉、〈誄碑〉、〈哀吊〉以及散文的〈史傳〉、〈諸子〉、〈論說〉、〈詔策〉、〈檄移〉、〈封禪〉、〈章表〉、〈奏啟〉、〈議對〉、〈書記〉和雜類的〈雜文〉、〈諧隱〉；並且涉及方法論的 **1.**篇章佈局的〈附會〉、〈定勢〉、〈聲律〉**2.**句法層次〈章句〉以及 **3.**對仗用辭〈麗辭〉，文字選煉〈煉字〉事例運用〈事類〉，甚至於含蓄顯隱的〈隱秀〉，防止文病的〈指瑕〉和作家評論的〈才略〉。至此修辭學已經從高談闊論宏觀內涵的哲學、文學，走向兼及析論微觀外顯的語言文字符碼，再細分「修辭格**(grid; treebank)**」鑽研「分門別類」的用詞遣字**(**羅淵**, 2008)**。

（五）修辭學可分為廣義與狹義

譚學純、朱玲**(2001)**將修辭學劃分為廣義與狹義。廣義兼顧內容與形式，就內容涵蘊宏觀的修辭學學、詩學、美學與其形式而言的微觀分析的技巧、策略。再則傳統古典的大師如 **Aristotle** 和劉勰都是全面全方位地探索廣義修辭學的周詳理論、論述和實用、實例地闡釋「理性行為、規則、角色、權力和知識」。近代的學者有些僅在修辭格做細部表層結構的「器」、「符碼」的解析、分析或近代的學者也有些朝廣義的方向發展如 **Paul de MaMann**（保羅・德曼）耶魯大學代表學者出版代表作之一富哲學、美學的《浪漫主義修辭學》將〈時間性修辭〉、〈符號學與修辭〉、〈隱喻認識論〉、〈論尼采的轉義修辭學〉、〈黑格爾（美學）中的符號與象徵〉，遠超出了狹義的修辭技巧和細部的分析解構或如 **1971** 年在牛津出版 ***Blindness and Insight in Contemporary Criticism***。**1953** 年唐納德、布萊斯特發表《修辭學：功能與範圍》為新亞里斯多德 **Neo-Aristotelian** 開闢了修辭學與主體建構的思想，另闢一新創的康莊大道。

二、Aristotle《修辭學》的主要架構、論述

早在 **Aristotle**(亞里斯多德) **(384B.C.-322B.C.)**已經出版 ***Rhetoric***《修辭學》為這門「說服人」的學問的各種 **forms**(形式、格式)和 **Dialectic**(辨証學)定位為人人都可運作的「沒有固定的科學」**(no definite science)**。亦即廣義兼論內容與形式的修辭學的濫觴。兼可系統化地**(systematically)**也可偶發自然地**(spontaneously)**敘述、討論、堅持、辯護、攻擊對手；也可規律地養成、嚴謹地訓練或隨興運用各種語言技巧。**Aristotle** 企圖「建構」**(constructed)**一些「架構」**(frames)**為後人有所本地依循參考的系統、結構和策

略。然而這樣語言「藝術」或「技術」都可發自人類先天的發表慾(desires)，又皆可經過後天訓練養成「習慣」或鑄造成「成語」、「熟語」、「奇文」、「美文」。

（一）Aristotle 企圖以科學方式析分人文學科

遠溯 Aristotle 區分「人為」(τέχνη; techne)有別於「自然」的二元對立(binary oppositions)的《詩學》(*Poetics* 原意如英文的創作 making)其中闡釋主要的文類包括敘情詩、歌謠、史詩、戲劇，皆由人工發明創作推論所成。「人為」(techne)一般譯為「技巧」或「藝術」,「不但實用也深具啟發性」,因而有別於自然天成的「必有」或「自有」，如「自然」物理學(physics)的「必然性」與「恆久性」。因而「可然」(probable)、「或然」(possible)的「人文學科(humanity)與自然的「科學」(science)從此雙軌各自發展。人文追尋的「理想」如 Plato(柏拉圖)的「理想型」(ideal forms)，或 Aristotle 的「本質」(essence)、「實體」(substance)、「共相」(universals)等觀念只能存在我們的「思維」，難以客觀地以固定型態的數學公式表達呈現，亦即歐洲中古世紀主要的「三科」(tritium)：文法、修辭與邏輯比諸可量測的「四目」(quadrivium)：算術、幾何學、天文、音樂確有所差異。然而近日許多有識之士又企圖將「人文學科」列入可量化的「科學研究」的範疇，其結果仍難預期，仍是一種 paradox，也是一種 metaphor(隱喻)。(余國藩, 2008)。

（二）Aristotle 在《詩學》視「結構」為戲劇文學的靈魂、骨架

Aristotle 為《詩學》中的戲劇六要素(elements)其中前兩要項「要素」定為 1.情結結構(plot-structure, 希臘原文 μûθos, myth) 當視為篇章硬體結構的骨幹(backbone)，有情節才成篇章，因情節差異而構成不同文類(genre)；2.由於悲劇人物性格(tragic characters)因而產生突出的「悲劇英雄」(a tragic hero)常在志得意滿時，常因一小瑕疵(a tragic flaw，äμaρtia 此希臘文在聖經譯為「罪」)而一落千丈的殞落：眼看著起紅樓，眼看著樓塌了，讓人觸目驚心。另則詮釋角度，希臘原文 μûθos 也可詮釋為文類中思維軟體結構中多變幻的神話(myth)、故事(story)、寓言(fable)等文類內涵的靈魂(soul)要素。這些文學作品都可藉著動之以情、感人肺腑，潸然淚下，不禁唏噓。

Aristotle 細分悲劇的基本結構必然是有開端的「起」(beginning)，再經「承」陳述、鋪陳，然後達到高潮迭起的「轉」(middle, turning point, 轉捩點)，最後急轉直下，嘎然即止，趴塌殞落在「合」的尾聲結局 (ending)，讓人驚奇、驚恐(fear)、憐惜(pity)，造成一陣陣的「洗滌功用」(purgation)，宣洩警告、警惕、警醒的功能，其悲劇結構如下圖：

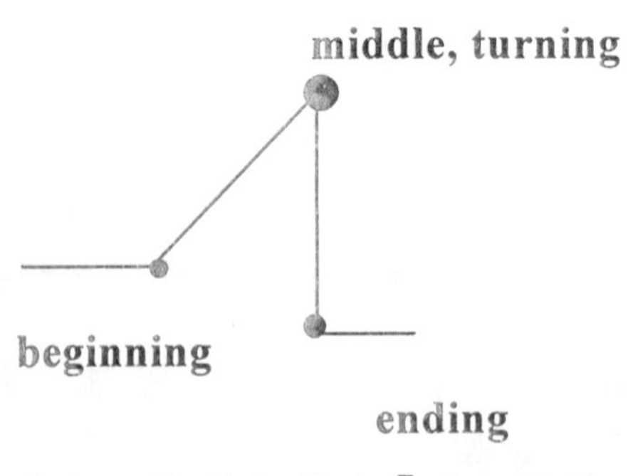

圖 1　希臘悲劇的「移位結構」

（三）Aristotle《修辭學》主論述

就人為 techne 的語文，Aristotle 撰寫另一名著 ***Rhetoric***《修辭學》陳述「說服辯論」(**persuasive arguments**)的各主要類別的基要「結構」(**structures**)，如針對各類型的人物角色(**character,** ***ēthos***)，運用各具特色的用詞遣字(**wording,** ***lexis***)。三分之二的篇幅論辨說服人的「辯論」(**argumentation,** ***inventio*** 英文為 **invention**)，其主軸定為要求客觀、理性、公平的「邏輯」(**logic,** ***λ΄oros***)所排列組合的「語言」(**language,** ***λ΄εxσ***);另三分之一論「風格」(**style,** ***elocutio***)或品味；最後三分之一論鋪陳排列組合表達方式、組織形式的「辭章作文」(**composition,** ***compositio***)。理辯過程最佳策略是採用理性的「說之以理」(**rationalization**)；兼或因人物本質個性(**character**)而異，或可採取「動之以情」(**emotion,** ***πάθos***)，或採陽剛雄渾地滔滔「雄辯」(**oratory,** ***eloquence***)，這些全靠「技術」(**technique,** ***technē***)或「藝術」或「本能」，皆可成為影響人心、軍心的最佳「武器」(**weapon**)。其立論就情理而言可比諸《文心雕龍，情采》「情者文之經，辭者理之緯，經正而緯成，理定而後辭暢」，就 **Aristotle** 秩序微調為：理者文之經，亦即中國人的情、理、法改為理、法、情，有別於現代法制國家以法、理、情先後排序。

因而 **Aristotle** 開宗明義地明示：先天的「真誠」(**honesty**)為上策，適當地運用「真理」(**truth**)和合法的「正義」(**justice**)才是正途，其次才考慮私人之「情」意。為此 **Aristotle** 在《修辭學》一書一開卷就提出「修辭」是考量各人的個別差異：有人可無字禪定、或一語道破，採取極簡、及經濟的語文或方式，勿須長篇闊論；相對照三段論「法」的「辯證」(Dialectic)程序形式二元相「對立」(counterpart)的兩種形式，又各自開展出各自的「系統」(systems)(*Rhetoric*, 採 2004 英文牛津新譯版)。

（四）Ricoeur 比較 Aristotle 的《修辭學》、《詩學》

Ricoeur(理科)在 1996 年撰文也點出 Aristotle 重科學合理的「真知」(science, *epistēmē*)而單屬個人私自的「看法」(opinion, *doxa*)僅供聊備一格。Ricoeur 比較 Aristotle 的兩本名著各自建構的「三位一體」(triad)為 1.《詩論》：(*poiesis-mimesis-katharsis*, 詩作-摹擬-滌清)；2.《修辭學》：(*rhetoric*-proofs-persuasion, 修辭-證實-說服)其中的客觀證據採用複數 proofs。而這兩本經典名著皆兼涉及用詞遣字的用語(diction, language, wording, *lexis*)，也皆看重誠於內再形於外的結果，「不誠無物」；也同時重視「知」與「行」的合一，亦即近代的「語用學」(pragmatics)的先聲先行者。兩本名著都企望語言文字可當文字、文學、文化的「載具」(vehicles)，又可當作開拓各種學科學門學問的「工具」(instruments)。Aristotle 將《修辭學》建構加冕為「典範知識學門」(the crowning intellectual discipline)。其運用範疇可加諸政治、哲學、史學、文學、美學，以及各類的人文學科。其技巧可平鋪直敘、可慷慨激昂、可花言巧語(其師 Plato 極力反對)；可運用「明喻」(simile)、或可心領神會、或辯的面紅而赤，或用「暗喻」(metaphor，使用它有可能有所閃失而會錯意 a miss)。修辭學常因人、事、物、時、空的轉變而改變使用的「技巧」或「藝術」。Aristotle 的《詩學》日後成文文學批評的經典，其中的悲劇強調「行動」(action)；而《修辭學》其中的雄辯強調「語文」，日後發展為語言學及語文教學的典範。

Ricoeur 認為「隱喻」(metaphor)一種「結構」(structure)具有雙重「功能」(functions)其一為「修辭功能」(a rhetorical function)，其二為「詩作功能」(a poetic function)，因而 metaphor 在語言文字學和文學都扮演相當關鍵的「結構」和「功能」。Metaphor 有別於一般人的日常用語，而是使用 deviation(用奇)一些怪異、修辭、鑄造加長、濃縮的辭彙，也算修辭。常造成絃外之音，意喻言表，甚至耐人尋味。相對的「明喻」(simile, eikon)直接了當，屬於一般的「論述」(discourse)而隱喻常能超越而達「詩的論述」(poetic discourse)甚至「哲學的論述」(philosophical discourses)。

（五）Aristotle 為廣義的修辭學立下古典的典範

Aristotle 這位醫生之子又鑽專研生物學、物理學，因而他所關懷研究的對象大多為「共相」(to katholou)是科學知識可觀察到「真實而準確地證明研究對象之因由。」其「認為知識是經合理推論而得的可靠信念(pisteue)，迴異意見(doxa)或看法(hypolepsei)等等概念。」然而 Aristotle 也認清常因「媒介」(質料因)、「方法」（動力因)、文化差異而改變「形式」(形式因)(引自余國藩，2008)。

常昌富(1998)在其《當代西方修辭學：演講與話語批判》以 Aristotle 為古典主義修辭學的圭臬。雖然歷經中古世紀及啟蒙運動、文藝復興，近代修辭學仍以「新亞里士多德主義修辭學」為主軸。亦即 Aristotle 古早已經為修辭學以「功能」(function)為主軸導向，配合以風格、語文「結構」(form)為骨架，鋪陳修辭學的「雙面一體」(two sides of a coin)，兼顧內容的觀念理論和形式的實作的「典範」(paradigm)。亦即研究說話者以及其對象的「人格」(ēthos, character)；再兼顧理性理念(logos, logic)和感性情意(pathos, passion)的說服方式、格式。Aristotle 考量演講可析分為三種形式：1.法庭辯論式(forensic)，評判是非，其手段為指控和辯護；2.議事式(deliberative)進行評判利弊得失，其手段是說服或採力阻；3.展開式(epideictic)，就當前儀式進行評判善惡高下，其手段為褒揚或批評。因人事物時空環境而採是當的方式或形式。

近代修辭學已將當面口語公開的雄辯式的修辭學，轉向以文本為主，接近《詩學》的文學批評，也有專著語言文字的修辭學。甚至於每一文類皆可個別發展成各自的系統或成書立說。如 Wayne Booth 出版《小說修辭學》(*The Rhetoric of Fiction*)力抗當時「新批評」主張「就文本論文本」或「藝術為藝術」(art for art's sake)，或將「作者」脫離「作品」。回復 Aristotle 原本的主張認定：作者的人格與作品的風格，息息相關。因而當代的修辭學者大都主張「互為主體」(intersubjectivity)、「互為客體」(interobjectivity)和「互為文本」(intertuxality)。甚至於擴大為修辭學即「隱喻」(metaphor)，闡釋人為後設(a posteriori)的建構，而非先驗(a priori)存在。

三、Kant 修辭學的主要架構與論述

（一）Kant (康德)為修辭學規劃新典範

Kant 將人類一切的學問分為 12 大「範疇」(category)，每一範疇皆各自具備獨一無二的「獨特必然性」(imperative)。就「量」(quantity)的數據、「質」(quality)的密度，以及「關係」(relation)的維續再及型塑「模式」(modality)做周詳全方位的考量。Kant(1781)在其 *Critique of Pure Reason*《純理性批判》將「理」劃分為先天「先驗」(*a priori*)與生俱來的直覺以及後天「後設」(*a posteriori*)推展、發展的經驗法則。全納入他井然有序的「架構」(frameworks)分析人、事、物的「時空格式」(the forms of time and space)所形成的軸線，並且再細分為各類的「結構」(structures)以及，最基礎的「基模」(schema, schemata)。

	I Quantity(量) Universal 全稱的(普世的) Particular 偏稱的(特殊的) Singular 單稱的(單一的)	
II Quality(質) Affirmative 肯		III Relation(關係) Categorical 無言的(範疇

定的 **Negative** 否定的 無限的(無定的)		的) **Hypothetical** 假言的假設 **Disjunctive** 選言的不關聯
	IV **Modality(形態)** **Problematic** 或然的(有問題的) **Assertoric** 實然的(確實的) **Apodictic** 必然的	

表 1：**Kant** 範疇論與基模論的範例對照表

Categories (範疇) 教育概念	**quantity(量), unity, plurality, totality**	**quality(質), reality, negation, limitation**	**relation(關係), causality (cause-effect), accidence, reciprocity**	**modality (形態), possibility, existence, necessity**
Schemata	**number (數目)**	**Intensity (密度)**	**Permanence in time(永**	**Maslow's needs for**

(基模) 教 學 實 例	012 多	1%~100 %	續) 終身學習	self-actualizat ion 自我實現

表 2：**Kant's Table of Judgments**

採自 Kant(1781). *Critique of Pure Reason*《純粹理性批判》
英譯本譯自德文，牟宗三中譯（筆者微調部份中譯）

Kant 最令讚嘆在他追根究底地解析形構各樣知識最基本的「基模」(**schema, schemata**(複數))，在實際教學上廣為運用。**Howard Gardner(1987)**在其 ***The Mind's New Science: A History of the Cognitive Revolution***，將 **Kant** 奉為新科學的新典範。早在 **1983** 年 **Gardner** 已依 **Kant** 的「獨特必然性」將其名著《腦構多元智慧理論》***Frames of Mind*** 將人類學習領域分為八大智能(**1995** 加自然科學補齊)，各依腦的分佈結構而形成各自學習、學科區域有別於其他學習形式建構的獨自的一種智能。

Kant 就語文的關係檢視其 **1.**無言的範疇 **2.**假言的假設以及 **3.**不關聯的選言(**choices**)，其中第 **3** 項甚為近代語言教學矚目的語文選擇權的「自由發表」(**free expressions**)這種人類語文特具的特色，意即人類語文並非全然地機械化制式的反應，而是可依個人特性，選擇可溝通的表達方式。

（二）雄渾 vs.秀美

Kant(1790)出版德文的 ***Kritik der Urteilschaft Was*** (英譯為

Critique of Judgment)主張人類應該藉著「認知本能」(cognitive faculty)去「觀察」(observation)或由先天本能「直覺」(intuition)或經後天思維反覆「思索」(reflection)去細細品嚐秀「美」(the beautiful)的形式；或敬仰敬崇(with awe)那些雄渾的(of the sublime)浩瀚無邊(boundlessness)；碩大無朋(beyond all comparison)；絕對偉大(absolutely great)。Kant 集大成地將西方自從 Longinus(大約第一世紀)就追尋的那種接近神魔的仙境魔界，那已非依靠人間的語文的「說服力」(persuasion)；而是神力的「遷移」(transport)、神能(sublime)神乎其技的「至誠如神」，常造因於超乎主觀的美感渾然天成的超然經驗累積混成的品鑑(judgment)能力。

康德追尋的是「天地之道，可一言而盡也，其為物不貳」(中庸，26 章)，可一語道盡，二話就不用說了。Samuel Johnson(1759)在其名著 *Rasselas* 第十章將可掌控的「美」界定為「可數算鬱金香的花瓣」(“Number the streaks of the tulips.”)；而那些夢幻式(dreamful)、超越式(transcendental)「惟恍惟惚。惚兮恍兮，其中有象。恍兮惚兮，其中有物。窈兮冥兮，其中有精。其精甚珍，其中有信。」(老子，21 章)，渾然天成達成「雄渾」(sublime)之「道之為物」。最後他結論在人間一位作家必須學習多種語言、多種科學、他的文采配上思(詩)采，再多加練習，熟悉每一種演說的微妙處(every delicacy of speech)和優美的和協，才能善盡人意地創作。近代 Gadamer(1980)先回到 Plato 跟他對話成書 *Dialogue and Dialectic: Eight Hermeneutical Studies on Plato*，繼之在 1976 先從 Hegel(黑格爾)論述辯證學的詮釋學 *Hegel's Dialectic: Five*

Hermetical Studies 著手，再到 1986 年回到 Kant(康德)論述與「美」相關的美學 *The Relevance of Beautiful and Other Essays*。Gadamer 一向以其名著 *Truth and Method* 新康德主義「回到 Kant 去」(Zurück Zu Kant!)主張「視境融合」(Fusion of Horizons)，融合 Plato 與 Aristotle，又融合 Kant 和 Hegel 建構另一嶄新的新境，「欲窮千里目，更上一層樓」為近代詮釋學大融合、集大成大師(戴維揚, 2004)。

四、形式主義與結構主義的語文辭章結構

（一）Saussure (1916)《語言學通論課程》

早在 1907 和 1911 年 Ferdinand de Saussure 在系列演講集結成書(1916)出版《語言學通論課程》「將語言是唯一個符號系統、必須「共時地」(synchronically)加以研究—亦即視為某一時間定點上的完整系統—不是「歷時地」(diachronically)，依其歷史發展加以研究。」每個符碼(code)都由二元一組的「符徵」(signifier，又譯符象，可以音標，或圖像或書寫的字詞)；與相對應的「符旨」(signified；意涵或思維概念)二元共同組成。其中的關聯相當「武斷」(arbitrary 或譯「約定俗成」)，並無內在必然緣由。他另一組的二分法也一直沿用到如今，他將語言系統之中的『差異』表現在符號、符碼的功能性，由此他將經常變換的叫口語 *Parole*「話語」界定為「表層結構」主觀相當自由運用的語言；相對地他認

為另有一「深層結構」包孕在客觀的符號系統，建構在「規律的形式」(“regular forms”)、「規律的句型」(“regular partterns”)具備很「嚴謹的規則管理」(strictly rule-governed；Chomsky, 2002)。

Chomsky(2000)已主張極簡化、極小化的 minimalism，極簡要、極經濟地使用語文，要言不繁，不必多言，「可一言而盡也，其為物不貳」(中庸,26 章)。最高的修辭必然是 Chomsky 和古典「三一律」之首要，追求的「簡要」(simplicity)，言簡意賅。篇章要求「統一」(unity)，再能達到晶化的「亮度」(clarity)。

（二）Roman Jakobson 創立布拉格語言學派

Jakobson(羅曼・亞克生)早在 1915 創立莫斯科語言學派(Moscow Linguistic Circle)的領袖，1920 移居布拉格，1926 創立布拉格語言學派(Prague Linguistic Circle)，二次世界大戰爆發，他再度移居，到美國認識了結構主義的大師 Claude Levi-Strauss(李維史陀)，成為形構主義、捷克結構主義的掌旗。他認為「符號」常會脫離其指涉對象，而自成獨立客體。由此他認為「一切溝通都應包含六項要素：說話者、受話者、兩者傳達的訊息、使訊息可以理解的共通語碼(code)，溝通的「接觸點」或物質媒介，以及訊息指涉的「語境」(context)。此外，Jakobson 還區分「隱喻」(the metaphorical)某一符號可由另一符號替代，如「熱情」以「火焰」代替；有別於「轉喻」(the metonymic)將某一符號與另一符號「連結」如「翅膀」與「飛行器」連結在「天空」，通常寫實的散文，好用轉喻。

Jakobson 也帶動發展成為另一當代顯學「符號學」

(semiotics)：探索電影戲劇等當今的顯學。其中以 C.S.Pierce(彼而思)將符號分為三種基本類型 1.圖像類(iconic)如照像 2.「索引類」(indexical)如煙與火 3.象徵類(symbolic)。意與象之間的對應關係不一定只是一對一的單純二分法，常有 Pierce 的三分法，或陳滿銘(2009)所析分的「一意多象」(an inexhaustible tissue, galaxy of signifiers)，或「一象多意」(ambiguity)，多重多元多層次的對應/呼應關係。

五、後結構主義論述

（一）Derrida 解構原「結構主義」

Jacques Derrida 挑戰 18 世紀 Kant 所宣稱的「人類具有內建責任感」對「更高的道德律」(the higher moral laws)具有一種尊崇敬畏的心，這就是「道德」(morality)的基礎。Derrida 繼存在主義的 Jean Paul Sartre(沙特)質疑這種道德律的「本質」(essence)，進而提出「去 logos」,「去中心」的 delogolization，而趨向「雙重行為的『自由』與『壓力』的邀請」(the "double act" of the invitation)，主張有些人類行為反應是沒有通則，也無規律導向(without a general and rule-governed response)，有些抉擇也是無法則、無意義的、隨興的另類的「論述」(discourse)，有別於 Aritotle 的「哲學論述」(philosophical discourse)。因而拋棄 Kant 理性實踐的道德觀而另建立近代的「暴力」(violence)「美學」

(esthetics)，類如毛澤東主張「造反有理」的瘋狂殺人行為，以及無數的「暴力影片」所呈現地「暴力美學」或如他在 1966 年的成名作，以遊戲(play)心態論述。

（二）Roland Barthes 的解構論述

Barthes(1970)出版分析 Balzac 的故事 Sarrasine 成書 *S/Z*，打破傳統二分法的「敘事結構分析」。戲謔地批判「以一攝多」、「一以貫之」的理論架構，他以不同的食物比喻不同的典範轉移。他認為傳統多以具有果仁(核)的文本分析，找出核心價值。然而他認為另一種食物如洋蔥，層層蔥皮(也就是不同層次、結構)相疊累積，而其塊體最終卻不含任何中心、硬核、秘密、任何不可化約之原則。其外皮所包裹的，也只是其表面的套裝。為此，他取消了「統一」，他把他新創的論述比喻好像倒吃/順吃節節高的甘蔗，隨著不同部位，品嚐出不同的甜味。因而他打破固定的「結構」(structure)，走向動態的「結構過程」(structuration)、由整體作品(work)走向片片(篇篇)看似零碎的「文本」(texts)、由「意義」(sens)走向「意義的生成」(significance)。亦即走回 Plato 的洞見，認為吾人只能略窺真實的真理的一角，或所見、能見只能曇花一現或鏡花水月的倒影，人間的「論述」(discourse)可能只是一種「遊戲」(法文 jeu)一種欲止還行的懸拓(suspense)，有時「無聲」勝「有聲」、勝過 Aristoltle 主張的能言善辯(persuation)。主張語言常是強勢挪用(appropriation)，衝破了對照之牆，消除了硬幣正反、通常的二分法(二元性)。謎樣的人生常是無厘頭，不見樹也不見林(橫生枝節或糾繞盤曲)的「荒涼」、「荒繆」、「荒唐」。一頭霧水底洞見女性如 valva(門扉)的 vulva(女陰)，類如老子的「玄牝之門」，已經見不到 Aristotle 定義嚴謹的「結構」，只洞見隨興地「建構歷程」(structuration)。為此「所有的佈局序列不久都要結束了，敘事也行將消失。」雖然勉強型成「樹狀結構」，時常橫生組合關係和縱向亂序排列，交叉或交錯(屠友祥譯著, 2004)。類如後現代的「亂中有序」，此序已非 Aristotle 所規劃的「井然有序」的「序」，其組合已是後現代 Bakhtin(巴赫丁)所呈現的「眾聲喧嘩」(heteroglossia)在一個「喧嘩社會」(heterogeneous society)。

（三）M. M. Bakhtin (巴赫金 1895-1975)修辭論述

Bakhtin(1934-35)定稿《長篇小說話語》將歐洲小說修辭的兩條路線」(魏炫譯, 2002)將「共時」(synchronic)的橫向架構轉向「歷時」(diachronic，或譯「通時的縱軸，甚至將縱橫統一論述。稱之為「時空體」將「時間形式」疊合在空間優勢的「空間形式」或稱「時間的空間化」，亦即「時間系列與空間系列交叉」。

Bakhtin 另則又將「對話」(dialogue)和「獨白」(monologue)也混雜一起。他認為所謂的「獨白」其實也孕含「對話」的隱性因子，具象的小說世界也蘊含了哲學哲理的「普遍性」和「抽象意義」。「內容」和「形式」或「結構」常是互動、互相指涉。他認為只有在天地混沌中，舊約聖經創世紀開始上帝用「語言」(logos)創造井然有序的世界，到新的聖經約翰福音 1:1 太初有「道」(logos)那時的世界已經是混雜的「狂歡」的「眾聲喧嘩」。他認為蘇俄小說家 Dostoevski 的小說就利用一種特殊的「修辭手法」(rhetoric device)呈現出欲擒故縱(occupation)，時而對話、時而獨白，亦莊亦諧的「莊諧體」描述、敘述亦真亦幻的小說世界，將現實世界的「摹擬」轉化為藝術世界的「再現」(representation)。

六、結論

結構論述或篇章結構在修辭學一直佔有中心、核心的位置；然而也經歷多重典範轉移，其意義(significantly)的重要性也多有所變化。

（一）從 Aristotle 到 Neo-Aristotelian

Aristotle 撰寫專書 *Rhetoric* 闡釋「說服人」的修辭「技巧」與「藝術」，在其 *Poetics* 也解說文學文類(genre)的「結構」類型，都早成為古典的典範。歷經中世紀、文藝復興、啟蒙運動其中集大成的 Kant 認知的科學分析，之後 20 世紀，又回到 Aristotle 而新創「新」Neo-Aristotelian 的詮釋結構。

（二）從 Kant 到 Neo-Kantian

Kant 將「結構」以認知科學的角度，析分為大「範疇」(category)和大「架構」(frameworks)、「結構」(structures)和小「基模」(schema, schemata)，井然有序，蔚為哲學式的科學分析。其後又經 19, 20 世紀的「形式主義」(formalism)和「結構主義」(structuralism)，多所修調，再經 Gadamer 繼其師 Heidegger(海德格)，又回到 Kant 而成「新」Neo-Kantian 的結構論述，可將不同「視境融合」(fusion of horizons)，更高一層次去解析結構現象的論述內涵。

（三）從 Jakobson 到 Jespersen(1860-1943)

Jakobson 創莫斯科學派、布拉格學派，到美國為後現代(postmodern)、後結構(poststructuralism)提出「主導思潮」(concept of the dominant)，為語言學的溝通模式(model of linguistic communication)以及 study of aphasia 和區分「引喻」(metaphor)和「轉喻」(metonymy)，都有極顯著的貢獻。Jakobson(1984)出版《文學的語言》，更將文字、文學、文學統合解說。

Otto Jespersen(1860-1943)在 1924 出版 *The Philosophy of Grammar*(吾師傳一勤譯為《語法哲學》，將 Grammar 解析為當代「語言學」各層次的「通則」：為此他析分四個層次 1.語音學 2.「詞形學」(morphology)由形式而意義中的詞類變化 3.句法學 4.語法學，而來論文章的篇章學和章法學，只聚焦在現代的語言學(linguistic)的重要細部的「結構」(Form)與「功能」(function)。

（四）Chomsky 本身結構論述的典範轉移

Noam Chomsky(1956)開始以人類腦部結構(frames of mind)先天裝置有 LAD 而推論人類共通具有固定「綁定」(binding)和「管理」(government)的共同「普世法則(文法)」(Universal Grammar, UG)，因而發展其「衍生變換律文法」(generative transformational grammar)，廣為語言學界奉為 20 世紀「新典範」。

Noam Chomsky 到 21 世紀出版兩本專書將普世宏觀的 UG，轉向微觀的「極小」分析極簡、及經濟的語文功能，又掀起新一波的新典範、新結構的新觀念，能一語點化、一語道破「新極小化的新結構」。尤其在此手機簡訊超夯的時刻，獲得首獎的只有 4 個字外加 2 個標點符號「想我，響我！」媲美莎翁筆下引羅馬史學與傳記作家布魯塔克描述凱薩大地的神勇迅雷不及掩耳的意念，意見、意行的拉丁文為 **“veni, vidi, vici”**英文為 **“I came, I saw, I conquered.”**中文「看了就上」差可比擬。

（五）邢志群的語用「篇章結構」

邢志群將「語用學」**(Pragmatics & Discourse)**帶入了華語教學，然而現今的華語教學界裡致力於把「篇章教學」**(pedagogic discourse)**跟華語教學更緊密結合。

邢志群**(Xing, 2006)**就教學法提出一個概念是—有分層次的教學法**(layering method)**及分層級的教學法**(stratification method)**。何謂有層次的教學法包括基本功能**(basic function)**、普遍功能**(commonly function)**及特殊功能**(special function)**。這三種功能是針對語法成分**(grammatical element)**而分的。她認為一個語法點上可由淺到深循序漸進地教學。所謂語法的基本功能是這個語法的原始義或是最原本的功能；所謂普遍功能是篇章中最常被使用的語法成分；而特殊功能是在某些特定的情況及詞語中才被使用的語法成分，例如成語或慣用語等等。說得更白話一點，基本功能就是一定要用它的時候；普遍功能就是可用可不用的時候；特殊功能就是特殊情況才用它的時候。舉例來說，“把字句”有很多句型，但我們是不是應該一次都交給學生呢？按照她的看法，應該是分層次的交給學生，這個層次就應依上述三種層次循序漸進。

邢志群(2006)主張基礎中文大概就是那些為“生存”的(survival)語言，像買東西、點菜、搭公車等但並非其他的篇章關聯詞須要一次全教，待擴大上升到篇章的層次，如何作文，如何佈局，可讓我們的華語教學注入一股新思維。我們期待不久台灣也能有兼顧「內容」與「形式」結構的教材出來，讓華語教學更上一層樓。

參考書目

刑福義、汪國勝 (2008)。現代漢語語法修辭。北京：高等教育出版。

李英哲 (2001)。漢語歷時共時語法論集。北京：語言文化大學。

李先焜 (2006)。語言符號與邏輯。湖北：人民。

李軍 (2005)。語用修辭探索。廣州市：廣東教育出版社。

泰瑞•伊果頓 (1993)。文學理論導讀。(吳新發譯)。台北市：書林。

曾妙芬 (2007)。推動專業化的 AP 中文教學。北京：語言大學。

陳蘭香 (2008)。漢語詞語修辭。北京：中國社會科學出版社。

陳滿銘 (2007)。多二一(0)螺旋結構論：以哲學文學美學為研究範圍。臺北：文津。

陳滿銘 (2004)。篇章辭章學(上)(下)。福州：海豐。

陳滿銘 (2009)。論篇章內容與行事之關係—以多二一(0)螺旋結構切入作考察。國文天地，25(5)，69-76。

張韌弦 (2008)。形式語用學導論。上海：復旦大學。

葉斯泊森 (1984)。語法哲學。(傅一勤譯)。台北市：台灣學生書局。

蔡曙山。語言、邏輯與認知修辭學。清華大學。

戴維揚 (1996)。從二元對立 vs.合而為一到協商式的文化教學。文訊雜誌，42-43。

戴維揚 (1981)。論儒家經典西譯與基督教聖經中譯。教學與研究，3，241-278。

戴維揚 (2002)。文化交融與英語文教學。載於戴維揚(主編)，文化研究與英語文教學。37-56。台北：台師大。

戴維揚 (2008)。華語文已成為新興強勢國際語文。English Career，42-47。

戴維揚 (2009)。開闢中文系國際交流的新天地。國文天地，24(8)，86-87。

戴維揚、方淑華（2004）。就語言流變追根溯源閩台漢語。載於戴維揚(主編)，人文研究與語文教育，15-42，台北：台灣師大。

戴維揚 (2009 付梓中)。易經教學：數理邏輯及人生哲理。陳滿銘主編，實用漢語語法。台北：新學林。

譚學純、朱玲 (2001)。廣義修辭學。

羅淵 (2008)。中國修辭學研究轉型論綱。北京：中國社會科學。

Arnold, M. C. (1869, 1994). *Culture and anarchy*. New Haven: Yale University Press.

Eagleton, T. (1983). *Literary Theory: An Introduction.* Oxford: Blackwell Publishers.

Jakobson, R. (1987). *Language in Literature.* USA: Belknap

Harvard.

Man, P. de. (1971). *Blindness and insight in contemporary criticism.* New York: Oxford.

Ricoeur, P. (1996). *Between Rhetoric and Poetics. Essays on Aristotle's Rhetoric.* Ed. Rorty, A. O. Berkeley: University of California Press. 324-384.

Rhys, R. W. (2004). *Aristotle Rhetoric.* NY: Dover.

Saussure, F. de (1959). *Course in general linguistics.* New York: Philosophical Library.

Selden, R., Widdowson, P., & Brooker, P. (1997). *A Reader's Guide to Contemporary Literary Theory.* England: Prentice Hall.

Xing, J. Z. (2006). *Teaching and learning Chinese as a Foreign Language: A pedagogical grammar.* Hong Kong: Hong Kong University Press.

《佛說阿彌陀經》內容結構及修辭技巧研析

魏式岑

國立嘉義大學中國文學系研究所碩士生

摘　要

《阿彌陀經》（全名《佛說阿彌陀經》）是 12 部經中屬於「無問自說」的一種。此經文之作法相當特別，在釋尊說法的經典裡，《阿彌陀經》卻是釋迦牟尼佛不待弟子發問，見時機成熟，暢悅本懷地「無問自說」而來的。

被佛教淨土宗奉為「淨土三經」的《佛說阿彌陀經》、《佛說無量壽經》、《佛說觀無量壽經》經典裡：《佛說阿彌陀經》於內容結構上清楚明白地說出，極樂淨土的依正莊嚴，十方諸佛同聲讚歎此易行之法，信願必成；於《佛說無量壽經》裡道出發 48 大願，經長劫修行，福慧圓滿，誓度惑業凡夫，咸得往生；而《佛說觀無量壽經》以淨業三福，十六妙觀，具體而微地呈現極樂世界之妙相莊嚴。然三經中，如清藕益大師於《阿彌陀經要解》云：「此大乘菩薩藏攝，又是無問自說，徹底大慈之所加持」，是《阿彌陀經》很值得從分析經文裡的章旨、構局、修辭，而一探「西方極樂世界」的莊嚴勝境。

關於本論文之研究方法，擬以文獻分析法作為主軸，而蒐羅與篇章結構、修辭有關的資料，以分析、歸納、演繹、直觀、時間層遞等，隨時配合文獻，而呈現本論文內容之詮釋和進程，於一定脈絡中，為達其融通之表述而準備。

此篇論文將佛經之經文內容，依其運思結構及修辭技巧作分析可能是一項新嘗試，惟期待能「如是」地掌握經文之內涵及意境。

關鍵詞

佛說阿彌陀經、極樂世界、內容結構、修辭技巧

一、前言

對於《阿彌陀經》加以注疏的祖師大德歷來不少，然其中清藕益大師的《阿彌陀經要解》，卻因大師以「信願行」揭示淨土三資糧，而普被後世修習淨土之依憑：「此經以信願持名為修行之宗要，非信不足啟願，非願不足導行，非持名妙行，不足

滿所願而證所信。」[1]蓋三資糧具足，仗佛力之易行，當生即成，這是「原夫諸佛憫念群迷，隨機施化」[2]佛親口保證，確實無疑而能實踐的真理。

如此特別的一部經，讓後世高僧大德，推崇備至，遂擬撰「要解」。想必《阿彌陀經》經文內所提之極樂世界，非一般人甚至連菩薩都未必知道，卻透過釋迦牟尼佛主動提出：「如是等恆河沙數諸佛，各於其國，出廣長舌相，遍覆三千大千世界，說誠實言，汝等眾生當信是稱讚不可思議功德一切諸佛所護念經。」[3]故這個殊勝法門之內文義蘊，如何闡發、釋譯，端賴有心者剖析條理，明白章法，推陳而出；筆者依此因緣，遂對此經內容結構、修辭技巧，認為應當有特別的作法，因此極樂「最極清淨莊嚴，不同莊生寓言。」[4]故當對經文作一析理，疏證，看是否能如是窺知極樂世界真實之境！此是研究此經最初之動機也。

二、《佛說阿彌陀經》經題釋名與譯者解說

---

[1] 藕益大師，《阿彌陀經要解》，高雄，（財團法人高雄淨宗學會，2003 年 11 月），頁 20。

[2] 同註 1，頁 15。

[3] 《大正藏・佛說阿彌陀經》12 冊，（中華電子佛典協會，2009 年 4 月），頁 366。

[4] 同註 3，頁 366。

（一）釋名[5]：

(1)佛：「佛」是梵音，全稱「佛陀」，中國常省略，單稱為佛。佛之意譯為大覺者，經云：「凡有心（知「覺」）者皆能作佛」。

(2)說：講解之意。此處當指釋迦牟尼佛待機緣成熟而說的法，是暢悅本懷（「說」又是「悅也」）未待請問而自說。

(3)阿彌陀：

a.譯為無量壽，即壽命無量。《佛說無量壽經》云：「彼佛壽命及其人民無量無邊阿僧祇劫，故名阿彌陀。」[6]

b.又譯為無量光，即光明無量。《佛說無量壽經》云：「彼佛光明無量照十方國，無所障礙，故名阿彌陀。」[7]

c.意謂佛的壽命、光明、智慧、功德、慈悲、相好、道力……等，無一不無量。

(4)經：此是通題，通於一切經藏，是三藏之一。梵語修多羅，翻為契經，中國常省略，單稱為經。契經，是契合，即上契諸佛所說之理，下契眾生可度之機。「經」

---

[5] 斌宗法師：《佛說阿彌陀經要釋》（台北，莊嚴出版社，1982 年 2 月初版），頁 41。以上釋名，即參照本書，而酌予整理。

[6] 《大正藏‧佛說無量壽經》12 冊，（中華電子佛典協會，2009 年 4 月），頁 360。

[7] 同註 6，頁 360。

是萬古不滅的真理，發為永久不變的定論謂之經。

（二）譯者解說：

古來譯《阿彌陀經》者，有秦譯、宋譯、唐譯三種譯本，現在缺失宋本求那跋陀羅譯的《小無量壽經》一卷。其他，譯者為三藏法師：其一為姚秦鳩摩羅什大師[8]，師乃七佛譯師，此本於今流通最廣。其二為唐玄奘大師，經名為《稱讚淨土佛攝受經》，譯經內容，篇幅稍增，準確完備，辭義詳明，力保原貌。

今筆者採用之經本，乃以秦譯本為依據，何以故？一者秦譯本以經本旨趣，從「阿彌陀佛」立名，易使人容易樂聞信受。二者至今四海內外同尊秦本，流通最早、最廣。三者秦譯本已為各寺院道場早晚課誦讀本。故依秦譯本。

三、《佛說阿彌陀經》內容結構分析

何謂內容結構？這是談章法中必經之路，因為內容結構與章法有著密不可分之關係，在《阿彌陀經要解》科判表裡，我們可以窺知序分、正宗分與流通分之各項細目，皆為闡釋本經內容結

[8] 同註 5，頁 49-50：1. 姚秦（標翻譯的時代）：「南北朝時代，亦有秦，……當時什法師譯經在姚都的緣故所以稱姚秦。」2.三藏法師（是顯示其德）：「三藏是佛教一切經典之總稱，即經律論。……三藏所明之理，不出戒定慧三學，……譯主——羅什法師是自他二利兼備的法師，故以三藏法師稱之。」3. 鳩摩羅什（是標出師名）：「鳩摩羅具足應云：鳩摩羅耆婆，翻為童壽。意義是說：小童的年紀而有老年的德行；什是善能識別我國文字的一種稱呼。」

構而準備。師大陳滿銘教授認為：「分析一篇文章，首先要理清其內容結構成分，確定它的核心成分（情與理）是什麼？而外圍的成分（事與景）又有那些？」[9]當然《阿彌陀經》內的經文，同樣地也會出現這樣的內容成分與類型。以下便依循《阿彌陀經要解》科判對本經之內容結構作進一步分析；其間再加以參考對章法已研究多年的陳滿銘教授、仇小屏、陳佳君等相關著作，希望能隨時對經文之內容結構做最詳盡補充：

（一）講經方式——「無問自說」：

釋迦牟尼佛在世間說法，大致是應機，49 年中集結的經典，一開端即道出由哪位大德、弟子或菩薩請示的事，是隨緣教化的，唯有《阿彌陀經》是這樣開始的：「爾時佛告長老舍利弗」。清・藕益大師在《阿彌陀經要解》別序裡說到：「淨土妙門，不可思議，無人能問，佛自唱依正名字為發起，又佛智鑑機無謬，見此大眾應聞淨土妙門而獲四益，故不俟問，便自發起。[10]」釋迦牟尼佛所發起的對象，竟是十大弟子中智慧第一的舍利弗，這非常特殊，可見法門非第一智慧者，甚難深信也。

（二）內容結構成分：

1.「信願持名」之妙意（核心）

千百年來「淨土三經」並行於世，至今唯以《阿彌陀經》列

[9] 陳滿銘，《章法學綜論》，台北，萬卷樓圖書，2003 年 6 月初版，頁 108。
[10] 同註 1，頁 38。

為日課。其因為何？「此經以「信願持名」為修行之宗要……經中先陳依正以生信，次勸發願以導行，次示持名以逕登不退。」[11]是「信願持名」為整部經文說理之核心。又何以「持名逕登不退」[12]？乃因「唯持名一法，收機最廣，下手最易，故釋迦慈尊，無問自說，特向大智舍利弗拈出。」[13]於是整部經文所言，皆環繞「念」字為要，提斯眾生，「信願持名」之妙意。

2.極樂境界之難逢（外圍）

經文於三至六段，描述極樂世界之境界，如諸寶行樹、七寶池、八功德水及蓮花池，這樣的世界，常聞天樂，出微妙音，如百千種樂，又和著雜色之鳥，使法音宣流，同時俱作，花雨繽紛，衣祴妙華，飯食經行「供養他方十萬億國」。經裡能介紹這麼難逢之境，便是將內容結構中外圍成分的事與景，因緣而和合，且又時時不離以「持名」之妙意，勸導眾生，化願成行，信受無疑。

（三）科判表解：

整部《阿彌陀經》皆不離經題之名，關係密切，誠如藕益大師《彌陀要解》所云：「此經名字，一經於耳，假使千萬劫後，畢竟因斯度脫。」[14]如此斷語，強調名號於簡易中見不凡，又怕眾生不能堅信，遂云：「如斯力用，乃千經萬論所未曾有，較彼頓悟正

[11] 同註 1，頁 20。
[12] 同註 1，頁 20。
[13] 同註 1，頁 24。
[14] 同註 1，頁 26。

因，僅為出塵階漸，生生不退，始可期於佛階者，不可同日而語矣，宗教之士，如何勿思。」[15]

的確，這部說明阿彌陀佛如何發願生生度化眾生的悲心慈願，連「華嚴奧藏，法華秘髓，一切諸佛之心要，菩薩萬行之司南，皆不出於此矣」[16]所以說明這部經的時機，在於一句「阿彌陀佛」，雖簡易，卻有遍賅一切之不易，何況又透過十方諸佛的讚歎、強調，非常具說服力地讓往後接觸聽聞的人，起真實不虛，堅信的願力，經文內容的結構安排便必須緊密而有次第地進行著。

此部經文內容若依陳佳君的〈橫向結構與章法類型〉所區分之四大家族，即圖底、因果、虛實、映襯作分類，則經文之內容都有可能出現。以下便依《阿彌陀經要解》裡的科判表，再配以四大家族及仇小屏《篇章結構類型論》一起作分析：

1.序分：

(1)通序：以標法會時處：「如是我聞。一時佛在舍衛國，祇樹給孤獨園。」[17]將說法地點指出。接著引大眾同聞，有聲聞、菩薩、天人眾等一一

介紹：「與大比丘僧，千二百五十人俱，皆是大阿羅漢，眾所知識：長老舍利弗、摩訶目犍連、摩訶迦葉、……、阿那樓馱，如是等諸大弟子。并諸菩薩

[15] 同註 1，頁 26。

[16] 同註 1，頁 27。

[17] 同註 3，頁 2，「序分」至「流通分」所引文本段落亦皆自大正藏而來，故以下小註省略。

摩訶薩：文殊師利法王子、阿逸多菩薩、……與如是等諸大菩薩。及釋提桓因等，無量諸天大眾俱。」如同四大家族中的「圖底法」，將說法地點、聽法大眾先列出，在這裡所呈現的便是「底」。

(2)別序：此部經的重要焦點——由釋迦牟尼佛向智慧第一的舍利弗發問：「爾時，佛告長老舍利弗：『從是西方，過十萬億佛土，有世界名曰極樂，其土有佛，號阿彌陀，今現在說法。』」於是「圖」之焦點因釋迦牟尼佛「無問自說」而形成，這屬於圖底時間類之問答法，而且問的部分就是此部經文的重點。

科判表解如下：

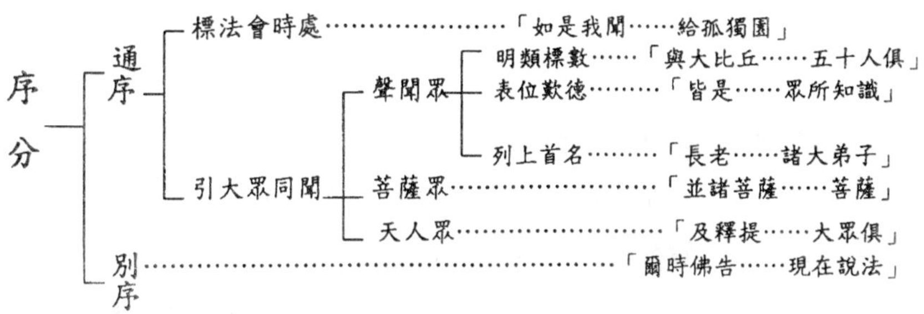

2.正宗分：

是正文的開始，詳細地描述極樂世界難逢之境：

（1）廣陳彼土依正妙果以啟信：

圖表 ①依報妙：

西方極樂世界去此十萬億剎土，其莊嚴美妙，在《阿彌陀經》如是清淨無染，唯顯善境的妙土裡，阿彌陀佛告訴我們：「極樂國土，七重欄楯，七重羅網，七重行樹，皆是四寶周匝圍繞，是故彼國名為極樂。又舍利弗。極樂國土，有七寶池，八功德水，充滿其中，……池中蓮花大如車輪，青色青光、黃色黃光、赤色赤光、白色白光，微妙香潔。」

這指的是將極樂世界的境界，如「七重行樹」由一至七寶合成色彩繽紛的樹，微風吹來，如百千種樂器，同時演奏妙音。「七寶池」如大海般，黃金鋪地。「八功德水」：水即澄淨、清冷、甘美、輕軟、潤澤、安和、除患（除饑渴）、增益（增善根）。「寶花」八功德水上，有著無量無數「微妙香潔」的蓮花等一一道出依報之妙果。

此段如四大家族裡圖底空間類的遠近法[18]，其描述由欄楯、行樹、寶池、功德水至池中蓮花，在空間布置上，是「先底後圖」由遠至近[19]地最後再出現蓮花；同時也是知覺轉換法[20]中，分別以視覺和嗅覺來描寫淨土。

接著「彼佛國土，常作天樂。黃金為地。晝夜六時，雨天

[18] 陳佳君，《篇章縱橫向結構論》，台北，文津出版社，2008 年 7 月一刷，頁 197。

[19] 仇小屏，《篇章結構類型論》，台北，萬卷樓圖書，2005 年 7 月，頁 18：「遠近法所形成的不同結構，有如下四種：『由近而遠』、『由遠而近』、『近遠近』、『遠近遠』。」

[20] 同註 19，頁 150：「知覺轉換法強調的是不同知覺之間的轉換。」

曼陀羅華。其土眾生，常以清旦，各以衣裓盛眾妙華，供養他方十萬億佛，即以食時，還到本國，飯食經行。」所謂「黃金為地」乃是七寶為地，而黃金為七寶之首。這似乎又是另外一種圖底空間類型的轉換，由上段之靜態描述，如「七重欄楯，七重羅網，七重行樹，……」；一轉而為動態的呈現如天樂作響、花雨、經行等狀態變化[21]；這在知覺轉換法中，又以聽覺和視覺作為前導。

經文中還有一段很特別的——極樂世界有百千種奇妙雜色之鳥，是由阿彌陀佛，欲令法音宣流，而變化如：「白鵠、孔雀、鸚鵡、舍利、迦陵頻伽、共命之鳥。是諸眾鳥，晝夜六時，出和雅音。……其土眾生，聞是音已，皆悉念佛、念法、念僧。」這裡是否有虛實家族的影子？然彌陀與雜色之鳥於極樂世界中變換交錯[22]，是實？是虛？真非一般常理所能道得。

圖表 ②正報妙：

此處之正報妙果，所呈現的是阿彌陀佛如何發願實現這悉有聖地？其徵釋名號，分為約光明釋：「舍利弗。彼佛光明無量，照十方國，無所障礙，是故號為阿彌陀。」一切萬象，皆放光明，又處處香氣瀰漫。約壽命釋：「又舍利弗。彼佛壽命，及其人民，無量無邊阿僧祇劫，故名阿彌陀。」阿彌陀佛的壽命無量無邊。這裡分別解說阿彌陀佛如何具足無量無邊功德。

---

[21] 同註 19，頁 135。「狀態變化法指的是：將外在世界中，萬事萬物某一狀態的變化，呈現在篇章中的章法。」

[22] 同註 18，頁 206：「虛實家族……又可統攝為具體與抽象類、時空類、真實與虛假類三種」。

又《阿彌陀經》如何而來？經中另別釋主、伴說明之：「舍利弗。阿彌陀佛成佛已來，於今十劫。」此是主；「彼佛有無量無邊聲聞弟子，皆阿羅漢，非是算數之所能知。諸菩薩眾，亦復如是。」此為伴。最後再以「彼佛國土，成就如是功德莊嚴。」作結。正報妙裡含有因果家族的因果法[23]，其因為阿彌陀佛經累劫修行而成就功德莊嚴的極樂妙果，以下更藉由眾生發願來道出其果德。

(2) 特勸眾生應求往生以發願：

此部分說出眾生生至極樂世界，將有異想不到的功德、果位：如揭示無上因緣：「極樂國土，眾生生者，皆是阿鞞跋致，其中多有一生補處，其數甚多，非是算數所能知之，但可以無量無邊阿僧祇說。」；特勸淨土殊勝：「眾生聞者，應當發願，願生彼國，所以者何？得與如是諸上善人俱會一處。」如此明示眾生將「因」發願而得「一生補處」與「諸上善人俱會一處」之果。

(3) 正示行者執持名號以立行：

這又是非常重要的一部分，說明能生西方極樂世界的條件，即正示無上因果：「舍利弗。不可以少善根福德因緣，得生彼國。」重勸：「若有眾生，聞是說者，應當發願，生彼國土。」

從這部分的經文內容，可以看出因果相生之理，陳佳君

[23] 同註 18，205。

認為：「因果家族的章法在實際運用時，都會產生一種極具邏輯性的層次美。」[24]怎麼說呢？因為：「因果邏輯可以說是人們最基本的一種思維模式，……是在於能夠很明白的理清辭章內容的始末源委、淺深層次、前因後果，……也就是能夠藉著掌握理路之進程，使創作者有效的表情達意，或使欣賞者能充分深入義旨。」[25]所以我們常會看到文學作品，其因果邏輯便很普遍地運用於辭章之中，而佛經的運用，更是言之成理。

科判表解如次頁：

3.流通分：

(1)普勸：由於有六方佛同聲讚歎，釋迦牟尼佛普勸眾生相信此難信之法。

勸信流通：「舍利弗……一切諸佛所護念經」這一段最具有說服力，因為極樂世界是十方諸佛都讚歎的國土，此經搬出了六方佛（以此代表盡虛空遍法界，十方三世一切諸佛的讚歎），來證明《阿彌陀經》的極樂世界：「不可思議功德一切諸佛所護念經」。而六方佛所進行的次序猶如

[24] 同註 18，頁 202。
[25] 同註 18，頁 104-105。

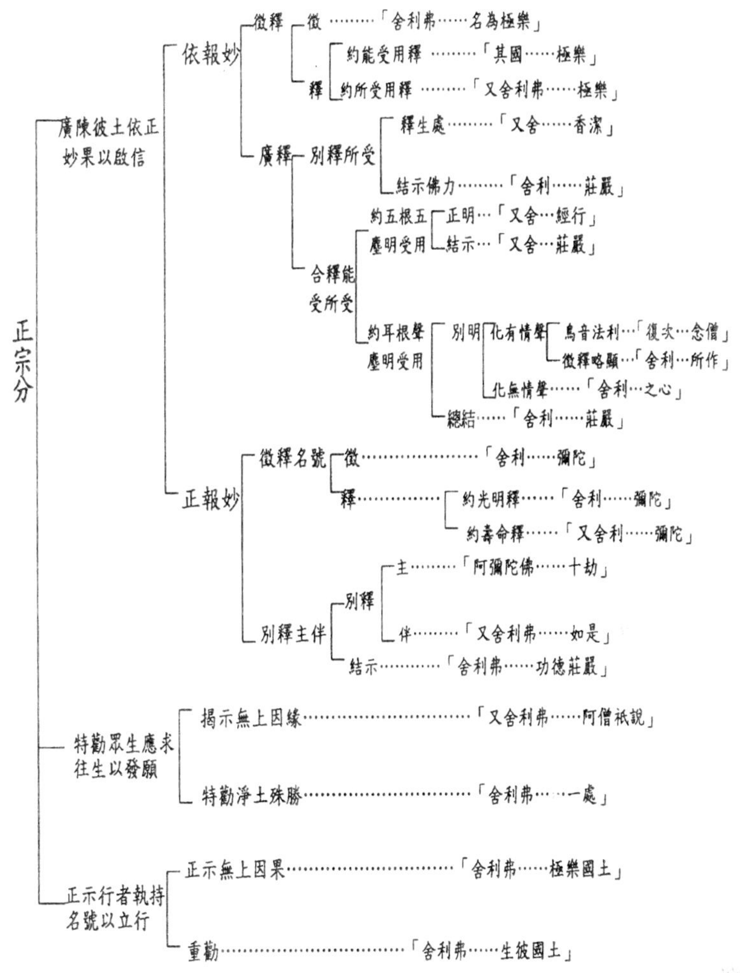
正宗分
廣陳彼土依正妙果以啟信
依報妙
徵釋
徵………「舍利弗……名為極樂」
釋
約能受用釋………「其國……極樂」
約所受用釋………「又舍利弗……極樂」
廣釋
別釋所受
釋生處………「又舍……香潔」
結示佛力………「舍利……莊嚴」
合釋能受所受
約五根五塵明受用
正明…「又舍…經行」
結示…「又舍…莊嚴」
約耳根聲塵明受用
別明
化有情聲
鳥音法利…「復次…念僧」
徵釋略顯…「舍利…所作」
化無情聲……「舍利…之心」
總結……「舍利……莊嚴」
正報妙
徵釋名號
徵…………………「舍利……彌陀」
釋……………
約光明釋……「舍利……彌陀」
約壽命釋……「又舍利……彌陀」
別釋主伴
別釋
主………「阿彌陀佛……十劫」
伴………「又舍利弗……如是」
結示…………「舍利弗……功德莊嚴」
特勸眾生應求往生以發願
揭示無上因緣…………………………「又舍利弗……阿僧祇說」
特勸淨土殊勝…………………………「舍利弗……一處」
正示行者執持名號以立行
正示無上因果…………………………「舍利弗……極樂國土」
重勸…………………………「舍利弗……生彼國土」

圖底家族空間類中的視角變換法[26]：「是利用多重的視角，以多重空間變化互相搭配的章法」[27]，經文中六方佛的介紹就是由東方、南方、西方、北方、上方、下方，以順時鐘的多重的視角方向進行。

勸願流通：「舍利弗……應當發願，生彼國土」此段在告訴眾生極樂世界是「一切諸佛所護念經」，於是鼓勵眾生應當發願。

勸行流通：諸佛轉讚：「釋迦牟尼佛能為甚難希有之事，能於娑婆國土，五濁惡世，劫濁、見濁、煩惱濁、眾生濁、命濁中，得阿耨多羅三藐三菩提。為諸眾生，說是一切世間難信之法。」

教主結歎：「舍利弗。當知我於五濁惡世，行此難事，得阿耨多羅三藐三菩提，為一切世間說此難信之法，是為甚難」

這裡將「五濁惡世」與「得阿耨多羅三藐三菩提」所呈現出相對的關係，是映襯家族的特色，而「映襯族性含蓋了對比與調和的關係」[28]對比如映照類中的正反法[29]，一正一反地強調難行、難信；調和如襯托類的天人法[30]，是以五濁眾生能得阿耨多羅三藐三菩提，雖難行能行、難信能信。

(2)結勸：苦口婆心地勸導眾生發願生彼國土。

---

[26] 同註 19，頁 75。

[27] 同註 18，頁 198。

[28] 同註 18，頁 217。

[29] 同註 18，頁 217：「正反法是透過正面材料與反面材料的相互為用，以彰顯義旨的一種章法。」

[30] 同註 18，頁 220：天人法「若就說理而言，則分屬天道與人道。」在此天道可改為佛道。

經曰：「佛說此經已，舍利弗，及諸比丘，一切世間天人阿修羅等，聞佛所說，歡喜信受，作禮而去。」最後一段道出，釋迦牟尼佛雖然在五濁惡世的世界裡，卻仍能「得阿耨多羅三藐三菩提」[31]，這能不令「一切世間天人阿修羅等」因了解明白而「歡喜信受」嗎！

科判表解如下：

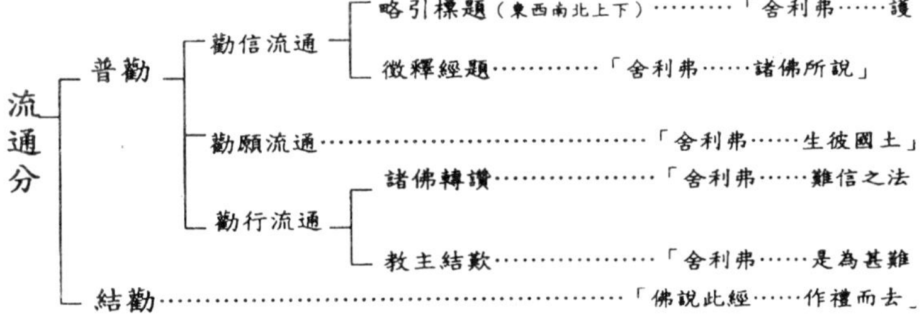

一部《阿彌陀經》篇幅非長，卻掌握住了虛實家族裡的「凡目」結構：「凡目法是在敘述同一類事、景、理、情時，運用了『總括』與『條分』來組織篇章的一種方式。」[32]，至於「凡目」為何？「凡目法中的『凡』，指的是『總括』而所謂的『目』，指的是『條分』」[33]

---

[31] 丁福保編：《佛學大辭典》（台北，財團法人佛陀教育基金會，2004 年 7 月），頁 1455。「阿耨多羅三藐三菩提（術語）佛智名。《法華玄贊》二曰：『阿云無，耨多羅云上，三云正，藐云等，又三云正，菩提云覺，即是無上正等正覺。』」

[32] 同註 18，274 頁。

[33] 同註 18，頁 208。

經裡一開始，即以釋迦牟尼佛提問極樂世界與阿彌陀佛的整個淨土之由來，此即是「凡」，然後阿彌陀佛的修行歷程，如何修這個易行法，又祂方佛如何稱揚讚譽，皆一一表述於後，屬於「目」。故在這麼一部短經裡，要將所有境界道盡，除非各段落之安排須緊湊相連、條理分明，以最短時間於最有力之說詞中，達至最令人吸引的效果，則經中每段落之緊湊連繫當是重要關鍵。因此「凡目法」應用在此部經中，更加明顯地創造經題的延展性與視野之擴張。

四、《阿彌陀經》的修辭技巧及作用

經文內的修辭舖排，沈謙教授曾言：「研讀『修辭學』，就是要探討語言文辭之美，透過有意識的努力，有系統的歸納分析，享受尋獲寶藏的欣喜和愉悅……能欣賞、運用修辭之美，一定可以淨化心靈，拓廣胸襟，提昇精神生活的美境，享受無窮盡的美感經驗，進而開創健康、快樂、幸福的人生。」[34]在《阿彌陀經》的極樂世界裡，修辭是本來如此的，世界於簡淨中匯入飾文，非刻意雕琢，亦無須繁文縟節，只因世界本有而言之。

（一）單一修辭

[34] 沈謙，《修辭學》（台北，國立空中大學，1995年元月），頁1。（以下引文即參照本書，而酌予整理。）

1.設問

設問是「無疑」而「故意」問，是一個假「設」性的「問」題；凡是真有疑問，必須對方回答的問句，就不是設問。[35]

設問有懸問(不知而問)、激問(反問)、提問(有問有答)三種。《阿彌陀經》則以「自問自答」式的提問為多，如：

「舍利弗，彼土何故名為極樂？其國眾生，無有眾苦，但受諸樂，故名極樂。」

「舍利弗，汝勿謂此鳥，實是罪報所生，所以者何？彼佛國土，無三惡道。」

「舍利弗，眾生聞者，應當發願，願生彼國，所以者何？得與如是諸上善人俱會一處。」

這三句是提問，且都是自問自答，這是因釋迦牟尼佛「無問自說」的關係原本不會有人知道，只有釋迦牟尼佛明白，等到機會成熟，再以自問自答的方式，對著智慧第一的舍利弗，道出這鮮少人知的淨土法門。

「舍利弗，於汝意云何？彼佛何故號阿彌陀？」

「舍利弗，於汝意云何？何故名為一切諸佛所護念經？」此兩句是懸問，即使是懸問，終究回答的仍是釋迦牟尼佛本人。

這可以說釋迦牟尼佛為了要讓大眾瞭解《阿彌陀經》的極樂世界，

[35] 黃麗貞：《實用修辭學》（台北，國家出版社，2004年3月初版），頁173。

於是整部經從頭至尾皆以自問自答（無問自說）的方式，在每段經文中道出這個世界的境界，甚至提出連十方世界的諸佛都在讚歎。釋迦牟尼佛如此不厭其煩，為的是讓五濁眾生對此世界發出堅定不移的信力。

2.摹寫[36]

《阿彌陀經》大量運用摹寫技法，尤其是視覺與聽覺更是明顯，因為「極樂世界」對娑婆世界[37]的眾生來說，除非有特殊的因緣，否則很難見到。釋迦牟尼佛為了要讓眾生知道有極樂世界，除了語言描述外，必定要透過文字的抽象概念，再利用修辭模式的具體呈現，方能將「極樂世界」的環境介紹出來。因此《阿彌陀經》全文幾乎近三分之二是應用了摹寫技巧，將極樂世界如同現場轉播般呈現在讀者面前，很有臨場感。而翻譯經文的三藏法師鳩摩羅什大師，因時值佛經開始大量翻譯，於是自然促成法師深厚的譯經基礎。以下便概列出有關摹寫的段落和句子：

(1)視覺摹寫

「極樂國土，七重欄楯，七重羅網，七重行樹，皆是四寶周匝圍繞，」週遭環境摹寫。

---

36 黃慶萱，《修辭學》，台北，三民書局，2004 年 1 月增訂三版二刷，頁 67。

37 同註 5，頁 230：「娑婆譯為堪忍。是本師釋迦世尊所統教化的三千大千世界。堪忍是說，在此世界裡的眾生，堪能忍受五濁之苦，不生厭惡，故稱為堪忍世界的眾生。」

「極樂國土，有七寶池，八功德水，充滿其中，池底純以金沙布地。四邊階道，金、銀、琉璃、玻璃合成。上有樓閣，亦以金、銀、琉璃、玻璃、硨磲、赤珠、瑪瑙而嚴飾之。池中蓮花大如車輪，青色青光、黃色黃光、赤色赤光、白色白光，微妙香潔。」摹寫清淨寶池有妙寶頻飾、色相清麗。

「黃金為地」摹寫大地成金。

「彼國常有種種奇妙雜色之鳥：白鶴、孔雀、鸚鵡、舍利、迦陵頻伽、共命之鳥。」摹寫極樂世界有奇妙雜色之鳥。「彼佛光明無量，照十方國，無所障礙。」摹寫淨土的光明無礙。

(2)聽覺摹寫

「彼佛國土，常作天樂。」摹寫天樂常作。

「是諸眾鳥，晝夜六時，出和雅音。其音演暢五根、五力、七菩提分、八聖道分，如是等法。其土眾生，聞是音已，皆悉念佛、念法、念僧。」摹寫法音宣流，遍佈十方。

「彼佛國土，微風吹動諸寶行樹，及寶羅網，出微妙音，譬如百千種樂，同時俱作。聞是音者，自然皆生念佛、念法、念僧之心。」摹寫連風、樹等皆妙音圍繞。

(3)嗅覺摹寫

「池中蓮花大如車輪，……微妙香潔。」寶池蓮花，香氣普薰的摹寫。

以上諸摹寫法呈現僅僅於觀、於聽，便已將所有的環境，食、衣、住、行、育、樂皆設計周全，不令眾生有缺憾之疑，不完備之感。它似乎能摹寫出千秋萬世以來，人們心中極欲渴望的樂土！

3.類疊

在本經內容上，可以說也使用了大量的類疊法，來強調這個世界的絕妙好景，同時筆者猜想，類疊的應用，和著節奏，韻律般的樂音，廣傳十方，有一大段落即敘述著十方諸佛如何讚歎阿彌陀佛的極樂世界，如何善用類疊方式強調加深印象。以下即舉出經中第十段整段皆為類疊：

此乃六方佛讚歎阿彌陀佛不可思議功德之利，因文長，僅局部舉例：「舍利弗如我今者，讚歎阿彌陀佛，不可思議功德之利。東方亦有阿閦鞞佛、須彌相佛、大須彌佛、須彌光佛、妙音佛，如是等恆河沙數諸佛，各於其國，出廣長舌相，遍覆三千大千世界，說誠實言：『汝等眾生，當信是稱讚不可思議功德一切諸佛所護念經。』……」[38]接著是南方、西方、北方、下方、上方，同樣反覆地介紹諸佛護念的妙德。

綜上所觀，經中運用大量的類疊修辭，使讀者讀誦經文時，因類疊的分項說明，而清楚表達極樂世界的境相。猶如觀世音菩薩名為：「海潮音」，音域遍佈十方，猶餘音繞樑，久久不歇。這

[38] 同註 5，頁 231：「須彌：須彌是山名，譯為妙高。……，眾寶所成謂之妙；出水八萬四千由旬，高出群山之上，所以稱為高。以下三尊佛，皆以須彌——妙高立名，是說其智德超越，如須彌之妙，如須彌之高，故名。」

是以簡單、純粹的字句（類疊）來不斷強調彼方世界的佛，如何讚歎「極樂」境界。

4.映襯

「映襯」主要是利用強烈的對比，來加強語氣、凸顯主題。[39] 例如：

（1）「是人終時，心不顛倒，即得往生阿彌陀佛極樂國土。」「終時」對「往生」

（2）「舍利弗，如我今者，稱讚諸佛不可思議功德，彼諸佛等，亦稱讚我不可思議功德」「稱讚諸佛」對「彼諸佛等，亦稱讚我」

「釋迦牟尼佛能為甚難希有之事，能於娑婆國土，五濁惡世，劫濁、見濁、煩惱濁、眾生濁、命濁中，得阿耨多羅三藐三菩提。為諸眾生，說是一切世間難信之法。」

「舍利弗。當知我於五濁惡世，行此難事，得阿耨多羅三藐三菩提，為一切世間說此難信之法，是為甚難。」「佛說此經已，舍利弗，及諸比丘，一切世間天人阿修羅等，聞佛所說，歡喜信受，作禮而去。」以上三段為「五濁惡世」、「甚難希有」對「歡喜信受」。

此部分，最特別的，是在最末三小段的「段落映襯」上，文中說要讓這世界的人相信極樂世界，本是件難上加難的事，

[39] 同註 36，頁 81。

釋迦牟尼佛就在此作結，接著卻轉而描述大眾聽完後的反應竟是歡喜。

5.排比

經中出現的排比並不多，大都為詞組排比與句子排比，且由簡單的句式組成。

例如：

「池中蓮花大如車輪，青色青光、黃色黃光、赤色赤光、白色白光，微妙香潔。由有色光至無色光。句子排比：並排出四種色光，光色煥耀，四四的節奏，緊湊有力。

「其土眾生，聞是音已，皆悉念佛、念法、念僧。」詞組排比：同性質的詞組在一起時，密切地加強了彼此的關係。

「聞是音者，自然皆生念佛、念法、念僧之心。」詞組排比。

「聞說阿彌陀佛，執持名號，若一日、若二日，若三日，若四日，若五日，若六日，若七日，一心不亂。」詞組排比，由少日至多日，彷佛層層累積，最後終有所成。

「舍利弗。若有人已發願、今發願、當發願，欲生阿彌陀佛國者，」「於彼國土，若已生、若今生、若當生。」兩句皆詞組排比：時間漸進。

以上例句，運用排比修辭，可看出因並列而相生相成的特色。

（二）兼格修辭

1.排比兼類疊：

如：

「舍利弗。若有人已發願、今發願、當發願，欲生阿彌陀佛國者，……於彼國土，若已生、若今生、若當生。」重覆的「發願」和「若」字為類疊，而「已、今、當」即時間排比。

「釋迦牟尼佛能為甚難希有之事，能於娑婆國土，五濁惡世，劫濁、見濁、煩惱濁、眾生濁、命濁中，得阿耨多羅三藐三菩提。」「濁」字重疊而出；排比為五濁惡世。

2.排比兼類疊兼摹寫：

如：

「池中蓮花大如車輪，青色青光、黃色黃光、赤色赤光、白色白光，微妙香潔。」句子為排比兼單句類疊的寫法。

「其音演暢五根、五力、七菩提分、八聖道分，如是等法。其土眾生，聞是音已，皆悉念佛、念法、念僧。」詞組排比兼單字之類字修辭法，如「念佛、念法、念僧」。

（三）《佛說阿彌陀經》修辭之美的極樂世界

一部《阿彌陀經》幾乎應用大量的修辭技巧來介紹阿彌陀佛的理想世界，且不只單一修辭如設問、類疊、摹寫，中又兼格不斷如摹寫兼類疊、排比等，其修辭之境能讓圖像、影界音域、韻律、節奏全然和盤托出；但並非混淆、迷惑不清，反是明明朗朗、清清淨淨地一目了然。並不複雜、亦非堂皇，卻仍能感受到修辭背後竟是簡樸、省淨。所以極樂世界的美好，透過文字的修辭介紹，的確段段如現世界的美妙莊嚴，也的確能達到修辭應用在此經文中的效果。

劉勰《文心雕龍．原道篇》言：「道沿聖以垂文，聖因文而明道，文體繁變，皆出於經。」[40]故釋迦牟尼佛在提出阿彌陀佛的極樂世界時，說明阿彌陀佛為何發 48 大願，而願願竟僅扣住一句「阿彌陀佛」！且是「重覆、單調」千遍一律的一句，然此句，並不覺得呆板，反而生起沿聖垂文、因文明道的莊嚴相，那麼念這純粹的佛號，是否該作本部經文運思結構的核心，甚至是最突出特別的地方呢？

再看經文內容，不也是如此，字句的重覆性相當繁複，然卻沒有單調之感，反而清淨全覽。這是文字的表達因藉著辭章之張力，修辭之技巧的微妙安排，而成功地化現出殊勝的莊嚴世界！

五、結語

古德云：「讀經須解義，解義即修行，若依了義修，直入涅槃城。」[41]一篇有內涵的文學作品，章法之嚴謹，義蘊之深微，辭句之優美，直能引人刻骨，萌發於未有，故能提昇人文素養，淨化我們的心靈，「『文學作品』之內涵：在表達崇高的思想與人性之

[40] 開明書店，《文心雕龍注》，（台北，開明書店，1981 年 10 月），卷一，頁 3。

[41] 會性法師講述，《佛說阿彌陀經講錄》，南投，正覺精舍，2005 年 5 月，頁 1。

光明面，要求真與善；其表達之技巧、方式，屬於美；所以文學是真、善、美三者的結合。」[42]吾人當知，文學尚且如此，何況能為亙古不變之真理而道盡的佛經經典，更是歷久彌真。

依心所現的極樂世界，最極清淨莊嚴，那是因深信現前一念心中所現影，真實不虛。極樂世界「今現在說法」，《阿彌陀經》裡的內容結構及修辭技巧，便隨著極樂世界的「功德莊嚴」而呈現出與世間截然不同的金光妙寶，真善美境。

所以從過去的世界，再觀現境，人類不是一直在創造世界嗎？尤其透過文字抽象的概念表述，竟能將景物、境域具體地呈現於心眼中，這都要靠妙觀察者對文字的結構，細心地運用，而有效地現身說法。我們說，極樂世界是「心作心是」，於當下的相境，起真空現妙有，且不假方便，本自具足，故極樂世界實非幻化所及。

參考書目

1.丁福保編，《佛學大辭典》，台北：佛陀教育基金會，2004 年 7 月。

2.《大正藏》，中華電子佛典協會，2006 年 4 月。

3.仇小屏，《篇章結構類型論》，台北，萬卷樓，2005 年 7 月。

4.李炳南，《李炳南居士全集——佛說阿彌陀經摘注接蒙義蘊合

---

[42] .熊琬：《文章結構學—文章運思結構之藝術》（台北，五南圖書，1998 年 3 月初版一刷）頁 1。

刊》，台中：青蓮出版社，2006 年 3 月。

5. 沈謙，《修辭學》，台北：國立空中大學，1995 年元月。

6.姚秦三藏法師鳩摩羅什等譯，《阿彌陀經三種合印》，台北：華藏淨宗學會，年 5 月 5 日。

7.淨空法師選定，《淨土五經讀本——佛說大乘無量壽莊嚴清淨平等覺經》，台北：三重淨宗學會，2000 年 10 月。

8.開明書店，《文心雕龍注》，台北，開明書店，1981 年 10 月。

9.陳義孝，《阿彌陀經和祂的極樂世界》，台北：佛陀教育基金會，2003 年 11 月。

10.陳滿銘，《章法學論粹》，台北：萬卷樓，2002 年 7 月初版。

11.陳滿銘，《章法學新裁》，台北：萬卷樓，2001 年 1 月初版。

12 陳滿銘，《章法學綜論》，台北：萬卷樓，2002 年 6 月初版。

13.陳佳君，《篇章縱橫向結構論》，台北，文津出版社，2008 年 7 月一刷。

14.斌宗法師，《佛說阿彌陀經要釋》，台北：莊嚴出版社，1982 年 2 月初版。

15.黃慶萱，《修辭學》，台北：三民書局，2004 年 1 月增三版二刷。

16.黃麗貞，《實用修辭學》，台北：國家出版社，2004 年 3 月。

17.會性法師講述，《佛說阿彌陀經講錄》，南投：正覺精舍，2005 年 5 月。

18.楊鴻銘，《歷代古文析評——唐宋之部》，台北：文史哲出版，1992 年 8 月。

19.熊琬，《文章結構學—文章運思結構之藝術》，台北：五南圖書出版，1998 年 3 月初版一刷。

20.窺基大師撰，《阿彌陀經通贊疏》，台北：佛陀教育基金會，2002 年 12 月。

21.藕益大師，《阿彌陀經要解》，高雄：高雄淨宗學會，2003 年 11 月。

22.辭章章法學會籌備會主編，《章法論叢》第一輯，台北：萬卷樓，2006 年 9 月初版。

23.辭章章法學會籌備會主編，《章法論叢》第二輯，台北：萬卷樓，2008 年 3 月初版。

宋濂之傳記文探析
——以《浦陽人物記》為考察重心

謝玉玲
台灣海洋大學通識教育中心助理教授

摘　要

宋濂為元末明初重要學者，《宋元學案》中稱「公以開國巨公，首唱有明三百年鍾呂之音」。宋濂以文學著稱於世，從一界平民學者，經歷元末至明初社會的巨變，進而輔佐新朝，成為帝王之師和文學侍從，這樣的身分轉換，影響他的學術思想發展與人格特質，因此其入明前與入明後的文章書寫，呈現不同的風格傾向。

若從學術淵源觀察，他接續了浙東學術的統緒，談性理而又不廢文獻之學和史學，因此在史學方面的表現也令人矚目。由於他在元末時曾撰寫了《浦陽人物記》二卷，對明清時期編寫地方先賢傳的風氣，有推動的作用，同時他也撰寫大量的人物傳記、史書序跋與史論等文章。故本論文以《浦陽人物記》為考察重心，探討宋濂在書中欲彰顯之價值與意義。

關鍵詞

宋濂、浦陽人物記、人物傳記、史學

一、前言

宋濂為元末明初重要學者，《宋元學案》中稱「公以開國巨公，首唱有明三百年鍾呂之音」[1]。根據鄭濤撰〈宋潛溪先生小傳〉中記載，宋濂跟隨聞人夢吉習《春秋》三傳之學，「凡學《春秋》者，皆苦其歲月先後難記，景濂則并列國紀年能悉誦之。但舉經中一事，即知為魯公幾年幾月，是年實當列國某君幾年幾月，或俾書而覆之，無少爽者。」[2]即見其年少時透過刻苦勤學，從《春秋》三傳中奠定史學基礎與識見。

若從學術淵源方面觀察，他接續了浙東學術的統緒，談性理又不廢文獻之學和史學[3]，故令人矚目。由於他在元末時曾撰寫了《浦陽人物記》二卷，對明清時期編寫地方先賢傳的風氣，有推動的作用。同時他也撰寫大量的人物傳記、史書序跋與史論等文

[1] 參見黃宗羲著、全祖望補修，《宋元學案》卷八十二〈北山四先生學案·宋文憲公畫像記〉，（北京，中華，1986），頁 2801。

[2] 參見《潛溪錄》卷二鄭濤〈宋潛溪先生小傳〉收入，羅月霞主編之《宋濂全集》，（杭州，浙江古籍，1999），頁 2323-2324。

[3] 「北山一派，魯齋、仁山、白雲既純然得朱子之學髓，而柳道傳、吳正傳以逮戴叔能、宋潛溪一輩，又得朱子之文瀾，蔚乎盛哉！是數紫陽之嫡子，端在金華也。」同註 2，頁 2727。

章，入明後更受命編修《元史》、撰《洪武聖政記》，這些文獻實能展現個人才學。

宋濂以文學著稱於世，從一介平民學者，經歷元末至明初社會巨變，進而輔佐新朝，成為帝王之師和文學侍從，身分轉換，影響他的學術思想發展與人格特質，因此其入明前與入明後的文章書寫，呈現不同的風格傾向。《浦陽人物記》二卷成書於元至正十年（**1350**），宋濂當時已自金華遷居至浦江青蘿山，授經於麟溪義門鄭氏，並與之比鄰[4]。同時辭國史院編修，隱居龍門山，其聲譽更加顯揚。

《浦陽人物記》凡二卷，分為忠義、孝友、政事、文學、貞節五類，共二十九人。上卷為忠義、孝友、政事三類，傳記梅溶、梅執禮、陳太竭、楊璇、張敦等十七人；下卷為文學、貞節二類，則傳記于房、朱臨、何敏中等十二人。謂其「可以為世鑑者，悉按其實而列之」。

透過對《浦陽人物記》的探討，一方面可觀察宋濂入明前之史觀外，一方面則關注在元末動盪的社會中，宋濂透過地方先賢傳記書寫，欲彰顯的價值與意義，以及宋濂對傳記人物典型的塑造，和其傳記文的寫作手法與藝術特質。本論文在文本的使用方面，採用《宋學士全集》、《宋文憲公全集輯補》、《宋學士文粹輯補》與點校本《宋濂全集》[5]參照之。

---

[4]「以其家九葉同居，乃願卜鄰焉。…予子孫居此者，毋析爨，毋為不義，毋侵蝕比鄰，日衣被乎詩書，耕為良農，學為良儒，庶幾不負余志也。」〈蘿山遷居志〉，《芝園後集》卷一，《全集》，頁 1356-1357。

[5]《宋濂全集》是目前宋濂詩文與相關資料收集較為齊全的版本。見羅月霞主編，《宋濂全集》，（杭州，浙江古籍，1999）。以下引文簡稱《全集》。

二、《浦陽人物記》之成書背景與書寫態度

中國傳記文發展，受《史記》影響極深。太史公在〈自序〉中說：

「先人有言，自周公卒五百歲而有孔子。孔子卒後至於今五百歲，有能紹明世，正易傳，繼春秋，本詩書禮樂之際？」意在斯乎？意在斯乎！小子何敢讓焉。

上大夫壺遂曰：「昔孔子何為而作春秋哉？」太史公曰：「余聞董生曰：『周道衰廢，孔子為魯司寇，諸侯害之，大夫壅之。孔子知言之不用，道之不行也，是非二百四十二年之中，以為天下儀表，貶天子，退諸侯，討大夫，以達王事而已矣。』子曰：『我欲載之空言，不如見之於行事之深切著明也。』夫春秋，上明三王之道，下辨人事之紀，別嫌疑，明是非，定猶豫，善善惡惡，賢賢賤不肖，存亡國，繼絕世，補敝起廢，王道之大者也。」

太史公藉由強調春秋的內容和作用，說明《史記》一書實欲接續春秋，一方面展現其承續文化道統職責的表現[6]，一方面為了伸張大義，讓歷史上的是非得到公正的論斷。在寫作動機與目的方面，太史公在〈報任安書〉說：

且夫臧獲婢妾，猶能引決，況若僕之不得已乎？所以隱忍苟

[6] 見徐文珊，《史記評介》(台北，新興，1980)，頁 32。

活，函糞土之中而不辭者，恨私心有所不盡，鄙沒世而文采不表於後也。…
古者富貴而名摩滅，不可勝記，唯俶儻非常之人稱焉。蓋西伯拘而演《周易》；仲尼厄而作《春秋》；屈原放逐，乃賦《離騷》；左丘失明，厥有《國語》；孫子臏腳，《兵法》修列；不韋遷蜀，世傳《呂覽》；韓非囚秦，《說難》、《孤憤》。《詩》三百篇，大氐賢聖發憤之所為作也。此人皆意有所鬱結，不得通其道，故述往事，思來者。及如左丘明無目，孫子斷足，終不可用，退論書策以舒其憤，思垂空文以自見。僕竊不遜，近自託於無能之辭，網羅天下放失舊聞，考之行事，稽其成敗興壞之理，凡百三十篇，亦欲以究天人之際，通古今之變，成一家之言。草創未就，適會此禍，惜其不成，是以就極刑而無慍色。僕誠已著此書，藏之名山，傳之其人，通邑大都，則僕償前辱之責，雖萬被戮，豈有悔哉！

在歷史的變動過程中，太史公除了尋找興衰盛亡的道理之外，他也透過文采，追尋真理與人格價值，使傳主的品行與人格，得以萬古流芳。

劉勰在《文心雕龍．史傳第十六》中提到：

昔者夫子閔王道之缺，傷斯文之墜，靜居以嘆鳳，臨衢而泣麟， 于是就太師以正《雅》、《頌》，因魯史以修《春秋》。舉得失以表黜陟，征存亡以標勸戒；褒見一字，貴逾軒冕；貶在片言，誅深斧鉞 。然睿旨幽隱，經文婉約，丘明同時，實得微言。乃原始要終，創為傳體。傳者，轉也；轉受經旨，以授于后，實聖文之羽翮，記籍之冠冕也。

劉勰對於「史傳」之所以撰寫的背景與作用，進行闡述，修史的目的在於「舉得失以表黜陟，征存亡以標勸戒」。劉知幾在《史通》中，進而提出「史才」、「史學」與「史識」的重要，「才」指的是寫作與剪裁的能力，「學」指的是史料的蒐集，「識」指的是梳理史料，能夠明辨與慎取史料。而章學誠在《文史通義》卷三〈史德〉篇，提出「史德」的重要，他說：「能據史識者必知史德。德者何？謂著書者之心術也。」這裡說明史家對於是非善惡之際必須力求公正，毋使一己偏私之見以損害大道之公，因此「證據」的掌握至為重要。

隱惡揚善，裨益教化，是傳記作品的重要意義。宋濂以文學著稱於世，在史學方面的表現也令人矚目。其為人所熟知之史學著作如《元史》、《洪武聖政記》等，皆是入明後的作品，《浦陽人物記》一書是其入明前重要的著作。

《浦陽人物記》二卷完成於元至正十年，當時宋濂撰寫此書最重要的原因是受到監縣廉侯阿年八哈的請託。

監縣廉侯阿年八哈於至正九年（1349）蒞浦陽，是元代二等色目維吾爾人，「興廢舉墜，有古循吏風。到縣未幾，即奉幣請縣人宋公景濂氏撰《浦陽人物記》」，其目的在於「鋟梓行世，以訓厲邑之人。」[7]戴良爲《浦陽人物記》作序，也是受到廉侯的邀請，他在序文一開始就敘明此事：

---

7 見（清）戴殿泗，〈浦陽人物記序〉，《潛溪錄》卷四，《全集》，頁 2476-2477。

《浦陽人物記》一書，監縣廉侯到官之初年，使請縣人宋景濂氏撰成之。記凡二卷，分為五類，合二十有九人。廉侯將刻梓以傳，而俾良為之序[8]。

戴良與宋濂是同鄉同門好友，師事元末大儒柳貫、黃溍、吳萊，在元末明初文壇同時享有很高的聲譽。

廉阿年八哈，維吾爾人，一名浦，字景淵，始祖布魯海牙（1197-1265）為忽必烈母唆魯忽帖尼之家臣，與可汗之家具有密切的關係，家族極為顯赫。因其曾任廉訪使，子孫皆以廉為姓[9]。祖廉希憲（1231-1280）為元世祖名相，有「廉孟子」美譽，希憲諸兄弟皆學習儒家經史，可見廉阿年八哈的家學背景。至正九年至十二年(1349-1352)，廉阿年八哈上任浦江達魯花赤，熱心浦江文教，修撰地方人物記、修繕縣學、心懷斯文傳播。當時戴良受其之邀，爲《浦陽人物記》作序，為二人交往之始。

宋濂與戴良在至正九年，曾一道拜謁元朝大臣余闕[10]。余闕，字廷心，河西唐兀氏（即黨項族），世居武威，後因父沙剌藏卜官合肥，遂為合肥人。擢元統進士第，為官清正，剛簡有智，「五經悉為之傳注，多新意。詩文篆隸皆精致可傳。」[11]其時來婺州任浙東道廉訪使，後柳貫過世，余闕「以浦江監縣廉君清慎有為，愛

---

[8] 見（元）戴良，《浦陽人物記序》，《潛溪錄》卷四，《全集》，頁 2475-2476。

[9] 見蕭啟慶，〈元代科舉與精英流動〉，《元朝史新論》（台北，允晨，1999），頁 155-201。

[10] 「至正九年，公持使者節來鎮浙部，濂偕叔能往見公，獎厲甚至，且各書齋扁為贈。」見〈題余廷心篆書後〉，《芝園續集》卷六，《全集》，頁 1577。

[11] 〈余左丞傳〉，《潛溪後集》卷六，《全集》，頁 245-248。

民重士，乃命刻其文傳焉」[12]，戴良、宋濂亦受余闕命編次《別集》[13]。是故《柳待制文集》的整理刊刻，可視為余闕、宋濂、戴良、廉阿年八哈合作之功，也由此可見元代統治與精英階層間的密切互動往來。

元朝的族群生態與族群關係相當複雜，在政治上，元朝採族群等級劃分，以突顯蒙古人之優越地位，各族群的法定地位依序為蒙古、色目、漢人、南人，這種劃分並不阻礙族群之間的同化與融合。

當時蒙古新興文士階層與漢地的士人階層交往密切，彼此間有著緊密的互動關係。蒙古文士學習儒學，或為漢師弟子，或為漢文士之贊助者如（脫脫與吳直方、鄭深[14]），或為政府同僚，或為文壇友好。在政治上蒙古漢學者見解往往與漢人士大夫相似，成為政壇盟友。在文學藝術上的相互酬唱，更是屢見不鮮。可見當時蒙古、西域色目以及漢人文士的多族文士圈業已成型，種族藩籬若有似無，顯示蒙古人在漢文化之中浸潤日深以及與漢人文

---

[12] 廉阿年八哈在浦江「治縣有聲」、「其於賦役推考，均一可行永久，民深德之。」見（元）蘇天爵，《柳待制文集・敘》，《柳貫詩文集》，（杭州，浙江古籍，2004），頁 480-481。

[13] 見《柳待制文集・後記》，《全集》，頁 2254。

[14] 脫脫（1264-1307），札剌亦兒氏，木華黎四世孫，官至江浙行省平章政事。幼失怙恃，世祖親加教誨，「喜與儒士語，每聞一善言善行，若獲拱璧，終身識之不忘。」事見《元史》，卷一一九。吳直方，宋濂業師吳萊之父，也是脫脫和也先帖木兒之師，《浦陽人物記・政事篇》有其行誼紀錄。見《全集》，頁 1835。鄭深為「鄭義門」八世孫，與鄭濤、鄭泳昆仲三人以文學出仕，為當世明臣，同時鄭深為脫脫子哈剌章之師，同時亦委以託孤重任。在《浦陽人物記・孝友篇》有鄭義門之相關事蹟紀錄。見《全集》，頁 1826-1827。

士交往日密的趨勢[15]。

然明清以來的學者傾向認為蒙古人是草原民族，金戈躍馬，漢化不深。清代乾嘉學者趙翼在〈元諸帝多不習漢文〉一節中，指出元代「不惟帝王不習漢文，即大臣中習漢文者亦少也」[16]。此語意味蒙元君臣對漢文化抗拒較深，因此文化造詣較為低落。然而這種看法並不完備，因為陳援庵先生在《元西域人華化考》中，已提出色目人多習漢學，「多詩書而說禮樂」的概念[17]。

其次在族群心態上，宋朝覆滅蒙元代之，基本上還涉及「嚴夷夏之防」的春秋大義問題。錢穆先生在〈讀明初開國諸臣詩文集〉、〈讀明初開國諸臣詩文集續篇〉[18]二文中，從華夷觀點出發看明初文士，針對明初開國儒臣視元廷為正統提出批評與討論，認為宋濂、劉基、歐陽玄等人言必稱本朝（胡元），屬名亦自著在元之官銜職名，是對亡元的崇重，而於興明的輕蔑，此舉實為諸儒之短視，故提出應將其歸入《元史》。

錢先生舉出當時諸儒為宋濂文作序時大體方向有二，一是誇元之文統，一則溯浙東學術文章之傳，殊不知諸儒已身仕新朝（明代），士大夫已忘夷夏之防。宋濂視元明王朝的更迭並非基於倫理綱常或夷夏之防，而是從政治局勢的演變考慮之，甚至對是否行道與忠君這樣的概念作抉擇，因此他並不吝於肯定元朝名臣如耶

15 見蕭啟慶，〈元代蒙古人的漢學〉，《蒙元史新研》（台北，允晨，1994），頁 211。
16 見（清）趙翼，《廿二史箚記》（台北，洪氏，1974），卷三十。
17 見陳垣，《元西域人華化考》（上海，上海古籍，2000），頁 3。
18 錢穆，《中國學術思想史論叢（六）》（台北，東大圖書，1994），頁 77-171、172-200。

律楚材、竇默、姚樞、許衡、吳澄、郝經、劉因等人[19]，他讚美許衡為「百世之師」，讚揚劉因「或出或潛，與道周旋」，並表示「吾爲執鞭」的意願。同時他對余闕也曾熱情歌頌：

> 於戲！闕真人豪也哉。獨守孤城逾六年，小大二百餘戰，戰必勝。其所用者，不過民間兵數千，初非有熊虎十萬之師，直激之以忠義，故甘心効死而不可奪也。雖不幸糧絕城陷以死，而其忠精之氣炯炯上貫霄漢，必燦為列星，流為風霆，散為卿雲，凝為瑞露。闕雖死，而其不死者固自若也！然而闕死於君，而能使妻死於夫，子死於父，忠孝貞潔，萃於一門，較之晉卞壼家又似過之矣！於戲！闕果人豪也哉！〈余左丞傳〉[20]

宋濂認為「義烈之士，聲光可流於無窮」，史載余闕戰敗自刎後，其妻與子女皆赴井死，可謂一門殉節。他曾在〈論中原檄〉一文中說到：「如蒙古、色目雖非華夷族類，然同生天地之間，有能知禮意願為臣民者，與中國之人撫若無異。」[21]因此宋濂判斷的標準實基於文化層面之儒家忠孝節義倫理綱常，這些行為表現實與種族無涉。

戴良為《浦陽人物記》作序時提到：「雖然，非廉侯之汲汲於表章，又曷有是哉？廉侯，名阿年八哈，為政未幾，德化大行，

19 〈國朝名臣序頌〉，《潛溪前集》卷一，《全集》，頁 1-9。
20 《潛溪後集》卷六，《全集》，頁 245-248。
21 《宋文憲公全集輯補》，《全集》，頁 2217。

蓋《詩》之所謂「愷悌君子」者。」[22]元代蒙古色目文士基於對漢文化思想的深刻感知，立身進退往往受到儒學倫理規範的影響，因此在元末，漢文化不僅得以維繫，諸如伯顏、余闕、泰不華等皆殉於國難，忠義之誠並不亞於漢人文士。正因有這些蒙古、色目官員的倡議，這些鄉里志士才有可能名留青史，進而樹立理想人格的典範形象，留與後世效法景仰。若無這些統治菁英的主導，但就宋濂或諸平民文士之力，雖然也能彰顯先賢事蹟，但在傳播與影響層面上，相對力量也渺小許多。

宋濂實繼承了史傳文學傳統，他在修《元史》之前，雖未有史論專著傳世，但從其入明前私撰之《浦陽人物記・凡例》中即可看出他的史學素養。《浦陽人物記》二卷可說是宋濂真正發揮其史才者，是書分為忠義、孝友、政事、文學、貞節五類，共二十九位浦陽先民，《四庫全書總目》稱其「所作皆具有史法」[23]。宋濂撰寫《浦陽人物記》對明清時期編寫地方先賢傳的風氣，有推動的作用。由於本身也撰寫大量的人物傳記、史書序跋與史論等，因此這些文獻實能展現他個人的史才、史學與史識。

歐陽玄在《浦陽人物記原序》中提到「景濂斯記，唯有關治教者則書，不問乎其他，此其學術之正，才識之高，豈易及耶？」[24]有益於治教，是最重要的原則。鄭濤在《浦陽人物記序》[25]提到，宋濂「其文奮迅而感慨，微婉而精深，有類歐陽文忠公《五代史記》之作，非抱良史材者能之乎？」清代學者戴殿泗在《浦陽人

22 同註 9。
23 《四庫全書總目》卷五十八史部傳記類二。
24 《潛溪錄》卷四，《全集》，頁 2473。
25 《潛溪錄》卷四，《全集》，頁 2474。

物記序》中則讚美宋濂為良史材：

> 景濂上下評騭，不激不阿，藉一邑之掌故，周舉夫物性民彝之大，與宇宙相嬗於不窮，非良史材而能及是乎[26]？

鄭濤在《浦陽人物記序》[27]表達當日宋濂作《浦陽人物記》的動機，實有感於幾部前人撰寫的浦陽先賢傳記各有疏陋缺失，有些失之簡略，失時代後先，有些是他地先賢參入浦陽，或「善附之人入於名節，庬辭幻學之流儕於士類」，有些雖取捨嚴謹，但卻引枝蔓浮辭，事實反多遺闕。因此為了要有所改善前人傳記的缺失，於是他對史料的運用更加留心，「潛精積思，稽采史傳，旁求諸儒之所紀錄，上下數百年間，一善不遺。」戴殿泗在《浦陽人物記序》中亦提到宋濂的寫作原則與方法：

> 其為記也，本《春秋》褒貶之旨，暢馬、班雄瑋之辭，上稽正史，旁採縣經，下搜各家譜乘誌銘之作，並其當身遊歷所稔聞確見者，去取嚴而論斷核。

當代文士都給予此書高度的評價，歐陽玄在序文中認為此書立論「不以一毫喜慍之私而為予奪，何其至公而甚當也」[28]。戴良也認為：

> 今景濂以不世出之才，搜羅廢墜，抉剔幽隱，撰成乎此書，使夫一縣之內，數百年之間，忠君孝父之則，施政為學之

---

[26] 同註 8。
[27] 《潛溪錄》卷四，《全集》，頁 2474。
[28] 同註 **25**。

方，以及女婦之範模，莫不粲然具備，交見乎吾前。其視彼之區區土物之小者，孰得而孰失哉？吾見浦陽之為縣，將自是而出色矣[29]。

宋濂在至正九年曾因危素推薦被朝廷授與翰林編修之職，但他卻推辭，並入浦江仙華山為道士，故言「不出世」之才。戴良與宋濂相交甚深，二人不僅談學論道，切磋學藝，也互相關懷。根據前段戴良的序文，他認為這本書的價值在於彰顯浦陽一地的人物典範，而這些人物的典型，同樣可增益浦江小邑的名聲。

事實上，根據《浦陽人物記・凡例》，宋濂就提出傳記的書寫，須「參之行狀、墓碑、譜圖、記序諸文，事蹟皆有所據，一字不敢妄為登載。其舊傳或有外謬者，則無如之何，姑俟博聞者正之。」

其次，在〈凡例〉中正例變例之別與書寫條例皆詳加說明，例如關於稱謂避諱皆有其準則依據，「濂今一依史氏之例，皆以名書。唯於所嘗師事者，仿孟子之稱仲尼、程伯淳之稱周茂叔，以字書之，蓋變例也。」

再者，《浦陽人物記》每篇傳後都有贊文之設，但這些贊文並非全按史書體例專對人物作一品評，其目的在於「蓋以事有所疑與當知者，不言則不可，欲雜陳傳中，又恐於文體有礙，故藉是以發耳。」宋濂對於傳主事存疑之處，為了不妨礙主體，就藉贊文的部分做說明，或表達個人的景仰之情，讓正文部分能夠清楚展現傳主的行誼事蹟。

---

29 同註 9。

所以此書最能展現宋濂史觀之處，在於每類傳記的序文與傳後的論贊，如〈忠義篇〉序文，宋濂說：

> 夫生者，人之所甚樂，而有家之私，又人之不能遽忘：彼豈甘於頸血濺地而自以為得計哉？第以君上決不可背，名教決不可負，綱常決不可虧，忠義一激，雖泰山之高不見其形，雷霆之鳴不聞其聲，刀鋸在前不覺其慘，鼎鑊在後不知其酷，必欲得死然後為安也[30]。

此處論述即是基於儒家「志士仁人，無求生以害仁，有殺身以成仁」的忠義氣節，目的在於強調儒家的名教綱常。至於作政事篇的目的在於宣揚儒家治民者，需行仁政的概念，他在〈政事篇〉序文中說：

> 政事於人大矣！操厚倫惇俗之具，執舒陽慘陰之柄，御賞善罰惡之權，任出生入死之奇。其在朝廷，則四海被其澤，其在一郡，則一郡仰其賜；其在一縣，則一縣受其福。苟得其人，則上明下淳，歌謠太平，一或反是，則流毒四境，神怒民怨，至有激成他便者，其所繫甚重且難也。

唯有政局安定，百姓生命財產才有保障，政事處理的優劣，繫乎於人，官員如果是一個盡忠職守的人，自然是百姓之福，因此一國一地官員的重要，影響深遠。

30 《全集》，頁 1821。

三、《浦陽人物記》之寫作藝術察考

《浦陽人物記》的寫作藝術，可從人物的塑造與傳記文寫作手法等角度論之。若僅統計宋濂完成於元代的傳記文作品[31]，包括以「傳」、「記」為題之作，以及具備傳記性質的墓誌銘、神道碑、行狀等，數量超過百篇。如果加上入明時期作品與《元史》中的傳記，數量將更為可觀。宋濂筆下的傳主，從官員到市井小民，從文士到壯士，從貞烈婦女到僧侶道士皆有，足見人物形象的多元面貌。

人物典型的塑造，實需結合純熟適切的寫作策略與技巧。在《浦陽人物記・忠義篇》中，吾等可見言行「忠義」是非常重要的人格價值，宋濂在書寫的時候，「慕其氣節，欲為之執鞭而不可得」，因此「忠義」包括了忠於國家以及重義剛正。《浦陽人物記》紀錄了梅執禮事蹟，梅執禮在靖康末年金人大舉入寇，京城失守，二帝為金人所執之際，悲憤至極：

> 遂大慟，歸見其母，曰：「主辱臣死，何以生為？」母曰：「忠孝難兩全，汝受國厚恩如此，宜刳心上報，慎勿以老人為念。」執禮乃以其母屬兄弟。

此處宋濂細膩地描寫母子二人的心情，有充滿大愛包容的母親，才有勇往直前的孩子，透過人物的對話展現心境的轉折，是宋濂

[31] 宋濂入明前的作品多收入《潛溪前集》與《潛溪後集》中，同階段作品還有《龍門子凝道記》、《浦陽人物記》等。

寫作手法純熟的表現。執禮得到母親的體諒後，與諸將謀奪萬勝門，夜搗敵營，救二帝歸。當時其與宗氏子昉密團結軍民，得十餘萬人響應，惜謀議洩漏而被害。宋濂在贊語中感其愛國行徑，同時也無限感慨「使狗鼠小臣不洩其謀，則二帝未必北巡，高宗未必南渡。悠悠蒼天，此何人哉？悲夫！」[32]

類似之作，在《浦陽人物記・政事篇》之〈楊琁〉中亦得見之。楊琁為漢靈帝時零陵太守，有謀略，具備軍事長才，同時本篇對場景的刻畫至為細膩。

> 是時，蒼梧、桂陽，猾賊相聚攻郡縣，賊眾多而琁力弱，吏人憂恐。琁乃特製馬車數十乘，以排囊盛石灰於車上，繫布索於馬尾，又為兵車，專彀弓弩。剋期會戰，乃令馬車居前，順風鼓灰，賊不得視，因以火燒布然，馬驚奔突賊陣，因使後車弓弩亂發，鉦鼓鳴震，群盜波駭破散，追逐傷斬無數，梟其渠帥，郡境以清。

宋濂在這裡對於楊琁用計智取事，敘寫生動詳細，特別是火燒布讓馬驚奔場景，那種混亂狀況實如在目前。再如《浦陽人物記・政事篇》之〈黃仁環〉篇，黃仁環「以武悍為閭里雄」，宋濂在敘述其破山賊事蹟時，寫作策略即透過簡單的場景敘寫，突顯傳主謀略之才。

> 乃與唐子容謀，偽與賊合。賊信不疑，仁環謂其酋曰：「今

[32] 《全集》，頁 1824。

> 欲破縣，兩主首俱行，誰守洞？汝等留此，吾先破陣。」於是引眾鼓而東，行十餘里，至朱村分路口，將覆賊，乃詭分兩道出攻，虛整部伍，密令子容等各插竹葉為標識，與賊兩兩相夾。部分既定，仁環大呼曰：「轉陣殺賊。」子容奮兵夾擊，賊千餘人，得脫者無數輩。諸酋留者，仁環令諸子享於家，酒酣，用斧自後斫殺之。

此處作者插入對話，增添當下之懸疑性與強化兩方人馬相遇時的臨場感，通篇營造的畫面生動而逼真。

在《浦陽人物記・文學篇》中，宋濂提出真正的「至文」[33]，就是「聖人之文」，因此「文之所存，道之所存」，故「文道合一」、「文道不二」為其重要的文學主張。基於這種文學態度，浦陽地區以文知名人士，大抵根柢六經。戴殿泗在《浦陽人物記序》中提到：

> 浦陽固浙東小邑，壤地不逾百里，昔賢稱其山川秀鬱，風俗淳龐，...竊謂宋公文法，首尾脈絡，交相融貫，是故傳所不能備者，序以先之；序所不能盡者，贊以發之。抑揚唱歎，幾於一字不可增損[34]。

「首尾脈絡，交相融貫」即讚美宋濂為文之章法結構，「抑揚唱歎，幾於一字不可增損」則讚其用詞的精確。宋濂曾向吳萊學習古文辭，吳萊「工詩賦，尤善論文」，嘗言：

---

[33] 見拙作，《宋濂的道學與文論》，中正大學中文研究所博士論文，2005，頁 197-198。

[34] 同註 8。

作文如用兵，兵法有正有奇，正是法度，要部伍分明；奇是不為法度所縛，舉眼之頃，千變萬化，坐作進退擊刺一時俱起。及其欲止，什自歸什，伍自歸伍，元不曾亂[35]。

《浦陽人物記・文學篇》的最後一位傳主就是吳萊，吳萊曾教導宋濂作文之法與作賦之法[36]，在文後的贊論中，宋濂自謂：

濂嘗受學於立夫，問其作文之法，則謂：「有篇聯，欲其脈絡貫通；有段聯，欲其奇耦迭生；有句聯，欲其長短合節；有字聯，欲其賓主對待。」又問其作賦之法，則謂：「有音法，欲其唱和闔闢；有韻法，欲其清濁諧協；有辭法，欲其呼吸相應；有章法，欲其布置謹嚴」。總而言之，皆不越生承還三者而已。然而辭有不齊，體亦不一，須必隨其類而附之，不使玉瓚與瓦缶並，斯為得之。

大體而言，篇章結構的主幹通常是作者的感觸或情思，因此「前後呼應」與「切合題旨」是重要的要件，段落之間的轉換變化，與細節的描寫掌握都是品評作品的標準。任何一篇好文章，都有嚴謹的章法，重視修辭，然而卻不是一成不變，而能夠視需要加以調整，直到運用自如，出神入化之境。如他讚美于房對文章的看法，于房認為真正好文章要能「陽開陰闔，俯仰變化，出無入有，奇妙若神」。宋濂在贊文中認為，「蓋文主於變，變而無

[35] 《浦陽人物記》，《全集》，頁 1850。
[36] 同註 36。

迹可尋，則神矣。」[37]

在《浦陽人物記》中，宋濂在各篇文章的開始，固定先介紹傳主字號、家世背景，其他則視傳主事蹟篇秩長短不一。作為一個具備主體意識的敘事者，他用史筆書寫梗概而借詩筆描繪細節，若從敘事的發展角度觀之，除了展現史學家的意志外，更引人入勝的部分，往往是閱讀者的閱讀需求，特別是運用些許誇飾、想像和虛構等寫作手法書寫細節，展現傳主在某種場合會有的言行，以強化傳主的人格特質。

以〈孝友篇〉為例，其中除了「鄭綺」篇幅較長之外，其他如「陳太竭」之事蹟，宋濂言其「親並亡，極墓手藝松柏，終身衰麻，形質枯悴，哀哭弗輟。」因其孝心至誠，「每奠果肴，烏鳥不啄」。而鍾宅因母病，「刲肝和藥以進，病尋愈。」從子明，「亦刲股療母，及明有疾，明弟滿刲股療明，皆瘳。」上述二例雖超乎常理，但宋濂在贊文中強調，太竭做法過乎禮，但純孝值得稱許。鍾宅一家刲肝刲股行徑，亦出於迫切之需。因此雖有超乎常人之舉，但在贊文中，宋濂表示列出這些舉動，並非嘉許這種行為，而是相對於「親病不嘗藥者」，二者顯然是有重大區別的。

再者，如「政事篇」中的趙大訥，「性剛直，不憚大吏。屢典劇縣，皆有能聲，卒胥無敢出鄉，宿猾元豪亦相告遠遁。數平反冤獄，民為列生祠」。宋濂根據趙氏生平依次連舉九例，如「永嘉計口賦鹽，民以為病，大訥建請另富商轉售之。」、「瑞安猾吏偽為官書，誣平民盜販，民自殺者三人，府下大訥訊之，大訥徙之。」、

[37] 《浦陽人物記》，《全集》，頁 1839。

「鵠湖羅陂，皆群盜淵藪，時出為過客患，大訥用奇計翦其渠魁，餘黨奔散。」這九例事蹟構成文章主體，九例接續並列，目的在於強調其德澤廣披。雖然運用九例，但讀之並不覺枯燥冗長，同時九例皆以簡潔明快詞句多則七句，少則三句，就清楚交代事件因果原委，足見宋濂對文章寫作技巧的熟稔與掌握。

此外，在贊文中，宋濂與眾不同的在其中進行環境景觀描寫，如〈文學篇〉部分「柳貫」贊文，他說：

> 浦江壤地，雖不越一百里，仙華山拔地而起，奇形傀觀，如旌旗，如寶蓮華，如鐵馬臨關。而大江之水又如白虹，蜿蜒斜絡乎其前。實天地秀絕之地也。故人生其中，多以文學知名，雖去家他縣者，子孫亦以文顯[38]。

這裡他加進一段仙華山的地理風景敘述，提出環境能對文學創作與人格特質產生影響說法。由上可知，史書的「論贊」部分在宋濂手中幾乎無事不可入，呈現不拘格套的創新手法，為傳記文的撰寫展現諸多的可能性。

四、《浦陽人物記》之價值意涵

《浦陽人物記》價值意涵的展現，可以從人物典型的塑造意義論之。若僅統計宋濂寫於元代的傳記文作品[39]，包括以「傳」、「記」

---

[38] 《全集》，頁 1849。

[39] 宋濂入明前的作品多收入《潛溪前集》與《潛溪後集》中，同階段作

為題的作品，以及具備傳記性質的墓誌銘、神道碑、行狀等，數量超過百篇。若加上入明時期作品與《元史》中的傳記，數量將更為可觀。宋濂筆下的傳主，從官員到市井小民，從文士到壯士，從貞烈婦女到僧侶道士皆有，足見人物形象的多元面貌。宋濂曾在〈雜傳九首有序〉中，大略敘述自己書寫地方先賢人物傳記的動機：

> 婺為浙水東大郡，自昔人物多出其中，載諸史冊者既或謬誤，而不載者又將湮沒無聞。濂竊病之，欲分道學、忠義、孝友、政事、文學、卓行、隱逸、貞節八類，作先民傳以示鄉之來學。荏苒沉疴，竟不能遂志。近幸少瘳，因自劉滂而下得九人，皆史官之所略者。謾敘其大概而附以贊辭，俾侍史錄寘別稿，俟他日書成，却隨類以附入焉。傳直書名而不諱者，蓋史法當爾也[40]。

婺州是浙東大郡，故當地有不少知名人士，但被史冊記載者其中或有錯誤，而有許多史書不載者，其行誼事蹟就在時間洪流中被湮沒。他觀察到這種問題，因此想針對傳主之人物特性分為八類，目的在於將地方先賢事蹟紀錄保存，作為後人學習效法的對象，故〈雜傳九首有序〉所收錄的九人，都是史傳所遺漏者。可見為家鄉先賢作傳實為宋濂心之所繫，然〈雜傳九首有序〉之九人並不分屬上述八類，實為未完稿。

首先，《浦陽人物記》二卷成書時分為忠義、孝友、政事、文

品還有《龍門子凝道記》、《浦陽人物記》等。

40 《宋學士文粹輯補》，《全集》，頁 2034。

學、貞節五類，之所以做這樣的安排，他在〈凡例〉中表示：

> 忠義孝友，人之大節，故以為先。而政事次之，文學又次之，貞節又次之。大概所書各取其長，或應入而不入者，亦頗示微意焉。

宋濂明確表示「忠義」與「孝友」，是「人之大節」，這種品格是最應該被頌揚的道德價值，史書更需要與以表彰，是故其歷史地位應高過政事、文學與貞節。

在〈雜傳九首有序〉中的葉秀發，具備高度的愛國情操。宋代金華人葉秀發當時為安慶府桐城丞。金人侵犯蘄、黃二州，桐城受到威脅，宋濂寫道：

> 騎兵將追，家人號泣求避，秀發叱之曰：「此正臣子竭力致身之日，雖死何憾？苟先去之，如一邑生聚何？」修城浚濠，日為備禦計。會金人使諜至，秀發擒之，亟斬於城門以徇。金人計沮不得近，邑賴以完。〈葉秀發傳〉[41]

葉秀發的愛國行徑理當得到褒揚，但上司忌其功，反而認為其「擅斬非法」，而一再受到打擊。因此宋濂在贊文部份認為：

> 當金人斬蘄，士大夫圭儋爵者或納款賣降之不暇，有若秀發者，官僅一丞耳，則不顧妻子，嬰城固守，法宜在所褒嘉，顧以擅斬而罪之，果何道耶？譬有丈夫焉，居深山中，盜欲舞刀劍奪其財，先遣游偵以察虛實，其隸怒殺偵者，

41 《宋學士先生文集輯補》，《全集》，頁 2037。

> 丈夫乃不責盜而責隸可乎？不可也。國之政如此，將何以致乎治耶？宋自是而微矣。

他不僅肯定葉秀發賢者之忠義人格，為其打抱不平，同時亦揭示宋朝政治腐敗的狀況。

元末社會因元軍墮落與群雄割據，造成動盪不安之景況，當日民眾生命財產遭受嚴重威脅，地方實無寧日。在宋濂所撰述的諸多碑傳文章中，亦有類似者，這些文士德行兼備，眾人親眼目睹或親身遭遇劇變，有的勇於抵抗而犧牲性命，有些則以國家興復為已任。然而這些傳主所展現的勇氣與氣節，甚至是可歌可泣的事蹟，在宋濂的筆下往往深具形象性與一致性。如〈故義士胡府君壙銘〉一文中，據宋濂的敘述，胡嘉祐的行事作風是「人有急難，百計救之，至勢不可為乃已。以信接物，如金石弗變…」而在至正十七年時，「歲丁酉，括蒼盜起，殺官吏，焚府庫，蔓延至永康，浙水之東騷動。」當時胡府君受薦，廉訪使命其集鄉里健兒，給以鎧甲，府君組成部隊之後，也教以攻戰之法，發揮一定的功效。然而「一旦，寇大至，府君列陣于占田，眾寡不敵，遂死之。」宋濂對於胡嘉祐的犧牲，認為其為義士，「君子有取之者，其捍衛鄉井之心，皦皦然不可誣也。人孰不死？君死於義，可以無恨矣。」[42]

在《浦陽人物記・貞節篇》中，宋濂基於浦陽舊志無涉及貞節事，然他認為能成為「貞婦」非常不容易，故需將此類事蹟放入史書中，作為後人效法之典範：

---

[42]《鑾坡後集》卷三，《全集》，頁 624。

世之材士大夫，習俎豆，攻詩書，坐而堯言，行而舜趨，其自負誠不在古人後，一但受人家國之寄，輒懷二心者有之矣。況區區一女子，所事不過織紝中饋之間，反能守死自誓，如秋雙烈日不可狎玩，又可得而少之歟？…貞婦之得名，蓋以世之不貞者眾也，濂又豈得不為衰俗一嘅也。

他認為此種勇於保全名節守貞的行為是當時社會所缺乏的，區區女子每日所做不過是主中饋織紝等事，然而遇事卻能夠守死自誓。相對於飽讀詩書，每謂行堯舜之道的士大夫，遇事卻往往不能堅定心志，輒懷貳心，貞婦之行徑豈不更難能可貴？因此在貞節部分，收錄二位，何道融夫死不再適，獨立撫養遺腹子。倪宜弟夫死家貧，獨立撫養二子，「夜分燈屢涸，猶煢煢在機杼間，歷三十年，始能葬舅姑父母及夫之喪，教其子成人。」這兩位貞婦都是能堅持刻苦，撫養子女成人。成為貞婦，常常是一種不得不然的抉擇，朝廷的旌寵與否，並不在當下的考慮範圍內，他對當世士大夫遇事逃避行徑，實語多批評。

宋濂重視貞節，除了傳統儒家的倫理綱常外，與其妹宋新有關。在元明朝綱變換的過程，他唯一的妹妹也在這場兵禍中因為守節而失去生命。宋新在戊戌十月與丈夫賈明善避難浦陽城竇山，她雖藏匿在灌莽中，然「為游卒所執，乃抽銀條脫求解，不聽，將亂之。」因此宋新騙游卒要給他昨夕藏在山坎中的珠貝，趁游卒不備，躍入深淵而死，做了寧為玉碎不為瓦全的選擇[43]。宋

[43] 後來宋新所躍之深淵，民眾命其潭為「宋姑潭」。見〈宋姑潭〉，《全集》，頁 2638。

新在至正十八年十一月十四日，因守節而躍入深淵死一事，對宋濂的影響甚大，因此不避親的為妹妹做了一篇私傳〈宋烈婦傳〉，記載其節烈事蹟。他在文中感嘆道：

> 嗚呼！自古莫不有死，當是時，執法之大吏，秉鉞之將帥，守土之二千石，或有不能，而烈婦獨能捐軀徇義。…人之所欲，莫甚乎生，苟所見一髮未盡，則幸存之念興；幸存之念興，含辱忍垢何所不至哉？想其臨淵之時，貞剛之氣充塞上下，天不足為高，地不足為厚，日月不足為明，視區區微生，直鴻毛輕耳。不然何以能若是之烈也？〈宋烈婦傳〉[44]

他面對貞潔烈婦的行為總是能夠感同身受，不僅是因為儒家思想薫陶與歷代女教要求之故，正因為是自己親人的遭遇，使得他對節烈婦女的行徑感受特別深刻。元末婦女徇節不屈之事，如履不絕，在〈王貞婦傳〉一文中，宋濂便談及「貞婦」的典範價值：

> 嗚呼！女婦之質甚弱耳，扣盎足以駭走之，今貞婦乃不為威武所屈若是，非其秉志剛見義明有不能也。世以丈夫自居者，冠帶儼如，步趨鏘如，議論藹如：人倘以女婦目之，則艴然怒去。及究其所為，一遇小利害，則甘心喪其所守，似婦人女子之不若，抑又何說哉？然自兵亂以來，婦人徇節而不屈者，或自剄死，或墜崖下死，或赴水火而死，固人之所難，此特出一時義烈所激爾。有如貞婦處孤燈敗帷

[44] 《全集》，頁 1989-1990。

> 間，淒風蕭蕭然，中人歲積月深，必有甚不能堪者，恆人之情寧不為之少衰？貞婦之操則愈堅如鐵石，百折不撓，豈不尤人所難者乎？使一鄉之得若人，必有率德而勵行者，由是達之一邑一州，無不皆然。其于移風俗美教化之道，有國家者蓋有賴焉，是宜為之傳，以俟觀民風者[45]。

在元末兵亂時期，婦女為了徇節，手段激烈，或自剄、墜崖、或赴水火而死之例屢見不鮮，《元史‧列女傳》傳前曾闡述輯錄「列女」事蹟二卷的意義：

> 元受命百餘年，女婦之能以行聞於朝者多矣，不能盡書，采其尤卓異者，具載于篇。其間有不忍夫死，感慨自殺以從之者，雖或失於過中，然較苟生受辱與更適而不之愧者，有間矣。故特著之，以示勸厲之義云。

此處史官從宣揚教化與建立典範的立場，向天下婦女「以示勸厲」，並有警世之意。元代列女傳之例，「節、烈、義、孝」是婦女行為的總體表現，董家遵即提出「節婦只是犧牲幸福或毀壞身體以維持她的貞操。而烈女則是犧牲生命或遭殺戮以保她底貞潔。前者是守志，後者是殉身。」[46]宋濂對於貞婦實寄予深深的同情，在〈題天台三節婦傳後〉一文中，針對於烈婦陶宗媛的行為他說：

---

45 《全集》，頁 522。

46 見董家遵，〈歷代節烈婦女的統計〉，收入鮑家麟編著，《中國婦女史論集》（台北縣，稻鄉出版社，1999），頁 111-117。

> 然人之受刃無無血者，宗媛則以之。淑雖死，其精靈猶能動物不亂。是知貞潔之人，其超越誠與常人殊。薦紳家相訾嗷者，輒斥曰「女子婦人」，女子婦人猶有是，嗚呼[47]！

此處不僅肯定了「貞節」婦女超乎常人的勇氣，同時對於一般人動輒以鄙夷態度斥之為「女子婦人」之言加以批判，在宋濂心中，女子婦人尚比道貌岸然的縉紳大夫更有見識，更令人敬佩。從宋新到文集中諸多婦女，透過宋濂之筆，這些女子犧牲的勇氣與精神得以流芳百世。

《浦陽人物記．政事篇》部分，共計十一人，宋濂認為「雖官有崇卑，治有優劣，其利吾民一也。」他們共同的特點就在於行為「利於民」。其中行事較為特別者如傅雱使金，多膽略。吳傳、石範則廉明，守正不撓。王萬則究心當世急務，極知邊防要害，終身言行相顧，初官不受人薦，生平不交權貴。吳直方擔任脫脫與也先帖木兒的老師，後脫脫為右丞相，每要頒布重要政令，皆先向吳直方請教後才施行，「民被其賜者甚眾」。因此宋濂在論贊中認為，這些官員「（丈夫）必也奮自布衣，卓然有立，小或做州牧，大或聞國政，使德澤簡在人心，聲聞流於後世，然後始無媿於斯名。」足以作為眾人之表率。

此外，《浦陽人物記》在〈孝友篇〉論贊中，誠如宋濂〈凡例〉所言，針對「東浙第一家」義門鄭氏的傳承進行考察，確認白麟之後一路傳至二十一代世孫鄭綺，因而推翻《唐書．世系表》之

---

47 《全集》，頁 621。

「鄭白麟之後不傳」的錯誤[48]。

《浦陽人物記》二十九位傳主，其篇幅長短並不一致，長者上千字，短者只有三十字，相形之下，有些傳主的傳文很精采，有些僅是為其於史冊上留名。同時在人物特色上，雖然有較多樣的人格特質，但最根本者仍是偏重人物的道德，因此教化作用高，文學性的開展較為不足。

五、結論

《浦陽人物記》是宋濂入明前重要的著作，不僅可從中探究其史觀，同時可以檢視其道德價值標準與立場。因此，從一開始的成書原因觀之，書中收入的都是浦陽地區的先賢，這是宋濂本身使命感的展現，同時也由於廉阿年八哈作為推手，不僅讓此書的傳播層面更廣，同時參照他對「忠義」的定義與態度，美善的道德行為表現，與種族同異並無必然的關聯。

其次，宋濂特別重視道德行為的表彰，即使只是一位中下階層的官吏，只要他的行為是為了公義，為了利民，他絕不吝給予讚揚。同時，宋濂在傳記的書寫上，對傳主的行為採取較為包容

[48] 宋濂在〈孝友篇・鄭綺〉的贊文中提出「考證」是史家的基本工夫，非常重要。他說：「史氏之言，多有不足取信者。濂少時嘗讀《唐書・世系表》，謂鄭白麟之後不傳，私竊信之。」直到看了司空圖《滎陽記》、鄭燮生《遂安譜》之後，才確定「其承傳次第，灼灼可信如此，惡覩其所謂不傳者哉？考徵不廣，而欲以一人之見聞定百載之是非，難矣！」

的態度，如孝友篇中的鍾宅。即使用了剔肝刲股這樣激烈的方式侍親，他仍將此類行徑視為孝親的天性使然，非矯柔造作之態。因此《浦陽人物記》一書的價值，在於透過對地方賢達的撰寫，可表彰一鄉一地賢者的行誼事蹟，其中如吳直方、柳貫、吳萊等人傳記，日後更是《元史》的底稿。

再者，此書實展現宋濂的史才與文采。他在論贊部分屢有新的創造與突破，且超越以往史書的論贊寫作僅對傳主進行品評。宋濂在論贊中，還可以針對議題提出個人意見。如此一來，論贊書寫的空間更開擴，舉凡考證史實、談論文學創作的要件、寄託個人淑世情感，或與傳主同悲歡，幾乎無所不包，由於他在論贊的書寫上，不論是感嘆或是品評，皆真情流露附有感染力，不僅吸引讀者的目光，亦增加作品的可讀性。

最後，宋濂展現其傳記寫作深厚的功力，從篇章布局、人物形象塑造到情節的開展，情理交融，引人入勝。對人物特徵的刻畫細膩，對場景的描寫生動，足見其變化多樣且各具風格的寫作手法。

引用書目

（元）柳貫，《柳貫詩文集》，杭州，浙江古籍，2004。

（明）宋濂，《宋文憲公全集》，台北，中華，1965。

（明）宋濂，《宋學士文集》，台北，臺灣商務，1965。

（明）宋濂等，《元史》，北京，中華，1985。

（明）黃宗羲著、全祖望補修，《宋元學案》，北京，中華，1986。

（清）趙翼，《廿二史劄記》，台北，洪氏，1974。

（清）永瑢等，《四庫全書總目》，台北縣，藝文，1979。

向燕南，《中國史學思想通史—明代卷》，合肥，黃山書社，2002。

周虎林，《司馬遷及其史學》，台北，文史哲，1987。

徐文珊，《史記評介》，台北，維新，1980。

許永明，〈宋濂與戴良友誼變異探微〉，《南京師大學報》，2007，2期，頁 128-132。

陳垣，《元西域人華化考》，上海，上海古籍，2000。

蕭啟慶，《蒙元史新研》，台北，允晨，1994。

蕭啟慶，《元朝史新論》，台北，允晨，1999。

錢穆，《中國學術思想史論叢（六）》，台北，東大圖書，1994。

鮑家麟編著，《中國婦女史論集》，台北縣，稻鄉出版社，1999。

謝玉玲，《宋濂的道學與文論》，嘉義，國立中正大學中文研究所博士論文，2005。

羅月霞主編，《宋濂全集》，杭州，浙江古籍，1999。

部落格書寫之章法現象觀察
——以敘論章法之運用為例

陳佳君

國立台北教育大學語文與創作學系助理教授

摘 要

「部落格」(Blog)是一種時興的網路發表載體，舉凡對生活瑣事的記錄與體悟、時事的觀察與見解等題材，都適於運用敘論章法來組織篇章內容。因此，本文特別選定敘論章法，來觀察部落格書寫的章法現象。研究發現，運用「先敘後論」之結構類型者，為數最多，而「論—敘—論」結構也很常見；其次，因思維慣性和謀篇技巧較具難度的緣故，「敘—論—敘」和「先論後敘」較少見。此外，「敘論迭用」類，則需要靠其他章法，理出第一層結構的組織關係。本文亦提出，寫作需要講求結構與條理，學習章法將有助於自覺的運用適宜的邏輯條理來架構文章，提升網路書寫時的表達技巧與溝通效能。

一、前言

敘論法是以「敘事」（事）與「議論」（理）來謀篇布局的一種章法，它是一種極具普遍性、應用面十分廣泛的邏輯條理。舉凡對時事的觀察與看法、史實的陳述與評論、生活瑣事的記錄與體悟等題材，都適於運用敘論章法來組織篇章內容。而「部落格」（Blog）由於申請容易、選擇多元、上傳步驟便捷，成為時下相當受歡迎的一種網路發表載體。每個部落格的版主都能透過面版風格的變換，以及文字、照片、音訊、視訊等資料的傳輸，透過無遠弗屆的網路平台，與所有熟識或陌生的人互動，經營出自我風格鮮明的網路書寫空間。

由於人們常透過部落格記錄生活、抒發感觸、發表見解、分享經驗等，因此，在部落格上傳、張貼的文章中，常可發現敘論法的蹤影。本文即著眼於此，先由敘論法之理論基礎入手，再藉由青年學子們在部落格中的貼文，觀察敘論章法在部落格中呈現的文學現象[1]。

二、敘論法的理論基礎

[1] 本文之研究對象以大學在學學生所經營的個人部落格為主，來源有奇摩、無名、樂多、Windows Live 等部落格或網路分享空間的平台。為尊重與保護投稿者，本文所引用之貼文作者，將以研究編號代表之。

「敘論法」是指敘述具體事件與闡發抽象道理相結合的謀篇方式。劉熙載在《藝概》裡即闡述了敘與論之重要性：

> 文法雖千變萬化，總不外於敘議二者求之。[2]

其中，「敘」指具體事件，是「實」，「論」指抽象道理，是「虛」，因此，敘論法歸屬於章法的虛實家族中[3]。王凱符和張會恩主編的《中國古代寫作學》，亦主張「事為實，理為虛」，並認為「實」的客觀事實與「虛」見解議論，必須要配合得當，才能使文章發揮最好的效果[4]。

敘事與議論相互配合而形成章法的邏輯思維，有其特殊的心理基礎。相較而言，「敘」偏向客體，「論」偏向主體。作家在這個主客體的互動過程中，會受到知覺的「定勢」作用，在選材時，必然受到其經驗、需要、理念的影響，來進行揀擇[5]，當主體欲抒發某種態度、思想、看法時，就會據此基礎去尋找敘述的事材、物材、或典故，也就是所謂的「因理擇事」；另外，作家在寫作時，也會透過具體的事件而生發相關的議論，此即「因事生論」，劉勵操就曾針對這種創作動機說道：

> 在敘述中，由於所敘事件的觸動，產生出相應的感想，於

---

[2] 見劉熙載《藝概》卷六〈經義概〉，頁 179。
[3] 參見拙作〈論章法之族性〉，《辭章學論文集（上冊）》，頁 154。
[4] 參見王凱符、張會恩《中國古代寫作學》，頁 285。
[5] 參考錢谷融、魯樞元主編《文學心理學》，頁 140-143。

> 是借題發揮，發為議論。[6]

如此「論隨事生」，亦能大大增強辭章作品的說服力。

敘論法所表現出來的結構類型，包括符合秩序規律、透過順向或逆向的「移位」而形成的「先敘後論」與「先論後敘」。「先敘後論」是先敘述事件再針對事件生發議論，是最為常見的一種類型。明代吳訥在《文章辨體序說》談「記」之文體時就提到：

> 大抵記者，蓋所以備不忘。……敘事之後，略作議論以結之，此為正體。[7]

先陳其事再生其議的條理，符合人類普遍而基本的思維進程，故為「記」之正體，而這種結構類型歷來也獲得辭章家們的高度關注[8]。「先論後敘」則是直接進入道理的闡釋，然後再敘述發出此番道理的所緣事件或補敘有此議論的背景，由於這類結構需要在謀篇技巧上特別費心設計，因此比較少見。除了「移位」，還有源自變化規律的「轉位」，轉位原則會形成「論—敘—論」或「敘—論—敘」。兩者都具有如天平般的前後呼應效果，中間的「敘」或「論」也會如同插接般的，拉開前後原應緊緊承續的議論或敘事，使文

---

[6] 見劉勵操《寫作方法一百例》，頁 120。

[7] 見吳訥《文章辨體序說》，頁 42。

[8] 如宋文蔚：「先立案，後發議，是謂先序後議。」見《評註文法津梁》，頁 78；吉樑：「先敘事實，然後就事論結，總以持議平允，斷制謹嚴為上乘。」見《作文法精論》，頁 167；許恂如：「布局之法，或先敘事實，後加論說。」見《作文百法》，頁 50。陳滿銘亦發表過〈談採先敘後論的形式所寫成的幾篇課文〉論文，收於《國文教學論叢》。

章有變化、起波瀾。最後還有一種敘事和議論層迭出現的情形，在敘事中隨時夾帶議論，或在議論中舉事為例，都有可能形成「敘論迭用」的結構，不過，不管文章脈絡有幾疊「敘—論」或「論—敘」的結構單元，通常還能在上一層，理出這幾疊敘論之間的關係，如今、昔或正、反等，因此，敘論迭用的結構會退居到下一個層次[9]。

為清眉目，茲將敘論法之結構類型列表如下：

項次	成因	結構類型
1	移位	先敘後論
		先論後敘
2	轉位	論—敘—論
		敘—論—敘
3	迭用	敘論迭用

本論文亦將依此分類，各舉部落格貼文若干篇進行分析。

敘事和議論有機結合的謀篇方式，能使「敘述體現出哲理，議論聯繫著形象」[10]，李紱在〈覆方望溪論評歐文書〉就談到：

> 說理之文，以論事出之，則無微不顯；論事之文，以說理

[9] 拙作《虛實章法析論》曾將虛實法之結構類型分為「一般型」與「變化型」。就敘論法而言，一般型包括「先敘後論」、「先論後敘」；變化型則有「夾寫」和「迭用」，前者是指「雙論夾敘」（論—敘—論）和「雙敘夾論」（敘—論—敘），後者則指「敘論迭用」。參見《虛實章法析論》，頁 251。

[10] 見劉勵操《寫作方法一百例》，頁 120。

出之，則無小非大。[11]

由此可見，「論」會因「敘」而具體化，使道理更容易讓人明白，而「敘」亦會因「論」而抽象化，使辭章具有更深遠之意蘊[12]。因此，當敘事與議論二者達到和諧的統一時，在內容上就會獲致一種「審美深度」，張紅雨即曾在《寫作美學》中，對「審美深度」解釋說，作家在剖事釋理時，只要寫得深刻，就能引起人們的美感[13]。

三、敘論法的結構類型

（一）先敘後論

先敘事後議論是敘論法最常見的一種結構類型，在這次的研究稿件中，這類的文本也占最多比例。下文就以入選的兩篇作品為例。

首先是「S-17」的〈危機就是轉機〉：

> 這學期初，幾個好朋友一起為韓國留學作準備，一起補韓文，一起準備面試。還記得那時我的自傳寫得很差，幸好經過老師的指導，改善不少。那晚生平第一次熬夜，將自傳重新寫過。
>
> 記得我是面試的最後一號，望著你們一一進入面試教室，

[11] 見朱任生《古文法纂要》，頁 209。
[12] 見拙作《虛實章法析論》，頁 91。
[13] 參見張紅雨《寫作美學》，頁 81。

越來越空的準備室只剩我一個人，既緊張又害怕。面試結束後，推開教室的門，心裡只有一個想法：不管結果如何，我盡力了！

面試結果很快就出來了，我們手牽著手一同前往，三個人手中拿著各自的成績單，我當下看到自己的成績，好開心，但當互相看過對方的成績後，心頭有股很複雜的情緒湧上。她們為備取，一想到我們很有可能不能一同去，心裡又沉重下來。

過了不久，學研組通知我，獎學金與留學會有碰撞之處，必須要捨棄其中一項，當下的心情真的很複雜。這件事我之前就有考慮過，但因為獎學金今年第一次辦，一切規章都還不確定，當初要報名面試前，我為這件事很煩惱，而兩邊的人員都告訴我，等面試結果出來後再考慮這問題，他們或許沒想到我會錄取吧！魚與熊掌不可兼得，最後，我決定放棄留學一年，並真心祝福我同學能到韓國一切順利！

之前為獎學金，拉著歐巴桑以及小魚參加許多檢定考，歐巴桑很爭氣地通過檢定考，而我一項都沒過，如今剩下最後一項檢定考了，若這項不幸沒過，就要舉辦獎學金的告別式了，為我自己實力不足而難過，但就算獎學金沒了，我仍會繼續努力，到國小做志工服務，培養能力繼續參加下一次的檢定考。

有一次我們在等電梯時，歐巴桑突然轉過頭對我說:「你錯了，不該為獎學金而放棄留學的！」但我不後悔。在莊子課裡，有段話我很喜歡也很認同：「適來，夫子時也；適去，夫子順也。安時而處順。」這學期經歷這些事情，我開始思考自己想要的是什麼？我該如何面對抉擇與捨棄？

不能到韓國留學一年，雖然有些可惜，但從這過程中我學習到很多的東西，處事方法、堅持學習不放棄、學會些韓語……等，現在我覺得做任何決定後，不要後悔，條條大路通理想，危機就是一種轉機，認真開心的走在所選擇的路上，不要讓心有所執著，開寬心境，無處不消遙啊！

最近老師告訴我們學校將舉辦暑期韓國文化交流活動，很開心，這正是我當初想到韓國的動機：和朋友一起大探險。我想，這也是一種危機成為轉機的實例。生命正因為充滿著不確定性，才有其神秘和探索的樂趣，安時而處順，以愉悅的心來面對未來的路！

其結構分析表如下：

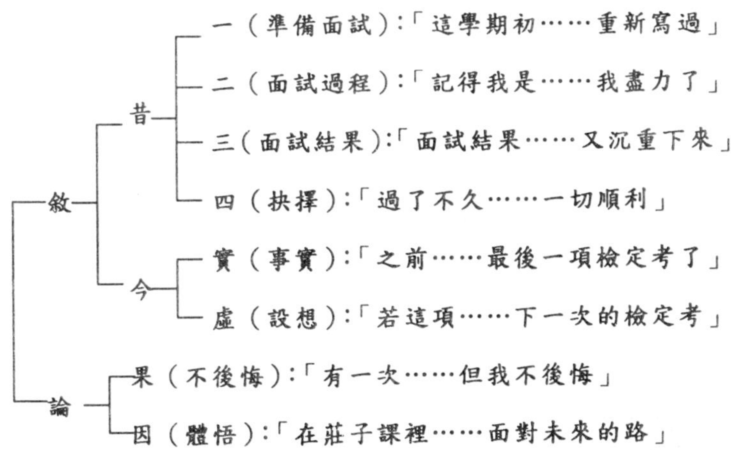

作者近來面臨學校申請韓國交換學生與獎學金的檢核，而在部落

格中整理了心情。文章除了依時間先後敘寫申請過程外，也引《莊子》裡的一段話，抒發自我的體悟，因此本文的理路，大致是以「先敘後論」的結構寫成。

在部落格中，也常見「小故事大啟示」類的貼文，作者通常先敘述此則故事，再由此生發議論，這樣的布局也會形成「先敘後論」式[14]。如「**S-30**」〈放下就自在〉：

> 有一個小學老師在偏遠的鄉里教書。這天，他來到自己班上的教室， 問班上的小朋友：「你們大家有沒有討厭的人啊？」小朋友們想了想，有的未作聲，有的則猛力地點點頭。老師接著便發給每人一個袋子，說： 「我們來玩一個遊戲。現在大家想想看，過去這一週，曾有那些人得罪過你，他到底做了怎麼樣可惡的事。想到後，就利用放學時間到河邊去找一塊石頭，把他的名字用小紙條貼在石頭上。如果他實在很過份，你就找一塊大一點的石頭；如果他的錯是小錯，你就找一塊小一點的石頭。每天把戰利品用袋子裝到學校來給老師看哦！」學生們感到非常有

---

[14] 陳滿銘在〈談採先敘後論的形式所寫成的幾篇課文〉裡提出：「先敘後論」的寫作形式，常出現於變體寓言上，本來寓言僅是敘述故事，而不加以論斷的，如〈愚公移山〉一文便是；而變體寓言則不但敘述故事，也在末尾將所寓託的意思明點出來，如〈黔之驢〉一文便是。參見《國文教學論叢》，頁 121。附帶說明的是，在這種「小故事大啟示」類的部落格貼文中，還有一種現象，即是使用部落格的「引用」功能，將他人的文章，轉引貼在自己的部落格上。有些引用文章本身即是很完整的敘論結構，有些則是純敘事，再由轉引者自己加上評論。唯此類貼文恐涉著作權問題，而無法呈現於本論文中。

趣且新鮮，放學後，每個人都搶著到河邊去找石頭。第二天早上，大家都把裝著從河邊撿來的鵝卵石的袋子帶到學校來，興高采烈地討論著。

一天過去了，兩天過去了，三天過去了……，有的人的袋子越裝越大，幾乎成了負擔。終於，有人提出了抗議：「老師，好累喔！」老師笑了笑沒說話，立刻又有人接著喊：「對啊！每天背著這些石頭來上課，好累喔！」這時，老師終於開口了，她笑著說：「那就放下這些代表著別人過犯的石頭吧！」孩子們有些訝異，老師又接著講：「學習寬恕別人的過犯，不要把它當寶一樣的記在心上，扛在肩上，時間久了，任誰也受不了……。」這個星期，這班的同學上到了人生中極寶貴的一課。袋裡裝入越多、越大的「石頭」，心中存留越多、越深的仇恨，所造成的負擔就越重。

有句名諺：「寬恕人的過失，便是自己的榮耀。」懂得「放下」，何等自在。

其結構分析表為：

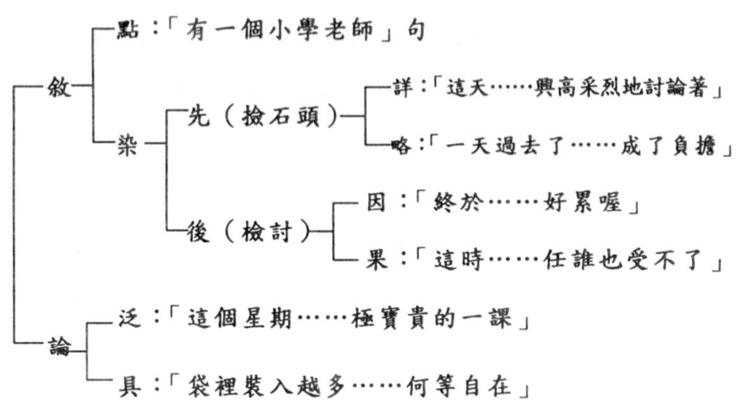

本文以一則充滿哲理的小故事，說明「放下就能自在」的道理。敘事的部分，先點出這位主角的身分與工作地點，作為引子，然後依事件發生的先後順敘，交代老師引導學生收集石頭和事後檢討的過程。其中，「撿石頭」的段落，詳寫第一天學生們的興奮與新鮮感，其餘天數即以略筆帶出石頭已漸成負擔的經過。而「檢討」的段落，則由沉重之「因」，引出學習寬恕的「果」。議論的部分，先泛論學生們學到了寶貴的一課，再具體論述懂得「放下」，才能獲得「自在」的人生道理。是為典型的「先敘後論」結構。

（二）先論後敘

先議論再敘事是較為少見的謀篇方式，在這次投稿的稿件中亦僅見一例，是「S-05」的〈接納〉一文，其全文與分析如下：

在我決定把網誌給所有認識的人以後，我就必須明白，我沒有權利要所有看過的人都喜歡。

經營部落格，我得學習包容不一樣的意見，不同的觀感。對我來說，把自己寫的東西貼出來和大家分享，需要很大的勇氣。因為，在我的周圍，都是一些讓人驚嘆的文字，那裡有獨特的感受，用詞巧妙而不失真，不會矯揉造作、為賦新辭強說愁，也不淪為交代時間流水帳。在欣羨讚賞之餘，我的一字一句顯得格外小心，結果卻讓自己過份重視所有人的看法。

網誌剛開張時，就聽過「沒什麼好看！」這類的話，我一度想收手。最近又第二度聽到類似的異議。我想要包容、接納所有的評論和感想，可是，我好像累了。

本文之結構表為：

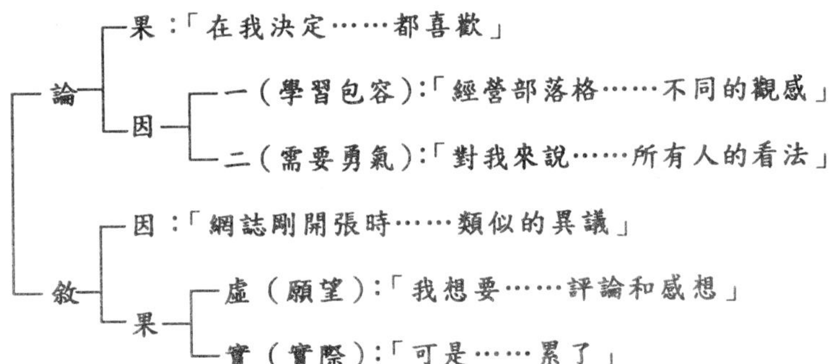

文章首段先就「果」，下一斷語，訴說自己在網路上公開發表文章，就要有接納不同聲音的體認。次段提出兩個「原因」，一是學習包容，一是字斟句酌卻換來心裡的沉重包袱。文章尾聲則簡述了兩度聽聞異議的事件與心情，事中帶情。由此可見，作者是透過「先論後敘」的條理，表達出經營部落格的矛盾情結。

（三）論—敘—論

「論—敘—論」是先提出一番道理，再導入事件，最後再以議論作結。由於這樣的結構類型很穩當，也能將所欲表達的意思說明清楚、前後呼應，因此也很易於運用。

如「**S-22**」的〈捲髮直髮請作答〉：

> 如果舉辦一個「捲髮直髮請作答？」的大型投票，我想有百分之八十以上的人都會投給直髮吧？理由不外乎是直髮耐看、好整理，亦能收清新飄逸之效。
>
> 剩下那百分之二十的「捲髮俱樂部」的民眾，一定會頂著自然或人工的Q毛，大聲疾呼捲髮的好處，例如：蓬鬆活潑有朝氣、可塑性較強等。我必須先聲明，長久以來，我都是比較偏好捲髮的，尤其是自然捲。有著一頭柔順直髮的我，從小就留著一直到底的線條，經過阿桑的剃髮機瘋狂的向上推高，導致髮量不足的後腦杓部分，是直接懸在半空中，形成十分可笑的爆衝狀態。後來慢慢長大，開始愛漂亮，於是力求改變。期間歷經了中分、旁分、再到使用髮蠟將之抓爆，但始終不覺得滿足。
>
> 「我想試試更不一樣的感覺。」於是我想到了捲髮，這個原本注定一輩子和我無緣的字眼。
>
> 還以為說燙就燙呢！原來還得先留到一定長度才行。之後有很長一段時間，我都頂著一頭有如不斷加蓋的隔音牆般厚重的髮型，到處嚇人，因為設計師說長度至少

要蓋到耳朵才行。

幸好在成為一個「耳聰聾子」前，設計師總算點頭了。當助手喜孜孜的拿著臭到後空翻的軟毛劑，在我的頭上塗時，燙髮的決心也就隨著那越塗越多、越塗越臭的軟毛劑而更加堅定。

塗完軟毛劑後要先等待大約十五分鐘，然後再沖洗，接著就可以上捲子了。這家店用的是綠色捲子，先塗上一層藥水，再墊張薄紙，然後捲起來。

上完捲子開始熱風吹拂，沒想到裡面竟然這麼熱，烤得我耳朵都快熟了，還好設計師注意到我難受的表情，立刻過來幫我把溫度調低。之後又噴了兩次藥水，味道也很難聞，有點像臭掉的雞蛋，我想，追求流行總得付出一點代價。

最後，設計師搬出一台烘髮機，它有一個會旋轉的圈圈，很像土星外圍的光環。漸漸的，我想要的自然捲，總算出現了。但很快的，不知道是我不會整理，還是頑固的基因抵死不屈，拚命的想把頭髮拉直，不到一個月，先是由狂放大捲，變成保守的弧狀過彎，到最後只剩一點不算太直的線條纏繞著。一旦頭髮不捲，蓬鬆度也隨之消失，取而代之的是毛燥亂頭。事後追根究底，可能我天生就不適合燙頭髮吧？

我想，每個人一生當中至少都要當一次Q毛，不嘗試一次會覺得後悔。不過，有了這次嚐鮮的經驗，回到最初的投票，捲髮直髮請作答，我還是會從善如流的投直髮一票。

其結構分析表可表示如下：

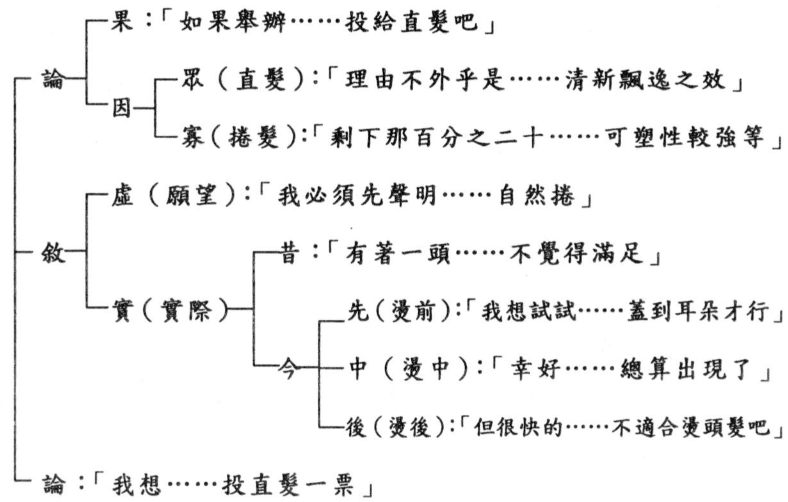

作者用俏皮的語言，忠實的記錄了一次燙髮經驗，並且對於捲髮或直髮的選擇題有了定見。文章由議論入手，先「由果而因」的扣題，再分就直髮與捲髮提出多數人的選擇與原因，形成「眾」與「寡」的對應。接著，由自己對捲髮的嚮往（「虛（願望）」），引入從直髮轉而燙捲的變化（「實（實際）」）。其中，作者將重心放在燙髮時折騰人的過程，依次敘述「燙前」的蓄髮、「燙中」的上藥與烘烤、以及「燙後」的難以維持，最後，則很自然的用末段的議論作結，提出嘗試後的無悔，但自己仍會投直髮一票的選擇。故全文形成了「論—敘—論」的條理。

此外，欣賞電影是一般學生喜愛的休閒活動之一，在觀賞後亦常在部落格中分享看電影的經驗。淺者，在貼文中抒發個人對影片的好惡，或推薦，或警告；深者，或能從影片中，自我省悟，深刻體會，或能站在稍具理性的立場，走向「電影評論」的層次。如「**S-28**」所發表的〈**What about Life**〉：

> 「對生活不滿意，可以和別人交換嗎？」也許，每個人在生活低潮期，難免都會有這種想法和心態。總是暗自揣想：別人的生活會不會比較好，比較令人羨慕?
>
> 現實難以實現的，就交給電影來做吧！也許這也是我很愛看電影的其中一個原因吧！藉著電影，我可以盡情作夢。
>
> 直到快下片了，我才終於看了這部身邊一些朋友都「不看好」的電影：「戀愛沒有假期 The Holiday」。
>
> 劇中兩位女主角在自己最低潮的生活，選擇和地球另一頭、素昧平生的網路朋友，交換生活。生活當然包括了「硬體」和「軟體」——硬體是房子、車子、電腦、電話……等，軟體呢？當然就是精神層面了，像是與朋友、鄰居等的互動。
>
> 一開始 我只是粗淺的從硬體設備上，評斷那位從英國小屋交換到美國豪宅生活的女主角，是屬於「賺」得比較多的一位。不過，隨著後續劇情發展，我馬上又改了「口供」，認為去住英國小屋的女強人，才是賺得多的一位。
>
> 然而，看到影片最後，對於到底誰賺得多，我又改了

「口供」，其實，沒有誰輸了什麼，也沒有誰真正贏了什麼。劇中人物藉著交換生活，開始學著用不同的心境去看待生活，試著用另一種生活哲學去生活，她們用真性情體會生活啟示，找回了人生中最簡單的快樂。

也許在很多人的眼中，它只是一部「愛情浪漫喜劇小品」級的電影，不過，我卻得到不少啟發。可能我永遠都做不到像劇中人物一樣，瘋狂的以換生活來重新體驗人生，但我總能提醒自己，永遠不要停留在灰色的生活片斷裡，抽離入世的煩惱，哪怕是一下子。試著用出世的眼界，評估生活，或許，多餘的不滿和不知足，就會自然退燒，因為，你永遠不知道，明天會遇見什麼人？什麼事？轉念之間，可能好事就報到，把握每一個當下，才是人生最重要的小事！

其結構表大致呈現如下：

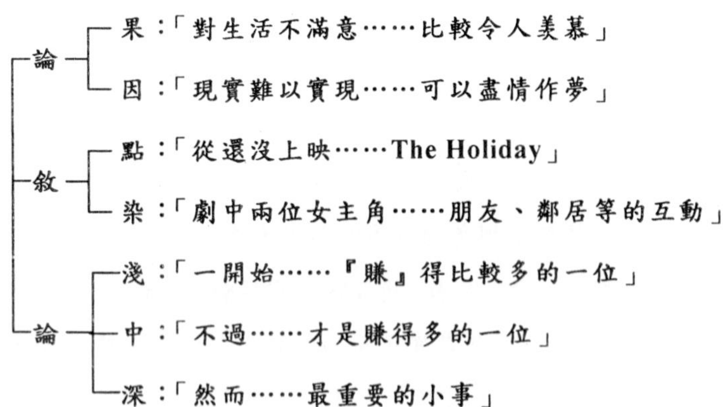

本文是針對《戀愛沒有假期》一片提出觀後感。文章一開篇先以問句吸引讀者目光，而這個問句也是本部電影開展的基點。進一步而言，第一個作為引論的段落，是以「交換生活」之可能（果），乃透過「電影能實現夢想」來完成（因），形成「先果後因」結構。中段以略筆交代電影內容，先點出片名（點，引子），再運用凡目法從「硬體」和「軟體」，敘寫兩位女主角的交換生活。最後一大段落則是全文重心，作者用淺深法將文意層層遞進，總結出「把握當下」的生活態度。其中，運用由淺而深的方式議論，能收到引人入勝並深化義旨的效果，而友人的不看好，與被一般人歸類於愛情小品等級之說法，更使全文帶有一點翻案的味道，加強了末段自我的深思。

（四）敘—論—敘

「敘—論—敘」的結構比較特殊，其布局方式是以敘事起頭，最後再回到事件的敘述，使文章有了首尾呼應的效果，而中間的議論如同以插入方式，拉開原本應緊承的敘事內容，通常能使文章有變化，也有拈出主旨的用途[15]。

在例證方面，如「S-18」〈美麗的錯誤〉：

> 「我最近都走路回家耶！」其實我很後悔用這句話開啟話題，在很久沒有跟大帥哥說話之後。
>
> 「你幹嘛這樣？很遠耶！」你問。「對呀！我幹嘛這

15 參考陳滿銘《章法學新裁》，頁 183。

樣呀？」我自問。其實我也不知道為什麼想用「走路」開啟話題，一開始可能只是好奇他會怎麼反應，也可能只是不想太早回家，只是想叛逆一下，也許，只是懷念一種走路的感覺。

台北，是一個太過於繁忙便捷的都市。一段路，大家往往會選擇開車、搭捷運、坐公車、騎機車，就是很少人會走路。「快速」是大家選擇生活的步調，「緩慢」是會被唾棄嫌惡和淘汰的，但是我們錯過了什麼？一些和自己心靈獨處對話的時間；一個看見別人、認識別人、觀察別人的美好邂逅；一間飄著古早味道，襲擊記憶味蕾的小吃攤；一片仁愛路七彩燈海，閃著這城市孤獨的美麗；一零一放著過期的情人節顯示圖片，諷刺地嘲笑越來越脆弱的人間愛情；一個比一個外表光鮮，內心卻吊滯憂鬱焦慮的人們……。

我們總踏著匆忙的腳步，以為時間很多、機會很多，錯過了還可以重來，但往往就一路走到了盡頭，不能再輕易回頭。無法「慢慢走」，等到猛然驚醒，怕是記憶中的花兒都謝了，所有的故事也都已經白頭。

「你怎麼了？心情不好喔？為什麼要走這麼遠的路？無法理解。」你說，然後就沉默了。其實很後悔提起這樣的話題，好不容易難得有機會跟大帥哥說話，卻可能從此被當作是瘋子、傻子。

「我以為你可以理解的呀！那次一起走過夜半台北

的經驗很美，不是嗎？」

其結構表如下：

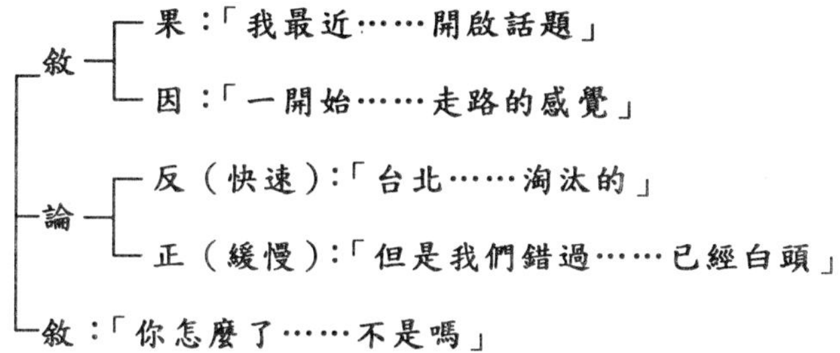

開篇即以對話點出「走路」的主題，並用「先果後因」的條理，自忖為何會用這句話與「大帥哥」開啟話題。然後文章轉入議論，先從反面說明台北快速的生活步調，再從正面提出不能慢慢的走路，會讓人錯過許多人事互動與觀察。尤其是「一個看見別人、認識別人、觀察別人的美好邂逅」一句，更與文旨有密切關係。最後，文章結尾處又回到當下的情境，記錄了雙方的問答和自己心裡的聲音。因此，全文偏向「敘—論—敘」的結構。

（五）敘論迭用

敘事與議論層疊出現的情形，在部落格中也不乏實例。在結構上，它會形成兩疊或兩疊以上的「敘—論」、「論—敘」，通常還能再理出這幾疊之間的邏輯關係，因此，敘論迭用的現象會退居於第二層結構。

如「**S-04**」的〈真正做的是什麼〉：

這幾天，因為小組報告變多了，突然發現了一些事，也許這就是小組報告的常態吧！

有鑑於上學期的分組，這學期大家都會去找跟自己比較合得來，做報告的想法也差不多的組員。但是，一樣想要報告早點做好，卻沒有人願意先開口集合大家來討論，只是聽到：「唉～報告好多喔！該開始做了，不然會來不及。」而沒有任何行動出現。

因為怕自己擔任起頭的人會當得不好，再加上已經有個報告是由我負責了，所以很希望讓其他人來帶領這個報告，結果，沉默的大家和看不下去的我，想當然又是我……。而報告裡附上的分工表，也許僅是假象？在填寫分工表的同時，好似也在填寫同學間的人情。

人際之間的不協調，造成大家都覺得倒不如自己做自己的，一切後果由自己承擔，不會被任何人怪罪，也無法去怪罪任何人。然而，這樣的治學態度，不是中國的老祖先希望我們學的！

還記得上學期某堂課的老師說過，他在看以前的教授做學問時，每個教授都已經有一定的年紀，在研究室中，大家彎著腰，帶著老花眼鏡，慎重而嚴肅的神情，卻是輕聲細語的說：「你看，這裡是這樣嗎？還是其實是那樣呢？」其他的教授就會湊過頭來，接著有人開始找書：「哎呀，你們說，這個怎麼樣呢？如果這樣，是不是就會像剛剛說得那樣？」

我說，如果大家都能像老教授一樣，一起做學問，分工合作，盡自己所知的、所會的，就不用有假惺惺的分組名單了吧？

我說，如果大家都只在心裡想說要快點做報告，卻沒有具體的行動，報告會自己長大嗎？

我說，這個社會會變得這麼人情冷漠，是因為大家都在心裡想的緣故嗎？

我說，如果這世界每個人都只出一張嘴，這樣能成就什麼？

半部《論語》可以治天下，那麼在中學時期至少接受了六年中國文化教養的我們，不會治天下，也應該要能管好自己的心。讓心裡想的、嘴巴說的，真正被執行；讓人們的榮譽心與責任感，真正成為每個人心中的一把尺。

這篇貼文迭用了兩次「敘—論」，其結構表如下：

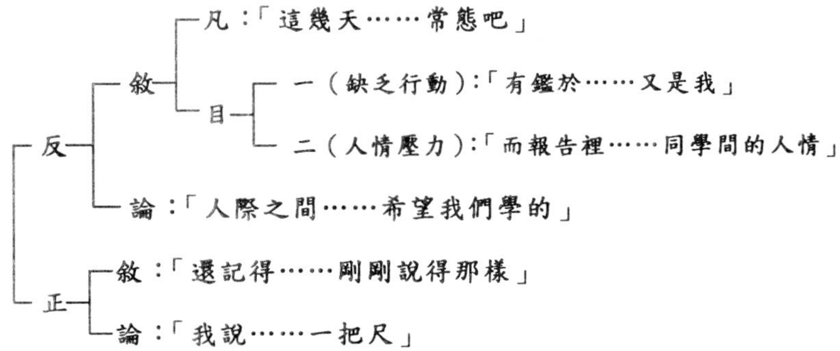

總體來說，本文由分組報告的運作中，發現一些令人苦惱的現象，

繼而提出身為小組成員應有的學習態度，是很適合運用敘論法來表現的題材。首段先總括由小組報告中所發現的事，接著以三個段落具體敘寫兩個分目，也就是觀察到「無人起頭、付諸行動」與「填寫分工表的人情壓力」，然後再帶出簡要的議論，認為現代學生普遍有疏離的人際關係而無法合作，並以治學態度做為下段的接榫。以上是偏就反面來寫的。下段起，文章轉就正面書寫，先承上文舉老教授們合作而嚴謹的為學精神作為輔助性的寫作材料，再順勢引入說理的部分，闡述身為學生，身為團隊的一份子，應該要能合作、行動，文末雖連續運用反詰的語氣，但作者的內心實有定見，而最後則以提升榮譽感與責任心作結論。由此可知，本文的謀篇方式為敘論迭用，並透「先反後正」的條理統合起兩疊「敘—論」結構。

又如「**S-10**」的〈心意？〉：

> 聖誕節又快來臨了，班上最近玩起了小天使遊戲，這是我第五次玩這個遊戲，從國小玩到大學……。
>
> 其實這個遊戲好不好玩，重點在於天使，無論是你的天使，或當天使的你。為什麼簡單的遊戲、規則會因為虛榮而變得這麼複雜呢？心意，是不能用金錢來衡量的，但是壓力卻隨著比較襲來，一切似乎都被扭曲了。
>
> 兩年前的聖誕節，飄飄也在班上舉辦這個遊戲。因為之前的三次悲慘經驗，這次我竭盡所能的為小主人服務，但是結束時，主人卻只送我一本筆記本。當下對禮物有很

多的埋怨，覺得自己付出這麼多，為什麼得不到等同的回報？事後才知道主人家並不是很富裕，我覺得十分羞愧。身為小天使，本來就應該不求回報的關懷、守護自己的小主人，自認為做得很完美的我，其實是個不懂得體貼別人的笨蛋！

這次我抽到的主人，本來跟我不怎麼熟，但是緣份就是這麼巧，我抽中了他，他成為我的主人！從此之後，我會有意無意的多看他一眼，注意他喜歡什麼東西，留意他的舉動和言談，然後送上愛心。終於，我了解了這個遊戲真正的精神，它讓本來不熟的人們因此互相關懷，讓原本熟悉的人們更加了解對方。玩著遊戲的你，有真正觀察到你們的主人需要什麼嗎？或只是深陷在價錢的虛榮感中？「需要」，不一定是外在的東西，也許只是一句關懷或一張溫馨的紙條，如果沒有出自真正的心意，只是為了空虛的面子問題，如此只會不斷渴求主人或自己的天使回報，這樣的遊戲又有何意義呢？

希望班上每個人都能在快樂、溫馨的感覺下玩這個遊戲，都能夠找出自己內心裡的善良天使。

其結構表為：

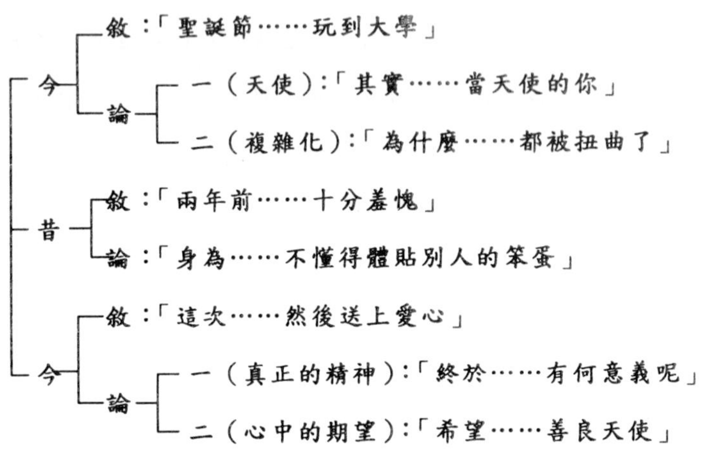

「小天使」遊戲是校園裡十分熱門的活動，本文敘述了遊戲的進行，並針對活動的精神，提出自我體悟。首先，文章點出聖誕節前夕，班上正玩起小天使遊戲，作者認為遊戲的重心在於「天使」這個角色，並且也用問句質疑玩者心態使遊戲被複雜化。其次，文章回溯兩年前的經驗，檢討想獲得回報的自己，並未真正懂得關懷他人。最後，再回到現在正玩著小天使遊戲的班上，從抽中和自己不熟稔的同學當「主人」，開始了解活動背後的意義。由此可理出本文的脈絡：上述的這三大段落，基本上是「現在正進行活動的班上」與「兩年前玩同種遊戲的往事」相互呼應，構成了「今—昔—今」的關係，而本個段落又都以先敘事再議論的方式呈現，因此在第二個層次上就產生了三疊「敘—論」的迭用情形。

四、部落格書寫與敘論章法之綜合檢視

（一）研究統計

參與本研究案之部落格與投稿篇數，約有三十篇，唯透過部落格的「好友」連結功能，加上學生私下之推薦，研究者所觀察之部落格，實遠超過這個數字。就敘論法所呈現的各種結構類型而言，三十篇部落格貼文中，「先敘後論」共有八篇，而「先論後敘」不但僅有一篇，在搜尋的過程中，也是最困難的一環。此外，有五篇運用「論—敘—論」結構寫成，「敘—論—敘」只占兩篇，「敘論迭用」則有四篇。其他還出現了兩篇「全敘」、五篇「全論」，以及偏向「事」（敘事，實）、「情」（抒情，虛）組織的章法，計有「先實（事）後虛（情）」、「先虛（情）後實（事）」、「虛（情）—實（事）—虛（情）」各一例。據此可見，「先敘後論」為數最多，「先論後敘」則最少，應合前文針對敘論法理論之探討結果；其次，「論—敘—論」結構也很常見，是一般人喜歡運用的一種邏輯條理。

由於「全敘」或「全論」是指全篇主要全以敘事或全以議論成篇，所以並未構成事、理二元對待關係，需要落到篇章，檢視其章法與結構類型，例如若以凡目法或今昔法來敘事，就必須從凡目、今昔等章法切入。故「全敘」或「全論」者，不列入此次研究對象，因此在這三十篇作品中，符合敘論法之要求者，共二十篇，其所占之比例如下表列。再以入選本論文之篇數而言，原則上各類以兩篇為例，但「先論後敘」和「敘—論—敘」則因難度較高，在謀篇的藝術技巧上，需要特別設計，因此較為少見，各選錄一篇。

各類型篇數與比例之統計表如下：

項次	結構類型	篇數	比例
1	先敘後論	8	40%
2	先論後敘	1	5%
3	論—敘—論	5	25%
4	敘—論—敘	2	10%
5	敘論迭用	4	20%
6	其他	10	

（二）章法運用在部落格書寫中的價值

既然部落格是一個自我記錄或與人交流的管道，如果所公開的文章不符合最基本的邏輯條理，那麼將無法順利的達成宣說與溝通的目的。在此次投稿與觀察的部落格貼文中，也存在著許多無法掌握謀篇技巧的文章，大部分的問題多出現在敘事與議論不斷的重覆混雜或思路跳躍、紊亂，原因可能是學生看待部落格的態度，是比較「非正式」且隨性而輕鬆的，因此容易想到什麼就寫什麼。學生甚至表示，在未受章法訓練之前，他們寫文章通常不打草稿、不預想綱目或安排段落。有時，網路一開，就直接登入部落格打字，然後上傳，很少在寫完之後回頭檢視、修改。這也使得部落格容易成為一個很口語、不講究正式語言規範與邏輯條理、很自我、很主觀的網路世界。

另一個值得思考的問題，是這些部落格書寫是在學過章法（敘論法）之前或之後。研究發現，學生在尚未學習章法前，仍會不自覺的使用敘論法寫作，此現象可以證明邏輯條理的思維運作，是與生俱來的能力。因此，學生會在檢驗的過程中，發現自己的某些舊文章是符合敘論法規律的。但因為在這個階段的學生，還未能自覺到篇章邏輯的存在，因此難免在段落的分配上，無法與結構表上的結構單元配合得很緊密，如「**S-30**」、「**S-22**」等的文章。不過，在學過敘論法之後，學生普遍反映，往後遇上適合使用敘論法的題材，會多加留心於篇章結構的安排；有些學生則表示，願意回頭修改自己的舊作，使文章的布局更臻合理、成熟。

綜上所述，經由此次的觀察，可以從「未學」和「已學」兩方面，凸顯出章法的四點價值：

1.未學過章法的學生，能寫出符合敘論規律的文章，證明這種邏輯思維是具有普遍性的，因此能反映在文章的謀篇布局上。

2.未學過章法的學生，雖能運用「敘事」與「議論」的配合來寫作，但通常在段落的安排或思路的鋪陳上容易出現瑕疵，可見章法的訓練有其必要性。

3.學過章法的學生，普遍能理解到寫作需講求結構與條理，並能自覺的運用所學的章法架構文章。

4.在學習過敘論法的各種結構類型後，學生多能突破以往的寫作慣性（如最常見的「先敘後論」），根據題材、內容、文旨之需要與表現，勇於嘗試不同的結構類型，如「先論後敘」或「敘—論一敘」等。

五、結語

敘論法是透過敘事與議論聯繫成篇章結構的一種章法。這種章法源自於知覺定勢的作用，無論是「因理擇事」或「因事生論」，都能依照實際的需要或藝術技巧上的講究，表現出各種各樣的結構類型，包括：「先敘後論」、「先論後敘」、「論—敘—論」、「敘—論—敘」、和「敘論迭用」。而部落格是一個能打破時空限制的新興網路載體，透過這些上傳的圖文、視聽作品，能營造出十分具有個人風格的網路書寫空間。由於部落格中常見的某些題材，如對生活人事的記錄與體悟、對時事的觀察與評論等，很適合運用敘論法來謀篇布局，因此每種敘論法的結構類型，都能在部落格貼文中發現實例。其中又以「先敘後論」最多，其次是「論—敘—論」；一般人比較少選用的則有「先論後敘」和「敘—論—敘」。原因除了取決於技巧的難易度以外，也和人們的思維慣性有關。學習章法，確實能讓人意識到篇章結構的重要性，期盼經由本文之研究，能呈現出章法（敘論法）運用在部落格中的文學現象，並進而提升網路文學之層次。

修辭轉化的語境策略意識

孟建安

廣東肇慶學院文學院教授

摘要

為了提高修辭轉化的效果，實現修辭轉化的預期目的，修辭主體在方法論原則層面上應該保持清醒的語境策略意識。這種語境策略意識突出地表現在要有高度的語境策略自覺，那就是要注重語境策略的首位優化選擇，要突出語境策略的現時在場性，要強化語境策略的創新設定與綜合調控。

關鍵詞

修辭轉化；語境策略；策略意識

一、前言

修辭策略是修辭主體實施修辭行為的具體規劃，「是在語言交際活動中，說寫者為順利達到交際目的，努力適應聽讀者而選擇和運用修辭手段的一種謀略設計。」[1]語境策略作為修辭策略系統中的一種重要「謀略設計」，是修辭主體在修辭轉化過程中，為了順利實現修辭目的和修辭預期，更好地建構和解構修辭話語、選擇和應用修辭同義手段，而對語境條件進行充分認知和主動利用的整體思考、設計和規劃。因此，所謂的「語境策略意識」則是修辭主體為了更好地實施修辭轉化，通過感知、分析、判斷和整合等心理活動對語境策略所作出的綜合反應，並由此而形成的關於語境策略建構和解構、選擇和應用的基本認識與整體觀念。基於對語境策略及語境策略意識的如上認知和界定，顯然在我們的概念中語境就被賦予了更為豐富的內涵。語境就不僅僅是修辭主體實施修辭轉化建構和解構修辭話語的重要參考框架，更為重要的是從方法論原則層面把「語境」作為修辭轉化的策略手段，而且是一個策略手段系統。正是基於這樣的思考，筆者堅定地認為，作為修辭主體在修辭轉化過程中必須要牢固樹立語境策略意識。這種語境策略意識突出地表現在要有高度的語境策

[1] 鄭榮馨，〈論修辭策略的概念〉，《江漢大學學報》(人文科學版)，2003（2），頁 93-96。

略自覺，那就是要注重語境策略的首位優化選擇，要突出語境策略的現時在場性，要強化語境策略的創新設定與綜合調控。

二、首位優選意識

首位優選是修辭主體實施修辭轉化對修辭策略選擇進行心理認知的基本結果。在修辭轉化過程中，修辭主體應該具有高度的語境策略首位自覺，要始終自願而又主動地牢固樹立語境策略首位優選意識，堅持以語境策略為主導，在方法論層面上把語境策略作為統領修辭轉化活動中修辭策略選擇的綱目和原則。堅持這種自覺的語境策略首位優選意識，目的就是為了提高修辭轉化的品質和效果，更好地實現修辭轉化所要達到的最終目標。

「首位」有兩層含義，一是指在眾多修辭策略中語境策略的第一重要性，二是指多種語境策略選項中某個或某些語境策略的首選性。修辭策略作為一個系統具有相當豐富的內涵，涵蓋了眾多不同的策略類型，形成了較多的策略聚合體。從不同的角度和視點來分析，比如有禮貌策略類聚及其類型、委婉策略類聚及其類型、語境策略類聚及其類型、面子策略類聚及其類型、忌諱策略類聚及其類型、使役策略類聚及其類型等。如果從領域修辭[2]去考慮，就會有政治領域修辭策略類聚及其類型、商貿領域修辭策略類聚及其類型、新聞傳播修辭策略類聚及其類型、司法領域修辭策略類聚及其類型、科學領域修辭策略類聚及其類型、文藝領域修辭策略類聚及其類型等等。不管是哪一種修辭策略類聚及其類型，都必然要與語境策略類聚及其類型聯繫在一起，都離不開語境策略的觀照。因為所有的修辭活動、修辭轉化、修辭建構和修辭解構都是在一定的語境中進行的，所以從這個意義上說語境策略具有不可替代性。也就是說，語境策略在修辭策略系統中的地位舉足輕重，處在強勢狀態，在修辭轉化中具有非常重要的作用。修辭轉化以語境為核心，必須依傍語境、結合語境、借助語境來進行。某種意義上說，修辭轉化實際上就是語境的轉化，修辭話語的建構就是對語境的創造，修辭話語的解讀就是對語境的闡釋。因此，在修辭轉化中應該強化語境策略選擇的首位性。這個意義上的所謂「首位性」意識，其實就是在修辭交際中，無論在何種修辭交際領域，無論對修辭轉化行為作出怎樣的設計，無論創造和理解什麼樣的修辭話語，無論要表達哪些語意內容，也無論出於怎樣的修辭目的，都必須強化語境策略的核心地位，突出語境策略的第一重要性，要在多姿多彩的修辭策略中把語境策略作為第一選項，在語境策略系統的多樣化語境策略

[2] 李軍，《話語修辭理論與實踐》，上海：上海外語教育出版社，2008，頁375。

中把某個或某些語境策略作為首選修辭策略。

「首位」意識強調了語境策略的重要性和第一選擇性，但不保證做到選擇的恰當性和得體性，這就凸現了優化選擇意識的同等重要性。語境策略系統有眾多選項，包括語言世界的語境策略、物理世界的語境策略、文化世界的語境策略和心理世界的語境策略等子系統，以及策略類型和具體策略手段。「優選」意味著是在這些眾多選項中要通過比對和分析，做到「人無我有，人有我優」，從而選擇那些更能夠體現修辭轉化意圖，更能夠建構和解構修辭話語，更能夠提高修辭轉化效果的語境策略。「優選」看中的是語境策略的得體選擇，關注的是語境策略運用所帶來的積極修辭效應。因此，所謂的「優選」關鍵不在於語境策略本身的內部構成，而重要的是向外看，看其功能在現實中向正面值轉化的狀況，看其對修辭轉化行為所帶來的正面值影響。

這就意味著，修辭主體要努力形成並始終保持清醒的語境策略意識，要在內心深處認知到語境策略的基本屬性、在修辭策略系統中所處的位置以及與周邊相關修辭策略的關係，要時時處處發掘並轉化好語境策略的潛在效能。作為一位善於修辭的修辭主體來說，從進入到修辭交際的那一刻起就應該從方法論原則的高度用語境策略眼光來審視詞語、句子、段落、篇章、情感、情景、場合、自我、物件、思想內容、文化心理、社會文化意義等修辭元素，要努力做到自知、自信和自主，以搶佔修辭轉化的制高點。其一，要盡最大可能全方位地瞭解修辭策略系統，弄清作為子系統的語境策略系統的內部結構，看都是由什麼樣的要素構成了語境策略系統，並努力協調平衡好這些構成要素之間的關係，以便於在實際操作層面作出首位選擇和優化選擇；其二，要自覺地有意識地確定並選擇首要的和適宜的語境策略，根據不同的修辭需要創設特定的語境條件，有針對性地進行修辭轉化；其三，要注重語境策略自身所具有的潛在功能的現實轉化，利用一切有利的條件開發利用語境資源，使其補充和省略、生成和解釋、暗示和引導、創造和過濾、協調和轉化、限定與選擇等潛在功能的實現達到最大化最優化。

三、現時在場意識

相伴性和普遍性是語境的基本屬性。當我們把語境作為一種修辭策略來對待時，修辭主體的語境策略意識也就表現為語境策略的現時在場意識。

現時性突出的是語境策略的無時不在性，是從修辭轉化的過程性來強化語境策略的重要性和不可缺失性。從歷時意義上說，語境與修辭交際相伴而生，語境存在於修辭交際的全過程，交際的自始至終都是在一定的語境中進行的，所以語境不是靜態的，而是動態的。語境策略的現時性意識也是從修辭策略的角度彰顯了和語境的相伴性屬性之間的一致性關係。語境策略與修辭交際、與修辭轉化共生共滅，語境策略選擇貫穿於修辭轉化的始終，修辭轉化的任何環節都不可能把語境策略排除在外。從修辭轉化的開始到修辭轉化的結束都依賴於語境策略所提供的強有力支援，從修辭轉化的目標設置到修辭話語的創造，再到修辭效果的評估，都要利用語境策略的功能效應。修辭轉化的直接物件就是修辭話語或者說就是修辭同義手段，但實際上在修辭話語建構中，相當多的時候比如修辭變異、超常配置等修辭話語指向的卻是語境意義，語境策略的支持促成了修辭話語的生成；修辭話語解構的過程，實際上就是一個由修辭話語到語境策略、透過修辭話語尋找語境策略、感受語境策略的過程。如果接受這種觀點，那麼我們再作反向的理解，那就是說修辭轉化目標的高效率實現都是應該以語境作為重要參考框架的，都是把語境作為第一重要的修辭策略的。正是基於這樣的現實與考慮，我們說語境策略的選用是存在於修辭轉化過程的時間鏈條之上的，是伴隨著修辭轉化的整個過程的，具有相當明顯的過程性特徵。從修辭學理論層面來考慮，把語境策略作為一種始終存在於修辭轉化過程的修辭策略，不僅豐富了修辭轉化研究的學術內涵，而且也擴大了修辭策略系統的外延，更加健全了修辭策略系統的內部結構，當然也是對修辭理論的貢獻。

根據語境理論的一般闡述，從共時意義上說語境是無處不在的，語境存在於修辭交際的每一個角落。離開了語境，修辭交際便失去了賴以生存的土壤。語境策略意識在共時意義上就表現為語境策略的在場性意識，也就是從修辭策略層面肯定了語境策略選擇的無處不在性。從這個意義上說，修辭轉化作為一定語境條件下的修辭行為，所有在場的語境因素都有可能被用來作為修辭轉化的策略手段。因此，語境策略的選擇就必然具有普遍性特徵，就會存在於修辭轉化的各個緯度，滲透到修辭轉化的各個側面。這就凸現了修辭策略適用範圍的寬廣性。在修辭轉化的環節方面，轉化前的準備、轉化計畫的形成、轉化計畫的落實、轉化後的檢視與評價等，無處不滲透著語境策略的內涵；在修辭文本分析方面，語音的把握、詞語的闡釋、語意的理解、思路的梳理、結構的認知、篇章的銜接、修辭價值的評判等，無不閃爍著語境策略的光芒。簡單地說，不存在離開了一定語境的修辭轉化，把語境作為具有相當生命力的修辭策略是修辭交際中修辭轉化的必然性選擇和普遍性選擇。

四、創新設定意識

語境策略創新和語境策略設定意識是語境策略意識的重要內涵。在修辭轉化過程中，修辭主體一方面要充分利用已有的語境條件，另一方面還要適時有度地進行語境策略創造和語境策略設定。

語境策略創新是指在修辭轉化中，修辭主體根據修辭轉化的需要有意識地把語言內和語言外因素等充分利用起來，再作有機合理的配置和巧妙的組合而形成推進實現和影響修辭轉化效果的語境策略。所以，語境策略創新意識更多的是關注語境策略從無到有的問題，也就是語境策略的重新建構問題。這種意識提醒我們，修辭策略的創新是基於眾多現在的語境條件的，也許這些語境條件不在場，但卻是潛存於修辭主體的心理結構之中的，已經凝固在修辭主體的百科知識之中了；修辭策略創新意味著是一種積極的修辭選擇，也就是上文所說的對語境條件的首選和優選；修辭策略創新還意味著是對修辭主體個人聯想能力的充分展示。在創新的過程中，既要充分考慮修辭轉化的屬性、轉化目的、轉化任務、轉化要求等因素，又要考慮直接參與到修辭策略中的影響修辭轉化進程的表達主體和接受主體的因素，還要考慮修辭轉化所不可缺少的場景、手段、時間和語言材料等條件。從功能上說，可以創造直觀情境、問題情境、推理情境、想像情境等語境策略；在具體操作上，還應該注重採用多種不同的創設方法。比如在語文教學領域，作為語文教師的修辭主體在實施修辭轉化時，對語境策略的創設可以採用聯繫生活展現情境、運用實物演示情境、借助圖畫再現情境、播放音樂渲染情境、扮演角色體會情境、錘煉語言描繪情境等[3]方法。運用

[3] 韋志成《語文教學情境論》，南寧：廣西教育出版社，1996，頁 208-222。

這些方法所創造的語境，歸納起來實際上就是綜合利用了語言語境、物理語境、文化語境和心理語境等條件。當它們被修辭主體運用于修辭交際時，便成為修辭主體進行修辭轉化的語境策略。因此，這種語境的建構實際上也就是語境策略的全新創造。

語境策略假設意識是指修辭主體在修辭轉化過程中，要對可利用或可能創造的語境策略有預知、預測和超前設定的心理準備。按照認知語用學的理論，修辭交際中的雙方也就是表達主體和接受主體應該擁有共同的系列性前提，這個共同的系列性前提不僅包括上下文和說話時的社交環境，還包括交際雙方的各種期待、設想、信念、記憶等[4]。表達主體要對語境策略作出事先設定，以儘量滿足接受主體的語境認知期待，並據此實施修辭轉化，建構修辭話語；接受主體則要利用可能的語境條件，儘量尋求與表達主體設定語境策略的期望之間的一致性關係，來推導或解構修辭話語的語用含意。這個過程中，交際雙方都以「最佳關聯」為取向，從而達到雙方語境策略認知結果的一致性，這樣才能夠設定和選擇適宜的語境策略。交際雙方要取得共同的語境策略認知結果，是受到諸多因素的制約和限制的，或者是要具備相當多的條件的。曹劍波認為，「認知結果受認知物件的屬性、認知物件的表現條件、認知手段、認知工具的屬性、參考系統、測量方法等條件，

4 何兆熊，《新編語用學概要》，上海：上海外語教育出版社，2000。

以及認知主體的特性等因素的影響，是這些因素相互作用的產物，即是物件—條件—主體的產物，因而，認知結果具有三者的屬性，任何認知都是三者關係的認知。對同一物件，由於認知條件不同，認知主體不同，認知結果因而具有多樣性、相對性。」[5]可見，在不同的條件下，修辭主體對語境策略的認知和把握會存在某種程度上的同一性和示差性，由此就會有多樣化的語境策略假設。當語境策略假設相同時，修辭交際雙方對修辭話語的建構和解構就具有更多的一致性，這樣就能夠順利實現修辭轉化的目的；在不同的語境策略假設導引之下，表達主體就會建構與接受主體語境策略期待不一致的修辭話語，接受主體也就不會對修辭話語作出和表達主體語境策略預期相吻合的詮釋，這樣必然會導致修辭轉化的失敗。

五、綜合調控意識

修辭轉化中把語境因素納入到修辭策略系統是我們的鮮明主張和新穎的修辭策略觀念。這種修辭策略觀念，既提倡對語境策略的分解式利用，更注重對語境策略的綜合調控。強調的是語境策略利用的主動性、整體性和協調性。

綜合調控意識突出了對多種語境策略的整體把握和

[5] 曹劍波，〈認知語境論〉，重慶：《三峽學院學報》，2008（4），頁 38-41。

利用。這就意味著無論是修辭建構還是修辭解構，語境策略的作用雖有主次之分，但修辭主體卻不能僅僅是孤立地單獨地採用某種語境策略，而忽略了其他語境策略對修辭轉化的制約和影響作用。相反，還應該在首位優選意識的通觀之下牢固樹立綜合調控意識。堅持以某種或某些語境策略為主導，把某種或某些語境策略作為重要輔佐，適度地平衡各有關語境策略之間的關係，有效地協調各有關語境策略之間的輕重緩急，合理地調節各有關語境策略在數量和程度上的多寡大小，從不同的側面不同的角度來實現語境策略對建構和解構修辭話語的影響力。修辭轉化的事實告訴我們，修辭轉化中語境策略的綜合選擇和利用是至關重要的，因為在相當多的時候修辭轉化並不是僅僅依賴於某一種語境策略來完成的，而往往是多種不同的語境策略在有秩序地起著作用，在綜合性地影響著修辭轉化行為。所以，修辭主體的語境策略綜合調控意識的形成和確立關乎著修辭轉化的成敗，決定著修辭話語的創造和選擇，控制著修辭話語得體效果的程度。

就文學作品的修辭建構和解構來說，從修辭建構方面來看，作者作為表達主體要根據對多樣化語境條件的綜合認知和語境假設，交織利用多種語境策略，才能實現相應的修辭轉化，創造相應的修辭話語。從修辭解構方面來說，讀者作為接受主體在實現由表層結構向深層結構轉化的過程中，例如對魯迅小說《孔乙己》的解讀，如果僅僅只採用某一種語境策略，便很難從整體上去把握作品的旨趣和魯迅筆下的人物形象；如果多種語境策略並用，平衡協調好策略之間的關係，便能夠進入到作品的底部，從深層次上吃透作品，體會人物的內心世界，找准語言運用的立足點。看文本：

> 孔乙己是站著喝酒而穿長衫的唯一的人。……
> 孔乙己一到店，所有喝酒的人便都看著
> 他笑，有的叫道："孔乙己你臉上又添傷疤了！"他不回答，對櫃裏說："溫兩碗酒，
> 要一碟茴香豆。"便排出九文大錢。

這個片斷中，動詞「排」的表現力很強。根據上下文語境、人們熟知的發生在孔乙己身上的現實故事、孔乙己內心的狀況、酒店裏人們對孔乙己的態度等多種語境條件提供的幫助，可以推知「排」並非是常規運用，而是超常規配置；不僅搭配的物件有別於本有的習慣，而且意思也已經發生了變化。「排」本是「擺列」、「排列」之意，但在該句中卻具有多重語義資訊。在修辭轉化中，讀者可以從多個緯度來綜合闡釋語境策略的作用力：其一，從物理語境策略來看，「排」作為一種動作描繪出了孔乙己買酒交錢時的神態；其二，從語言內語境策略和文化語境策略來看，上文交待孔乙己是「站著喝酒而穿長衫的唯一的人」，這種人雖然很窮，但又不願放下舊知識份子的腐儒思維和陳舊思想；其三，從心理語境策略和物理語境策略來看，酒店裏的很多酒客都嘲笑他，盡力暴露他的痛處，傷害他的自

尊，但孔乙己始終是我行我素，不予理睬，依然斯文大方很有派頭地不屑一顧地「排」錢付帳。作為修辭主體的讀者、鑒賞者、審美者，通過綜合利用語境策略對「排」作出綜合性分析，能夠更加深刻地領會作品選用「排」這個詞語的真實用意，更能夠感受到該詞的無限魅力，體驗作品對孔乙己的主觀態度，評價作品人物對孔乙己的內心感受，提升自己對孔乙己的認知層次，從而去反思去思索，從中學習作者語言運用的技巧、人物塑造的藝術、篇章構思的巧妙，以從整體上提高自己的理解能力、閱讀能力、寫作能力和審美能力。這就是綜合運用語境策略的效果和魅力。如果沒有綜合利用語境策略進行文本解讀，而僅僅是就事論事，孤立地理解「排」這個詞語，那麼就很難體會到「排」一詞所蘊含的深層語意內涵，更難以在整體上感受作品的思想情感和作者駕馭語言的高超技能。

六、結語

綜上所述，為了提高修辭轉化的效果，實現修辭轉化的預期目的，修辭主體在方法論原則層面上應該保持清醒的語境策略意識。這種語境策略意識突出地表現在要有高度的語境策略自覺，那就是要注重語境策略的首位優化選擇，要突出語境策略的現時在場性，要強化語境策略的創新設定與綜合調控。

論科技論文「綱目」的架構邏輯
——兼探其寫作思維

仇小屏
國立成功大學中文系副教授

摘 要

科技論文最重要的要求是：精確傳達科技研究成果，而欲達成精確傳達的目標，則論文本身的邏輯必須要非常清晰通達，而此邏輯主要表現在論文「綱目」的架構上，因此，合邏輯的綱目架構，可說是奠下了一篇論文的基礎，其重要性不言可喻。有鑑於此，本論文即選取六篇「實作型」科技論文的綱目，運用章法學知識進行分析，並據此繪出邏輯結構分析表，最後歸納出這些綱目的架構的邏輯特色有八：「多形成順向、秩序之結構」、「所用到的章法種類不多，且有其趨向」、「第一層都出現『先底後圖』、『補敘』結構」、「第二層多出現『先因後果』、『先凡後目』結構」、「第三層以下之多出現『先本後末』、『先凡後目』結構」、「『先凡後目』結構多和『先本後末』、『先因後果』結構搭配出現」、「不宜只單獨運用『先本後末』結構」、「宜審慎運用並列法」；並提出綱目架構的「基本型」（包含詳、略兩種），可以供作撰寫科技論文的參考；而且更進一步地探究出蘊藏其中的寫作思維，那就是「清晰精確地展開說明、議論的層次」、「學術行銷」、「排除冗贅」。

關鍵詞

科技論文、綱目架構、邏輯、章法學、寫作思維

一、 前言

「科技論文」是「科技實用文」[1]中的一類[2]。科技論文最重要

[1] 實用文又稱「應用文」、「告語文」、「傳息文」、「認知文」，是與人們的日常生活、工作聯繫密切的具有信息傳遞功能的文章，以說明、議論為主要表達方式，一般具有固定的程式，文字簡明通俗，有特定的事由、明確的讀者對象、較強的時間規定等特點。而從專業、職業的角度來分類，實用文可分為「行政實用文」（公文）、「司法實用文」、「商業實用文」、「科技實用文」、「軍事實用文」、「外交實用文」、「醫學實用文」等，參見馬正平編著《中學寫作教學新思維》（北京：中國人民大學出版社，2003.1 一版一刷）頁 197-198。

[2] 常見的科技實用文包括了「科技論文」、「實驗報告」、「海報」、「多媒體的文字部分」、「專利」……等。

的要求是：精確傳達科技研究成果[3]，而且，「科技研究成果」是寫作前致力研究的，「精確傳達」才是寫作時努力的目標。欲達成精確傳達的目標，則論文本身的邏輯必須要非常清晰通達，而此邏輯主要表現在論文的「綱目架構」上，正如任鷹《文科論文寫作概要》所言：「在確立了觀點、選定了材料之後，還要設置出一個能夠把觀點和材料包括進去的邏輯框架，這個邏輯框架就是文章的結構。」[4]劉玉學主編《寫作學教程》也指出：「擬寫提綱時要注意：……各部份之間的邏輯關係。」[5]也就是說，如果一篇科技論文的綱目架構的內在邏輯是清晰、合理的，那麼對於精確表出科技研究成果來說，會有著莫大的裨益。

所以，綱目架構的邏輯是相當值得探究的。但是，可能是因為科技論文多用英文寫作[6]，因此探究中文科技論文寫作的論文不多[7]，而鎖定「邏輯」加以研究的，更是絕無僅有，因此，更是需

[3] 科技論文的性質是學術論文，劉玉學主編《寫作學教程》（北京：中國政法大學出版社，1999.8 一版一刷）針對「學術論文」進行了如下的說明：「學術論文，也叫科學論文，簡稱論文。它是對自然或社會現象等科學領域的問題，進行系統研究、專門探討之後，為表述有關科學研究成果而寫的議論文。它既是科學研究的手段，又是記錄研究成果、進行學術交流的工具。」頁 170-171。

[4] 見任鷹《文科論文寫作概要》（北京：北京大學出版社，1991.11）頁 230。劉玉學主編《寫作學教程》也說道：「提綱是學術論文寫作的藍圖……作者可以通過它把握全局，疏通思路，安排材料，確立結構。」頁 174。

[5] 見劉玉學主編《寫作學教程》頁 174。

[6] 劉賢軒〈談科技英文寫作教學〉，《中華民國第三屆英語文教學研討會論文集》（台北：文鶴，1994.11）引用伍德（Wood，1967）、鮑爾督夫（Baldauf，1983）兩人的統計，認為：「英文是世界上最主要的科技語言，並且充分顯示英文越來越是科技研究不可缺少的工具。」頁 87。

[7] 目前可見者，多為理工科學者基於對理工專業的嫻熟，因此寫作相關論

要學者投入此領域進行研究。而關於綱目架構的邏輯性，可以運用章法學知識來加以掌握。因此其下就說明章法學相關知識，接著用三章的篇幅，呈現六篇科技論文的綱目架構的分析結果，最後根據這三章的分析所得作綜合探討，並得出結論。

二、 架構邏輯之相關理論

林玉體《邏輯》指出：「推理固為人的基本能力，也是作學問所應具備的基本條件，但推論要能成立或有效（valid），必須推論的過程合乎法則。探討推論法則正是邏輯學的主要課題。」[8]而單繩武《邏輯新論》直接下一定義：「邏輯是研究推論規律的科學。」[9]落實到語文上來說，則此推論過程的法則主要表現為文法、章法，也就是說，前者所處理的是「組詞成句」的邏輯，後者處理的是「組句成篇」的邏輯[10]。因為「綱目架構」所反映的是組織全篇內

文，但是數量也不多，譬如楊玉華〈科技論文標題、關鍵詞及摘要的撰寫與英文翻譯〉，《焦作大學學報》（2009.4 第 2 期），作者即任教於河南煤業化工集團焦煤公司科研所。不只如此，中文學科學者以漢語、漢語教學專業切入此塊領域者，極為少見。反而是常見英文學科學者以英語、英語教學專業，探究英文科技論文寫作與教學等問題，譬如姚崇昆、劉賢軒、郭志華、周碩貴、張玉蓮、楊育芬諸位台灣學者，對此領域有頗多探究。

[8] 見林玉體《邏輯》（台北：三民書局，1984）頁 1。

[9] 見單繩武《邏輯新論》（台北：三民書局，1994.4）頁 4。

[10] 陳滿銘《篇章結構學》（臺北：萬卷樓圖書有限公司，2005.5 初版）說道：「『邏輯思維』涉及了『運材』、『佈局』與『構詞』等問題，而主要以此為研究對象的，就字句言，即文法學；就篇章言，就是章法學。」

容的邏輯思維，正如任鷹《文科論文寫作概要》所言：「結構即文章的內部構造，安排結構即謀篇佈局，確定文章的總體格局。」[11] 因此可以運用章法學知識，來掌握、分析論文的綱目架構。

關於章法學的性質，陳滿銘《篇章結構學》指出：「章法處理的是篇章中內容材料的邏輯關係。」[12] 而且陳滿銘〈論章法的哲學基礎〉又說明：這種邏輯組織或條理，對應於宇宙人生規律，完全根源於人心之理，是人人與生俱有的。所以大多數的人，包括作者本身，對它的存在雖大都不自覺，卻會自然地反映在他們的思考或作品之上[13]。目前所歸納出來的章法約有四十種，這些章法是今昔、久暫、遠近、內外、左右、高低、大小、視角轉換、知覺轉換、時空交錯、狀態變化、本末、淺深（輕重）、因果、眾寡、並列、情景、論敘、泛具、虛實（時間、空間、假設與事實、虛構與真實）、凡目、詳略、賓主、正反、立破、抑揚、問答、平側、縱收、張弛、插補、偏全、點染、天（自然）人（人事）、圖底、敲擊等 [14]，它們用在「篇」或「章」（節、段），都可以擔負起組織材料、形成層次之作用。

而且劉雪春《實用漢語邏輯》說道：「思維的邏輯形式是思維內

頁 12。

11 見任鷹《文科論文寫作概要》頁 230。

12 見陳滿銘《篇章結構學》頁 115。

13 見陳滿銘〈論章法的哲學基礎〉，臺灣師大《國文學報》32，2002，頁 87-88。

14 詳見陳滿銘《篇章結構學》頁 190-222，及仇小屏《篇章結構類型論》（臺北：萬卷樓圖書有限公司，2000）頁 17-446。

容各個組成部分之間的組織結構方式。」[15]而思維的邏輯形式是抽象的，組織結構是具象的，所以運用章法，可以就組織結構加以分析，進而掌握其邏輯形式，也就是「結構」[16]，並以「結構表」的型態表出[17]，以便於更清晰地看出邏輯思維的運用所形成的條理。

本論文鎖定科技論文的「綱目架構」進行探析，因此其下三章就運用章法學專業知識，分析出綱目架構的邏輯組織，並據此繪成結構分析表，以呈現出綱目架構的邏輯性。

三、　綱目架構邏輯探析之一

經理工科專業人士推薦，本論文從理科、工科的中文學術期刊中，共選擇三種，作為科技論文取樣的對象：《CHEMISTRY》（2007,Vol.65,No.3）、《機械工業》（296 期，2007 年 11 月）、《機械工程材料》（第 31 卷第 10 期，2007 年 10 月），而且第三種是中國

15 見劉雪春《實用漢語邏輯》（安徽：安徽教育出版社，2003.9 一版一刷）頁 6。

16 章法與結構是一而二、二而一的，章法重在「法」，是從整體辭章中所抽繹出來的，具有通貫、抽象之性質，屬「虛」，而結構則是落實在個別作品中，指由章法所形成之組織方式，具有個別、具體之性質，屬「實」。譬如因反正映襯而形成條理，是正反章法，而由此條理落實在作品中，會形成「先正後反」、「先反後正」、「正、反、正」、「反、正、反」等四種組織方式中的一種，此種則屬結構。以上說明參見陳滿銘《文章結構分析・自序》（臺北：萬卷樓圖書有限公司，1999.5 初版）頁 1。

17 劉玉學主編《寫作學教程》也說：「結構就是文章或作品的內部組織和構造。」頁 46，而且因為結構是一種落實的組織方式，因此可以根據分析所得繪出結構分析表，以幫助瞭解。

大陸期刊。而因為科技論文可分為「科技回顧型」、「實作型」兩種[18]，本文為了讓探討更能聚焦，以得出更為準確的成果，因此鎖定「實作型」論文加以探討。所以，本文從這三種中文學術期刊中，分別選取「實作型」論文中，綱目架構較為嚴謹、或是比較具有討論空間的兩篇論文，共得六篇，摘錄其綱目架構（綱目架構之編號為統一流水編號），並分析其邏輯結構，分析所得分別在第三、四、五章中呈現。在分析時，會依據分析所得繪出結構分析表，並搭配文字分析，而且在文字分析的部分，除了指出邏輯組織的特色外，還以「糾謬」的方式，說明其缺失，以及改進的方式。

本章所分析的是《CHEMISTRY》期刊中兩篇論文的綱目架構。其下所錄為（一）陳君怡、呂世源〈鈦的陽極處理與應用〉（pp.225）之綱目架構：

一、前言

二、鈦的陽極處理

2.1 鈦的陽極處理與膜面顏色機制

2.2 陽極處理鈦基材的電解液種類

(1)氫氟酸水溶液

(2)酸性水溶液

(3)緩衝溶液

18 「科技回顧型」需大量收集完整之文獻技術，包含作者本人掌握之科技技術，加以分類歸納比較，此類文章之特色為不需詳細撰寫實驗方法，且有較龐大之參考文獻。「實作型」之特色為需詳細撰寫實驗方法，且有較多的最新實驗圖表。

(4)有機溶液

(5)加入添加劑

2.3 陽極氧化鈦之反應機制

2.4 陽極氧化鈦之應用

(1)太陽能電池

(2)光學化學應用

參考文獻

其綱目架構之結構表如下（表一）：

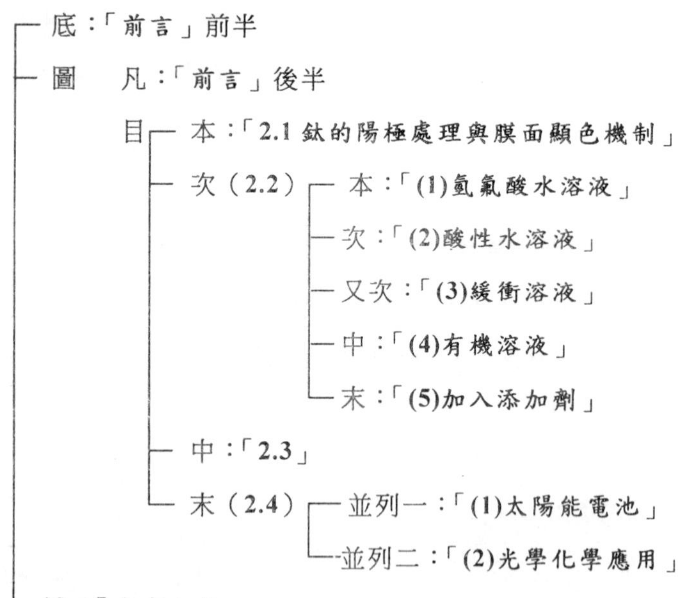

本篇論文的綱目架構中，值得注意者如下：「前言」的內容可分成兩部份：先說明本研究之重要性，次簡介本論文之內容，這

樣的處理十分合宜，因此在分析其邏輯時，就將前言分成兩個部份來看待，而且其下五篇論文也都運用了同樣的寫作法，就不另贅述了。此外，需要商榷者也有如下數點：一是有「前言」、無「結語」，呼應不當，也不合學術論文的要求；二是第一層標目只分「前言」和「**鈦的陽極處理**」，等於正文部份只有一章，這樣太過簡略，無法呈現正文內容的層次，是不太適當的；三是實驗過程與結果在第二章中作了詳細的介紹，但是卻沒有獨立一章簡要地說明本實驗之結論與展望，是相當可惜的；四是綱目架構的安排和摘要的敘述不甚吻合，譬如摘要中言：「本文從簡介鈦的陽極處理的製程參數，即電解液的選用，開始導入主題。」，但是在綱目架構中，「電解液種類」置於 2.2，和「2.1 陽極處理」間還夾了一個「膜面顯色機制」，這樣容易讓讀者困惑，應予避免。

其下所錄為（二）黃國政、高振裕、周更生〈奈米鐵微粒的合成與應用〉（**pp.237**）之綱目架構：

前言

奈米鐵微粒的合成

一、熱分解法

二、化學還原法

奈米鐵微粒的應用

一、環境處理

二、奈米鐵電極

結論

參考文獻

其綱目架構之結構表如下（表二）：

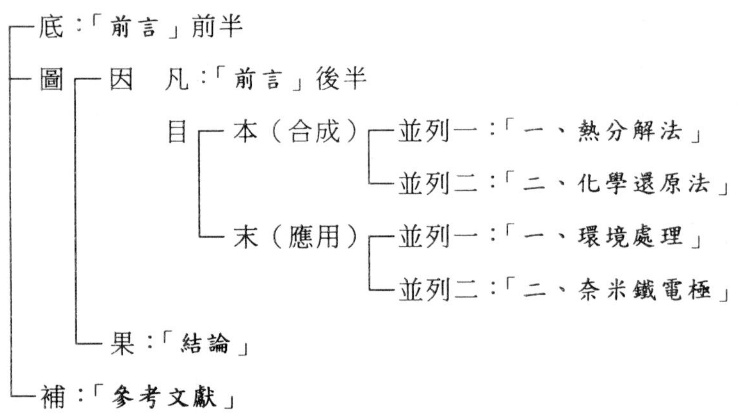

本篇論文的綱目架構中，需要商榷者有如下數點：一是第一層標目並未標上序號，但是標上序號是彰顯邏輯層次的重要手段，因此不宜忽略；二是在「合成」和「應用」之下，都並列呈現兩個內容，但是合成中的「二、化學還原法」，和應用中的「二、奈米鐵電極」才是論文的重心，相對的，合成中的「一、熱分解法」，和應用中的「一、環境處理」只是相關知識的陳述而已，對於論文來說，後者並非最為重要的內容，因此份量不宜重，也不宜用標目強調出來。

四、　綱目架構邏輯探析之二

本章所分析的是《機械工業》期刊中兩篇論文的綱目架構。其下所錄為（三）林哲聰、林紀瑋、黃道宸、廖永盛〈影像視覺之車輛安全輔助系統設計開發〉（P29）的綱目架構，而且因為此篇論文的綱目架構較細，如果全部置於一個結構表中，可能會多達八、九層，不便閱讀，因此就分成「全篇略表」和「章節詳表」來呈現：

前言

系統架構

一、 硬體架構

二、 軟體架構

車道偏移警示系統

一、 中值濾波器

二、 邊緣增強濾波器

三、 霍氏轉換

前方碰撞警示系統

一、 車輛偵測

1.特徵搜尋車輛偵測法

(a) ROI 擷取與縮減取樣

(b) SOD(Sum Of Difference)計算與 sobel 邊緣偵測

2.車輛外觀驗證

(a) 小波轉換

(b) SVM 離線訓練與線上分類

二、車輛追蹤與移動向量估算

三、距離估算

事故影像記錄器

一、離散餘弦轉換

二、量化(Quantization)

三、鋸齒狀掃描(ZigZag scan)

四、Easy Entropy Coding Method 簡易型熵編碼法

實驗結果

結論與未來展望

參考資料

其綱目架構之「全篇略表」如下（表三）：

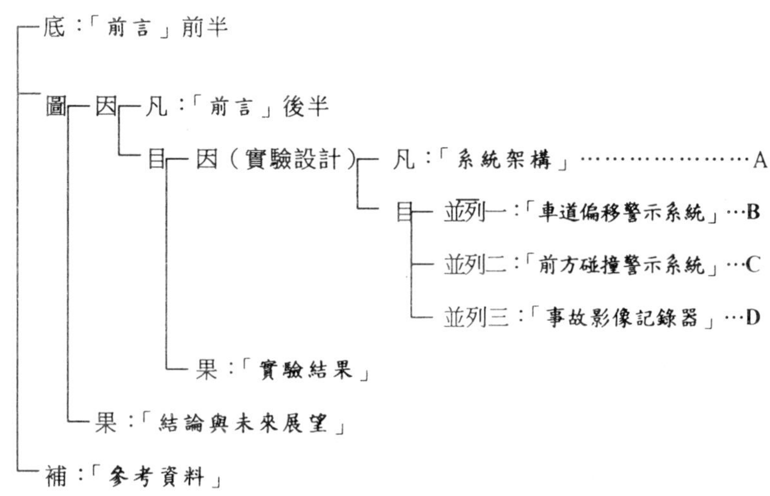

其綱目架構之「章節詳表」如下（表四）：

A「系統架構」章結構表：

┌ 並列一：「硬體架構」
└ 並列二：「軟體架構」

B「車道偏移警示系統」章結構表：

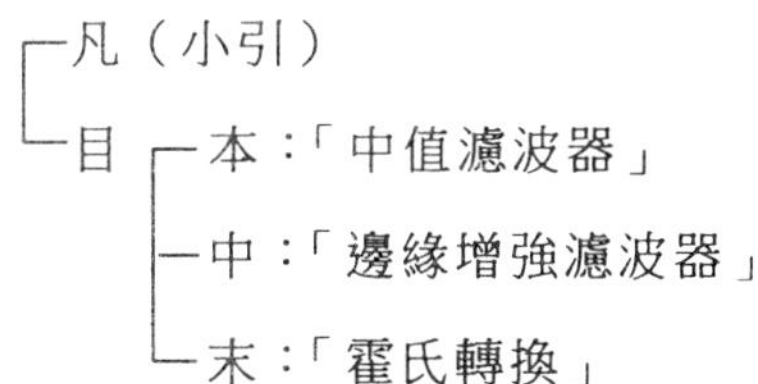

C「前方碰撞警示系統」章結構表：

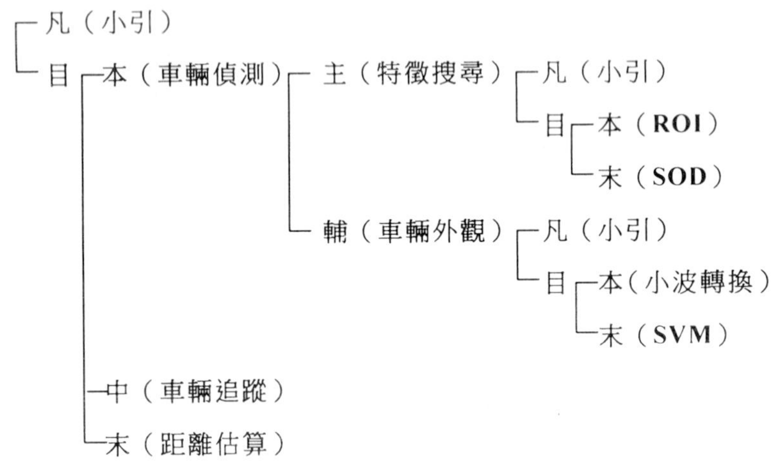

D「事故影像記錄器」章結構表：

- 凡（小引）
- 目
  - 本（離散餘弦轉換）
  - 次（量化）
  - 中（鋸齒狀掃描）
  - 末（簡易型熵編碼法）

本篇論文的綱目架構，大體上安排合理，而且，從「章節詳表」中看來，「車道偏移警示系統」、「前方碰撞警示系統」、「事故影像記錄器」這三章，在一開始都會有「小引」，和後面的正文聯繫起來，形成「先凡後目」結構，條理顯得很清晰。此外，本論文標目較為詳盡，不過也有詳略不一的情形，譬如「車道偏移警示系統」、「前方碰撞警示系統」、「事故影像記錄器」三章是本論文的重心，但是「車道偏移警示系統」、「事故影像記錄器」只有兩層標目，「前方碰撞警示系統」則有四層，儘管可能是因為內容繁簡不一而致此，但是最好還是稍作處理，讓章節安排看來較為勻稱。

其他需要商榷者有如下數點：一是前言雖然也分成「重要性」和「論文簡介」兩部份，但是說明重要性時，所花費的字數稍多，已經不符合前言精簡的特性，需要簡化；二是第一層標目並未標上序號，這是不合宜的；三是第一層標目多只出現專有名詞，譬如「系統架構」、「車道偏移警示系統」、「前方碰撞警示系統」、「事故影像記錄器」，稍嫌簡略，然而，如果這種情況出現在第二、三層標目上，就比較能夠容許；四是「系統架構」章下，一開始沒有小引，所以其下兩個細目只是並列地呈現而已，無法彰顯出兩個細目的關聯，這樣有點可惜，比較適當的作法是加上小引，說明關聯，而這章下的細目就會呈現「先凡後目」結構。

其下所錄為（四）洪翊軒〈先進串並聯混合動力系統發展與控制策略設計〉（p40）的綱目架構，而且因為此篇論文的綱目架構較細，因此也分成「全篇略表」和「章節詳表」來呈現：

前言

先進串並聯混合動力系統

一、系統架構

二、能量與動力源性能

1.電控油門引擎

2.起動發電機

3.驅動馬達

4.144V 鎳氫電池

整車模擬軟體

一、整車模擬器架構

二、行車型態模擬結果

串並聯混合動力控制策略

一、控制策略分類

二、ECMS 控制法則

三、模擬結果

四、控制策略與操作模式整合

五、串並聯最佳換檔操作

實驗室配置、測試與載具車介紹

一、串並聯混合動力系統實驗室架構

二、串並聯混合動力系統測試

1.換檔測試

2.串並聯搭接測試

三、載具車架構

結論

參考文獻

其綱目架構之「全篇略表」如下（表五）：

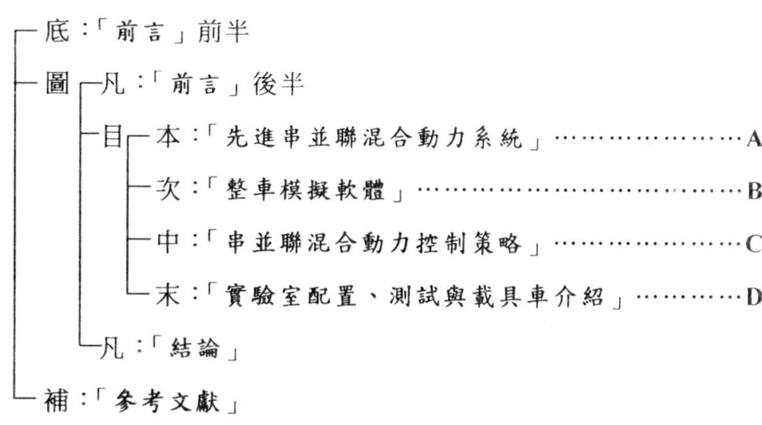

其綱目架構之「章節詳表」如下（表六）：

A「先進串並聯混合動力系統」章結構表如下：

- 本：「系統架構」
- 末（能量）
  - 凡：小引
  - 目
    - 本：「電控油門引擎」
    - 中：「起動發電機」
    - 次：「驅動馬達」
    - 末：「144V 鎳氫電池」
  - 凡：小結

B「整車模擬軟體」章結構表如下：

- 因
  - 凡：小引
  - 目
    - 本：「整車模擬器架構」
    - 末：「行車型態模擬結果」
- 果：結論

C「串並聯混合動力控制策略」章結構表如下：

```
┌本：「控制策略分類」
├次：「ECMS 控制法則」
├又次：「模擬結果」
├中：「控制策略與操作模式整合」
└末：「串並聯最佳換檔操作」
```

D「實驗室配置、測試與載具車介紹」章結構表如下：

```
┌凡：小引
└目┬本┬本：「串並聯混合動力系統實驗室架構」
   │  └末┬凡：「串並聯混合動力系統測試」
   │      └目┬並列一：「換檔測試」
   │          └並列二：「串並聯搭接測試」
   └末：「載具車架構」
```

在「全篇略表」中，需要商榷者有如下數點：一是第一層標目並未標上序號，這是不合宜的；二是綱目架構中的「結論」章，其實只是對前面的敘述稍作綜合而已（因此在結構表中只標明為「凡」），並未明確列出本研究的結果、貢獻……等，也就是說，本論文其實並未明確提出「結論」，這樣一來，論文的重點並未明顯出現，是相當可惜的。

而在「章節詳表」中，需要商榷者亦有如下數點：一是 A「先進串並聯混合動力系統」章下宜有小引，說明「系統架構」和「能量與動力源性能」的關連，以便於讓讀者容易掌握「系統架構」和「能量與動力源性能」之間本、末的關係，而不是閱讀之後靠自己判斷，當然，加上小引之後，這章的第一層結構就會從「由本而末」，變成「由凡而目」，而原本的「本」、「末」便成為兩個「目」，此外，C「串並聯混合動力控制策略」章情況也類似；二是D「實驗室配置、測試與載具車介紹」章在「小引」中談到需進行兩階段驗證：「實驗室雛形驗證」、「載具車測試」，因此其下分此二目即可，亦即「串並聯混合動力系統實驗室架構」和「串並聯混合動力系統測試」可以合併為一節，並非將此三目都並列在綱目架構中。

五、　綱目架構邏輯探析之三

本章所分析的是《機械工程材料》期刊中兩篇論文的綱目架構。本期刊論文的第一層綱目架構都是一樣的，亦即都是「0 引言」、「1 試樣制備與試驗方法」、「2 試驗結果與分析」、「3 結論」、「參考文獻」，其中有兩篇甚至只有第一層綱目架構，因此本節選錄兩篇具有不只一層綱目架構的論文加以分析。

其下所錄為（五）顧彩香、李慶柱、李磊、顧卓明〈納米粒子潤滑油的抗磨減摩機理〉（p1）之綱目架構：

0 引言

1 試樣制備與試驗方法%

1.1 試樣制備

1.2 試驗方法

2 試驗結果與分析

2.1 添加納米粒子潤滑油的摩擦學性能

2.2 鋼球磨斑表面 SEM 形貌

2.3 磨斑表面的元素分布

2.4 磨斑表面的 XPS 譜

3 結論

參考文獻

其綱目架構之結構表如下（表七）：

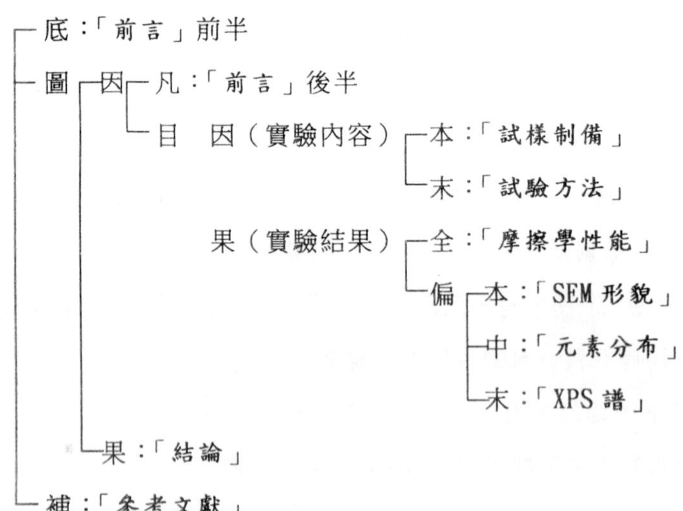

本篇論文的綱目架構中，需要商榷者有如下數點：其一為「節」的前面皆無小引，因此就無法先點出其下各個細目的邏輯關係；其二為而且各個細目之間的關係最好是平等的，譬如「**試驗結果與分析**」章下的四個小節，彼此之間的關聯是「先泛後具」（亦即「**添加納米粒子潤滑油的摩擦學性能**」是泛寫，其他三節是具寫），其實就不太平等，因此「**添加納米粒子潤滑油的摩擦學性能**」最好不獨立成節，而是作為一開始的小引，與其後三節形成「先凡後目」的結構。

其下所錄為（六）葉途明、易健宏、彭元東、夏慶林〈鐵粉溫壓工藝致密化過程研究〉（p14）之綱目架構：

0 引言

1 試樣制備與試驗方法

  1.1 試樣制備

  1.2 試驗方法

2 結果和討論

  2.1 純鐵粉的溫壓密度

  2.2 添加不同潤滑劑鐵粉的溫壓密度

  2.3 加入潤滑劑對鐵粉氧含量的影響

  2.4XRD 分析和顯微硬度

  2.5 鐵粉的致密化過程

3 結論

參考文獻

其綱目架構之結構表如下（表八）：

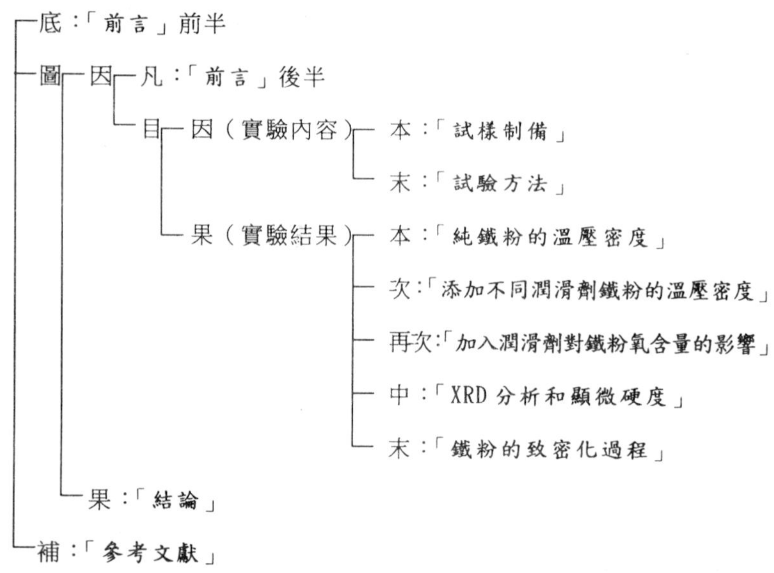

本篇論文的綱目架構中，結論的五點和「結果和討論」中的五個細目呼應，顯得相當整齊。不過，「節」的前面皆無小引，因此「節」與「節」之間的邏輯關係，就沒有被顯著地點出。

六、　綱目架構邏輯綜合探討

綜合前面關於綱目架構的邏輯分析，可以更進一步探索其中的邏輯規律。

（一）邏輯特色之探究

綜合前面的六篇綱目架構的邏輯分析，就第一層結構來看，所用到之章法的種類、次數如下：

種類	底圖	補敘	總次數
次數	6	6	12

就第二層結構來看，所用到之章法的種類、次數如下：

種類	因果	凡目	總次數
次數	4	2	6

就第三層以下之結構來看，所用到之章法的種類、次數如下：

種類	本末	凡目	並列	因果	主輔	全偏	總次數
次數	20	14	6	4	1	1	46

就全部的結構來看，所用到之章法的種類、次數如下：

種類	本末	凡目	因果	底圖	補敘	並列	主輔	全偏	總次數
次數	20	16	8	6	6	6	1	1	64

從前面的分析表，以及其上四個表格中，可以得出一些值得注意的重點：

1. 多形成順向、秩序之結構：不管是第一層或第二層，所出現的結構幾乎均為順向、秩序的，其他逆向、變化的結構則甚為少見，就以本末法來說，都形成了「先本後末」結構，而不見「先末後本」、「本末本」、「末本末」結構。可見得因為科技論文力求精確、明朗，所以反映在綱目架構上，就不求變化，以簡單明瞭為重。

2. 所用到的章法種類不多，且有其趨向：目前所歸納而得的章法約有四十種，而此六篇綱目架構總共用到八種：「底圖」法、「補敘」法、「因果」法、「本末」法、「凡目」法、「並列」法、「主輔」法、「全偏」法，而且最後兩種各只用到一次，因此事實上是集中在六種章法上，顯然所用到的章法種類不多。而且這些都是常用於議論的章法，至於空間諸法、時間諸法、情景法……等等常用於寫景敘事的章法，則未曾出現。

3. 第一層都出現「先底後圖」、「補敘」結構：在「先底後圖」結構中，「底」都是在強調此研究的重要性，因此很順暢地帶出其後的論文的內容（圖），這一點就「學術行銷」來說，是相當有利的[19]。至於參考文獻，是學術論文所必備的一個部份，用補敘法置於最後，不至於干擾到論文內容，是相當合理的處理方式。

[19] 楊晉龍〈摘要寫作析論〉比較了「專家摘要」和「作者摘要」後，認為「作者摘要」更帶有「撰寫者」（生產者）立場的「學術行銷」的另一種訴求目的，參見楊晉龍〈摘要寫作析論〉，《實用中文寫作學》（台北：里仁書局，**2004.12** 初版）頁 **284**，此外仇小屏〈論科技論文「摘要」之篇章寫作邏輯〉（2008.10.18 發表於「第三屆辭章章法學學術研討會」）亦從寫作邏輯的角度，對此做了探討，發現摘要寫作的第一層邏輯結構多為「先底後圖」。而論文本文雖然不像摘要一樣，背負很大的學術行銷的責任，但是合理的學術行銷也是必要的考量。

4. 第二層多出現「先因後果」、「先凡後目」結構：之所以會多出現「先因後果」結構，那是因為「內容」為「因」，「結論」為「果」，科技論文由因及果地順推是理所當然的，因此自然會形成「先因後果」結構。而之所以會多出現「先凡後目」結構，那是因為在敘述內容時，採用先總括後條分（亦即「先凡後目」）的敘寫方式，會顯層次井然。不過，在第二層就採用「先凡後目」結構，會無法凸顯出「結論」，可是對於學術論文來說，「結論」是非常重要的，因此第二層應該還是以採用「先因後果」結構為宜。
5. 第三層以下多出現「先本後末」、「先凡後目」結構：「先本後末」結構多出現在排列細目上，而「先凡後目」結構的出現時機，多是在章節一開始，以一個小引（凡），帶出其下的小節（目）。因此本末法和凡目法搭配出現的情況相當多，此時凡目法之「目」，是運用本末法加以排列的。
6. 「先凡後目」結構多和「先本後末」、「先因後果」結構搭配出現：「凡」通常是小引，其下的「目」通常是一些章節標目，而這些章節標目中之間，通常有本末或因果的邏輯關係，而這種邏輯關係就在「凡」中說明。這樣一來，會使得所敘述的實驗過程或結果，其條理顯得非常清晰，而且關聯非常密切。
7. 不宜只單獨運用「先本後末」結構：運用本末法排列綱目，當然是很好的，但是最好前面有一個小引，說明這些綱目的邏輯聯繫，使得整體感更強，而不是待讀者閱讀之後自行領悟。當然，加上一個小引之後，其結構就會成為「先凡後目」，而「目」的部份是「由本而末」地排列的。

8. 宜審慎運用並列法：並列也是一常見的情況，但是科技論文非常講究每部分內容之間的本末或因果關聯，因此如果只是將之並列起來，那麼關聯性可能不夠強，因此最好避免，譬如第二篇論文的綱目架構，就出現了兩次並列結構，但是並不恰當，就是一個例子。但是剔除掉這個明顯不恰當的例子外，則本論文所討論的並列結構多是用在說明上，譬如說明幾個不同的研究成果、實驗的幾個不同的組成部分或測試項目等。

此外，根據前面的六篇綱目架構的邏輯分析，還可得出幾點「一般應注意事項」，茲以「附錄」的方式呈現於後。

（二）「基本型」之提出

任鷹《文科論文寫作概要》指出：「在長期的科學研究實踐中，學術論文寫作形成了一些慣用的格式，這些格式常常是先為少數人所用，由於它符合論文作者的思維規律，符合寫作的實際需要，便被固定下來，並逐漸得到推廣，成為相對定型化的文章結構程序，人們通常稱之為學術論文的『寫作基本型』。」[20]這種「寫作基本型」的最簡單的形式，就是論文大綱應該具有前言部分、正文部份、結論部份[21]。但是這種簡單三段式的結構，並未充分彰顯

---

[20] 見任鷹《文科論文寫作概要》頁 231。

[21] 參見林慶彰、劉春銀《讀書報告寫作指引》（台北：萬卷樓，2001.11

出綱目架構的邏輯性，因此有更深入探究的必要。

在這三大段中，佔了最多篇幅的，顯然是「正文」部分。任鷹《文科論文寫作概要》針對「正文」部分，更進一步地指出：「可以把學術論文本論部分的結構形式劃分為並列式、遞進式和混合式等三種類型。」[22]任氏的說法甚有見地，但是仍有需要補充之處。因為根據前面討論所得，科技論文其實要儘量避免並列邏輯；並且，任氏所指的「遞進式」，是指「由淺入深」，但是科技論文最常見的遞進邏輯，其實是「由本而末」；而且，所謂的「混合式」的實際操作情況，也應該更為明確地加以指出。

任鷹《文科論文寫作概要》又提到：「比起理工科論文，文科論文的結構形式要更加靈活多變一些。」[23]言下之意表示：理工科論文的結構形式是比較好掌握的。綜合前面的六篇綱目架構的邏輯分析，以及關於邏輯特色的探究，可以嘗試提出科技論文綱目架構的「基本型」，而此「基本型」之邏輯結構如下（表九）：

初版）頁 211-212。

[22] 見任鷹《文科論文寫作概要》頁 237。任鷹《文科論文寫作概要》對於這三式的說明如下：「所謂的並列式結構……是指各個小的觀點相提並論，各個層次平行排列，分別從不同的角度、不同的側面展開論述，討論問題，使文章的本論部分呈現出一種齊頭並進式的格局。所謂遞進式結構……是指由淺入深，一層深於一層地安排內容的結構方式，層次之間呈現出一種層層展開、步步深入的邏輯關係，後一個層次的內容是對前一個層次的內容的發展，後一個論點是前一個論點的深化。所謂的混合式是一種並列式同遞進式混合起來的結構形式。由其內容的複雜性所決定，學術論文的內部結構形式極少是單一的。」頁 237-238。

[23] 見任鷹《文科論文寫作概要》頁 232。

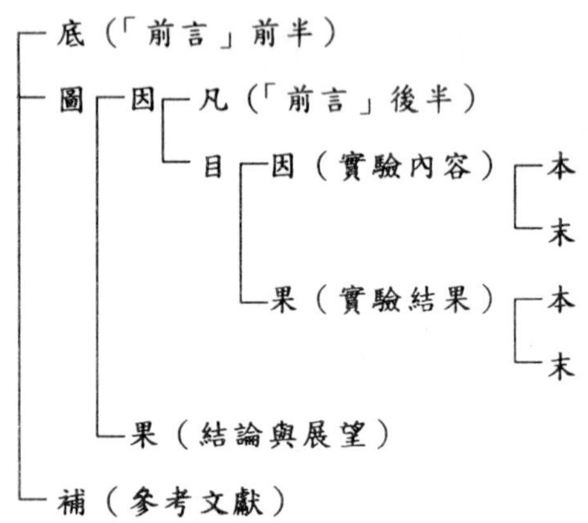

通常「前言」、「實驗結果」、「結論與展望」各佔一章，但是「實驗內容」則依據實際需要，可以是一章至多章，如果是兩章（含）以上，則這些章節彼此之間的關連是「由本而末」的。而且「實驗結果」多半用條列的方式表出，多寡不拘，往往也都是依據本末法，由本而末地加以排列。[24]

如果將「實驗結果」和「結論與展望」合併起來，可以把「基本型」簡化如下（表十）：

[24] 前面所分析的三份期刊中，《機械工程材料》期刊中的論文，其第一層綱目架構都是一樣的，亦即都是「0引言」、「1試樣制備與試驗方法」、「2試驗結果與分析」、「3結論」、「參考文獻」，其實也就剛好符合上述結構表的第一至四層，因此這樣的綱目架構的規定，可以說是相當科學的，只是「3結論」可以考慮擴充為「3結論與展望」，而且「1試樣制備與試驗方法」、「2試驗結果與分析」中有關試樣、試驗的字眼可以拿掉，免得內容受限太多，此外，有些論文在「1試樣制備與試驗方法」、「2試驗結果與分析」下，也沒有區分出較小的章節，會顯得簡略，內容的邏輯性無法彰顯。

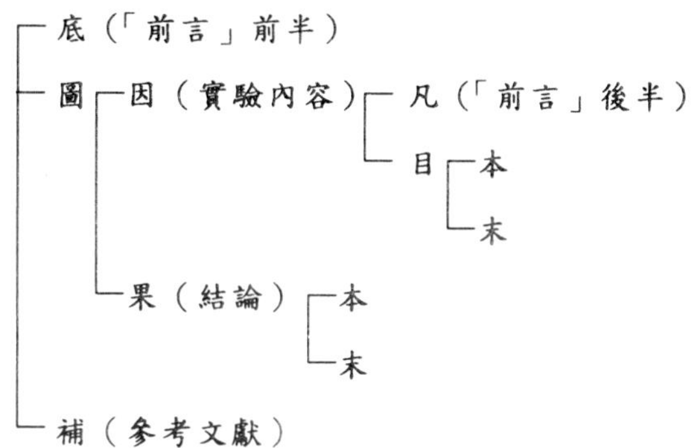

從中可以看出：此結構表已經從原本的五層變成四層了，較為單純，因此更容易操作。

（三） 寫作思維之探究

前面「邏輯特色之探究」和「『基本型』之提出」兩節的研究結果，大體上是彼此呼應的，兩節中共同出現的章法為「底圖」法、「補敘」法、「因果」法、「本末」法、「凡目」法，但是也有前者出現、後者沒出現的章法，那是「並列」法、「主輔」法、「全偏」法（其中「主輔」法、「全偏」法鮮少出現，「並列」法出現次數較多）。由此現象可以導出兩個問題：為什麼會共同出現這六種章法？為什麼「並列」法會是一個例外？而且由此又可延伸出一個更深層的探究：其中所反映的寫作思維為何？因為正如馬正平編著《中學寫作教學新思維》所言：「應用文是一種程式化很強的文章類型……最好的應用文是能夠最大程度地實現自己的寫作目的、完成應用文寫作的功利目的的文章。這之中，就不僅是一個文體格式、程式的問題，而涉及到寫作思維、寫作智慧、寫作策略等深層的寫作問題。」[25]因此其下即根據前面所提出的問題，依次進行探討：

關於底圖法、補敘法的運用：這兩種章法在第一層結構中就出現了，由此可知，這兩種章法的運用，可以反映出作者在架構論文綱目時的最全面的考量。而如同本章第一節所言，「先底後圖」結構合乎「學術行銷」的需求，而參考文獻用補敘法置於最後，也顯得乾淨俐落。

關於本末法、凡目法、因果法的運用：這三種是最常用到的章法，共出現 **44** 次，約佔總數七成，而這三種章法都是適用於說明、議論的。本論文在前言中就提到，科技論文最重要的要求是：精確傳達科技研究成果，而研究成果多是以說明和議論的方式來呈現的，因此科技論文的綱目架構，就必須合乎說明和議論的邏輯性。所以也可以這麼說：經常被運用在科技論文綱目架構中的邏輯，就是適用於進行說明、議論的邏輯，而這三種章法的搭配運用，讓說明、議論的層次得以展開。

關於並列法的運用：如同本章第一節所言，並列結構多出現在說明時。因此儘管並列法不適於議論所用，可是科技論文仍有說明的需要，此時可能會出現並列法。

因此，歸納前面的考察所得，發現在科技論文的綱目架構中，本末法、凡目法、因果法、並列法的運用，是為了呼應「清晰精

[25] 見馬正平編著《中學寫作教學新思維》頁 198。

確地展開說明、議論的層次」的需求；底圖法的運用，是呼應「學術行銷」的需求；補敘法的運用，是呼應「排除冗贅」的需求。因此，「清晰精確地展開說明、議論的層次」、「學術行銷」「排除冗贅」，就是在架構科技論文的綱目時，蘊藏在其中的寫作思維。

七、 結論

本論文運用章法學探究綱目架構的邏輯性。在現象分析的部份，本論文摘錄了三份理工科學術期刊中的六篇「實作型」論文的綱目架構，分析其邏輯結構，並呈現分析所得。最後綜合這些分析成果，本論文歸納出這些綱目架構的邏輯特色：「多形成順向、秩序之結構」、「所用到的章法種類不多，且有其趨向」、「第一層都出現『先底後圖』、『補敘』結構」、「第二層多出現『先因後果』、『先凡後目』結構」、「第三層以下之多出現『先本後末』、『先凡後目』結構」、「『先凡後目』結構多和『先本後末』、『先因後果』結構搭配出現」、「不宜只單獨運用『先本後末』結構」、「宜審慎運用並列法」；並在此基礎上，提出綱目架構的「基本型」（包含詳、略兩種），可以供作撰寫科技論文的參考；而且更進一步地探究出蘊藏其中的寫作思維，那就是「清晰精確地展開說明、議論的層次」、「學術行銷」、「排除冗贅」。期望本論文的研究成果，一方面能有助於學者擬定科技論文的綱目架構，一方面也能更充實章法學的內涵。

附錄：一般應注意事項

1. 必須有結論：本論文所分析的六篇綱目架構中，只有第一篇無結論，其他均有結論，但是第四篇的結論不明顯，比較像對全文的總括，但是無結論和總括全文來當作結論，都是不適當的作法。而且，有些論文中，「結果和討論」（或「試驗結果與分析」）與「結論」（或「結論與未來展望」）會區分開來，譬如第二、三、四篇還有「展望」（但是第四篇的展望也比較空泛），這種作法是比較嚴謹的。此外，「結論」是否應採條列式？這也是可以考慮的。
2. 前言須包含「重要性」和「簡介」：在六篇論文中，前言裡都是先介紹重要性，再簡介實驗進行之過程（不包含結論），只有第一篇較雜亂。
3. 大的標目不宜只出現專有名詞：許多標目只出現專有名詞，這種情況在較小的標目中，比較被允許，但是在第一、二層標目中，應該儘量避免只出現專有名詞。
4. 每章（節）下須有小引：若此章（節）下還有細目，需有小引說明其下細目的關連性，讓細目間的邏輯關係更明顯。
5. 同一層的標目地位宜平等：標目地位平等時，所呈現的邏輯關聯通常是「先本後末」。但是譬如第五篇「試驗結果與分析」章下的四個小節，彼此之間的關聯是「先泛後具」，就不太平等，宜避免這種情況。

6. 綱目架構與摘要之呼應：摘要與綱目架構呼應之方式有二，一是摘根據章節架構進行介紹，一是進行內容撮要，只有第三篇屬於第二類，其他都屬於第一類。但是，在第一類中，仍有對應不齊問題，譬如第一篇。
7. 前言與摘要之呼應：前言中還包含了「重要性」，這在整篇論文中佔的篇幅很小，但是因為摘要「學術行銷」的需求非常強，因此在摘要中，「重要性」通常放在最前面，而且往往佔了三分之一以上的篇幅，接著才簡述論文內容，這樣是合理的。不過，《機械工程材料》的兩篇論文，前言中都談到該實驗的重要性，但是摘要卻沒有提到重要性，是應該避免的情況。

白居易〈長恨歌〉的章法結構

邱燮友
台灣師大退休教授、東吳大學兼任教授

關鍵詞

白居易、長恨歌、白氏長慶集、長恨歌傳、鋪敘法、段章提要、第四度空間

一、緒論

唐代（618～906A.D.）詩歌興盛，每個時段，均有傑出的詩家，炫耀一時，然後留傳千古。我喜愛詩歌，並不局限於唐代，但對唐詩情有所獨鍾。

明代高棅《唐詩品彙》，繼宋人嚴羽《滄浪詩話》之後，將唐詩分為四期，為後人所接納。盛唐時期，從玄宗開元元年（713）起，到肅宗寶應末年（762）止，唐詩三大家，應盛世而生，有詩仙李白（701-770），詩佛王維（701－761），詩聖杜甫（712－770）；

繼而中唐時期，從代宗廣德元年（763），到敬宗寶應二年（862），期間六十餘年，是天寶之亂後，唐室中興之時，韓愈（768－824）、柳宗元（773－819）的古文運動，李紳、白居易（772－846）、元稹（779－831）等的新樂府運動，這五家詩文，配合唐人的中興氣象，在文壇上引來新風格。這以白居易平易近人的通俗文學，也能獨樹一幟，風靡一時。尤其他的〈長恨歌〉和〈琵琶行〉兩首樂府詩，當時便很風行，時人要以「詩豪」尊崇他，他卻謙讓，希望將此名號，贈給他的同年之友劉禹錫（772－842），落得宋人呂本中以「大眾教化主」的名號，加給白居易，此時白氏已不在人世，他也無奈只好這個類似西方教主的名號，流傳世間。

白居易的〈長恨歌〉、〈琵琶行〉確實是通俗易行的佳作，至今仍暢通流行，如同現鈔一般。我喜愛唐詩，對他這兩首詩，何以能朗朗流行於後代學子之口，我曾深加思考，除題材、主題外，詩中的音韻律動，縝密的組織結構，也是使人歎為觀止。尤其詩中具有悲劇的成分，無論詠史或自敘，都能引發讀誦者的共鳴。今就白居易的〈長恨歌〉一詩，探討其章法結構，以就教以同好詩友，相互切磋以增益廣聞。

二、白居易的詩篇及其詩論

白居易好名，並斤斤計較於薪資的收入多寡，同時對他的詩篇，一首也不會漏掉。不像李白疏狂，隨處留情，詩篇隨地棄置，前後相較，便知為人與個性。

白居易的薪資所得，宋人洪邁發現，自他進入官場任校書郎，月薪是一萬六千錢，「俸資萬六千，月給亦有餘」。升為左拾遺，薪水大幅提高，「月慚諫紙二千張，歲愧俸錢三十萬」。後兼京兆戶曹，薪水又大漲一次，「俸錢四五萬，月可奉晨昏」。後來被貶出京城，任江州司馬，「歲廩數百石，月俸六七萬」。薪水節節昇高，甚至出任杭州刺史，「移家人新宅，罷郡有餘資」；「十萬戶州尤覺貴，二千石祿敢言貧」。白居易敢把各時期薪資所得，可能是兒時家貧，長大後格外關心錢財；另一方面敢公開自己的薪資，說明他是知足的，而且心胸坦蕩。不像今日官員，隱藏薪資，惟恐被稽征處查覺，要他補稅。

同樣地，白居易對自己的詩稿，都勤加創作，並加以收集。在長慶四年(824)冬，元稹便將自己的詩稿和他朋友白居易的詩稿，編纂成集，名為〈白氏長慶集〉、〈元氏長慶集〉。而在〈白氏長慶集〉中，便錄有詩篇二千一百九十一首，那年白居易已五十三歲。白居易享年七十五，今日《白香山詩集》或《全唐詩》中，白居易的詩稿，共二千八百五十二首，為唐代詩人中，作品最多的詩家，可知白居易一生，對詩歌的創作，是勤奮不懈的詩人。

其次，白居易的詩論，他與稹的書信往來中，對詩論的主張，也很明確。他在《與元九書》中，對《詩經》推崇備至，尤其對儒家詩歌的傳統精神，極力維護，並加以發揚，從「詩言志」到「元和體」的建立，對詩學的貢獻，在詩學史上，有一席地位。

他對詩的界說，比任何詩家都明確，可謂繼子夏〈詩大序〉後，更進一步的解說，他在《與元九書》中云：「詩者，根情，苗言，華聲，實義。」用比喻方式，說出詩歌的定義，情感是詩的原動力，如同樹木之根；詩歌的語言，如同樹木的新葉、樹苗，詩歌的語言要創新，才有新鮮感引人入勝；然後詩歌的音樂性，節奏與旋律感，猶如草木之花，鮮豔奪目；而詩歌的主題、意義性，要如同樹的果實。用草木的根、葉、花、果比喻詩歌，是用詩歌的特性來說明詩歌的定義，可謂無人能超越他，也無人能出其左。尤其他主張要發揮《詩經》的精神，要寫實又要有諷諭的效果，因此他的詩論：「文章合為時而著，歌詩合為事而作。」詩文要反映「時事」，一時文壇為之風行，稱為「元和體」。我們就以他的詩論，來觀照他的詩歌，可知他是知行合一作家。

三、〈長恨歌〉創作動機和時空背景

白居易寫〈長恨歌〉的年代，在《白氏長慶集》中，並沒有註明。然而我們可以從陳鴻的〈長恨歌傳〉，得知白居易創作〈長恨歌〉的動機和時空背景。〈長恨歌〉是白居易在元和元年（806）冬十二月，或是次年春天，也就是白居易三十五歲或三十六歲時的作品。寫詩的地點在盩厔（今陝西有盩厔縣）。當時，白居易由校書郎，調來擔任盩厔縣的縣尉，與當地的陳鴻和琅琊的王質夫，經常到仙遊寺遊玩，談及五十年前天寶之亂，唐玄宗和楊貴妃的故事，認為這是世間罕有的事，希望後人將此事寫入詩歌或傳奇之中。

依據陳鴻的〈長恨歌傳〉，其中提及：

> 元和元年冬十二月，太原白樂天自校書郎，尉於盩厔，鴻

與琅琊王質夫家於是邑，暇日相攜遊仙游寺，話及此事，相與感歎。質夫舉酒於樂天前曰：「夫希代之事，非遇出世之才潤色之，則與時消沒，不聞於世。樂天深於詩，多於情者也，試為歌之如何？」樂天因為〈長恨歌〉。意者不但感其事，亦欲懲尤物，窒亂階，垂誡於將來者也。歌既成，使陳鴻傳焉。

從這段文字，了解白居易寫〈長恨歌〉的動機和時間，他和陝西盩厔的朋友王質夫、陳鴻在仙遊寺，談起半世紀前唐明皇和楊貴妃的故事，於是相約撰寫這一段史事，並用以告誡後世以此為警惕。元和元年冬十二月之後，白居易的〈長恨歌〉 先寫好，然後再由白居易的朋友陳鴻寫〈長恨歌傳〉。陳鴻是一位進士，也是當時擅長寫傳奇的作家。他們的取材相同但所用的體裁不一，一篇是偉大的故事詩，一篇是著名的傳奇，也是唐人的文言短篇小說，在當時如同陶淵明的〈桃花源記〉和王維的〈桃源行〉，以及〈長恨歌〉和〈長恨歌傳〉，同為文壇盛傳的詩文雙璧。

可惜陳鴻沒有專集，他的〈長恨歌傳〉便附在《白氏長慶集》中。其他，他著名的傳奇小說，還有〈城東父老傳〉、〈眭仁蒨傳〉。他的生平不詳，大約為貞元、元和間人，一生愛好史學，而他的幾篇名著的傳奇，便是得力於他的史學基礎。

四、〈長恨歌〉的構思和章法結構

一般人讀〈長恨歌〉，都沈醉在唐代一則天子和妃子的愛情悲劇，感念連帝王都保護不了他的愛妃，何況天下一般百姓，同樣遇到類似的悲劇，也會產生無限的感嘆和共鳴。因此，很少人會去留意白居易構思這首詩的章法結構。〈長恨歌〉是一首長篇詠史詩，每句七個字，共一百二十句，可分成四大段，是一首長達八百四十字的詠史故事詩。其中不斷的換韻，而且對仗的句子很多，類似一首排律。古詩的韻味不濃厚，詩意淺近，後人名之為「元和體」或「長慶體」，其特色在於平易近人，雅俗共賞，易於傳誦，至今流傳不衰。今將原詩錄置於下：

長恨歌　　　　白居易

漢皇重色思傾國，御宇多年求不得。楊家有女初長成，養在深閨人未識。天生麗質難自棄，一朝選在君王側。回眸一笑百媚生，六宮粉黛無顏色。春寒賜浴華清池，溫泉水滑洗凝脂。侍兒扶起嬌無力，始是新承恩澤時。雲鬢花顏金步搖，芙蓉帳暖度春宵。春宵苦短日高起，從此君王不早朝。承歡侍宴無閒暇，春從春遊夜專夜。後宮佳麗三千人，三千寵愛在一身。金屋妝成嬌侍夜，玉樓宴罷醉和春。姊妹弟兄皆列土，可憐光彩生門戶。遂令天下父母心，不重生男重生女。驪宮高處入青雲，仙樂風飄處處聞。緩歌謾舞凝絲竹，盡日君王看不足。漁陽鞞鼓動地來，驚破霓裳羽衣曲。

九重城闕煙塵生，千乘萬騎西南行。翠華搖搖行復止，西出都門百餘里。六軍不發無奈何，宛轉蛾眉馬前死。花鈿委地無人收，翠翹金雀玉搔頭。君王掩面救不得，回看血淚相和流。黃埃散漫風蕭索，雲棧縈紆登劍閣。峨眉山下少人行，旌旗無光日色薄。蜀江水碧蜀山青，聖主朝朝暮暮情。行宮見月傷心色，夜雨聞鈴腸斷聲。

天旋地轉迴龍馭，到此躊躇不能去。馬嵬坡下泥土中，不見玉顏空死處。君臣相顧盡霑衣，東望都門信馬歸。歸來池苑皆依舊，太液芙蓉未央柳。芙蓉如面柳如眉，對此如何不垂淚。春風桃李花開日，秋雨梧束落葉時。西宮南內多秋草，落葉滿階紅不掃。梨園子弟白髮新，椒房阿監青娥老。夕殿螢飛思悄然，孤燈挑盡未成眠。遲遲鐘鼓初長夜，耿耿星河欲曙天。鴛鴦瓦冷霜華重，翡翠衾寒誰與共。悠悠生死別經年，魂魄不曾來入夢。臨邛道士鴻都客，能以精誠致魂魄。為感君王輾轉思，遂教方士殷勤覓。排氣馭雲奔如電，升天入地求之遍。上窮碧落下黃泉　　，兩處茫茫皆不見。忽聞海山有仙山，山在虛無飄渺間。樓閣玲瓏五雲起，其中綽約多仙子。中有一人字太真，雪膚花貌參差是。金闕西廂叩玉扃，轉教小玉報雙成。聞道漢家天子使，九華帳裡夢魂驚。攬衣推枕起徘徊，珠箔銀屏迤邐開。雲鬢半偏新睡覺，花冠不整下堂來。風吹仙袂飄飄舉，猶似霓裳羽衣舞。玉容寂寞淚闌干，梨其一枝春帶雨。

> 含情凝睇謝君王，一別音容兩渺茫。昭陽殿裡恩愛絕，蓬萊宮中日月長。回頭下望塵寰處，不見長安見塵霧。惟將舊物表深情，鈿合金釵寄將去。釵留一股合一扇，釵擘黃金合分鈿。但教心似金鈿堅，天上人間會相見。臨別殷勤重寄辭，詞中有誓兩心知。七月七日長生殿，夜半無人私語時。在天願作比翼鳥，在地願為連理枝。天長地久有盡時，此恨綿綿無絕期。

（一）〈長恨歌〉情節的舖敘採直敘法

白居易〈長恨歌〉的構思，對唐玄宗和楊貴妃的故事情節發展，是採用平舖直敘的筆法來陳述。在西方對小說或詩歌在情節的舖敘，共有四種不同的手法：一是平舖直敘法，亦稱直敘法，即依時間的順序，舖敘故事的情節，在小說而言，如德國哥德的〈少年維特的煩惱〉，是用日記的方式，舖敘一則維特的初戀故事；在詩歌而言，如《詩經・國風・氓》，以女子的口吻，敘述一個抱布貿易的男子，來追求她的經過，後來她還跟那男子結婚，甚至男子用情不專，造成一則婚姻的悲劇。其次漢代民間樂府的〈孔雀東南飛〉，唐代李白的〈長干行〉，均是採用直敘法，來舖敘一則動人的愛情故事。

二是倒敘法，是依時間的後段，倒敘或回憶過去情節的發展。在小說如德國施篤姆的《茵夢湖》，從老人提起，回憶一段採草莓的初戀，後來女主角他的朋友結婚，經過茵夢湖，想起以前的愛情故事，最後又回到老人，打開一部厚厚的哲學詩收結。在詩歌，如漢樂府的〈白頭吟〉，從「淒淒復淒淒，嫁娶不須啼」到「竹竿何嫋嫋，魚尾何簁簁」，最後兩段，便是用倒敘的寫法。

第三是突起法，亦稱插敘法，從情節的中段寫起，在往下發展中，時時追憶以往的往事。在小說如法國小仲馬的《茶花女》，從瑪格麗特茶花女的拍賣遺物寫起，然後寫男主角趕到拍賣場，要求買到茶花女的一部《曼儂》小說的人，讓渡給男主角，由他口中說出他結識茶花女的過程。在詩歌，如魏陳琳的〈飲馬長城窟行〉，描寫長城築塞的役夫，要求長城吏按時讓他除役，結果長城吏不准，役夫後來寫信給妻子，要求妻子改嫁，他們夫婦往返書信中，顯示築城役夫的禍難滄桑。

第四是合攏法，在小說中，如日本小說家芥川龍之介的《羅生門》，描寫一個女子，經過森林時，被暴徒淫亂，然後告到法院，女方和暴徒各執一端，不知何方所述，才是真相。在詩歌中，用男女贈答的詩歌，也是合攏的寫法。如漢樂府中的〈飲馬長城窟行〉，丈夫描寫他離家行役在外之苦，從「青青河畔草，綿綿思遠道，遠道不可思，宿夕夢見之。……入門各自媚，誰肯相為言。」接著是妻子敘述接到丈夫的家信說起，即「客從遠方來，遺我雙鯉魚。……長跪讀素書，書中竟何如？上言加餐食，下言長相憶。」上下兩段合起來，便是描寫役夫飄泊在外而家中妻子思念丈夫的情景，躍然紙上。

（二）〈長恨歌〉的章法結構，採用每段後兩句，作為下一段的段章提要

〈長恨歌〉是一首長篇的歷史故事，白居易以唐玄宗和楊貴妃的史實為素材，更加入民間流行的傳說，使這首詩越顯得有神

祕和浪漫的色彩，給人讀後對玄宗的風流罪孽，造成歷史上的悲劇事件，使人感歎不已。

細讀〈長恨歌〉，更使人察覺白居易寫此詩的思慮細密、構思精巧，全詩分四段，每段結束一聯，都有巧妙的安排，不但情節貫連，又是作為開啟下一段的提要。讀高步瀛的《唐宋詩舉要》卷二，七言古詩中〈長恨歌〉，曾云：「每段末二句，皆攝下文。」前人簡一句，足以啟示後人，令人敬佩。全詩大意如下：

第一段，用「漢皇重色思傾國」開端，便含有借史諷諭的效果，不直接寫「明皇重色思傾國」，明明是唐明皇「重色」帶來國家的災難，反而指「漢皇」，讓漢武帝來背黑鍋，這是白居易避禍的障眼手法。首段共三十二句，大意在描寫唐玄宗幸楊貴妃的經過。楊貴妃得寵，她的家族也都顯貴了，甚至她的堂兄楊國忠竊居宰相位，使當時原是重男輕女的舊社會，改變了看法，認為生女反而能光耀門楣。其中最後兩句是：「漁陽鼙鼓動地來，驚破〈霓裳羽衣曲〉。」可作為第二段的提要。

第二段，共十八句，寫楊貴妃在宮廷中正享受奢侈的生活，不料安祿山起兵（天寶十四載，西元 755 年），以討楊氏為藉口，第二年，攻破洛陽，直陷長安，玄宗和楊貴妃逃難到四川去。走到馬嵬坡（今陝西省興平縣西）時，軍隊譁變，不肯前進，要求懲辦楊國忠和楊貴妃。玄宗知道不能倖免，只好掩面，讓部下將她牽去縊死。其中最後兩句是「行宮見月傷心色，夜雨聞鈴腸斷聲。」可作為第三段的提要。

第三段，共二十四句，寫亂平後，玄宗回長安，一路上，依然想念楊貴妃。回宮後，更是觸景傷情，引來無限的哀傷。其中最後兩句是「悠悠生死別經年，魂魄不曾來入夢。」可作為第四段的提要。

第四段，共四十六句，寫一個四川道士來京都，自稱他有法術能尋找楊貴妃的芳魂。後來他在仙山竟然找到她，和她見面談話，她也忘不了唐玄宗昔日的舊情，託道士帶回一股金釵和寶盒，並說出某年的七夕，在長生殿和皇上的一段密誓，他們曾在殿上許下愛情的誓言——在天願為比翼鳥，在地願為連理枝。但事實上，他們再也不能相見。只有悲傷長恨而已。全詩結束時的兩句：「天長地久有時盡，此恨綿綿無絕期。」點出詩題：「長恨歌」。

五、〈長恨歌〉最後一段，對詩歌中第四度空間的開拓，給人們帶來無限的美感和慰藉

白居易的〈長恨歌〉，最精華的情節和構思，是在第四段，他對第四度空間的描寫，使抽象的仙靈世界，猶如具體的存在，而且歷歷在目。「臨邛道士鴻都客，能以精誠致魂魄。」他能升天入地尋找楊貴妃的魂魄，終於在海上仙山，山在虛無飄渺間，找到楊貴妃死後居住的樓閣，並叩玉扃，讓小玉開門，引見楊貴妃。而楊貴妃對唐玄宗依然不能忘情，在詩中寫道：

> 玉容寂寞淚闌干，梨花一枝春帶雨。含情凝睇謝君王，一別音容兩渺茫。昭陽殿裡恩愛絕，蓬萊宮中日月長。回頭

下望塵寰處，不見長安見塵霧。

最後楊貴妃還將信物託道士帶給唐明皇，並交代七月七日在長生殿的一段祕誓，使唐明皇確信道士曾找到楊貴妃的魂魄。

因此〈長恨歌〉第四段情節的描述，已是文學上第四度空間的描寫，他能將抽象縹緲的世界，寫成歷歷在目的靈界，都是給人在心靈上無限的撫慰。我們不得不敬佩白居易大文豪，對第四度空間的開拓，啟開人們想像空間的大美，如同他在〈琵琶行〉上，對琵琶女所彈的琵琶聲，能化抽象為具象，形容琵琶聲的動人，也是文壇寫抽象景物的絕響，令人千古傳誦，敬佩不已。

同時，陳鴻的〈長恨歌傳〉，收錄在《白香山詩集》中，對道士尋找楊貴妃魂魄那段，對第四度空間的描寫，空靈世界或靈界天地著筆，很能引人入勝，如方士找到楊貴妃魂魄居住的「玉妃太真院」，他在門口等候碧衣女通報玉妃的情景，文中寫道：「於是雲海沉沉，洞天日曉，瓊戶重闔，悄然無聲，方士屏息斂足，拱手門下，久之，碧衣延入，且曰《玉妃出》。……」此段寫神仙境界，亦人攝人魂魄，進入四度空間之美感，令人讀罷難以忘懷。

六、結論

白居易的〈長恨歌〉是一首詠史的故事詩，其中有對仗的偶句，也是一首排律，屬於元和體或長慶體。全討凡一百二十句，八百四十字。從章法結構來分析，全詩分四段，採平鋪直敘的描述，依時間的順序，描寫唐明皇寵幸楊貴妃的經過，所造成悲慘的下場。其次，詩中分四段，一至三段，每段後兩句 ，便是下段的段章提要，這種章法結構，至為特殊，可知白居易對詠史詩的情節處理，有他心思獨創的地方。其次詩中第四段，讓道士去找楊貴妃的靈魄，對東海仙山，楊貴妃死後居住的「玉妃太真院」，並將七月七日唐明皇和楊貴妃在長生殿的一段誓約：「在天願為比翼鳥，在地願為連理枝。」讓道士帶回，以證道士確實找到楊貴妃的引證。這是第四度空間的描寫，卻是帶給讀者無限美感的迴響，而且對四度空間在文學境界的開拓，是新的嘗試，也給人帶來心靈創傷的撫慰。白居易的兩首長詩，〈琵琶行〉和〈長恨歌〉，確實是感人肺腑的長詩，使人千年之後，諷誦之下，依然於我心有戚戚焉。

主要參考書

一、白香山詩集　　唐白居易著　　台北，重修中華書局四部備要本，民國五十五年三月台一版。

二、全唐詩　　清曹寅敕編　　北京，中華書局出版。

三、白氏長慶集　　唐白居易著　　台北，商務印書館四部叢刊初編本。

四、舊唐書、新唐書　　台北，開明書店《二十五史》第四、第五冊。

五、中國歷代故事詩　　筆者拙著　　台北，三民書局，1969

年 4 月初版。

六、新譯唐詩三百首　清孫珠編　筆者新注新譯　台北，三民書局，1969 年 4 月初版。

七、唐宋詩舉要　近人高步瀛編著　台北，學海出版社，1973 年 2 月初版。

陶淵明詩學與日本大伴旅人詩學的交流

—以酒象徵的泛具法為主要觀察對象

張娣明
台北大學中國語文學系兼任助理教授

一、前言

文學史家稱魏晉南北朝 (220-589A.D.)，是文學的自覺時代，一個從醞釀新變到繁榮發展的階段，也是一個詩歌創作趨於個性化、詩人獨特的情性與風格，得以充分展現的階段。魏晉南北朝詩風，為中國多姿多彩的詩風，開啟燦爛的一章，並深刻地影響著魏晉南北朝，乃至於後世的詩歌發展。詩學是詩歌、哲學與歷史的結合，魏晉南北朝詩人們，努力創作詩歌各種風格，體現自覺的詩學意識，也展示魏晉南北朝詩人的主體意識。

如果要向世界的人說明日本詩學在本質上的特徵，應該先說明以下兩件事。一是日本文學的美千錘百鍊。二是日本詩學美深深地與清澈的悲哀交錯。以馳名世界的《源氏物語》為首，以至川端康成的文學，都有此傾向。

這兩個傾向的泉源是《萬葉集》。《萬葉集》是日本文學脫離黎明期的八世紀，燦然光輝的誕生。在這以前，《古事紀》、《日本書紀》等，也記載零星的古代歌謠，但這些與《萬葉集》卻有很大的距離。古代歌謠具有樸素的民謠性，其創作並非個人的文學活動。反此，《萬葉集》包括不知作者、創作的和歌，全部都是個人心聲，而且都是以覺醒的創作意識，唱出的優秀詩歌。

但是幫助萬葉人創作意識覺醒的是什麼呢？當然有很多的因素，但吉田とよ子《萬葉集與六朝詩》認為：

> 在這裡我願意指出兩種影響力。一個是中國人文學的影響，尤其是以《文選》、《玉臺新詠》等為代表的六朝詩的影響；另一個是佛教思想的影響[1]。

前者不僅給予詩歌應該詠「什麼」這種主題上的智慧，同時也傳授「如何」美麗地歌詠的技巧上智慧。《文選》對於日本詩學的影響，同時呈現在內容與形式兩方面。而後者則教日本人活在這個世界的悲哀，同時日本人以永遠的美超越這個世界的悲苦，這個極大的力量促使日本人逐漸形成「悲哀」和「風流」的觀念。

萬葉集詩人喜愛悲哀的《文選》與唯美的《玉臺新詠》，是意義深長的。他們因中國的先例而得到啟發，受佛教人生觀與世界觀的薰陶，進而形成日本文學中心的「悲哀」與「風流」觀念。「悲哀」與「風流」的觀念形成，萬葉詩人在這上面傾注大量時間與精力，例如聖德太子、額田王、柿本人麻呂、山部赤人、大伴旅

[1] 吉田とよ子：《萬葉集與六朝詩》（台北：致良出版社有限公司），2006年，頁4。

人和大伴家持等詩人。這些詩人的漢學基礎極深，因此對於「悲哀」與「風流」觀念的形成，非常重要。他們所學的中國文學，或許不只是《文選》與《玉臺新詠》，也包括各自喜歡的詩人「子集」。譬如大伴旅人，也許看過陶淵明詩文集與阮嗣宗集；大伴家持可能讀過庾信集。雖然沒有證實這些專著在他們的時代已經傳到日本，但至少在平安中期藤原佐世所撰《日本國見在書目錄》裡已有這些書名。《昭明文選》與《玉臺新詠》為詩文總集，若要更仔細比對魏晉南北朝詩學與日本詩學的交流，則宜從個別詩人作品對照。所以本文將從陶淵明詩作與日本詩學交流作一探析，並觀察陶淵明與大伴旅人對飲酒描寫的組詩，如何使用泛具法促使主旨脈絡清晰。

二、「酒」象徵共感

東漢和帝之後，外戚宦官輪流專權，接連兩次黨禍，使得朝政日非，之後爆發黃巾之亂，接著三國鼎立、八王之亂、五胡亂華，天災人禍互相侵擾。永嘉之亂後，西晉滅亡，東晉雖然暫時維持偏安局面，然而戰禍仍然頻仍，肥水之戰、孫恩之亂、桓玄之亂、劉裕北伐、盧循之亂等等，就在這樣一個兵連禍結、家國殘破、民生凋弊的混亂時代，孕育了陶淵明這位偉大的詩人。他創造了「桃花源」，成為眾人的庇蔭所，也成為現代人悠然神往的理想。

義熙元年十一月，陶淵明擔任彭澤令而自表解職，從此歸隱田園未再出仕。鍾嶸稱他是「隱逸詩人之宗」，表示了其在文學上的成就，首開平淡詩風，同時是隱逸詩與田園詩之祖，影響深遠。而陶詩之版本，主要依照《陶淵明集校箋》[2]，旁參《陶淵明詩箋證稿》[3]、《陶潛詩箋註校證論評》[4]等等。

東坡曾評陶詩：「質而實綺，癯而實腴」，道出陶詩的精妙之處，此一評語兼及內容與形式兩方面，從其文辭筆法上來看，陶詩樸素而平淡，彷佛一位不施脂粉的村姑，這就是東坡所謂的「質」與「癯」，甚至宋丘龍認為是「極枯澹」[5]；然而仔細品味之後，卻是典麗而豐厚的，正如一位樸素卻唇紅膚白、深具內涵的姑娘一般，耐人尋味，讓人初不覺驚豔，但卻幽香裊裊，這正是東坡所云的「綺」與「腴」。東坡也曾評韓柳詩云：「所貴乎枯澹者，為其外枯而中膏，似澹而實美，淵明、子厚之流也。」這裡再一次為「質而實綺，癯而實腴」做一註解，認為只是文字外表看似瘦枯，然而實為膏澤，彷佛平淡卻是豐美。東坡又評曰：「初視若散緩不收，反覆不已，乃識其奇趣。」更說明了陶詩需要用心去反覆玩味，乍看之下雖不起眼，但在餘音裊裊中，卻能愈發體會他的奇趣，感受他的美感。陶詩能夠不露出刻意安排的斧鑿痕跡，初看以為其散亂無章，然而分析之下，卻發現並非全無章法，而是渾然天成，將形式詞藻之美蘊含在詩作中，使絢爛飽藏於平淡之中。正如東坡所說：「凡文字，少小時須令氣象崢嶸，采色絢爛，漸老漸熟，乃造語平淡。其實不是平淡，絢爛之極也。」陶淵明

[2] 楊勇：《陶淵明集校箋》(台北：正文書局)，1979 年。

[3] 王叔岷：《陶淵明詩箋證稿》，(台北：藝文印書館)，1975 年初版。

[4] 方祖燊：《陶潛詩箋註校證論評》，(台北：蘭臺)，1971 年十月初版。

[5] 宋丘龍：《陶淵明詩說》序，(台北：文史哲出版社)，1984 年，頁 1。

到了隱逸期，也是「漸老漸熟」，才會「造語平淡」，然而其實文字功力愈發熟練，而將最絢爛的部分蘊藏於平淡之中，所以能成為「隱逸詩人之宗」，塑造出真率恬淡的人格典型與文學風格。基於此，此文試圖以受到陶淵明〈飲酒〉組詩影響的大伴旅人〈讚酒歌〉組詩，重新體會在陶詩質樸、平淡、散緩的文字掩蓋下的生動修辭技巧與豐富美感意涵。

陳師滿銘在〈談詞章的兩種作法——泛寫與具寫〉中說：

> 詞章是用以表情達意的，通常為了要加強表情達意的效果，以觸生更大的感染力或說服力，則非借助於具體的情事、景物或特殊的狀況不可。而專事描述具體的情事、景物或特殊狀況的，我們特稱為具寫法；至於泛泛地敘寫抽象情意或一般狀況的，則稱作泛寫法。[6]

詩歌篇章表達情感，所在多有，中國陶淵明與日本大伴旅人，同時選擇「酒」作為表現情感的素材，他們借助具體的「酒」，以及飲酒的狀況與心情，產生詩歌篇章出神入化的渲染力，令讀者拍案叫絕。這些詩作中，有使用具寫法的部分，專門書寫具體的「酒」以及飲酒狀況，也有使用泛寫法，以「酒」象徵記敘抽象情意或一般狀況的部分。

萬葉早期詩人柿本人麻呂與山部赤人，雖受中國文學的影響，卻並不欲將自己作品寫成擁有中國味道。可是在時代稍微往後的和歌作者之中，卻有有意積極地將中國文學知識表達於其作品的和歌

[6] 收錄於《國文教學論叢續編》，頁 445。

歌人。大伴旅人(665-732)與山上憶良(生卒年不詳)正是如此。

旅人與憶良在九州太宰府是上司與部屬的關係，在文學上時有交流。但他們兩人性格不同，詩歌風格也不同，憶良認真謹嚴，具儒士傳統，而旅人奔放真摯，傾向道家思想。憶良務實，和歌主題多與社會生活有關，旅人則浪漫多姿，和歌主題多離開現實，富於幻想。他們兩個人詩歌性質的迥然不同，表現在並列於《萬葉集》的和歌。憶良似不喜歡宴會，於是他這樣寫著：

> 我憶良現在要退席，家裡的小孩可能在哭，小孩的母親也似乎在等著我回去[7]。

他以家中妻孥為藉口，希望避開應酬，表現他個人不喜歡交際的情志。而大伴旅人，創作十三首〈讚酒歌〉，時間晚於陶淵明二十首〈飲酒〉，精神上極為近似。專指描寫具體的情事、景物或特殊狀況的，稱為具寫法；至於泛泛地敘寫抽象情意或一般狀況的，則稱為泛寫法。乍看之下，這似乎與詳寫，略寫頗有類似之處。泛具法是針對同一事物(景、情、理)兼用泛、具寫法者而言；詳略法則是只在文章中某些事(景、情、理)用詳寫，其他的某事物(景、情、理)又用略寫，以此區分泛具法與詳略法，陶淵明與大伴旅人皆是針對「酒」兼用泛寫與具寫。大伴旅人〈讚酒歌〉第一首云：

---

[7] 憶良らは今は罷らむ子泣くらむ
それ彼の母も吾を待つらむぞ(三・三三七)

與其思考無濟於事的想法，不如飲一杯酌酒[8]。

認為終日思考對生命無所助益，暢飲酌酒反而適意安樂。陶淵明早在〈飲酒〉第一首寫出此般心聲：

其一：衰榮無定在，彼此更共之。邵生瓜田中，寧似東陵時。寒暑有代謝，人道每如茲。達人解其會，逝將不復疑。忽與一觴酒，日夕歡相持[9]。

陶淵明喜好喝酒，他曾在〈五柳先生傳〉中自謂：「性嗜酒，家貧不能常得。」陶淵明詩中提到「酒」的作品，數量頗多，如：〈還舊居〉、〈蜡日〉、〈諸人共遊周家墓柏下〉、〈酬丁柴桑〉、〈歲暮和張常侍〉、〈己酉歲九月九日〉、〈歸鳥〉之五、〈形影神〉之三、〈止酒〉、〈雜詩〉其一、二、四、八、〈飲酒〉二十首……等等。其中令人矚目的便是共有二十首的〈飲酒〉，這一組詩作質量俱豐，是陶淵明在酒後的抒懷之作，此二十首內容或言飲酒，或與飲酒無關，可以說是陶詩中對酒之概念陳述的代表作，陶淵明對「酒」一物使用的象徵筆法，十分引人入勝。

「衰榮無定在，彼此更共之」，道出衰榮無定，世事無常，為組詩總綱。下文引人事申論，據《史記・蕭相國世家》記載秦東陵侯邵平，秦亡後淪為平民，家貧栽種瓜，因瓜美稱名，時人稱東陵瓜。之前聲勢顯赫，其後辛勤種瓜，對比出天壤之別。陶淵明藉此感慨自己的曾祖陶侃貴為大司馬，祖父與父親也做過太

8 驗な物を思はずは一坏の
濁れる酒を飲むべくあるらし(三・三三八)

9 楊勇：《陶淵明集校箋》(台北：正文書局)，1979 年，頁 138

守，然而到他這一代卻已一落千丈，陶淵明的夢想：「大濟於蒼生」（〈感士不遇賦〉），以及〈桃花源〉的期望：

> 嬴氏亂天紀，賢者避其世。黃綺之商山，伊人亦云逝。往跡浸復湮，來逕遂蕪廢。相命肆農耕，日入從所憩。桑竹垂餘蔭，菽稷隨時藝。春蠶收長絲，秋熟靡王稅[10]。

陶淵明引用儒道兩家共同思想，認為亂世時賢者避世，孔子曾說「賢者避世」(《論語・憲問》)。其後描述陶淵明嚮往的生活，暗用〈擊壤歌〉：「日出而作，日入而息，鑿井而飲，耕田而食，帝力於我何有哉？[11]」揭示理想世界的文化特質，沒有君王的橫徵暴斂與繁重傜役，也無戰亂頻仍的痛苦。陶淵明汲取《禮記・禮運》的精神：「天下為公」，認為「人不獨親其親，不獨子其子，使老有所終，壯有所用，幼有所長」[12]。並且採用《老子》思想：「小國寡民，雖有什伯之器而不用」，期待能「甘其食，美其服，安其居，樂其俗」。想法與魏晉以來阮籍、嵇康，到鮑敬言等人提出無君觀點，不謀而合。仇小屏《篇章結構類型論》曾說：

> 泛具法應該是文學作品中「因景而明理」、「因事而生情」者，所自然形成的一種章法；而且「事、景、情、理」在單寫時，也可能會出現泛寫；具寫合用的情形[13]。

---

10 揚用：《陶淵明集校箋》(台北：正文書局)，1979 年，頁 275

11 逯欽立輯校：《先秦漢魏晉南北朝詩(上)》(台北：學海出版社)，1991 年，頁 1

12 《十三經注疏： 5 禮記》(台北：藝文印書館)，頁 412

13 仇小屏：《篇章結構類型論》(臺北市：萬卷樓圖書有限公司)，2000 年，陶淵明與大伴旅人在此處用泛寫法描述飲酒，使讀者自然的體會到他們對飲酒的看法，因自然成理，反較一般議論文，易於輕鬆接受，的確是自然形成的張法。而他們對「酒」象徵處理時，有時運用泛寫，有時則會泛具合用。

陶淵明盼望建立美好社會，然而已經無法實現，所以借酒排遣，並非酗酒之徒，大伴旅人則吸取此種想法，大伴旅人〈讚酒歌〉第二首則說：

> 取酒名為「聖」的古代偉大聖賢，命名真貼切[14]。

表達自己對酒的崇高敬意，並且誇讚古代稱酒為「聖」的聖人。從此詩中人與物互動交流[15]，加以分析時，能擁有更精準的角度，大伴旅人一方面借「酒」抒情，另一方面也借酒而闡明道理。此首詩吸收陶淵明〈飲酒〉第三首的精神：

> 道喪向千載，人人惜其情。有酒不肯飲，但顧世間名。所以貴我身，豈不在一生。一生復能幾，倏如流電驚。鼎鼎百年內，持此欲何成[16]。

陶淵明對「酒」的其中一種概念為：「酒」是超脫於世俗之外的，如此詩所言，世人多半只顧及世間名，而不肯飲酒，於是飲酒與

頁 290。

[14] 酒の名を聖とおほせしいにしへの
大聖の言のよろし(三・三三九)

[15] 另一「人—物」互動的主流是「即事以明理」，落實到詞章中，會形成「論敘」法。

[16] 楊勇：《陶淵明集校箋》(台北：正文書局)，1979 年，頁 142。

「名」的概念便對立起來，但是陶淵明認為「一生復能幾，倏如流電驚」，一生石火電光，「鼎鼎百年內，持此欲何成」，成敗乃未定之天；元•楊載《詩法家數》中有一段話：「寫意，要意中帶景，議論發明。」[17]陶淵明藉著「酒」，抒發自身意念，此意念中含著飲酒情景，藉以闡發他的理念。景與議論發明有密切關聯，而陶淵明及大伴旅人的「酒」象徵，皆蘊含著他們自身的人生哲理。再如第十三首：

> 有客常同止，趣舍邈異境。一士長獨醉，一夫終年醒。醒醉還相笑，發言各不領。規規一何愚，兀傲差若穎。寄言酣中客，日沒燭當炳[18]。

用一長醉者與一長醒者做一對照，而陶淵明則認為凡是規規然的清醒者是愚笨的，而另一種迷醉者，雖似無知，卻實為聰明，與屈原「眾人皆醉我獨醒」的概念截然兩分，這一方面表現魏晉士人認為「以酒避禍」是保全己身的明智之道外，也可見陶淵明將「酒」對立於儒家入世傳統之情況。此處描寫清晰，使用具寫法來書寫人與酒之間的互動，詩中借景物發論的情況確實存在，然而這並不適合強行歸入情景法中，因為歸入的話，會使得情景法駁雜不純，也就失去將它獨自成為一個章法的意義；從陶淵明的詩作觀察，的確與以情景交融描述飲酒的詩作，有著別徑殊途的相異情調，所以，最佳的處理方式是讓它留在泛具法之中。另如〈雜詩〉其四：

---

[17] 收於《詩學指南》，頁 29。
[18] 楊勇：《陶淵明集校箋》(台北：正文書局)，1979 年，頁 157。

> 丈夫志四海，我願不知老。親戚共一處，子孫還相保。觴絃肆朝日，樽中酒不燥。緩帶盡歡娛，起晚眠常早。孰若當世士，冰炭滿懷抱。百年歸丘壟，用此空名道。[19]

也是認為有酒則人生歡愉，而相較於其他世間的俗士爭名奪利，即使得到成就與空名，死後又有什麼用處？「丈夫志四海，我願不知老」借用《論語•述而》語：「樂以忘憂，不知老之將至云爾」，以下六句展開抒寫人生種種樂事。「親戚共一處，子孫還相保」，表現與〈歸去來辭〉中「悅親戚之情話」情感一致。關於飲酒，此詩提出「觴絃肆朝日，樽中酒不燥」，清代陶澍注云：「燥，乾也。與孔文舉『樽中久不空』意同。」杯酒弦歌，千載一時。「緩帶盡歡娛，起晚眠常早」，可依據蕭統《陶淵明傳》所記，理解陶淵明不願為瑣碎政事傷神，不為五斗米折腰，期盼能自在豁達度日。泛具法可大致分為兩個範圍，第一個範圍是「因景而明理」與「因事而生情」。因為「理」、「情」是抽象的，「景」、「事」是具象的，所以兩者結合起來，「一虛一實」的特性與「一條分一總括」是截然不同的；因此，就算「景」、「事」的部分可以條分成目，也不宜理解為凡目法。此種情形在詩歌創作中，較為明顯，中國詩歌往往虛實共生，虛中有實，實中有虛，較難用條分與總括來條分縷析。

陶淵明〈歸園田居〉：「晨興理荒穢，戴月荷鋤歸」，勤勞如此，所以「起晚眠常早」僅為表達悠然態度而已。結尾一段「孰若當世士，冰炭滿懷抱。百年歸丘壟，用此空名道。」直刺時事，陶澍注《靖節先生集》附錄引朱熹語曾說：「晉宋人物，雖曰尚清高，然

---

[19] 楊勇：《陶淵明集校箋》(台北：正文書局)，1979 年，頁 203。

個個要官職。這邊一面清談，那邊一面招權納貨。[20]」諷刺裡外不一。《文心雕龍•情采》也描述此現象：「志深軒冕，而泛詠皋壤；心纏機務，而虛述人外。[21]」陶淵明更提出「百年歸丘壟，用此空名道。」，明代何孟春注云：「謝靈運〈弔廬陵王〉詩『一隨往化滅，安用空名揚』，意同。」兩者意見相同，人生應追求自由獨立，不需追逐空名，否則將喪失真我。所以大伴旅人〈讚酒歌〉第三首說：

古昔七賢人所喜歡的似乎是酒。[22]

古代賢人並非單純嗜酒，所以旅人用語為「所喜歡的似乎是酒」。古賢人在意的是背後代表意義，酒代表單純真率的自我，與豁達超然於世俗之外，直情徑行的快意泰然。而大伴旅人藉由此詩說明此現象。大伴旅人對「酒」的敘寫，有些用泛寫法，「泛泛地敘寫」，有些則是用具寫法，「加強地描述」，如此處；旅人更直接在〈讚酒歌〉第三首寫著：

裝賢人說話不如喝酒酒醉哭來得好。[23]

表現不拘小節的態度，甚至認為與其假扮賢能人士，講些冠冕堂皇大道理，還不如真心誠意地喝酒，甚至酒醉痛哭都比虛假假裝高尚好。陶淵明很早就認為飲酒是快樂與有趣的泉源，並富含深

---

20 楊家駱：《陶靖節集注 鮑参軍詩注》(台北：世界書局)，1963 年，頁 136。

21 黃淑琳：《文心雕龍校注》(台北：中華書局)，頁 415。

22 古の七の賢し人どもも
欲りせしものは酒にしあるらし(三・三四○)

23 と物(いふょりは酒飲みて
泣するしまりいるらし(三・三四一)

刻道理，如〈飲酒〉其九，「壺漿遠見候，疑我與時乖。……且共歡此飲，吾駕不可回」，描述與朋友歡暢喝酒，醉而忘返的情景；其十四則直接言：「酒中有深味」，說明酒中含有深刻含意與趣味；而其十八「子雲性嗜酒，家貧無由得。……有時不肯言，豈不在伐國。仁者用其心，何嘗失顯默。」甚至點明揚雄與他人相飲，拒談征戰之事，豈是守默，而是真正的仁者，以揚雄自比，說明酒中含有「仁」之真意。陶淵明表達此意見的詩作甚多，除以上〈飲酒〉各首外，諸如〈還舊居〉：「常恐大化盡，氣力不及衰。撥置且莫念，一觴聊可揮。」；〈蜡日〉：「我唱爾言得，酒中適何多。未能明多少，章山有奇歌。」；〈諸人共遊周家墓柏下〉：「清歌散新聲，綠酒開芳顏。未知明日事，余襟良已殫。」；〈酬丁柴桑〉：「放歡一遇，既醉還休。實欣心期，方從我遊。」；〈歲暮和張常侍〉：「屢闕清酤至，無以樂當年。……」；〈己酉歲九月九日〉：「何以稱我情，濁酒且自陶。千載非所知，聊以永今朝。」；〈歸園田居〉之五：「漉我新熟酒，隻雞招近局。日入室中闇，荊薪代明燭。歡來苦夕短，已復至天旭。」；〈止酒〉：「平生不止酒，止酒情無喜。暮止不安寢，晨止不能起。……」；〈雜詩〉其一：「得歡當作樂，斗酒聚比鄰。……」；以上各首詩，呈現陶淵明將「酒」視為快樂源頭，飽含趣味與豐富哲理，藉酒可以消憂，使心情舒暢，與曹操〈短歌行〉：「何以解憂？唯有杜康。」意見一致。大伴旅人〈讚酒歌〉第五首甚至說：

不知該怎麼說怎麼做時，最寶貴似乎是酒[24]。

---

24 言はむすべせむすべ知らず極まりて
貴ものは酒にしあるらし(三・三四二)

日本詩人大伴旅人直接將酒當作，不知如何處世與言談的排遣手段。吳士鑑以為陶淵明「**好酒與安貧，不能相提並論，我覺得安貧是他達觀的表現，而好酒則是他內心憂鬱的符號**」[25]「酒」在陶詩中具有鮮明生動的形象，魏晉的時代環境，造成許多文人內心苦悶，面對政治紊亂、戰爭頻繁與生民塗炭，文人雖憤慨填膺，但卻力不從心，於是如陶淵明者，便以酒來忘卻憂愁，尋求暫時麻醉，所以吳士鑑言：「好酒則是他內心憂鬱的符號」，而從筆者歸納之前述兩種陶淵明對「酒」的看法，便是一體之兩面：「酒」在陶詩中既是消憂解悶之良藥，而且也是超脫於世俗之外的，這正表現出陶淵明內心對於世俗之事的憂鬱煩愁。筆者在此要進一步補充的是，吳先生之所以會感到「好酒則是他內心憂鬱的符號」，這正是因為陶淵明在詩作中以象徵筆法，使「酒」成為前述兩種看法之化身，也成為內心憂鬱的符號。

在陶淵明詩作中，「酒」字屢見不鮮，在陶淵明現存的作品中，多所出現，陳怡良對此曾做一統計，認為在陶淵明一百二十六首詩中，與飲酒有關的文字包括：「酒、醪、酣、醉、醇、飲、斟、酌、餞、酤、壺、觴、杯、罍」等，其中單「酒」一字，即出現三十二個，而其標題與之相關者，有〈連雨獨飲〉、〈飲酒〉二十首、〈述酒〉、〈止酒〉，約佔全集五分之一[26]。可見「酒」對陶淵明影響之大，也從此可知，在解讀陶詩時，對於「酒」此一象徵的理解之不可或缺性。在陶淵明詩作中有些泛泛地說明他藉酒抒情的狀

[25] 吳士鑑：《晉書斠注》卷二十四，(台北市：藝文印書館)，頁 553。

[26] 陳怡良：《陶淵明之人品與詩品》，(台北市：文津出版社)，1993 年 3 月初版 ，頁 154。

況，如「常恐大化盡，氣力不及衰。撥置且莫念，一觴聊可揮」；「放歡一遇，既醉還休。實欣心期，方從我遊」。有些則具體地敘寫飲酒情狀與不喝酒的痛苦，如「漉我新熟酒，隻雞招近局。日入室中闇，荊薪代明燭」；「平生不止酒，止酒情無喜。暮止不安寢，晨止不能起」。泛寫與具寫，在陶淵明書寫「酒」的詩作中，交互配合，使得這些詩作產生撼動人心的強大力量，讀者若將這些作品一起欣賞，可以領略到更多陶淵明對「酒」的內心想法。

日本詩人大伴旅人是很風流的人，他在九州太宰府官舍，以舉辦風流的梅花宴馳名，此外曾開過不少宴會。日本人原本就是喜歡喝酒的民族。在《古事記》、《日本書記》的時代(八世紀初)，日本人就愛喝酒，以喝酒為好事。酒為在常世的酒神少名御神所發明，別名叫做「無事酒」與「笑酒」。神所造的酒也有祝福含意，飲酒會去除病災，使心情愉快與歡笑。因此，在人神共樂的古代「豐樂」宴會，酒不可缺少。

旅人尤其喜歡喝酒。可是觀察他的十三首〈讚酒歌〉，並沒有古代日本人的歡笑。頻頻出現的卻是「喝醉哭」。他說「喝醉愛哭」是「閒遊之道」的快樂。古代日本人如果是喝酒愛笑的人，旅人則是喝酒愛哭的人。喝酒的目的遂由「笑」轉變到「淚」。而且喝酒方法也這樣轉變。尋求笑的古代日本人，在「宴會」與其他人喝酒。「宴」這個字，日本人認為原為拍兩隻手歌唱歡樂的意思，日本古代人就是這樣邊歌舞邊喝酒。可是在旅人十三首和歌中，有不具有「宴會」的氣氛的。其他人的存在幾乎看不見。也就是說，旅人不僅在宴會，而且在當時的日本人絕少看到的常常「獨飲」與「孤飲」。

為什麼大伴旅人會有與眾不同的喝酒方法呢？這或許是由於受到中國飲酒詩人，尤其是陶淵明詩歌精神影響。陶淵明也是大酒豪，有許多關於酒的詩文，代表作有〈飲酒〉、〈止酒〉、〈述酒〉、〈連雨獨飲〉等等，尤其是〈飲酒〉二十首的連作，促成旅人的十三首連作，可能為模仿陶淵明所作。

從表面上看，「酒」似乎是陶淵明之興奮劑，是其終生知己，但在更進一步探析此象徵的深層意涵，則又可見陶淵明之另有所託，蕭統云：「**有疑陶淵明之詩，篇篇有酒；吾視其意不在酒，亦寄酒為跡也**」[27]則直接認為陶淵明志不在酒，而是有所寄託。陶淵明詩作對「酒」一象徵的意涵，在前面已述，現不贅述，然「酒」在陶詩中具有深遠意味與象徵，可再輔以〈飲酒〉之五觀之：「**結廬在人境，而無車馬喧。問君何能爾，心遠地自偏。採菊東籬下，悠然見南山。山氣日夕佳，飛鳥相與還。此還有真意，欲辨已忘言。**」全詩內容中完全未提「飲酒」，然題目為「飲酒」，內容中讀來意趣高遠，表現出雖在人境，卻無喧囂的真善美之境界，使人悠然神往，羨慕其自得其樂之心境，陶淵明深厚豐茂、靈秀奇妙的語言藝術便由此而生，從題目可知，此逍遙佳趣便是由「飲酒」而來，「酒」便是忘言真意的象徵。溫汝能曰：「淵明詩類多高曠，此首尤為興會獨絕，……則愈真愈遠，語有盡而意無窮，所以為佳。」筆者以為正因陶淵明象徵手法用得自然渾融，讓人感到言盡而意無窮，神在象外，不落言詮，所以能得詞淡意遠，富有理趣而不同凡響之妙。日本大伴旅人〈讚酒歌〉第六首曾發此妙語：

---

[27] 《宋書》卷一百，列傳第六十，(台北市：藝文印書館)，頁 1190。

作人不如作酒壺，因為可以盛酒[28]。

日本詩人大伴旅人可能極嚮往陶淵明「獨飲」與「孤飲」，並讚賞陶淵明對「酒」象徵的意涵，所以也在詩中極力讚許「酒」。在「讚酒歌」第一首與第八首，大伴旅人使用「一杯濁酒」這句話。並非他喜歡濁酒或喝這樣的酒，而是尊敬因貧窮只能喝這種酒的陶淵明，酒，不管清酒或濁酒，只要是酒，在陶淵明與大伴旅人詩中，便具有很大的力量。陶淵明與大伴旅人寫酒的詩作多是因事而生情才寫成的，是為情造文，所以有時會形成「先事後情」(也就是先具後泛)，有些則是先情後事（也就是先泛後具)的結構。無論何種結構，用泛具的手法來描述「酒」與其他事物，使「酒」更加形象化，更易令人一唱三嘆；而由「酒」產生的詩情，也才不會空泛無實。陶淵明在「己酉歲九月九日」也這樣寫著：

萬化相尋繹，人生豈不勞。從古皆有沒，念之中心焦。何以稱我情，濁酒且自陶。千載非所知，聊以永今朝。

陶淵明對「酒」描寫，使其成為象徵，此一象徵非前述之約定俗成的象徵，而是創造性的象徵，經由陶淵明大量與「酒」有關之作品，營造出富於創造性的象徵，拓寬象徵藝術的河床，甚至使後世人約定俗成地把「酒」當作是超脫世俗羈絆、澆心中塊壘的良方。〈飲酒〉其十四：「故人賞我趣，挈壺相與至。班荊坐松下，數斟已復醉。父老雜亂言，觴酌失行次。不覺知有我，安知物為貴。悠悠迷

[28] なかなかに人とあらは酒壺に
成りにてしかも酒に染みなむ(三・三四三)

所留，酒中有深味。」從此首詩可以想見老友帶酒來，與陶淵明一同在松樹下相聚暢飲，而後喝醉忘情的情形，在詩中，陶淵明經由飲酒而連自我都遺忘了，更別提人世間的萬事萬物、熙熙攘攘的生死名利，使人感到彷彿了無罣礙。其實未必人人在飲酒之後皆能達到如此境況，否則何來「借酒澆愁愁更愁」之說？然而透過前述一連串陶淵明與「酒」相關之作品，讀者經過其描寫之情景，便易於聯想到陶淵明飲酒時的歡樂與超然，只要一讀到類似情況詩作，就不由自主地可以預知筆者前述所提之兩種概念，陶淵明在刻畫飲酒時十分實在與明顯，也就是形象非常生動鮮明，但其展現所象徵之意涵時卻是十分隱晦，亦即寬泛與多義，如此的有機結合，便體現出陶淵明獨闢蹊徑的匠心，表示其善於從他人想像不到之處尋找象徵物的藝術勇氣，故能成就優秀的詩篇，創造出成功的象徵，對後世影響深遠，被後人沿用。《詩歌修辭學》認為：

> 如何才能達到『永無止境』的藝術境界？關鍵就在於所象徵的『觀念』永遠『在形象裡』即在具有獨立審美價值的『象徵物』裡活動著，散發著非語言所能表現的藝術魅力。[29]

陶淵明隱逸期詩作中的「酒」象徵，正是將所象徵的觀念依附於「酒」之中，使其在擁有獨立審美價值的「酒」裡活活潑潑地運轉著，而讀者藉由「酒」便享受著其觀念散發出非語言所能表現的藝術魅力之甘醇美味與旨趣深遠之幽雅厚實。日本大伴旅人因為能體會陶淵明「酒」的美好，還因此嘲諷無法體會的人：

---

[29] 古遠清、孫光萱：《詩歌修辭學》，(台北市：五南圖書出版有限公司（台灣版）)，1997 年 6 月初版，頁 285。

長的夠醜，看來滿像一回事不喝酒的人，就像隻猴子[30]

認為不喝酒的人，無法明白飲酒真意，面目可憎，彷彿尖嘴猴腮。

三、結語

《中國美學史》言：

> 在對人生解脫問題的探求上，陶淵明找到了他自己所特有的歸宿，並且以完美的藝術形式表現出來，確立了一種過去所未見的新的審美理想，對後世產生了深遠影響。[31]

陶淵明確實有其獨特的解脫之道，然而《中國美學史》一書，對於陶淵明如何以完美的藝術形式表現出來的問題，著墨不多，僅將歷來對於陶淵明藝術境界的探討列出，似乎還有可討論之空間，是故本文觀察日本詩人大伴旅人作品，對於陶淵明詩作做一探析。

陶淵明多使用以形寫神與象徵，他運用摹寫描繪出自然種種不同的面貌，經過其剪裁後，呈現出他的自然觀；《周易．繫辭》：「仰則觀象於天，俯則觀法於地。」師法自然是中國古人創造文化的法則，同樣也是藝術創造的法則，陶淵明的摹寫筆法也是基於這個法則，對自然界的萬事萬物進行描寫。亞里斯多德認為，

[30] あな醜かしらをすと酒飲まぬ
人をよく見れば猿にかも似る(三・三四四)

[31] 李澤厚、劉綱紀主編：《中國美學史（第二卷）：魏晉南北朝美學思想》，(新店市：谷風出版社，原著作初版日期：1987 年 7 月，1987 年 12 月台一版)，頁 439。

模仿不是忠實地複製現實，而是自由地處理現實，藝術家可以用自己的方式顯示現實。陶淵明的「摹寫」正是如此，並非完完全全複製自然，而是根據他的意志，經由藝術的心靈重新摹寫自然，創造出具有美感與「陶淵明式」的自然境界，其摹寫的自然，不僅僅是形式上的自然環境，還在形式之上，加諸屬於陶淵明的精神性境界，如此，就具有更深邃豐富的形象。也就是說，陶淵明的「摹寫」，已經超脫了依照自己眼睛所見一五一十描繪的手法，而是進一步掌握飲酒精神，表現飲酒精神，已非全然是實體與形式的。日本大伴旅人洞燭幽微，所以在〈讚酒歌〉第八首寫：

無價之寶，亦不如一杯濁酒[32]。

並非一杯濁酒為無價之寶，而是詩人飲酒的不拘成法精神超越世間物質價值。焦燥焚其心，悲情不知出口。此時，一杯濁酒解救心情的力量。酒味或許是叛逆舌頭的苦味。但又如何呢？一時的陶然境界由之而出現。大伴旅人不是非喝便宜酒的窮人，但對於「解救的愁」與陶淵明有同感。因為從「驗なきもの念はずは」、「言はむすべ知らに」等話判斷，他的心情有時也非常焦躁，充滿顰眉蹙頞的憂傷。昂貴的酒如果不能消滅焦躁之火，化解抑鬱寡歡，那又有什麼用？解救陶淵明的一杯濁酒，如果有這種解救之酒的話，大伴旅人願意以一切寶貝來交換，因此〈讚酒歌〉第九首言：「連夜明珠這個寶貝，也比不上喝酒一掃心中的憂慮

32 あたひ無寶といふとも一壞の
濁れる酒にあにまぬやも(三・三四五)

[33]」。〈讚酒歌〉第十首總結：「世上消遣之道最快樂的似乎莫過於酒醉而哭[34]」喝此種酒酒醉而哭，就他而言，是最快樂的閒遊消遣之道。陶淵明與大伴旅人的詩歌中，描述「酒」的作品，有時會出現「因事而生情」、「因景而明理」的情形，可以參考張紅雨《寫作美學》中的一段說法：「敘事詩裡寫作主體不僅情入，有時也身入，這就是抒情詩和敘事詩常常難以分開的道理。」[35]一首詩內有敘事的成分，也有抒情的成分，那麼就可能出現「事－情」的結構；而「因景而明理」的情況也應作如是觀，泛具結構也就由此產生。因為美感情緒的波動湧現並無法做一截然的規範，它有「通常如此」的規律性，但也有「偶然如此」靈活性。正因陶淵明與大伴旅人運用泛具法，既有靈活性也有規律性，所以才能更貼切表達自身對酒的看法與情感。

其次觀察可發現陶淵明詩作由於象徵的使用，促使其作品豐富深刻，境界悠遠。童慶炳曾言：

> 語言作為一種符號，給人們以很大的助益，但他的侷限性也是明顯的，他不能表達人們所想的一切。[36]

誠然如此，言語能幫助人們表達思想，但實質上也有其侷限性，人們所想表達出的特殊以及個別之處，未必能完整表示出來。而

---

[33] 夜光る玉といふとも酒飲みて
　　情をやるにあにしかぬやも(三・三四六)

[34] 世のなかの遊びの道にすずしくは
　　醉ひ泣するにあるべくあるらし(三・三四七)

[35] 見《寫作美學》頁 157-158。

[36] 童慶炳：《中國古代心理詩學與美學》，(台北市：萬卷樓圖書有限公司)，1994 年 8 月初版，頁 87。

陶淵明詩作卻利用酒的象徵來使得言語更精緻，更能使讀者去品味其中奧妙，他往往將形象描繪得栩栩如生、歷歷在目，使人得到具體的形象與情景，而這些形象中飽含陶淵明率真坦白的情感，使人的心靈受到強烈震盪，在經過咀嚼反思這些作品之後，會發現其含意模糊或朦朧，可有許多意涵，適用於多種場合，彷彿可言有彷彿不可言，似乎可解有似乎不可解，使人感到意味無窮，然而這些象徵自身具有完整形象以及投射功能，可以將文字上不完整的組織利用引導，使讀者藉由思考促使其完整，將空白填為充實，如此一來，讀者從此得來的審美體驗，便十分曲折微妙，難以捉摸，不僅陶詩的「象徵」是其個人的創作，也成為讀者的再創造。敘寫「事、景、情、理」時泛寫具寫合用的情形，可以解釋為「抽象」與「具象」關係，它們會分別形成抽象美與具象美，也會互相適應而達成調和美感，陶淵明與大伴旅人對「酒」的描述，就交叉呈現抽象美與具象美，並達成和諧，使情韻迴盪。陶詩酒的象徵使得作品自然渾圓，確實是一種完美的藝術形式，如此便確立一種前所未有的審美理想，對後世與影響久遠。

限於篇幅，對於陶淵明詩歌其他眾多影響無法詳述，陶淵明詩作的語言藝術仍有極大的探討空間，遺珠之憾只有等待他日再續。

國家圖書館出版品預行編目資料

章法論叢・第四輯／中華章法學會主編, -- 初版 --
臺北市：萬卷樓, 2010.08-
面；　　公分
ISBN 978－957－739－687－7 (平裝)
1. 漢語　2.作文　3.文集

802.707　　　　99014798

章法論叢【第四輯】

主　　編：中華章法學會
發 行 人：陳滿銘
出 版 者：萬卷樓圖書股份有限公司
臺北市羅斯福路二段 41 號 6 樓之 3
電話(02)23216565・23952992
傳真(02)23944113
劃撥帳號 15624015
出版登記證：新聞局局版臺業字第 5655 號
網　　址：http://www.wanjuan.com.tw
E－mail：wanjuan@seed.net.tw
承印廠商：晟齊實業有限公司
定　　價：500 元
出版日期：2010 年 8 月初版

ISBN：978－957－739－687－7